LE

JUGE-MÉDECIN

PAR

Octave FÉRÉ

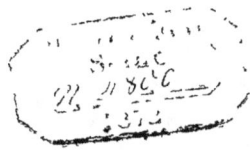

PARIS

AUX BUREAUX DE L'ADMINISTRATION DE L'ÉVÉNEMENT

10, BOULEVARD DES ITALIENS, 10

—

1872

UN MOT NÉCESSAIRE

L'affaire Fualdès a été dépassée à une époque bien plus rapprochée de nous.

Elle a été dépassée dans l'horreur, et n'a pas été suivie comme elle d'une satisfaction à la société par le châtiment des coupables.

Nous allons raconter l'un des plus monstrueux dénis de justice dont les fastes des crimes célères offrent l'exemple.

Il existe cependant contre nous plusieurs lois; nous les connaissons et prétendons les éluder.

Il y a la loi sur la diffamation, qui, certaines coïncidences et certaines situations admises, permet au malfaiteur do citer le révélateur devant le juge, et qui oblige le juge à condamner, non pas le premier, mais le second.

Il y a la loi draconienne, qui défère l'offenseur au juge et au tribunal qui se croient offensés. Celle-ci, nous en avons subi une fois l'expérience, à propos d'un certain compte-rendu d'audience; — nous n'avons aucune envie de renouveler la connaissance.

Il y a aussi cette loterie qu'on appelle la prescription, et le drame que nous allons dérouler est, depuis un temps court, mais suffisant, couvert par la prescription. Si bien que le criminel est à l'abri, mais que lui, ses apparentes ou ses complices, auraient la faculté de nous faire condamner pour la mise en lumière d'un forfait dont ils ne risquent plus d'encourir le châtiment.

Voilà pourquoi je proclame que *tout est faux* dans ce récit *véridique*.

Je me confie à l'intelligence et à l'imagination du lecteur. Il est prévenu qu'il ne trouvera ici qu'une suite d'anachronismes prémédités. Il ne devra s'attacher ni aux dates, ni aux noms propres, ni aux localités.

Voilà ce que j'ai fait contraint et forcé,

Mais, ce que j'ai fait volontairement, ça été d'appliquer une sourdine rigoureuse et de délicates réticences au récit d'attentats que l'on n'oserait pas nommer, voulant que tout le monde pût connaître du principal de la cause. Je ne dis point que ce soit un livre pour les jeunes filles, mais les jeunes maris pourront le laisser sous les yeux de leurs jeunes femmes.

Ces précautions prises, tant pis pour ceux qui se reconnaîtront; les honnêtes gens, dont la mémoire indignée garde souvenir de leurs actes, les reconnaîtront aussi!

LE
JUGE-MÉDECIN

LA FAMILLE DU MAGISTRAT

I

Un baptême de miséricorde.

Un samedi, veille de la Pentecôte, dans l'après-midi, une jeune fille accompagnée d'une femme d'un certain âge, sa gouvernante et sa femme de chambre, entra dans la cathédrale de X... pour y faire ses dévotions.

Elles gagnèrent l'une des chapelles latérales louées, comme cela se pratique en province à certaines familles, et la jeune fille tirant de sa poche un livre d'Heures se mit à prier.

La suivante se contenta de réciter un *Pater*, et s'en alla en commissions, pour reprendre sa maîtresse à son retour.

Il y avait peu de monde dans l'église et bientôt notre jeune chrétienne paraissait devoir y rester seule, car l'heure des dîners approchant, les fidèles sortaient l'un après l'autre et il n'en arrivait pas de nouveaux.

Étrangère aux légers bruits des pas glissant sur la dalle, elle priait avec une attention et une ferveur capables de charmer le ciel et une grâce qui devait ravir les saints.

Tout dans sa personne respirait une distinction et une simplicité extrêmes ; sa mise irréprochable était remarquable pour les gens de goût, par le soin qui avait présidé à ce qu'elle n'offrît rien de voyant.

Dans le plein épanouissement de la jeunesse, elle n'avait certainement pas plus de dix-neuf ans. Elle était de taille moyenne, sa chevelure très brune faisait ressortir un teint d'un blanc mat, s'animant à la moindre impression. Deux grands yeux noirs, où la flamme miroitait sous le velours, animaient ce visage qui n'était ni régulier, ni beau, mais sympathique et charmant.

Sa prière durait depuis une demi-heure et en tournant le dernier feuillet, elle constatait que sa femme de chambre ne devait pas tarder à reparaître, quand un bruit de voix lui arriva confus et contenu d'abord.

Involontairement distraite, elle prêta l'oreille; le murmure grossissait; au milieu de paroles sèchement articulées, elle saisit une faible plainte d'enfant, un vagissement.

S'étant avancée jusqu'à la petite grille de sa chapelle, elle aperçut au bas de l'église des gens groupés près des fonts baptismaux.

Au milieu se démenait avec de grandes gesticulations un sacristain revêtu d'un surplis.

Attirée par la curiosité, la jeune fille descendit de quelques pas dans cette direction, et, ayant distingué un visage de connaissance, elle se décida à s'approcher tout à fait.

Cette personne était une dame pourpre de colère.

— Mon Dieu ! chère madame, lui demanda la jeune fille, qu'y a-t-il donc ? Vous arrive-t-il quelque chose ?

La présence et l'intervention de ce témoin stimulèrent, au lieu de l'adoucir, l'emportement de la dame, qui, entrecoupant ses paroles par saccades, répondit :

— Croiriez-vous, mademoiselle, que ces gens-là ont osé me proposer de leur servir de marraine... à moi, madame Mortaigne, femme d'un conseiller à la Cour royale ! Non !...Ces choses-là sont impossibles, et je ne comprends pas comment on laisse ces vagabonds entrer dans les églises !

Tout en écoutant cette tirade indignée, la jeune fille regardait de ses grands yeux profonds les gens en question.

L'un d'eux, convenons-en, justifiait la répulsion de la conseillère. Il avait tout contre lui.

C'était un grand gaillard d'une cinquantaine d'années, chevelu, barbu, à la physionomie cynique, au regard noir, tour à tour dur ou fuyant. L'habitude de la pipe lui avait entamé les dents et déprimé les lèvres. Ne pouvant fumer dans l'église, il y suppléait au moyen d'une énorme chique qu'il faisait rouler d'une de ses joues dans l'autre.

Sa tenue ne disait rien de mieux que son physique, et le soin même qu'il avait pris à en atténuer le débraillé pour la circonstance, attirait l'attention sur ses vêtements souillés comme à plaisir.

Il se tenait debout et tournait gauchement, en homme sorti de ses habitudes et dépaysé, un chapeau crasseux entre ses doigts.

A côté de lui, assise sur une chaise, une très jeune femme berçait entre ses bras, pour l'assoupir et le calmer, l'enfant dont les petits cris avaient attiré notre première héroïne.

Contrairement à son compagnon, la mise de cette femme, quoique frippée et froissée, annonçait plus de soin et visait même à la coquetterie. Son bonnet était garni de rubans bleus, son écharpe, à la mode d'alors, était de levantine noire; on devinait tout de suite une petite ouvrière, une de ces grisettes dont la race est aujourd'hui perdue.

Mais la pauvre fille était moins pimpante que sa toilette.

Pâle jusqu'à la transparence, émaciée, les yeux cernés par un hâle bleuâtre, signe de souffrances et de chagrins, elle n'osait ni bouger, ni lever la tête, affectant de s'absorber dans le soin de l'enfant, pour ne point montrer ses regards humiliés.

La conseillère n'avait pas achevé ses réflexions que, d'un rapide coup d'œil, l'observatrice pensive avait saisi ces détails, et comme elle ne repondait pas assez vite au gré de madame Mortaigne, celle-ci insista autant à son intention qu'à celle du sacristain :

— N'ai-je pas raison, mademoiselle, et devrait-on exposer dans un lieu de recueillement les personnes pieuses à être relancées de cette façon ?

— Mon Dieu, madame, répondit la jeune fille d'une voix douce et bienveillante, ces pauvres gens ont peut-être cru pouvoir s'adresser à vous, sachant que vous êtes dame de charité ?

La conseillère lui lança un regard furibond, et d'un ton aigre :

— Prendriez-vous leur parti, mademoiselle? ce serait curieux !

La jeune fille fut dispensée de relever l'apostrophe. Le sacristain, se sentant soutenu par une dame de paroisse, dit :

— Il faudrait pourtant en finir; voilà vingt minutes que M. le premier vicaire attend dans la sacristie; quand on vient à l'église, on doit savoir ce qu'on veut et avoir tout préparé d'avance.

L'homme à la barbe sordide, en proie à

une colère sourde, donna un coup de poing dans son chapeau et dit à la jeune fille qui tenait l'enfant :

— Tu vois bien que j'avais raison de ne pas vouloir venir; allons, il fait humide ici, tu vas gagner la fièvre. On baptisera le môme plus tard, si ça se trouve; viens-t'en.

Celle à qui s'adressaient ces mots poussa un soupir, embrassa le petit être avec ferveur et murmura très-bas :

— J'aurais pourtant bien voulu...., car enfin une autre fois, ce sera peut-être la même chose.

Ici, la jeune fille de la chapelle s'approcha tout à fait d'elle, et commençant à la questionner :

— Qu'avez-vous donc, et d'où vient ?... lui demanda-t-elle.

Mais madame Mortaigne, la conseillère, s'avançant de son côté, fit mine de se jeter entre les deux, s'écriant avec horreur :

— Comment, une demoiselle de votre rang, vous commettre jusqu'à parler à ces espèces ?...

— De quoi, ces espèces ?... gronda l'homme en lui lançant un regard qui lui ôta l'envie de continuer.

Elle se retira prudemment derrière le sacristain.

— Hélas! mademoiselle, répondit la petite ouvrière, voici ce qui arrive. Cet enfant est à moi; il aura trois semaines demain. Je voulais le faire baptiser; mon père que voici doit être le parrain, et je comptais pour être la marraine sur une de mes amies, qui nous manque de parole au dernier moment.

Ne voulant cependant point m'en aller sans avoir fait nommer le pauvre petit, et voyant tout le monde s'impatienter, je me suis permis de demander à plusieurs dames, qui étaient là à prier, de nous rendre le service de tenir l'enfant, ce qui ne coûte pas d'argent et n'engage à rien... Les autres personnes ont simplement refusé, mais madame s'est cru offensée, parce que je lui ai avoué que je ne suis point mariée...

Mon Dieu! je n'en suis que plus malheureuse, et l'innocent n'en est pas cause!

Allons, mon père, tu avais raison en effet; des gens comme nous ne doivent pas entrer dans la maison du bon Dieu...

Elle serra de nouveau son enfant contre son cœur, et lui dit :

— Ce n'aura pas été ma faute, mon pauvre petit; tu n'auras ni parrain ni marraine.

Allons-nous-en, je me sens froid...

Elle éprouvait en effet un frisson.

Elle se leva de sa chaise, et dit au sacristain qui chuchotait à l'oreille de la conseillère :

— Je suis bien fâchée de vous avoir dérangé, monsieur.

— Le fait est, grogna-t-il, que ce n'était pas la peine. Je vais décommander monsieur le premier vicaire.

— Attendez! dit la jeune fille au livre d'Heures.

— Hein ?... quoi ?... qu'est-ce ?... fit la conseillère; mademoiselle, puisque votre gouvernante ne revient pas, je peux vous accompagner...

— Merci, chère madame, répondit la jeune fille, je crois avoir encore affaire ici... Et elle ajouta plus bas : Ces pauvres gens sont bien humiliés, voyez donc, ne pourrait-on rien faire pour eux ?

— Fi! une fille de mauvaise vie!... Venez, de grâce, mademoiselle, venez! Si vos parents apprenaient que vous ayez pu vous intéresser et entrer en conversation. Ah! j'en frémis !...

Mais la jeune fille ne l'écoutait plus; elle venait d'apercevoir les traits de l'enfant, et, touchée de sa gentillesse et de son aspect chétif, elle dit non sans timidité à la mère :

— Est-ce que vous m'accepteriez pour marraine, moi?

Pour la première fois, celle à qui elle s'adressait leva les yeux jusque sur elle, et ces yeux bleus exprimaient avec étonnement ravi la plus touchante reconnaissance.

L'homme resta indifférent et ne bougea pas. Il n'avait qu'une idée, lui : c'était de s'en aller le plus vite possible.

La conseillère bondit et voulut renouveler ses récriminations, mais la jeune marraine improvisée l'arrêta d'une façon bizarre.

— Voyez donc, chère madame, lui dit-elle avec un sourire imperceptible et d'une finesse exquise, il me semble que voilà quelqu'un qui vous cherche par là-bas.

Sa petite main désigna dans la travée opposée un jeune homme qui avait déjà fait plusieurs tours et s'impatientait visiblement.

La dame changea soudain de visage, de couleur et de ton.

— Oh ! fit-elle, bégayant et embarrassée, c'est M. Agénor: monsieur le conseiller l'aura envoyé me prendre ici..... Oui, M. le conseiller l'a invité à dîner : mon Dieu, j'avais oublié..... Ah ! il y a de quoi, quand on voit les choses qu'on voit !...... C'est monsieur le conseiller qui l'a invité, répéta-t-elle pour la troisième fois; il ne peut pas se passer de lui.....

Et, rajustant sa mantille et ses rubans comme si elle eût été dans son boudoir, elle se hâta de joindre ledit Agénor, non sans lancer un coup d'œil chargé de dépit haineux à la belle enfant.

Il faut dire tout de suite que M. Agénor avait vingt-cinq ans et Mme la conseillère quarante-cinq très sonnés.

Cependant, le penaillon, soudainement transfiguré par la perspective d'une marraine de cette qualité, courut à la sacristie et ramena monsieur le premier vicaire, qui procéda immédiatement à la cérémonie.

Rien n'ayant été convenu préalablement, lorsque le prêtre fit la question ordinaire :

— Quel nom donnez-vous à l'enfant ?

La marraine consulta la mère du regard, et celle-ci répondit :

— Nous avions l'intention de l'appeler Emmanuel.

— Emmanuel ! répéta la marraine avec une expression d'étonnement.

— Est-ce que cela vous contrarie ? demanda le parrain ; nous y tenons pour des raisons de famille.

— C'est le nom de mon frère, dit la jeune fille ; mais je n'y vois pas d'inconvénient, cela portera plutôt bonheur à tous deux.

La jeune mère avait soupiré en prononçant ce même nom d'Emmanuel, tandis qu'au contraire un sourire indéfinissable et venimeux passait sur les lèvres déprimées du grand'père.

Au moment de dresser l'acte à la sacristie, l'officiant demanda encore à la marraine :

— Vos noms et prénoms, s'il vous plaît, mademoiselle?

Elle répondit doucement, un peu intimidée par ces formalités :

— Alice-Blanche Dampier.

Tous firent un mouvement, et le prêtre lui dit avec une grande déférence :

— Aurais-je l'honneur de parler à la fille de M. le président à la Cour royale?

— C'est moi, monsieur, répondit-elle en signant.

— Ah ! ah ! fit le parrain, dont la prunelle noire darda sur la modeste et généreuse enfant un regard sournois.

— Eh bien ! dit le prêtre scandalisé, est-ce là le remerciement que vous adressez à mademoiselle pour la faveur et l'honneur...

— Oui, c'est vrai, un grand honneur, reprit le parrain en s'inclinant, et nous vous en avons bien de la reconnaissance, mademoiselle. N'est-ce pas, Adèle ? dit-il à sa fille.

Celle-ci ne répondit qu'en prenant la main d'Alice et en la portant respectueusement à ses lèvres.

Cet acte spontané ne dissipa pourtant qu'à demi l'impression de malaise involontaire causée à la jeune fille par le ton âpre et le regard luisant de l'homme en compagnie duquel elle venait de contracter un pieux engagement.

Malgré cette gêne, après avoir fait son offrande aux gens d'église, elle glissa sa bourse et ce qui restait dans la bavette de l'enfant, le baisa au front et s'éloigna avec sa gouvernante, arrivée pendant la cérémonie sans y rien comprendre.

Le premier soin de l'homme fut de s'emparer de la bourse, et la faisant passer dans sa poche en la soupesant avec une grimace :

— Il n'y a pas gras, fit-il. Décidément, ils ne sont pas larges dans la famille... Patience ! patience !... et il bourra son brûle-gueule, un dégoûtant culot de pipe, en sifflotant un bout d'air, toujours le même, s'arrêta, s'interrompit, poussa un gros rire et dit :

— Diable m'emporte ! faut convenir qu'il y a tout de même de drôles de rencontres !... N'est-ce pas, Dédèle ?

Sa fille ne répondit pas ; elle marchait la tête baissée à côté de lui, l'enfant dans ses bras.

Il la regarda de côté, haussa les épaules, enfonça les deux mains dans ses poches et tira de plus fort les bouffées de son brûle-gueule.

II

M. le président Dampier.

Alice Dampier n'avait plus sa mère; celle-ci était morte en donnant le jour à deux jumeaux; Alice et ce frère dont le nom de baptême venait d'être rappelé par un hasard singulier et donné à un enfant du hasard.

Le frère et la sœur s'adoraient; ils avaient dix-neuf ans, et avaient été élevés par leur grand'mère paternelle.

Toute cette famille, ayant à sa tête M. Pierre Dampier, président de chambre à la cour d'appel, jouissait dans la ville d'une haute estime.

L'aïeule était une femme d'un grand cœur et une intelligence d'élite. Sa tendresse inépuisable et ingénieuse tempérait ce qu'avait parfois de rigide, surtout vis-à-vis d'Emmanuel, M. Dampier, chez qui le magistrat déteignait sur le père.

Parvenu dans un âge relativement jeune à un poste éminent et envié, le président Dampier passait pour l'un des hommes austères de la juridiction. Sa sévérité allait jusqu'à la raideur, ses audiences étaient un modèle de régularité stricte, où les huissiers, les avocats et les avoués n'osaient broncher. Il était surtout la terreur de ces derniers en matière de tarifs, et lorsque les plaideurs malheureux les menaçaient de soumettre leurs mémoires à la taxation du président, il était rare que ces honnêtes officiers ministériels n'en rabattissent pas spontanément un grand tiers.

M. Dampier, quand le hasard amenait une allusion à ce rigorisme, avait coutume de répondre gravement, mais sans nulle affectation : « qu'en matière de délicatesse et de probité, il n'y a qu'une ligne : la ligne inflexible. »

On pense de reste si cette attitude lui suscitait des hostilités, et s'il était en bonne odeur auprès des greffiers mis à restitution, des avocats rappelés à l'ordre, des avoués censurés et des huissiers suspendus.

Il passait froid, le front calme, en homme fort de sa conscience et sûr de lui, au milieu d'un monde où l'on est bien fin et où la bienveillance est la dernière vertu à laquelle on songe.

Plus d'une fois, il arriva à l'une des sommités du barreau ayant pour spécialité les causes scandaleuses et l'exploitation des mystères de la vie privée, de s'écrier en le voyant les traits serrés, l'œil fixe, traînant sa robe rouge sur les dalles de marbre du palais :

— Ce n'est pas permis, on n'est pas vertueux comme cela ! L'homme n'est pas si parfait !

Le fait est qu'aucune fissure n'apparaissait et que les curieux et les malveillants s'ébréchaient les dents contre cet acier.

M. Dampier était un juriste des plus savants, et dans certaines matières, notamment en médecine légale, ses arrêts faisaient jurisprudence.

Cette spécialité s'expliquait par cette circonstance qu'avant de s'adonner définitivement au droit il avait reçu son brevet de docteur-médecin et qu'il jouissait à l'hospice, où il était interne, d'une réputation précoce en matière d'opérations chirurgicales.

Cette aptitude et cette spécialité l'avaient mis à même de rendre de sérieux services à la justice; avant d'être président, on lui confiait les plus délicates enquêtes en matière d'assassinat, d'empoisonnement et dans tous les cas de mort violente. Maintenant même encore, lorsqu'il se présentait une affaire exceptionnelle, le premier président ou le procureur général faisaient appel à son dévouement et à sa haute compétence.

On citait des cas d'avortement, d'infanticide où il avait signalé des détails échappés à l'œil des médecins-jurés et amené, par suite, le châtiment des crimes les mieux cachés.

Il conservait d'ailleurs chez lui tout son appareil chirurgical, et par un reste d'habitude ne sortait guère sans son étui à lancettes, ayant eu plusieurs fois occasion d'en faire usage, et ce qui était alors fort bien vu, le roi Louis-Philippe à cette même époque donnant l'exemple, ainsi que l'attestent des anecdotes célèbres.

On comprend maintenant que le père de famille ne dépouillât même pas dans l'intimité du foyer cette austérité magistrale, incarnée en lui, et qu'il y conservât la correction de sa cravate blanche.

Cette inclinaison est forcée dans certaines professions, ainsi le comédien a toujours une teinte théâtrale et le professeur sent la chaire même quand il cause le plus familièrement et loin de son cours.

On ne peut d'ailleurs exiger des tempéraments que ce qu'ils sont susceptibles de donner : M. Dampier remplissait à la lettre ses devoirs de fils et de père. Il abandonnait l'administration de la maison à sa mère, gérait avec ordre la fortune qui était suffisante, sans être considérable, en vue de la dot de sa fille et de la position à faire à son fils. Que lui demander de plus ?

Alice était une adorable enfant, à laquelle, quand les affaires lui en laissaient le temps, il souriait avec plaisir; quant à Emmanuel, qu'il destinait au bureau ou, suivant ses aptitudes, à la magistrature, il montrait pour lui beaucoup plus d'exigences.

Parfois même, il l'astreignait à des conditions de travail et de rectitude qui dépassaient les bornes habituelles, et madame Dampier, à la fois aimante et clairvoyante, ne se faisait pas faute de lui remontrer qu'à trop tendre la courroie on finit par la rompre.

Il était inflexible, et répondait invariablement :

— Ma mère, je vous laisse diriger votre petite-fille à votre guise, et nous nous en trouvons tous bien; laissez-moi mener mon fils suivant mes principes, et croyez que nous ne nous en trouverons pas mal.

Peu convaincue par ce raisonnement, l'aïeule essaya à diverses reprises d'invoquer l'âge, le tempérament, le caractère de son petit-fils.

Il atteignait ses dix-neuf ans; c'est une période difficile, où la sève commence à bouillonner, et où un sage mentor ferme les yeux juste assez pour laisser partir la gourme; Emmanuel était d'un caractère doux, timide même et indécis; mais de cette timidité et de cette indécision qu'il ne faut pas heurter systématiquement sous peine de les pousser à l'excès contraire.

Toute cette logique échouait contre la rigidité du père.

Il n'admettait pas que son fils subit l'influence des passions.

Ces explications s'étant renouvelées plus fréquemment depuis six mois, c'est-à-dire depuis que l'intelligente femme avait cru s'apercevoir que le joug devenait trop lourd à son petit-fils, le président, sans s'écarter du respect strict, avait notifié son désir de ne plus traiter cette matière. Pour plus de sûreté, il y avait momentanément coupé court en envoyant Emmanuel à Tarbes, régler avec un de ses oncles une affaire d'intérêt assez compliquée pour l'absorber plusieurs mois.

Le jeune homme était absent depuis environ six semaines, au début de cette histoire, et ne devait pas revenir avant une quinzaine de jours.

Au moment de partir, il avait eu avec sa sœur une scène qui avait laissé celle-ci sous une impression de tristesse et d'anxiété.

Le père leur allouait à chacun, par mois, une gratification modeste et égale, quarante francs, sur laquelle ils devaient se fournir toutes sortes de menus objets de toilette; la grand'mère y ajoutait quelques pièces de cent sous, mais cela n'allait pas loin.

Or, quoique Emmanuel se restreignît extraordinairement dans ses dépenses, quoiqu'il ne fréquentât aucun endroit public, théâtre, café ni billard, sa bourse se trouvait de plus en plus rapidement vide, dès la première quinzaine du mois, et il avait immanquablement recours à celle de sa sœur, qui se faisait un plaisir de la lui ouvrir, sans s'inquiéter où allait ce peu d'argent.

M. Dampier l'avait précisément obligé de partir un quinze, et lui avait mesuré les frais de diligence et d'auberge, en raison des facilités qu'il devait rencontrer au but de ce voyage. Or, son gousset était absolument vide depuis trois jours.

Quant il se vit à la veille de se mettre en route, il profita d'un moment où Alice était seule et lui dit :

— Petite sœur, j'aurais bien besoin d'argent.

Elle connaissait la formule, et souriant malicieusement elle se mit en quête de sa bourse, lorsqu'ayant par hasard envisagé son frère avec plus d'attention, elle fut frappée de l'altération de ses traits et de ses efforts pour dissimuler un trouble intérieur.

— Mon pauvre Emmanuel, fit-elle avec sollicitude, qu'as-tu donc?

Il l'attira vers lui, la baisa au front, et elle sentit une larme tomber de ses yeux.

— Je t'en prie, parle! dit-elle.

Il éclata en se cachant la figure sous ses mains et répondit :

—O ma petite sœur! je suis bien malheureux, bien malheureux!

C'étaient vraiment deux enfants, et les voilà qui se mirent à pleurer, lui du chagrin qu'il n'osait lui avouer, elle de le voir pleurer.

— Allons, dit-elle, reprenant la supériorité qu'à cet âge une jeune fille a presque toujours sur un jeune garçon, il ne s'agit pas de tout cela, monsieur, si vous avez des peines, il faut les confier à votre sœur, et puis l'on verra si l'on peut quelque chose.

Et, comme il se contentait de lui embrasser les mains sans répondre, elle essaya de lui faire subir un interrogatoire :

—As-tu des dettes?... Sont-elles grosses? ajouta-t-elle prenant son silence pour un aveu.

— Alice, fit-il, si tu m'aimes, ne me questionne pas ; le mal est fait ; et j'ai besoin d'argent, voilà tout ce que je peux dire.

— Mon Dieu, c'est donc bien grave?... Allons c'est bon, je ne veux pas ajouter à ta peine, mais c'est mal de manquer de confiance en moi. Tiens, voilà ce qui me reste.... (c'était une trentaine de francs). Si tu étais moins dissimulé, nous pourrions recourir à grand'mère.

— Non!... non!... interrompit-il, avec une sorte d'effroi; elle n'aurait qu'à parler à mon père!... Ah! je suis bien assez à plaindre déjà!...

Il étouffa un sanglot.

Alice se rapprocha de lui, devint rouge comme une cerise, le regarda avec reproche, ouvrit la bouche pour lui faire encore une question,... se troubla, balbutia et n'osa pas.

Il y a gros à parier que ce que l'affectueuse et candide jeune fille, élevée pieusement dans cette atmosphère de chasteté que l'on ne rencontre plus qu'en de rares et patriarcales maisons de province, touchait précisément à sa blessure, car il la devina, et craignant qu'elle n'achevât :

—Je t'en prie, répéta-t-il, ne me demande rien,... rien!

Il partit le lendemain, et l'aïeule, qui le sentait instinctivement malheureux, était presque aussi peinée que lui.

On mit tout sur le compte d'une première séparation ; les lettres qu'il envoya assidûment témoignèrent aux âmes délicates qui cherchèrent à lire entre les lignes, d'un dérivatif exercé par l'influence du voyage, du nouveau, de la distance, sans dissimuler une arrière-nuance de nostalgie.

Il y avait toutefois là une amélioration suffisante pour rassurer la grand'mère et pour rasséréner jusqu'à certain point la sœur. Ce fut sur ces entrefaites que se présenta l'incident du baptême.

III

La visite de charité

Mademoiselle Dampier rentra bientôt à l'hôtel, avec la satisfaction et la sérénité d'une bonne action accomplie.

Elle trouva sa grand'mère en compagnie de madame Mortaigne, la conseillère, et sans témoigner le moindre embarras elle la salua de son sourire plein d'esprit.

— Vous n'êtes pas surprise de me voir ici? lui dit doucereusement la bonne âme.

— J'y comptais, chère madame, répondit-elle; vous aviez eu la bonté de m'en prévenir.

L'aïeule craignit que la chose ne tournât à l'aigre de la part de la conseillère, et pour aller au-devant de ces hostilités imminentes :

— Madame me racontait, en effet, une rencontre singulière, mon enfant.

— Ecoute, grand'mère, fit la malicieuse enfant, je n'ai qu'une parole à dire, c'est que tu aurais fait tout comme moi; et le mécontentement de Madame s'explique, parce que j'ai anticipé sur ses attributions de dame de paroisse; chère Madame, je vous en fais mes excuses.

Ce fut débité d'un ton enfantin exquis, où la grâce recouvrait la piquanterie; la grand'mère n'y tint plus, elle attira l'enfant gâtée sous un baiser, et dit à la visiteuse :

— Alice a raison, chère dame Mortaigne, il n'y a pas moyen de lui en vouloir.

La conseillère se leva raide comme un crin, et marmotta en faisant une révérence cérémonieuse :

— Il faudra voir si M. le président sera aussi indulgent....

Sur le seuil elle se retourna encore et dit à Mme Dampier d'un ton plein de réticences venimeuses :

— Ma conscience, chère Madame, m'obligeait à la démarche que je viens de faire, dans l'intérêt de votre petite-fille; malgré mon peu de succès, je vous engagerai aussi à surveiller les allures et les dépenses de M. votre petit-fils.

Elle sortit, les lèvres pincées, pour aller styler son mari le conseiller, qui était l'ami intime et inséparable du président, et passait pour le seul homme capable d'avoir de l'influence sur lui.

Mme Dampier eut assez de force de caractère pour ne pas trahir son inquiétude à l'allusion concernant la conduite d'Emmanuel, mais quand cette méchante femme fut enfin partie, elle éprouva une vive anxiété; elle appréhendait surtout qu'Emmanuel eût commis quelque incartade, dont son père pût être informé par ces gens.

Cet orage pourtant n'éclata pas. L'aïeule et la sœur puisèrent dans le propos de la conseillère un salutaire avis, pour se tenir sur leurs gardes et atténuer l'événement s'il se présentait.

Une semaine s'écoula ainsi, ramenant la tranquillité d'autant plus aisément que les lettres de l'absent étaient de plus en plus satisfaisantes et annonçaient son retour prochain.

Sur ces entrefaites, Germain, le valet de chambre du président, monta un matin aux deux dames une lettre trouvée par lui dans la boîte aux journaux de la porte cochère.

Elle était à l'adresse de Mlle Dampier, écrite sur du papier commun, grossièrement pliée, et d'une écriture incorrecte.

Madame Dampier l'ouvrit et lut.

« Mademoiselle,

» Je me permets de vous écrire ces deux mots pour me réclamer de la bonté que vous avez eue, il y a huit jours, en acceptant d'être marraine de mon enfant. Je vous prie de bien m'excuser de la liberté que je prends, étant couchée, et ne pouvant aller moi-même vous solliciter. Ce serait d'avoir la bonté et bienveillance de me venir en aide étant bien malheureuse, et si vous aviez la complaisance de venir au lieu d'envoyer, je vous aurais encore une plus grande obligation, ma position étant digne de l'intérêt d'une personne aussi généreuse.

» Surtout, mademoiselle, ne me refusez pas, et le plus promptement sera le meilleur, car mon pauvre petit souffre bien aussi, et nous nous jetons à votre miséricorde, avec les regrets de nos excuses et la considération de votre très humble servante :

» ADÈLE BARUELLE. »

Suivait l'adresse au 3ᵉ étage d'une impasse d'un faubourg populeux.

Depuis le baptême, il était venu à Alice quelques scrupules de n'avoir pas pris cette adresse, pour avoir au moins à l'occasion un renseignement sur l'innocent que la Providence avait jeté sur son chemin.

Son premier élan fut de se rendre à la requête exposée d'une manière si pressante et si humble. Bien d'autres fois, en compagnie de sa gouvernante, elle remplissait vis-à-vis de malheureux tout à fait étrangers cette mission de charité.

Tel ne fut pas cependant l'avis de Mme Dampier.

Elle aussi était un ange de miséricorde, mais quoique habituée à recevoir des demandes d'assistance, la forme, la tournure, la façon d'arriver de celle-ci, lui inspiraient moins de compassion que de surprise.

Son tact et sa vigilance lui firent craindre en outre que le logis où l'on réclamait la présence de sa petite fille ne se ressentît des mœurs évidemment équivoques de la solliciteuse.

Elle décida d'y aller à la place d'Alice.

Ayant pour principe de ne pas ajourner une bonne action, et désireuse aussi de s'assurer si les gens obligés par Alice justifiaient les répugnances de madame Mortaigne, elle prit un peu d'argent, quelques objets de circonstance pour la jeune mère et pour l'enfant, et partit.

Il n'y a pas généralement de concierges en province, et après avoir gagné le cul-de-sac indiqué dans la lettre, madame Dampier ne trouva pas sans difficulté la bicoque du numéro 6, logis d'Adèle Baruelle.

Tout justifiait les scrupules de l'excellente dame. La misère qui grouillait autour d'elle, dans ces constructions anciennes et délabrées, n'indiquait point la pauvreté honnête et laborieuse, mais plutôt le désordre et la bohème.

Enfin, elle atteignit le troisième étage en question, ce qui est très haut en province, même dans une grande ville. Au-dessus de celui-ci en effet, il n'y avait que des greniers; quant aux étages inférieurs, à cette heure de la journée, ils étaient vides, les gens qui les occupaient étant à leur travail ou à leur mendicité.

A son étonnement, madame Dampier ne trouva pas la pièce où elle entra aussi misérable que l'extérieur et l'escalier le faisaient prévoir.

Il y régnait peu d'ordre; mais c'était au demeurant une chambre de grisette, au plafond blanchi, aux murs tapissés d'un papier perse encore frais. Mais sur les meubles de noyer traînaient des ustensiles de ménage de toute espèce, au milieu d'effets, de linge et d'objets disparates.

De même, le lit avait des rideaux de percale, blancs par en haut, tout tachés par en bas, où l'on voyait les traces des mains malpropres qui les avaient pris pour serviettes.

Jenny l'ouvrière est un mythe, et elles se ressemblent d'ailleurs beaucoup, les logettes de ces jeunes filles tiraillées entre leur coquetterie, leurs bonnes intentions, les entraînements de leur vie précaire.

Au demeurant, à en juger par ces détails, celle-ci livrée à elle-même n'aurait pas été des pires.

Elle était alitée, ainsi que le disait sa lettre, et avait auprès d'elle son enfant endormi.

Ce qui saisit le plus désagréablement Mme Dampier, ce fut l'odeur âcre de tabac qui remplissait l'air.

Un homme était là, en effet, assis près de la croisée, fumant à grosses aspirations un hideux brûle-gueule.

C'était le père de la malade, le lecteur le connaît; seulement, il avait repris la tenue débraillée de ce genre d'ouvriers qui ne travaillent guère et qu'en argot on appelle des *loupeurs*.

A l'entrée de la visiteuse, il se leva avec empressement, et l'ayant saluée il se recoiffa de sa casquette, non par impolitesse mais par habitude.

— C'est bien ici mademoiselle Baruelle ? demanda Mme Dampier, et sur la réponse affirmative, elle s'approcha du lit et ajouta, en montrant le billet du matin : c'est vous, mademoiselle, qui avez écrit cette lettre ?

— Oui, Madame, répondit Adèle, mais c'était mademoiselle Alice...

— Que vous attendiez ?... et c'est moi, sa grand'mère, qui suis venue. Est-ce que cela vous contrarie ?

Baruelle ne laissa pas à sa fille le temps de répondre :

— Oui et non, fit-il; mais, au surplus, quoique mademoiselle Dampier soit la marraine du petit, je ne suis pas fâché d'avoir affaire à vous, qui êtes une femme respectable et pour entendre raison.

— Avoir affaire à moi ? Entendre raison ?... répéta Mme Dampier, d'un air digne.

La malade, qui était encore plus faible et plus pâle que le jour du baptême, ayant gagné un refroidissement dans l'église, se souleva avec un effort sur son oreiller, et se hâtant d'atténuer ces paroles :

— Excusez mon père, madame, dit-elle, il est un peu rude de langage et ne sait pas tourner ses phrases. Le fait est que nous vous sommes très obligés d'avoir eu égard à notre demande.

Baruelle avait repris son brûle-gueule, toujours par habitude invétérée et en tirait de grosses bouffées, qui provoquèrent chez la respectable visiteuse un accès de toux.

— Père, dit alors la malade, laisse donc ta pipe, tu vois bien que la fumée gêne madame.

Il marmotta une excuse, éteignit le culot et remit l'infect engin dans la poche de son gilet.

Mme Dampier s'étant, avec discrétion mais avec sagacité, rendu compte du local et de la situation, s'était assise près du lit, cherchant à parler de préférence à la jeune mère, malgré l'hésitation bizarre que celle-ci manifestait dans ses réponses et l'intervention continuelle de son père.

Evidemment quelque chose d'insolite et de sinistre régnait dans cette atmosphère.

IV

Le prix de la rançon.

Madame Dampier fit un effort pour surmonter cette impression et dit à la malade :

— Vous me paraissez bien faible, mademoiselle, dit-elle, et d'après votre lettre j'ai apporté quelques objets qui pourront vous être utiles.

En même temps, elle atteignit d'un nécessaire de velours qu'elle tenait à la main, un véritable magasin de cordiaux et de réconfortants liquides et solides; elle offrit d'envoyer son médecin et d'ouvrir un crédit à son compte chez le pharmacien. Enfin, elle glissa sous l'oreiller un papier enveloppant deux pièces de cinq francs.

Martin Baruelle suivit ce mouvement avec plus d'intérêt que tout le reste.

— Voilà, ajouta-t-elle, pour le plus pressé; il ne tiendra pas à moi de faire mieux, urtout si je peux espérer qu'à votre rétablissement vous vous occupiez d'élever honorablement et en menant une vie régulière cet enfant auquel ma petite-fille s'intéresse.

— C'est beaucoup de bonté, madame, répondit la malade; certainement je ne demande pas mieux.

— Vous savez travailler, vous avez un état, sans doute ?

— Nous en avons tous, des états, intervint Baruelle; ça n'est pas çà qui nous manque, ma petite dame, c'est souvent l'ouvrage, et, quand il y a de l'ouvrage, la suffisance du salaire.

— Que faites-vous donc ? demanda Mme Dampier, surmontant de son mieux l'impression de malaise causée par ce langage d'une familiarité et d'un accent grossiers. Vous, mon ami, vous êtes encore jeune, vous paraissez fort, et j'entends tous les jours dire que l'on cherche des bras pour l'industrie de la ville.

— Des métiers à crever de misère en se cassant les veines. Il faut s'échigner à trimballer des charges comme un éléphant sur les quais, de six heures du matin à six heures du soir, pour une pièce de trois francs ! Ça ne me va pas, à moi, et j'y pioche le moins que je peux, je ne m'en cache pas.

— Mon père... tu m'avais promis !... fit la malade d'un certain ton de reproche, où l'on sentait la timidité exercée par une domination acceptée ou subie.

— Tais-toi, lui répondit-il; madame désire des renseignements, je lui en donne, sauf le respect dû à une personne de sa conséquence.

La jeune fille obéit; fermant les yeux, elle se tourna du côté de la muraille, comme pour rester étrangère à ce qui allait se dire ou se passer.

La gêne de Mme Dampier en prit de plus vives proportions; elle passa à son bras la poignée de son sac de velours, et, tout en faisant les premiers mouvements d'une personne qui se prépare à partir :

— Mais, si vous ne travaillez pas, de quoi vivez-vous donc ! demanda-t-elle au bohême.

Martin Baruelle se leva lentement et rlla s'adosser dans une attitude d'ailleurs parfaitement tranquille contre la porte, croisa les bras, mit ses pieds l'un sur l'autre, et répondit du ton le plus naturel :

— Je vole.

Mme Dampier était une femme supérieure, mais c'était une femme et une femme âgée.

A la cynique déclaration du bandit, elle pâlit, et cependant elle se redressa avec résolution; et, portant sur lui un regard plus indigné encore qu'effrayé :

— C'était donc un guet-appens ? dit-elle : et vous en êtes complice, mademoiselle ? ajouta-t-elle pour la malade, qui, décidément, avait pris pour tactique de ne plus parler ni laisser voir son visage.

Intérieurement, dans sa situation critique, la généreuse dame remerciait le Ciel, qui lui avait inspiré l'idée de venir à la place de sa petite-fille.

— Laissez cette enfant tranquille, dit Baruelle, tout cela ne la regarde pas, et elle est déjà assez malade, sans compter l'embarras et la charge de ceci, fit-il en désignant l'innocent qui, par bonheur, continuait son long somme.

Il fit deux enjambées, retira le papier déposé sous le traversin, revint se coller contre la porte, développa les deux pièces d'argent, les glissa avec un rire dédaigneux à côté de sa pipe, dans son gilet, et reprit.

— Dix francs !... Vous comprenez bien, ma petite dame, qu'on ne peut pas vous passer ça pour ce prix-là.

— Mais, vous êtes un misérable !

— Diable m'emporte, je le sais bien ?.... Mais parlons d'affaires.

— Que prétendez-vous ?

— Dame ! votre demoiselle s'étant présentée pour servir de protectrice au petit, il me paraît juste que vous soyez généreuse pour lui et pour sa famille.

— Sa famille, c'est vous et votre fille, votre complice.

— Des mots, tout ça... parlons affaires, je ne sors pas de là.

— Me direz-vous, du moins, pourquoi c'est précisément à la personne qui vous a témoigné de l'intérêt, quand toutes les autres vous repoussaient, que vous tendez un piège aussi abominable et aussi lâche ?

— Oh! les autres... c'est-à-dire madame la conseillère, j'ai toujours le temps et le moyen de la rattraper et de lui faire chanter un petit air avec accompagnement de monacos !.. Patience ! patience ! diable m'emporte, son tour viendra !

— Mais ma fille enfin, mais moi.... qu'avez-vous à dire ?..

— Çà, c'est une autre histoire, et c'est précisément par vous que je devais commencer, en douceur, d'ailleurs, si, comme vous en avez l'air, vous êtes une femme intelligente.

— Terminons ! c'est de l'argent que vous voulez !.. Je vous ai donné ce que j'avais sur moi et si vous comptez réaliser à mes dépens une escroquerie, je vous préviens qu'à moins de m'assassiner, vous en subirez la peine.

— Oui, vous êtes dans la justice, c'est connu. Mais tout ça c'est des mots inutiles. Moi je ne suis pas bavard, je suis un homme franc et sincère.

Vous voulez savoir pourquoi je m'adresse à vous ; je vais vous le narrer.

Je suis ce qu'on appelle un mauvais sujet. Ça n'est pas ma faute, le bon Dieu m'a fait comme ça ; tout ce qu'on a essayé pour me corriger m'a empiré.

Je suis sensément ouvrier sur le port. Or, savez-vous, ma petite dame, de quoi se composent les gens de ce métier-là ? Il y a parmi eux une moitié de gaillards qui ne valent pas cher et une autre moitié qui ne vaut rien du tout, étant des repris de justice, obligés d'aller montrer leur nez tous les quinze jours au bureau de la sû-

reté ; — on appelle ça, être en surveillance.

Je suis en surveillance.

La dernière fois que j'ai été au bagne, le juge qui présidait les assises était monsieur Dampier.

— Ah! c'est pour cela..., fit la vieille dame.

— Laissez-moi terminer, je vous en prie ; les paroles, ça ne tue personne.

M. Dampier était donc président, et, comme j'étais fautif, je ne lui aurais pas trop gardé rancune si la peine avait été honnête et modérée ; mais sous prétexte qu'il y avait des circonstances aggravantes pour outrages aux mœurs et des blessures ayant occasionné la mort, blessures que les médecins n'avaient pas découvertes avant qu'il vînt à s'en mêler, et patati et patata, il a si bien entortillé les jurés, dans son résumé, que j'ai attrapé le maximum.

C'est toujours désagréable et ça vous laisse à un homme un mauvais souvenir. Aussi je m'étais dit : Si jamais je repince le président, ça lui coûtera plus cher qu'à la foire, comme on dit chez nous.

— Mais le président n'a rien à voir dans ce complot, il me semble.

— Il vous semble mal, vous en auriez déjà jugé, en me laissant finir, mais vous causez toujours !

Mme Dampier s'était rassise, pour reprendre des forces ; elle se sentait en proie à une anxiété croissante, trop justifiée par l'attitude de ce bandit, par son langage dont l'impudence présageait quelque scélératesse profonde, et par l'impossibilité d'appeler ou d'attirer de l'aide dans ce coupe-gorge.

Le rôle neutre où Adèle Baruelle se cantonnait, ajoutait à l'horreur de ce tête à tête à trois.

— Voici donc l'affaire, reprit l'ancien forçat.

Vous pensez bien que la petite n'a pas été élevée comme une duchesse, et que dans nos conditions on n'est pas de sainte-vierge. Qu'est-ce que je demande moi ? tout bonnement à vivre le moins mal possible et à ne pas m'éreinter. J'étais né pour être rentier, quoi !

Ça ne nous empêche pas d'avoir des états, puisque je suis sensément carruyer sur le port et la petite blanchisseuse. Mais voilà le chiendent ; c'est jeune, c'est gentil, ça se laisse courir après les cotillons, et finalement ça ne sait pas faire son affaire.

Si bel et si bien qu'au lieu d'embringuer un vieux richard qui lui voulait du bien, elle l'a lâché pour un godelureau de rien du tout, dont voilà le profit le plus clair.

Il montra de nouveau l'enfant endormi.

— Si vous croyez que c'est drôle ! ah mais non !

La voilà à dix-sept ans, avec ce paquet sur les bras, merci !

En achevant ces mots, il enveloppa l'enfant d'un mauvais regard.

La charitable visiteuse n'avait jamais eu, durant sa longue carrière, l'idée d'une abjection si profonde. Les indigents, les mendiants, les prisonniers même qu'elle passait une partie de sa vie à soulager ne ressemblaient pas à cet odieux bandit et conservaient encore le respect pour sa main charitable.

Les termes sauvages dans lesquels Baruelle parlait de l'enfant de sa fille, et la dureté de ce regard qui revenait sans cesse sur l'innocent faisaient naître d'affreuses appréhensions.

— Mais, objecta madame Dampier, il y aurait moyen de placer cet enfant dans une maison d'assistance...

Ici enfin, Adèle Baruelle fit un mouvement, ces paroles venaient de toucher l'une des rares fibres qui parussent subsister dans cette nature abâtardie; elle prit son enfant entre ses bras, et se retourna du côté de la ruelle, en le tenant étroitement pressé.

— Je veux le garder ! dit-elle; on m'a promis de me le laisser !

L'homme haussa les épaules avec un dédain cynique; il était évident qu'il ne se souciait guère de ce faible élan maternel et que, s'il le tolérait, c'est qu'il ne contrariait point ses calculs.

— Vous me direz, reprit-il, qu'il y a de ma faute là-dedans; que c'était à moi, quand je me suis aperçu des allures du muscadin, à lui administrer une correction qui le guérît de l'envie de remonter mon escalier. C'était élémentaire et j'avoue que la tentation m'en est venue plus d'une fois.

Je n'en ai rien fait, et, franchement, au fond, je ne m'en repens pas, parce que je me flatte que nous n'y perdrons rien.

Ah ! cela vous étonne ! fit-il, prenant pour de la surprise l'expression de dégoût amenée sur les traits de la vénérable femme par cette absence de tout sens moral.

Je ne m'en repens pas, appuya Baruelle, parce que c'est vous qui remplacerez notre bailleur de fonds.

— Moi !...

— Vous-même, ma petite dame, et j'ose le dire, vous accomplirez cet acte de générosité par conscience, et de bonne volonté, bien plus que par contrainte.

Madame Dampier, malgré ses efforts pour conserver sa présence d'esprit et imposer à ce misérable par la dignité de son attitude, sentait sa tête près d'éclater.

Elle affermit de nouveau sa voix et lui dit:

— Expliquez-vous enfin !

— Oui, je crois que c'est le moment.

— Eh bien donc, j'ai excusé la petite d'accepter les galanteries du muscadin en question, quand j'ai su que ça nous rapprochait de votre chère famille.

— Emmanuel ?... s'écria avec effroi madame Dampier, éclairée soudain.

— Vous l'avez dit, ma petite dame; l'amant de ma fille, le papa du môme, c'est monsieur Emmanuel, le fils de mon président, de M. Pierre Dampier, si dur pour ce qu'il appelait mes outrages à la pudeur.

— O mon Dieu ! mon Dieu !...

— Ça vous contrarie, je le comprends, d'autant que c'est un garçon très-gentil, et qu'un soir que je le tenais, — dame, entre quatre z'yeux comme nous voilà, il m'a signé un bout d'écrit avec engagement d'épouser la petite, en réparation du tort fait à son honneur, aussitôt qu'il en serait libre.

— C'est infâme; mais cet engagement est nul, Emmanuel est mineur !

— Nous savons tout cela. N'empêche que par ce même papier il n'ait reconnu l'enfant qui allait venir comme provenant de ses œuvres,

— Vous avez donc voulu l'assassiner, pour lui extorquer un pareil écrit ?

— Oh ! pas tout à fait. Diable m'emporte, quand il s'est senti pris, il a cané. Qu'est-ce que vous voulez, c'est pas un héros, votre jeune homme, et puis, je crois qu'il a bien fait, dans l'intérêt de sa conservation physique.

N'empêche que c'est flatteur pour ma fille de pouvoir montrer comme quoi elle est censément la bru du président qui a condamné son papa à aller là-bas. Vous m'entendez ?

D'ailleurs, les papiers ça peut souvent faire du bien et toujours du mal.

Vous aimez les explications limpides ; il me semble que celle-ci ne laisse rien à désirer.

Il s'arrêta comme pour donner à sa victime le temps de réfléchir sur les ouvertures très claires, en effet, concernant les écrits extorqués à Emmanuel, le couteau sous la gorge.

— Je comprends, dit l'aïeule, vous prétendez me vendre ces papiers.

— Dame ! si vous y mettez le prix ! Vous sentez que ce sera un certain soulagement pour monsieur votre jeune homme, sur qui des gens pas délicats tireraient à vue toute sa vie au moyen de ces chiffons. Ce n'est pas avantageux, allez, d'avoir un bonhomme obstiné et tourné comme votre serviteur, qui, chaque fois que vous voulez vous lancer, vous marier ou autre chose, arrive avec la preuve signée, paraphée et timbrée, que vous possédez quelque part un mioche qui a pour grand-père un ouvrier comme votre serviteur, et qui a droit de vous appeler « papa ».

Mais je suis raisonnable, et comme je suis également pressé, je vous laisserai la chose pour quinze mille francs, que vous m'apporterez ou m'enverrez demain.

— Demain !... dit Mme Dampier, n'essayant pas de marchander, mais songeant à la difficulté de se procurer cette grosse somme en si peu de temps.

— Demain, répéta péremptoirement le bandit. Voyez-vous, je n'aime pas à lambiner ; ce qui est fait est fait.

Demain, c'est convenu, et pour épargner à votre commissionnaire la peine de monter, je l'attendrai jusqu'au coup de huit heures sur le pas de l'allée, en bas. Si personne n'est venu quand l'horloge aura fini de sonner, foi de Martin Baruelle, ce sera trente mille, et finalement, si au troisième jour je n'avais rien reçu... je n'ai pas besoin de vous dire ce qui arriverait, mais je crois que M. le président, monsieur votre jeune homme et vous en auriez regret.

Quant à raconter au procureur du roi la petite conversation que nous venons d'avoir, vous entendez bien aussi, ma petite dame, que vous n'y gagneriez rien.

Vous allez sortir d'ici sans qu'on ait touché à un de vos respectables cheveux, et le résultat le plus clair, si vous faisiez de l'esclandre, ce serait de divulguer l'histoire et d'apprendre à toute la ville que le président Dampier est le grand père de cet amour de poupon qui ne décesse pas de crier le jour et encore plus la nuit.

Maintenant, j'ai terminé, vous savez ce que vous vouliez savoir. Je vous rappelle, pour la bonne mesure, que je suis l'un des trois à quatre cents braves soumis comme moi à la surveillance et travaillant sur le port, et qu'en nous réunissant ainsi dans certaines grandes villes, la police se montre pleine d'intelligence.

Nous faisons censément une famille ; quand il y en a un qui a besoin d'un coup de main vis-à-vis de quelqu'un qui le gêne, l'affaire est faite sans qu'il ait besoin d'y paraître, ce qui empêche qu'il soit compromis et ce qui embrouille les *curieux* (les juges), attendu qu'on ne va guère relancer des gens auxquels le défunt était inconnu et indifférent. Si donc un fâcheux hasard voulait qu'il arrivât mal par chez vous, soyez sûre et certaine que ce n'est pas moi, de ma main, qui aurais fait la chose.

— Vous iriez jusqu'à tuer mon petit-fils ! s'écria madame Dampier en frémissant.

— Moi ? Jamais ! Je connais mon code. D'ailleurs, je viens d'avoir l'avantage de vous expliquer que si un malheur arrivait je n'y serais pour rien.

Mais il faut tout prévoir. Tenez, une supposition : M. Manuel va revenir un de ces jours de Tarbes ; eh bien ! la route est longue, les chemins ne sont pas sûrs, et la diligence traverse de nuit des chemins où il ne fait pas même bon le jour.

C'est à quoi je vous engage à réfléchir.

Madame Dampier se leva pour la seconde fois et dit simplement :

— Puis-je sortir à présent ?

— Comment donc, vous êtes libre. Ah ! qu'est-ce que j'aperçois ? Vous avez là une montre qui paraît fièrement bonne ; j'ai été obligé de me défaire dernièrement de la mienne, qui n'allait plus..... que chez ma tante : si c'était un effet de votre libéralité, ça m'aiderait pour demain à guetter l'heure.

En formulant cette requête, il continuait de s'adosser contre la porte ; la pauvre dame comprit, tira la chaîne passée à son cou et déposa chaîne et montre sur la table à côté des objets qu'y avait entassés sa charité.

Martin Baruelle s'écarta alors, ouvrit, et retirant sa casquette :

— Merci, tout de même, fit-il, diable m'emporte ! voilà ce que c'est que d'avoir affaire à des personnes qui comprennent. Tout se passe en douceur... N'oubliez pas quinze mille... et huit heures sonnant !

Au premier pas, madame Dampier sentit ses jambes faiblir. Le bandit s'en aperçut et s'avança en lui présentant le bras.

L'horreur de ce soutien lui rendit momentanément ses forces.

Elle sortit de ce repaire, descendit l'escalier boiteux en se tenant à la corde, traversa l'impasse sans voir les individus aux yeux hagards qui la regardaient avidement, et gagna la rue.

Un fiacre vide vint à passer, il était temps !

Elle y monta et donna son adresse.

Lorsque la voiture arriva à la porte de l'hôtel, le cocher, étonné de ne pas voir descendre sa voyageuse, se décida à quitter son siége et à ouvrir la portière.

Madame Dampier était sans connaissance sur les coussins.

V

Les promeneurs de nuit.

A l'appel du cocher, les trois domestiques de l'hôtel accoururent suivis bientôt d'Alice, et madame Dampier fut transportée sur son lit, où elle ne tarda pas à revenir à elle.

Sa présence d'esprit et sa mémoire se retrouvèrent en même temps.

La réaction de ses émotions trop longtemps contenues avait amené cette syncope, elle la mit sur le compte d'un étourdissement, d'une fatigue, et ne retint auprès d'elle que sa petite-fille.

Celle-ci, sachant à quelle invitation sa grand'mère s'était rendue et ayant calculé par la durée de son absence qu'il se passait quelque chose d'extraordinaire, s'était sentie gagnée par l'inquiétude, et elle commençait à se demander s'il ne serait pas bon d'aller au devant de l'absente et au besoin jusqu'à l'adresse dont elle se souvenait.

— Grand'mère, demanda-t-elle dès qu'elles furent seules, il y a un malheur, n'est-ce-pas ?

— Oui, mon enfant, un grand malheur, répondit l'aïeule.

— Pour Emmanuel peut-être ?

— Pour lui d'abord..., pour nous tous ensuite, j'en ai peur.

Il y eut un silence, la jeune fille tremblait de questionner, l'aïeule n'osait parler.

Leur tendresse pour l'absent, leur confiance mutuelle abrégea cependant cette suspension. Alice raconta ce qui s'était passé au départ de son frère, madame Dampier révéla ce qui pouvait l'être à ces oreilles chastes, concernant le guêpier où le jeune homme était tombé.

Quinze mille francs à réaliser en vingt-quatre heures, ce n'était pas une opération facile. La maison du président était honorablement, mais sagement tenue. La fortune était modeste au demeurant, administrée strictement, nous l'avons dit, et madame Dampier ne s'était réservé depuis longtemps qu'un faible avoir personnel, laissant le principal à la gestion et à la disposition de son fils.

Ces deux pauvres femmes se consultèrent longtemps : l'aïeule conclut, qu'en une circonstance si grave, il fallait tout révéler au père de famille ; les palliatifs et les expédients, à supposer même qu'elle parvînt à l'insu de son fils à réunir la somme exigée, ne pouvant empêcher la vérité d'éclater d'un instant à l'autre.

C'était un procédé héroïque, violent, mais qui du moins sauvegardait des tempêtes à venir, et puis il n'était pas possible de se passer en pareille crise du conseil d'un homme tel que le président.

Si le coupable eût été à X... en ce moment, madame Dampier, connaissant le tempérament rigide de son fils, aurait probablement cherché un expédient ; mais Emmanuel se trouvant loin, le premier feu de la colère serait amorti à son retour.

Alice, élevée dans la crainte de son père, connaissant sa sévérité pour Emmanuel, combattit tant qu'elle put cet avis, sans en méconnaître au fond d'elle-même la sagesse et l'urgence.

— Un homme irréprochable comme mon père ! disait-elle ; si mon frère était là, il serait capable de le tuer !... Songe donc, grand'mère, de quel œil il va envisager cette faute, lui dont toute la vie est d'une pièce, qui ne donna jamais prise à la médisance..., lui, l'homme antique, inattaqué, inattaquable !

L'aïeule attira sous ses baisers la jeune fille penchée à son chevet; une expression de terreur et d'énergie, répondant à ses sensations intérieures, se réfléta successivement sur son grand visage encadré de cheveux blancs.

Une illumination sembla s'opérer en elle, à la fois poignante et réconfortante.

— Mon enfant, dit-elle, le malheur est sur cette maison, mais c'est l'heure de ne point s'affaisser. Rien ne me coûtera pour atténuer les peines de mon cher petit-fils, rien, même ce qui pourrait broyer mon cœur de mère...

La force qu'il me faut, je sens déjà que le bon Dieu me l'accordera... Allons, remets-toi... Peut-être de l'excès de nos douleurs sortira-t-il une idée de salut.

Si tu m'aimes, Alice, je t'en prie, ne m'interroge plus.

A ces mots, elle descendit de son lit, se rajusta et se montra si allègre que chacun dût croire à l'effacement de toute trace de son malaise.

Alice seule ne s'y méprit pas; il y avait de la fièvre dans cette énergie factice; l'animation du regard, le coloris des pommettes de la vieille dame l'indiquaient.

Elle se soumit néanmoins, ne fit plus une question; la journée s'acheva suivant l'ordre accoutumé et chacun gagna sa chambre au coup sacramentel de dix heures.

Une demi-heure après, on eût juré que tout reposait dans l'hôtel.

Ce n'était qu'une apparence.

Un homme enveloppé d'un manteau, coiffé d'un feutre bas, le visage garni d'énormes favoris, descendit à pas de loup par un escalier de service, traversa un long couloir, dont la porte donnait sur une rue étroite, longeant le derrière de l'hôtel, porte que l'on n'ouvrait jamais et qui paraissait oubliée des maîtres aussi bien que des domestiques.

Il retira les verrous et mit une clé dans la serrure moins rouillée qu'on ne l'aurait cru.

Avant d'achever de l'ouvrir, il souffla une petite lanterne dont il avait éclairé jusque-là sa marche, et qu'il accrocha, par un geste témoignant d'une grande habitude, à un clou de la muraille.

Alors, il fit rouler la porte qui, par singularité, ne produisit aucun grincement sur ses ferrements en apparence oxydés.

La ruelle sur laquelle donnait cette porte, était un de ces passages fréquents dans les anciennes villes de province, larges au plus pour deux personnes de front, et n'ayant guère d'autres ouvertures, dans les murailles, que des jours de souffrance grillagés et quelques petites portes à moitié condamnées, embourbées et quasi-honteuses.

L'homme au manteau y pénétra sans hâte et sans lenteur, comme quelqu'un qui a son temps à lui et qui n'appréhende rien.

Evidemment, ce ne devait pas être un voleur.

Il gagna l'une des grandes rues où cette ruelle aboutissait et rejoignit à vingt pas de là un autre promeneur nocturne mis à peu près comme lui, mais possesseur d'une longue barbe rousse.

Tous deux alors, causant assez discrètement pour que d'autres passants ne distinguassent pas ce qu'ils disaient, s'acheminèrent vers le bas de la ville.

Vers le même temps, d'autres personnages, d'allures également honnêtes et tranquilles, surgissaient sur divers points et s'acheminaient isolément ou par groupes de deux au plus dans la même direction.

Il s'en allait environ onze heures du soir; si l'on excepte certains points centraux, tels que les abords des théâtres, c'est une heure tardive où il y a peu de monde dehors.

Sans manifester aucune appréhension compromettante, les hommes dont il s'agit évitaient ces points animés, mais on ne pouvait pas dire qu'ils se cachassent.

Ils se comportaient, en conséquence, en gens intelligents, marchant droit leur chemin, et ne se dérangeant pas à la rencontre, d'ailleurs rare, de bourgeois attardés, dont eux-mêmes présentaient les allures.

En constatant ce goût un peu étrange pour les promenades nocturnes, et la tranquillité parfaite qu'ils montraient, constatons aussi que cette sécurité n'était pas absolument justifiée, au moins cette nuit-là, en ce qui les concernait tous.

En effet, celui que nous venons de voir

sortir de l'hôtel Dampier, tournait à peine l'angle de la ruelle isolée, qu'une ombre s'attacha à ses pas.

Toute enveloppée de noir aussi, elle s'était glissée sur sa piste et, peu préoccupée des étrangers et des rencontres rapides de la nuit, elle le suivit sans laisser voir d'autre crainte que celle d'être aperçue par lui ou de perdre aucun de ses mouvements.

Ce n'est pas tout encore, car il faut bien qu'on se persuade que ces villes de province avec leurs airs prudes, leur extérieur correct valent souvent moins que Paris un peu fanfaron et faisant parade de ses frasques.

Un quart d'heure après la sortie du personnage à barbe rousse et sa réunion discrète avec le personnage à favoris noirs, un jeune particulier, qui revenait du spectacle en fumant un cigare, passa et repassa à trois reprises en sifflotant un motif de l'Opéra, qu'on avait joué ce soir-là, devant la maison de l'homme aux favoris roux.

Cette maison, haute de deux étages, avait certainement le plus honnête air du monde. Les volets du rez-de-chaussée et du premier étage étaient hermétiquement clos; aux fenêtres du second, on apercevait les grands rideaux minutieusement fermés et pas une lueur ne filtrait par aucun joint.

On aurait apporté, dans ce logis, le bon Dieu sans confession.

Ce ne pouvait pas être non plus celui du fumeur, il n'aurait pas mis tant de façons pour frapper ou pour ouvrir.

Il n'eut besoin ni de ceci, ni de cela. Avant qu'il eût achevé son troisième tour, la porte bâtarde à laquelle on accédait par deux marches de pierre, s'entrouvrit tout doucement, un imperceptible psitt! psitt! se fit entendre.

Le fumeur jeta le bout de son cigare, s'élança avec un empressement significatif, et derrière la porte qui se referma aussi vite, une oreille maligne et subtile aurait pu saisir dans l'obscurité ces deux noms :

— Cher Agénor !...

— Chère Agathe !...

Pour cette fois, nous avouons n'être pas en mesure d'en raconter davantage, mais revenons, si vous le voulez bien, à l'hôtel Dampier.

Il était trois heures du matin; le crépuscule commençait à traverser les croisées des appartements donnant sur la cour.

Ces appartements se composaient, entre autres, d'un grand salon suivi d'un plus petit qu'il fallait traverser pour entrer dans la chambre du président.

Un bruit de pas atténué par la précaution du marcheur se fit entendre sur le parquet du premier, la porte du deuxième s'ouvrit avec le même soin, et quelqu'un entra.

C'était M. Dampier lui-même, ou plutôt, dans la clarté douteuse de l'aube, on aurait juré son spectre.

Son teint pâle habituellement était livide, son front grave était contracté, crispé, une lassitude extrême se révélait au cercle bistré qui plongeait jusqu'au fond de leurs orbites ses yeux éteints; ses lèvres flétries et blêmes exprimaient le dégoût et le sarcasme poignant.

Il aperçut son reflet dans une glace, et l'impression fut telle qu'il passa vivement la main sur sa figure, pour s'assurer que c'était bien lui, ou pour écarter ce cachet malsain en pétrissant ses traits.

Sous cette gêne, il arrivait au milieu de la pièce, quand il lui survint une autre impression plus violente encore, car il sursauta sur lui-même et fit un pas en arrière.

Le faible bruit de son passage avait amené un mouvement à l'un des coins du salon; — il y avait là quelqu'un !...

C'était sa mère que la fatigue avait assoupie dans une bergère, et qui se réveillait.

— Ah! fit-elle, c'est toi, Pierre?

— Vous, vous ici, ma mère !... s'écria-t-il au comble de la stupeur.

— Je t'attendais, dit-elle, en dissimulant mal le tremblement de sa voix.

— Vous m'attendiez !... A pareille heure !...Vous saviez donc que j'étais sorti?

— Sans doute, ne t'ayant pas trouvé dans ta chambre.

— Eh bien, oui; une soirée prolongée chez le premier président... Mais, vous aviez donc une affaire bien pressante à me communiquer?

— Oh ! très-pressante, et il faut que je te l'explique sur-le-champ.

— Mais, ma mère, il est fort tard ; je suis horriblement fatigué et vous-même vous dormiez sur ce fauteuil.

— Non, je songeais...

Tout à coup, une idée le frappa, se rappelant l'accident de la journée et saisi de l'altération du visage de la septuagénaire, il appréhenda un accès de délire, un dérangement de ses facultés.

Se rapprochant tout à fait d'elle, il lui dit avec une grande douceur :

— Allons, ma mère, croyez-moi, vous n'êtes pas tout à fait remise, il faut rentrer dans votre chambre, vous coucher, et tantôt, quand vous aurez bien reposé, nous causerons tant que vous voudrez... N'est-ce pas, vous consentez..., vous êtes raisonnable..., prenez mon bras, je vais vous mener, et, si vous le désirez, je vais appeler Julienne.

Elle devina sa pensée et répondit avec un sourire triste :

— Soyez sans crainte, je ne suis ni malade ni folle, et plût à Dieu que je le fusse et que j'eusse rêvé les chagrins qui m'accablent.

Cet homme qui avait employé une partie de son énergie et de sa grande intelligence à se composer un extérieur plastique immuable, ne devait point avoir les passions du vulgaire, et si quelques-unes couvaient en lui elles devaient ressembler à la lave torride qui bouillonne sous la croûte d'aspect inoffensif d'un cratère éteint.

Il devint plus décoloré qu'un cadavre et le globe de ses yeux s'imprégna de filets jaunâtres.

Il eut bien la velléité de supposer encore un égarement de sa mère, mais tout en elle le démentait, sa science physiologique ne pouvait pas s'y tromper.

—Enfin, demanda-il, qu'y a-t-il et d'où vous viennent ces peines ?

—Mets-toi là, fit-elle en lui indiquant la chaise voisine, et écoute-moi jusqu'au bout, sans t'emporter et sans m'interrompre, s'il se peut. Je vais te parler d'Emmanuel.

— D'Emmanuel !... Pour que vous ayez attendu si longtemps mon retour, que vous y mettiez cette insistance et que son nom seul fasse frissonner vos lèvres, ma mère, il faut qu'il s'agisse en effet de quelque chose de bien grave.

— Je t'en supplie, si tu veux que j'achève et que nous trouvions le moyen d'atténuer le mal, reste calme...

— Atténuer le mal ?... Il a donc commis une action coupable..., honteuse..., compromettante ?...

Vous vous taisez ?... c'est vrai alors ! Ah ! le misérable a déjoué ma surveillance et bravé mes injonctions... Cela devait arriver, avec l'indulgence que vous affectez et le soin que vous prenez de contrecarrer auprès de mes enfants mes principes et mon autorité !

Malheur à lui s'il a compromis son nom et sa fortune ! Inflexible on me dit, inflexible et impitoyable je serai.

Mais, parlez, ma mère, parlez maintenant, puisque la chose est urgente et critique à ce point que vous n'ayez pas cru pouvoir me la cacher comme tant d'autres ; achevez.,. j'attends.

La vénérable femme avait prévu cette explosion : elle savait aussi, par surcroît, que le président Dampier n'était pas une de ces natures violentes mais généreuses, chez qui la colère n'a qu'un instant ; chez lui la rigueur était incarnée et le second mouvement ressemblait au premier, si même il ne l'empirait.

C'est pour cela qu'elle avait laissé entrevoir à Alice qu'elle ne viendrait pas à cette explication sans être armée aussi.

Après avoir levé les yeux au ciel avec un long soupir, pour le prendre à témoin de ses tortures, elle ramena sur son fils un regard expressif, et lui dit :

— Avant de condamner et de maudire votre enfant, plus malheureux que coupable, ne conviendrait-il point de rentrer en vous-même et de voir si vous êtes sans péché, vous qui jetez si durement la pierre...

Monsieur, où étiez-vous cette nuit ?... De quel lieu venez-vous ?

A cette question ainsi posée, une fureur et une épouvante inexprimables envahirent cet homme de bronze, il se dressa galvaniquement d'une pièce, et levant sur sa mère ses poings serrés :

—Malheur et malédiction ! Ah ! vous m'avez suivi !... s'écria-t-il avec un rugissement.

Il était effrayant et sinistre.

La porte du grand salon, qui était restée mal fermée, s'ouvrit tout à coup, un cri perçant répondit à celui du président, et Alice, en manteau de nuit, les cheveux défaits, éperdue, vint tomber à genoux entre son père et sa grand'mère, les mains jointes et criant :

— Mon père, frappez-moi plutôt, mais pas elle !... pas elle !...

La pauvre enfant agitée par ses pressentiments, par le sort qui menaçait son frère, n'avait pas fermé l'œil de la nuit. A la première lueur de l'aube, n'y tenant plus, inquiète de l'état de sa grand'mère au milieu de tant de secousses, elle avait quitté son lit et s'était glissée dans sa chambre.

La couche n'avait pas été défaite, et Mme Dampier n'était ni dans cette chambre ni dans le cabinet voisin, dont elle faisait un oratoire.

En proie à une anxiété croissante, Alice se mit à la chercher de pièce en pièce, n'osant cependant appeler, de peur d'initier les domestiques aux désordres de la maison.

Elle arriva ainsi jusqu'au salon, et là, guidée par les voix, elle se blottit dans l'angle de la porte, d'où, terrifiée, elle suivit le terrible dialogue engagé entre la mère et le fils.

Elle se sentait défaillir, le vertige la prenait quand le geste de son père levant les poings, et l'effroyable expression de son visage la ranimèrent à la crainte d'un crime sans nom.

Son apparition et son accent produisirent sur le cerveau enfiévré de Pierre Dampier une réaction électrique, instantanée. Ce fut l'éclat de la foudre qui brise et écarte les nuages amoncelés et rend l'éclaircie au soleil.

Le soleil ce fut la raison, dont cette tête puissamment organisée redevint maîtresse.

M. Dampier releva gravement sa fille et lui dit de son ton posé et froid :

— Vous êtes folle !

Puis il la reconduisit par le bras jusqu'au bout du grand salon, qu'ils traversèrent sans échanger une parole, et là, sur le seuil, il lui dit encore de la même voix glaciale :

— Rentrez dans votre chambre et attendez-y mes ordres.

Cette fois, il referma avec soin les portes après lui, et revint vers la septuagénaire qui n'avait pas bougé dans son fauteuil, et qu'on aurait crue anéantie, si deux grosses larmes, coulant lentement sur son visage, n'eussent constaté qu'elle vivait et qu'elle souffrait.

M. Dampier, sec, dur et despotique, mais essentiellement maître de lui, venait pour la première fois d'oublier ses devoirs envers sa mère.

Le mystère dont il la soupçonnait maîtresse était donc effroyable ; car cet emportement ne pouvait s'expliquer par la faute d'Emmanuel dont il ne connaissait encore ni les détails, ni les conséquences.

Il se rassit devant sa mère, en homme désormais sûr de son sang-froid, et lui dit :

— Il vous reste à m'apprendre ce qui concerne votre petit-fils ; j'écoute.

Elle comprit à son accent et à son maintien qu'en effet elle pouvait parler sans crainte de nouvelle tempête.

VI

Les juges dans l'embarras

Alors , avec les ménagements que sa tendresse pour le coupable lui suggéra, madame Dampier fit le récit des incidents que l'intelligence du lecteur a pénétrés, sans qu'il faille les répéter.

Le président écouta jusqu'au bout sans interrompre par un seul mot, sans qu'une fibre de sa physionomie bougeât.

On l'aurait cru assis sur son fauteuil présidentiel, absorbé par les débats d'une cause capitale.

De fait, celle dont il s'agissait et qui offrait pour lui un si fatal et si personnel intérêt, témoignait chez le principal criminel d'une profondeur rare dans la scélératesse, et de quelque côté qu'on cherchât le palliatif on sentait un enlacement tel que l'impunité devait rester aux coupables.

Sans être impressionné autant que sa mère par la menace suspendue sur la tête d'Emmanuel, M. Dampier savait par des cas nombreux jusqu'où allait la solidarité et l'audace des misérables dont Martin Baruelle faisait partie.

D'une autre part, il était impossible d'établir le guet-apens où l'on avait attiré sa mère, ni même qu'il y eût guet-apens, le vol de la montre n'apparaissait que comme un détail bien petit dans une si grosse affaire.

Mais ce qui paralysait péremptoirement toute velléité d'éclat, de répression judiciaire, c'était la position éminente occupée par M. Pierre Dampier, ce renom d'honorabilité maintenu à son nom et ce vernis de puritanisme dont il se parait.

Dans le dilemme où son fils s'était fourvoyé il ne voyait que des scandales, et la répression, en les faisant éclater, engageait, ainsi que l'ancien forçat l'avait diaboliquement combiné, l'avenir même de ce fils auquel le président tenait moins par une tendresse dont il n'était pas susceptible, que par orgueil.

Il fallait que le cas fût bien embarrassant, même pour un juriste et un praticien de sa force, car non-seulement il laissa Mme Dampier parler jusqu'au bout, mais quand elle eut terminé, le bras sur l'appui de son fauteuil, la tête dans sa main, il demeura plus d'un quart d'heure absorbé.

Alors, il se leva, repoussa son siége, et, s'adressant à sa mère, sans que rien n'indiquât sur son visage ce qui se passait en lui, ni ce qu'il comptait faire.

— Je comprends, dit-il, que vous vous soyez crue obligée de me faire ces révélations; comprenez, de votre côté, mon légitime ressentiment; comprenez surtout la nécessité d'un silence inviolable désormais sur toute espèce de question, — il appuya sur les derniers mots, et ajouta : c'est par ce silence seul que l'honneur de cette maison sera sauvé, s'il est encore possible qu'il le soit.

Et je vous dis maintenant, ma mère, comme à votre imprudente petite-fille : retournez chez vous, prenez du repos, ne montrez rien à vos gens qui laisse douter de votre sérénité d'esprit, et attendez que je vous trace ce qu'il conviendra ensuite que vous fassiez.

Voyant avec quel effort elle se mettait debout, il voulut lui donner le bras pour lui aider, mais, à ce geste, elle eut un frisson répulsif, pareil à celui que lui avait causé le contact du bandit de l'impasse Malouet; elle retrouva assez d'énergie et regagna seule sa chambre, où Alice, consternée et en larmes, l'attendait.

Il était encore très matin; M. Dampier eut le temps de rentrer aussi chez lui, mais son premier soin, au lieu de demander au sommeil un calme réparateur, fut de passer dans son cabinet de toilette et de chercher, à défaut du rétablissement de l'équilibre moral, celui de l'harmonie et du decorum physiques.

Il eut beau faire, ni le rasoir, ni le peigne, ni le linge blanc ne pallièrent complétement les ravages des émotions de cette terrible nuit.

Elle n'avait pourtant pas été mauvaise pour lui seul, ainsi qu'il en acquit bientôt la preuve.

Il n'était pas huit heures, que Germain, son valet de chambre, entra lui demander s'il voulait recevoir M. le conseiller Mortaigne.

M. Mortaigne était le seul homme qui, sans un rendez-vous formel, sans une lettre d'audience, pût se présenter chez le président à pareille heure, la chose était même exceptionnelle et indiquait une affaire pressante.

Comme nous l'avons dit, le conseiller Montaigne était l'ami par excellence, c'est-à-dire en réalité le seul ami de Pierre Dampier.

Un contraste existait cependant entre l'humeur de l'un et de l'autre, mais c'était une preuve de plus que les contraires se recherchent.

Le conseiller Montaigne, appelé à jouer un rôle considérable dans cette réelle et invraisemblable histoire, était comme qui dirait le Falstaff de la cour royale de X***.

Ce n'est pas qu'il manquât absolument de sérieux quand il siégeait, mais sa face ronde et colorée, son œil vairon, ses mouvements plus juvéniles que son âge, — il frisait la cinquantaine, — trahissaient par trouées son humeur joviale.

C'était à lui qu'on confiait de préférence les rapports sur les causes grasses, et il les épiçait d'un sel tout gaulois. Il était non moins réputé pour ses saillies, ses apostrophes aux témoins et ses pointes aiguës à l'adresse de messieurs les avocats.

Un rabelaisien, en un mot, l'un des derniers types de robins pansus, jouisseurs et sensuels de l'ancienne magistrature, avec le flair, la sagacité et surtout la réplique qui, d'un mot, met l'échafaudage de l'avocasserie à néant et emporte la pièce.

Ce n'était donc point un homme déplaisant, et il faisait bonne figure aux dîners du premier président et aux soirées de la préfecture.

Mais ce jour-là, sa belle humeur ne s'était pas levée aussi matin que lui.

Il n'était pas rose, il était jaune; et contrairement au président déjà empaqueté dans son habit noir et sa cravate blanche, il était tout en désordre et le toupet dont il ornait sa calvitie s'en allait sens devant derrière.

Ce n'eût été que plaisant sans l'altération de sa physionomie qui témoignait de quelque chose de sérieux, ce qui, pour un esprit enclin à la raillerie, ne laissait pas d'offrir une contradiction piquante et frisant le grotesque.

Heureusement ou malheureusement, les dispositions de M. Dampier n'étaient de leur côté rien moins que riantes.

— Qu'y a-t-il donc, mon cher Daniel? demanda le président.

Le conseiller se jeta dans un fauteuil, essuya son front en sueur et répondit :

— Il y a, cher ami, que je suis rentré trop tôt chez moi, cette nuit.

— Diable! Diable! fit M. Dampier flairant tout de suite ce dont il s'agissait.

— Ah! vous me voyez bien dépité et bien tourmenté, continua l'homme jovial en se frottant de plus fort le crâne avec une grimace.

Au fond, vous savez, je suis philosophe et épicurien, cet accident ne me causerait en lui-même qu'un médiocre souci, il y a même un côté drôlatique dont je voudrais rire, mais c'est le décorum, le train, l'éclat, enfin cela donne un vernis... ce n'est pas amusant quand on y est pris, allez!

— Voyons, voyons... Quoique j'aie moi-même de méchantes affaires d'intérieur à régler, je ne vous laisserai pas dans l'embarras, si je peux vous servir. Procédons par ordre et soyons clairs.

— C'est on ne peut plus clair, morbleu! Madame Mortaigne, — une femme de quarante-cinq ans! entretient des intrigues avec un godelureau dont elle serait la mère!... C'est hideux, hideux!

— Je ne vous demande pas comment la chose est arrivée?

— Peuh! comme ça arrive invariablement!

On ne m'attendait pas. J'arrive. Pour gagner ma chambre, je m'avise de passer dans celle de madame.

J'entends un bruit suspect; je trouve une femme agitée, troublée, qui cherche à me retenir; j'aperçois sur un fauteuil un pardessus qui ne m'appartint jamais; bref, pas moyen de douter, si j'en avais envie.

Dans sa détresse, le galant n'avait rien vu de mieux que de se sauver dans ma propre chambre, et comme la porte de dégagement était fermée, je le tenais dans une vraie souricière.

— Qu'est-ce que vous auriez fait, vous?

— Ah! ah! permettez, je ne me suis jamais posé cette question. Dites-moi plutôt comment vous l'avez résolue vous-même.

— Au fait, vous avez raison. C'est qu'en vérité, ces surprises-là, ça vous démonte la plus forte tête.

Pourtant, je n'ai point crié, point provoqué d'esclandre, mais j'ai écarté la dame qui prétendait m'empêcher de passer, j'ai jeté sur le pardessus accusateur un regard significatif, et surtout j'ai agité la canne sifflante que je tenais encore, d'une façon si éloquente qu'elle a compris.

Notez que ce n'est pas pour elle qu'elle tremblait, mais pour son galant, et en vérité il faut que ce drôle l'ait endiablée, car elle a osé se révolter.

— Pour cela, par exemple, c'était d'une femme habile.

— Rouée jusqu'à la moelle, mon ami!

« Monsieur, s'est-elle écriée, vous n'entrerez là qu'après m'avoir entendue.

» Je vous entendrai, ai-je répliqué, quand j'aurai réglé un compte très-pressant...

» Eh bien, monsieur, a-t-elle réparti, réglons d'abord le nôtre. C'est vrai, il y a quelqu'un là... Mais est-ce bien à vous à vous en plaindre! Si vous ne sortiez pas la nuit, pour aller je ne sais où ni après qui, je n'aurais pas besoin de société. Justifiez-vous, je me justifierai. »

Vous pensez comment j'ai accueilli cette belle tirade; j'ai envahi ma chambre, où le drôle n'avait pas même eu la présence d'esprit de s'embarrer, ce qui m'aurait fort gêné. Il était blotti sous le lit, comme un voleur.

Je l'en ai fait déguerpir à coups de houssine; pas fier d'ailleurs, mon gaillard. Moi, tenant surtout à ne pas attirer l'attention de ma servante ni des voisins, je lui ai signifié, le tenant à ma merci, d'écrire et de signer conjointement avec mon infidèle moitié un aveu qui les met à ma discrétion, et par lequel le galant s'oblige à entrer en mariage dans un délai rapproché.

— Vous avez là un bon billet ! murmura ironiquement M. Dampier, qui, dans la lucidité de son grand esprit, ne put s'empêcher de constater que Mortaigne, magistrat d'un ordre élevé, venait précisément d'agir vis-à-vis de l'amant de sa femme, de la même façon qu'avait agi Martin Baruelle, le bandit, vis-à-vis de son fils à lui.

Enfin, mon cher Daniel, conclut-il, que prétendez-vous, et que voulez-vous de moi en cette occurrence ?

— Je veux que vous m'aidiez à empêcher le retour de cette aventure, en évitant le scandale. Plaider en séparation, en adultère, c'est aller au-devant, me couvrir d'un ridicule indélébile et m'obliger à donner ma démission. D'ailleurs, l'argument que madame Mortaigne m'a jeté à la tête, elle ne manquerait pas de le faire retentir à l'audience, et de fil en aiguille, la chose qui n'a qu'une médiocre importance aujourd'hui dans son esprit, pourrait, sous la langue de vipère de nos avocats, prendre une tournure...

— Il ne le faut pas !... interrompit le président, étrangement saisi à cette perspective. Vous avez sagement agi, Daniel. Non, point de bruit... point de commentaires.

Ce qu'il importe, c'est de trouver un dérivatif pour vous débarrasser de ce rival... Les femmes d'un certain âge sont terribles quand elles s'affolent d'un galantin... Ah ! la scélérate ! si c'était elle que je pouvais faire épouser par ce drôle, seraient-ils attrapés tous deux !

Il y eut un silence.

Un sourire froid comme la glace glissa sur les lèvres du président ; une lueur sardonique ranima les yeux ronds du conseiller ; ces deux hommes, habitués à n'avoir pas de secrets l'un pour l'autre, avaient la même pensée.

— Vous tenez le remède entre vos mains, dit le conseiller, et si vous êtes maître chez vous, c'est une affaire conclue ; seulement, ce sera une bien douce punition pour le coupable ! Mais enfin, je ne serai que plus assuré qu'il ne chassera plus sur les terres d'autrui.

M. Dampier réfléchit encore deux minutes, puis, sans se livrer ni se prononcer :

— Mon cher Daniel, répondit-il, j'ai besoin en ce moment de toutes mes facultés pour un objet autrement pressant et critique que celui qui vous tourmente. Laissez-moi ma journée et je vous promets de me tenir demain à votre disposition pour couler à fond votre affaire.

— Vous savez que si, de mon côté, je peux vous servir...

— Je le sais... j'espère me suffire seul ; mais, s'il me faut un aide j'irai vous trouver. Tenez-vous sur la réserve, soyez ferme mais prudent vis-à-vis de madame Mortaigne ; abstenez-vous de sortir la nuit, jusqu'à ce que tout ceci soit réglé et effacé. J'ai des raisons personnelles pour vous faire cette recommandation. Plus tard, je vous expliquerai cela... A bientôt.

Le mari philosophe se retira sans réclamer les éclaircissements que semblait exiger cette conférence remplie d'énigmes.

Ce qui restait de temps au président Dampier n'était que juste pour aviser à se pourvoir de l'argent réclamé par Martin Baruelle.

VII

Un marché non prévu.

Comme huit heures sonnaient à l'église du faubourg de l'Ouest, un homme dont la mise et l'apparence ne juraient point avec l'aspect misérable de ce quartier, pénétra, après s'être orienté avec une certaine difficulté, dans l'impasse Malouet.

Quoiqu'on fût encore aux jours longs, le mauvais état du ciel ce soir-là, et surtout la teinte sombre et le peu de largeur de la voie permettaient à peine de se diriger. Il faut avoir vu ces terriers humains rejetés comme des léproseries sur les côtés honteux des cités industrielles, pour en bien connaître la misère et la hideur.

Quelques âmes en peine, des femmes hâves, déguenillées, des enfants au regard à la fois effronté et sournois, coudoyèrent l'inconnu en s'arrêtant pour l'observer avec méfiance.

Sa bonne contenance le préserva toutefois de leurs familiarités, ces curieux rentrèrent dans leurs trous, en le voyant accoster leur maître à tous en bohème et en flibuste, Martin Baruelle.

Martin Baruelle se tenait sur le seuil de l'allée de son escalier.

Il fumait son inséparable brûle-gueule, et avait dans les bras l'enfant de sa fille.

Quoiqu'il soit difficile de préciser la dose de délicatesse et de sensibilité subsistant dans l'âme d'Adèle Baruelle, il est certain qu'elle valait mieux que son père, par qui elle était brutalement dominée.

Malade comme elle était, la scène de la veille l'avait dangereusement secouée ; une grosse fièvre s'ensuivait et Baruelle, la voyant céder au sommeil après une journée agitée, avait pris l'enfant pour laisser à la malade une heure de repos.

Il était donc là, fumant et berçant par saccades l'innocente créature, en lui lançant des jurons et en lui adressant ses pires coups d'œil, quand elle venait à crier.

Peut-être, en outre, n'était-il pas sans appréhension pour la réussite complète de son plan, car, à mesure que le temps marchait, sa mauvaise humeur augmentait.

Le coup était audacieux ; s'adresser à la famille de l'un des premiers magistrats, pour lui extorquer une somme considérable, cela ne s'était jamais vu. Aussi, quelle qu'eût été la profondeur de ses combinaisons, l'ancien forçat avait par instant des accès d'inquiétude.

Il tenait les Dampier, c'était évident, mais les Dampier, de leur côté, n'avaient qu'à faire un coup de tête et d'autorité, à brûler leurs vaisseaux en rompant avec le décorum, et si la chose tournait désagréablement pour eux, elle tournerait encore plus fâcheusement pour lui.

Mais les réflexions longuement mûries du président n'amenèrent point ce résultat ; au contraire, l'étranger s'avança vers Baruelle avec un maintien pacifique qui le tranquillisa tout de suite.

Le bandit le laissa venir sans bouger et sans entamer le dialogue.

— Martin Baruelle, c'est vous? demanda le personnage mystérieux.

Un sourire cynique et moqueur effleura la physionomie du coquin en entendant cette voix sensiblement déguisée et en jetant un de ses regards expérimentés sur l'ensemble de son interlocuteur.

— C'est moi, répondit-il.

— J'ai à vous parler.

— Eh bien! parlez ici ; ce n'est pas la peine de grimper mes trois étages, d'autant mieux que la petite dort et que je ne tiens pas à la réveiller.

— C'est que j'ai aussi à vous remettre et à vous réclamer quelque chose.

— L'échange convenu avec la dame d'hier ?

— Précisément.

— Comme je vous attendais, j'ai la chose sur moi....,.

En disant cela, Baruelle fouilla sous sa vareuse ; dans ce mouvement il secoua si rudement l'enfant, que le pauvre petit se remit à crier de plus belle, ce qui lui attira une avalanche de malédictions de la part de ce triste grand-père.

Il parvint cependant à tirer une enveloppe contenant des papiers et, les tendant à son interlocuteur :

— Vous pouvez vérifier, dit-il.

Il offrit même d'allumer un rat de cave.

— C'est inutile, répondit l'homme, prenant à son tour un portefeuille dans sa poche, voici la somme.

— Je m'en rapporte également à votre délicatesse, fit le bandit. Dans les affaires, il n'y a tel que la bonne foi, et je savais bien qu'avec des gens d'esprit, ça irait tout droit.

Il fit en même temps le geste d'avancer les papiers pour recevoir en échange le portefeuille.

Mais l'inconnu lui dit froidement :

— Non, ce n'est pas cela que je veux... c'est ceci.

Et il montra l'enfant.

Quoique peu accessible à l'étonnement, Martin Baruelle en éprouva un si grand qu'il bondit sur lui-même et crut avoir mal entendu.

— L'enfant... c'est l'enfant que vous demandez?

— Oui.

— Diable m'emporte ! je ne m'attendais pas à celle-là, par exemple !

— C'est à prendre ou à laisser, prononça l'homme, commençant le geste de resserrer ses billets de banque.

— Hum !... fit Baruelle se tâtant.

S'il avait affaire à forte partie, il n'était pas manchot non plus en matière de calculs et de combinaisons.

Cette face nouvelle de l'opération l'intriguait.

Avant donc de répondre, il soupesa l'enfant qu'il tenait à droite, se consultant et supputant l'intérêt, les chances et les causes.

Cette perplexité pouvait paraître étrange, vu l'importance attachée par lui au papier timbré sur lequel le jeune Dampier avait tracé ses engagements, et vu, d'autre part, l'ennui que lui occasionnait l'enfant.

Mais l'intérêt qu'on mettait à la possession de celui-ci opérait en sa faveur un revirement dans l'esprit retors du scélérat. Un instant auparavant il pensait peut-être au moyen le plus sûr de lui tordre le cou ; mais du moment qu'il y avait preneur à quinze mille francs, ce petit être criard, coûteux et gênant, devenait un objet de valeur et méritait considération.

Son interlocuteur jugeant ses réflexions trop longues, renouvela son mouvement et lui dit comme s'il se disposait à partir :

— Rien de fait, alors?

— Arrêtez! dit Baruelle. Vous êtes pressé, camarade. Que diable, on laisse aux gens le temps de se reconnaître !

C'est l'enfant que vous préférez... Allons, soit ! Emportez-le et faites-en ce qu'il vous plaira... Le petit monstre, il ne m'empêchera donc plus de dormir !

Ainsi fut fait : le portefeuille passa définitivement dans ses mains et l'innocent dans les bras de l'inconnu.

— M'est avis, murmura le bandit d'un ton indéfinissable, que je fais un marché de dupe... les papiers sans l'enfant ne valent plus grand'chose !

L'inconnu ne répondit rien ; il ne manifesta qu'une hâte, celle de mettre le plus vite possible la plus grande distance entre lui et ce repaire, Mais cette préoccupation ne l'empêcha pas de se retourner à diverses reprises pour s'assurer qu'on ne l'épiait et ne le suivait pas.

Rien ne vint justifier cette légitime appréhension ; si bien qu'après s'être pendant un quart d'heure uniquement attaché à prendre les détours les plus brusques et les plus compliqués, il finit par marcher d'un pas plus posé, droit devant lui, en évitant toutefois les quartiers fréquentés et éclairés, pour se perdre, après beaucoup de temps et de fatigue, dans un des plus écartés et des plus déserts.

S'il se fiait aux apparences, il pouvait bien avoir tort. En fait de chemins, de détours et de chasses à l'homme, l'impasse Malouet était une vraie Cour des Miracles.

Il n'était pas au bout, reprenant la montée de la rue du faubourg, que Martin Baruelle, trop malin pour le pister lui-même, le désignait dans l'obscurité à un jeune voyou rentrant de la maraude :

— Tu vois ce particulier, Bamboche ? Eh bien ! file-le et ne reviens que quand tu sauras ce qu'il a fait du poupon qu'il emporte. Il y a trois francs pour la course.

Bamboche était déjà parti, leste comme un lévrier et subtil comme un lézard.

Quant à Baruelle, un quart-d'heure après, il remontait à son galetas, portant un panier de victuailles et de fioles, et s'installait avec une parfaite tranquillité devant la table chargée de ce Balthazar.

Au bruit d'une bouteille qu'il débouchait, Adèle se réveilla; son premier mot fut :

— Où est le petit?...

Baruelle ne se déconcerta pas pour si peu et ne perdit pas une bouchée :

— Je l'ai donné à tenir à la Picaude; sois tranquille, elle en aura soin.

La Picaude était une voisine dont la spécialité consistait à garder les tout petits enfants.

— Va me le chercher, insista la malade, comme si elle avait un pressentiment.

— Ah ! quant à ça, mignonne, tu attendras bien que j'aie fini de souper.

Il se remit à dévorer, et lui fit prendre à elle-même un ou deux verres de vin sucré qui l'étourdirent et la plongèrent dans un lourd sommeil.

Tout cela n'avait pas exigé un temps bien long; au total il n'y avait pas une heure que l'acheteur d'enfant était parti.

Martin Baruelle mangeait beaucoup mais vite; des comestibles apportés par lui il ne restait que les débris et il fumait déjà son brûle-gueule en arrosant chaque bouffée d'une lampée d'eau-de-vie, lorsqu'un sifflotement se fit entendre sous sa croisée, dans le cul-de-sac.

C'était le signal des hôtes du clapier, quand apparaissait quelque chose de suspect et de dangereux.

Martin Baruelle sourit en homme sûr de lui ; mais il s'approcha du lit, réveilla sa fille et lui dit :

— Attention ! la *rousse* est dans la cambuse, pas un mot du maumignard !

Adèle voulut questionner, mais on entendait des pas pesants grimper l'escalier et butter contre ses inégalités.

Baruelle fumait, sa chaise appuyée au mur, les jambes en l'air. Une chandelle sur la table éclairait la chambre en désordre.

La porte s'ouvrit, sans qu'on prît la politesse de frapper.

Baruelle ne bougea pas et cria d'un ton gouailleur :

— Entrez, s'il vous plaît !

On était entré.

C'étaient deux agents et un commissaire de police, reconnaissables les uns à leur uniforme, le dernier à sa ceinture tricolore.

— Pas de bruit, pas de résistance, dit celui-ci. Nous avons laissé en bas du renfort.

— Sans être trop curieux, demanda le bandit, qu'est-ce qu'il y a pour votre service ?

— Un vol a été commis et nous venons faire perquisition.

— Parfait ! Perquisitionnez, messieurs, ne vous gênez pas.

Les agents se mirent à procéder avec art et méthode, en limiers exercés, prenant la chambrette par un bout et sondant jusqu'au papier collé sur la muraille.

Martin Baruelle ne s'interrompit pas de fumer et de boire, sauf pour lancer quelques saillies :

— Mâtin ! c'est donc bien menu ce que vous cherchez !... Bon ! vous allez vous noircir à gratter comme ça cette plaque de cheminée, fallait donc amener un ramoneur.

Le commissaire, que l'insuccès commençait à dépiter, fut obligé de le rappeler au respect.

— Excusez, mon commissaire, fit-il, mais ces messieurs se donnent tant de peine !... Si vous vouliez seulement me dire ce qui a été volé et pourquoi c'est chez moi qu'on vient ?

— Il ne reste plus que le lit et la personne de cet individu à fouiller, dit un des agents.

— Eh bien, répondit le magistrat, fouillez d'abord cet homme.

— Faut-il me déshabiller ? demanda-t-il en praticien qui a subi mainte fois pareille avanie et n'en est pas plus mortifié.

On procéda à cette visite avec le même soin qu'au reste, et comme on s'emparait de quelques feuilles liées dans un portefeuille crasseux, au fond de sa vareuse :

— Bon ! fit-il, fallait dire tout de suite que c'était des papiers que vous cherchiez, mais j'ai peur que vous ne trouviez rien qui vous convienne ; ceux-là sont mes parchemins de famille. Oh ! vous pouvez vérifier, ils sont en règle.

C'était en effet sa feuille de séjour, pointée deux fois par mois à la sûreté.

Les instructions données par le parquet étaient évidemment très expresses, car la couchette où gisait la malade n'obtint pas grâce.

On fit lever la malheureuse et l'on fouilla et palpa les moindres recoins de la literie.

— Rien ! conclurent les agents, rien !

Le commissaire s'en étant convaincu par lui-même, dit au bandit :

— Ne triomphe pas encore, mon drôle, on saura te repincer.

— Pardon, excuse, mon commissaire, mais pour ça il faudrait que je sois fautif, et pour le quart d'heure, je me sens innocent comme la neige qui vient d'éclore.

— C'est bon, pour t'apprendre le respect, on va te loger quarante-huit heures quelque part, et quant à vous, la belle, on sait la vie que vous menez. Vous serez dorénavant traitée comme vos pareilles.

— Mes pareilles ?... Comment ?... Qu'ai-je fait ?... demanda-t-elle tout éplorée et n'osant comprendre.

— Allons, pas de façons, croyez-moi ; vous êtes fort mal ici, on va vous donner un autre gîte.

— M'emmener ?..... Mais, monsieur, voyez, je ne me soutiens pas, le médecin du bureau m'a défendu de quitter le lit et de bouger.

— Ah ça ! intervint Baruelle, ça frappe les yeux, vous voyez bien que la pauvre fille est très-bas ; si vous avez ordre de la tuer, dites-le tout de suite.

— Encore une fois, toi, tu n'as pas la parole. Ta fille mène une vie de débauche, dans laquelle tu la soutiens, il faut qu'elle en supporte les conséquences. Mais l'autorité n'est pas sauvage, il y a en bas un brancard et des porteurs.

— O mon Dieu !... mon Dieu !... s'écria la malheureuse en pleurant.

— On va vous transférer à l'hôpital, et après vous irez au dépôt avec vos semblables... Voilà le règlement, vous devez bien le savoir !

— C'est affreux !... Ah ! messieurs, par pitié, je vous jure...

— Allons, exécutons-nous, fit le commissaire endurci à ces sortes d'exécution.

— Ah ! murmura l'ancien forçat, avec une rage concentrée et comprenant d'où venait le coup : est-ce assez lâche !

Il fallut pourtant en passer par ce qui était ordonné.

Adèle, grelotant la fièvre, s'enveloppa dans un grand châle, on lui aida à descendre les trois étages et on la coucha sur la civière de l'hôpital.

En ce moment, elle murmura à l'oreille de son père, qui refermait sur elle la tenture de toile :

— Mon enfant... est-ce que je ne le verrai plus ?

— Tais-toi, fit-il utilisant ce prétexte : ils te le prendraient !

Puis, il eut non pas un remords, — il en était incapable ; mais un accès de fureur sanglante, et se rapprochant encore en feignant de l'embrasser, au moment où les porteurs enlevaient les brancards :

— Sois tranquille, fit-il, si je ne me venge pas. c'est qu'il n'y a plus d'enfer ! Ces gens-là, j'en sais plus long sur eux qu'ils ne sauront jamais sur moi.

VIII

Un projet de mariage

Les jours qui suivirent n'amenèrent aucun incident nouveau à l'hôtel du président Dampier, si ce n'est que ses réunions à huis clos, avec son ami Daniel Mortaigne, se multiplièrent et se prolongèrent.

Les seules prescriptions adressées par lui à sa mère et à sa fille, qui se préparaient à un coup d'Etat, à la suite des scènes que l'on connaît, se réduisirent, à leur vive surprise, à ne rien changer à leurs habitudes et à ne laisser rien percer aux yeux du monde, ni surtout de leurs gens, des émotions par lesquelles elles venaient de passer.

Suivant la loi de la logique, il arriva que ces ordres, au lieu de rassurer l'aïeule et la petite-fille, ajoutèrent à leurs tourments l'appréhension d'un malheur imminent. — La confiance et la sécurité ne s'imposent pas, il faut qu'elles viennent toutes seules.

Il était clair, d'ailleurs, que M. Dampier n'était pas homme à passer ainsi l'éponge sur les torts relatifs de sa famille, ni sur l'indiscrétion qui avait surpris les siens propres.

Pas un mot ne sortit de ses lèvres sur le paiement de la rançon exigée par le bandit de l'impasse Malouet, le nom d'Emmanuel ne fut pas prononcé, seulement Mme Dampier savait qu'il s'était procuré l'argent et avait fait la démarche.

Evidemment, une tempête couvait, d'autant plus redoutable qu'elle était plus sourde.

Interroger, pressentir le président, personne ne s'y serait risqué, et cette ressource devenait impraticable en raison de la démarcation de plus en plus accentuée des rapports entre sa mère et lui.

La respectable dame saisissait toutes les occasions de se tenir à l'écart ; malgré ses rappels réitérés, elle ne le tutoyait plus, et chaque soir, lorsque, suivant l'habitude patriarcale conservée dans la maison, il s'approchait pour la baiser au front en lui donnant le bonsoir, elle ressentait un spasme qui mettait un voile sur ses yeux et refroidissait son sang.

Ce phénomène n'échappait pas à Alice, mais ce qu'elle ignorait, c'est que, quand par hasard elle n'était pas présente, ce baiser poignant était épargné à son aïeule. On ne le donnait et on ne le recevait que pour sauvegarder les apparences.

Depuis cette découverte et ce rugissement de la nuit fatale : « Ah ! vous m'avez suivi !... » La tendresse, l'estime probablement s'étaient effacées dans les déchirements de cette femme d'élite.

Elle ne savait rien pourtant encore de ce qui avait suivi.

Quant à Alice, elle attribuait l'emportement où elle avait surpris son père à l'affection portée par leur aïeule à Emmanuel, à sa défense prise par elle contre un homme aussi absolu que leur père, et ce qui la tourmentait plus que les allusions menaçantes dirigées contre elle-même, c'était le sort réservé à ce coupable de dix-neuf ans, entraîné dans un écart par la sévérité intempestive dont il était l'objet.

Elle n'eut pas de mal à se rencontrer dans ce sentiment avec la grand'mère, et celle-ci, confiante dans la droiture et la délicatesse de sa petite-fille, n'hésita plus à lui communiquer le secret de la passion funeste du malheureux jeune homme.

C'est une expérience acquise, les sœurs sont au moins aussi indulgentes et aussi compatissantes que les grand'mères pour les entraînements de ce genre ; il y a chez elles des trésors de bonté et, sans que leur pureté en soit effleurée, elles sont tous les jours les confidentes et les consolatrices de bien des cœurs inquiets ou blessés.

Que l'on m'accuse si l'on veut de lyrisme, mais ce penchant de la femme à s'intéresser à ce qui aime et à ce qui souffre est l'un de ses plus généreux attributs.

Alice, à la révélation de sa grand'mère, comprit enfin le chagrin et les paroles énigmatiques de son frère en la quittant ; elle lui en voulut moins d'une faute, qui tenait surtout à un piége tendu à son inexpérience, que de son défaut d'épanchement.

Ne sachant que trop que les remontrances sévères et les punitions ne manqueraient pas, elle n'envisagea les choses qu'avec son cœur, et ce qui la préoccupa tout de suite ce fut le sort de ce petit être, dont le hasard l'avait instituée la protectrice morale, et qui, en outre, lui tenait de si près par le sang.

La grand'mère y pensait aussi, mais avec la sagesse et la circonspection de son âge. Pieuse et d'une piété vraie et libérale, elle songeait, depuis sa visite à la tanière des Baruelle, aux moyens de sauver cet enfant et d'en avoir soin désormais, sans laisser deviner le secret de cette sollicitude par la malignité si subtile en province.

Le président, au contraire, n'envisageait qu'un côté de la question, c'est qu'un fils de famille est irrémissiblement compromis et perdu par une aventure de ce genre, les portes honorables se ferment pour lui et les dragons de la vertu provinciale le tiennent en lazaret comme un pestiféré.

Net, il devient un déclassé.

Dans sa sollicitude, madame Dampier s'empressa d'informer son petit-fils du gros des événements, afin de le préparer au choc de la colère paternelle. Cette lettre était un chef-d'œuvre de tendres reproches et de maternelles exhortations.

Emmanuel répondit aussitôt. Le pauvre enfant, auquel la distance et une occupation nouvelle avaient accordé un répit, était accablé.

Il ne chercha pas à se justifier : son caractère doux et timide grossissait plutôt le mal à ses propres yeux ; il ne s'excusait que d'une chose, c'était de son silence vis-à-vis de sa grand'mère et de sa sœur, et ce silence ce n'était pas de la défiance, c'était une invincible honte.

Résigné comme s'il eût été un grand criminel, il se déclarait prêt à subir les sévérités paternelles, mais, se rencontrant avec ses deux anges gardiens sur le terrain de la délicatesse et de la tendresse, il leur demandait pour unique grâce de ne pas abandonner son enfant.

Cette lettre venait d'être mise par lui à la poste de Tarbes, quand il en reçut une de son père.

M. Dampier, en termes laconiques et péremptoires, le rappelait à X*** ; il devait préparer son départ au reçu de ce mot.

D'ailleurs, aucune allusion aux événements, rien qu'un ordre de retour.

Il répondit avec docilité que le cinquième jour il serait arrivé. — A cette époque, le réseau des chemins de fer n'était qu'un embryon, et la route de Tarbes à X*** se faisait en diligence.

Cette question de l'enfant, qui chez madame Dampier était une affaire de conscience, chez Alice une affaire de générosité, et chez Emmanuel une affaire d'honneur, ne se présentait pas comme aussi facile que ce dernier le supposait.

Le logis de l'ancien forçat était bel et bien un coupe-gorge. Madame Dampier n'en était sortie que grâce à une rançon énorme ; il eut été d'une témérité impardonnable d'y retourner, et, d'une autre part, elle avait beau s'ingénier, elle ne voyait à qui se confier, sous peine d'ébruiter une si déplorable affaire.

Alice et elle se mettaient l'esprit à la torture et restaient renfermées sous prétexte d'indisposition.

Les domestiques avaient l'ordre de ne recevoir que les cartes de visite, et plusieurs étaient déjà arrivées, lorsqu'une après-midi, Julienne, la gouvernante, leur en apporta deux qui ne laissèrent pas de les étonner.

C'étaient celles d'un négociant considérable, M. Dupuis, et de son fils M. Agénor Dupuis.

Les deux familles se connaissaient, se rencontraient dans le monde ; il n'avait même pas tenu à M. Dupuis que les relations devinssent plus intimes, mais ses avances n'avaient pas réussi. On était resté en termes de convenance, et l'échange des cartes n'avait lieu, entre le président et ces messieurs, qu'à l'époque du premier janvier.

En se rappelant les tentatives ébauchées dont nous venons de parler, Alice aurait peut-être entrevu la signification de cette politesse insolite, mais cela était si loin de son esprit qu'elle n'y songea pas.

Elle jeta négligemment les cartes sur un guéridon et déjà n'y pensait plus, lorsqu'une visiteuse moins discrète, violant impétueusement la consigne, apporta l'explication.

Personne, précisément, ne pouvait leur être plus désagréable : c'était madame Mortaigne.

Les dames Dampier ne l'avaient pas vue depuis la scène fort aigre qui avait suivi le baptême.

La conseillère, dont nous avons confié l'âge respectacle à nos lecteurs, était une maîtresse femme. Elle avait possédé longtemps une de ces beautés hautes en couleur qui témoignent d'un tempérament remuant et chaud.

Pour occuper cette activité, elle était dame de paroisse, patronesse de toutes sortes d'œuvres, faisait la pluie et le beau temps à la sacristie, et présidait un comité d'instruction publique ; mais la médisance prétendait que tous ces soins, ces potins, ces intrigues ne suffisaient pas encore à son exubérance, et que sa nature trouvait moyen de se partager entre l'énergie et un penchant plus doux.

Mais on est bien mauvaise langue en province ; où il y a un pouce, on met une aune, et puis on s'habitue à tout, et ces anecdotes se répétaient depuis si longtemps, qu'elles ne tiraient plus à conséquence.

Ces mêmes matronnes qui auraient jeté les hauts cris, si un garçon compromis, comme Emmanuel, risquait de l'être pour avoir eu un enfant d'une grisette, eût dansé avec leurs demoiselles, recevaient à grande révérence Madame la conseillère et les galantins qu'elle avait successivement affichés et dont, comme l'avait si terriblement proclamé son époux, elle aurait été la mère.

Mme Dampier et Alice furent averties de son invasion par la résistance de la fidèle Julienne, qui prétendait faire respecter le huis-clos de ses maîtresses.

Le soprano strident de la conseillère monta- à un tel diapason, que madame Dampier prit le parti d'intervenir et de subir cette importunité.

Elle sonna et ordonna à Julienne de laisser entrer.

Depuis que son automne avait sonné, la sensibilité de Mme Agathe Mortaigne, au lieu de se modérer, ne faisait que croître, et pour l'embellir, elle épuisait ce que messieurs les parfumeurs appellent le trésor des grâces, c'est-à-dire les cosmétiques, les pâtes, les poudres, les essences, les pastels, les pattes de lièvre, les jolis petits pots roses qui ne sont pas des pots, mais des palettes ; en un mot, cet arsenal odorant de colorant qui transforme le ca-

binet d'une ci-devant jeune femme en laboratoire d'alchimie et en atelier de peinture.

On ne parlait d'elle qu'en disant : la belle et *toujours* jeune madame Mortaigne. Elle le savait, et ce *toujours* faisait le malheur de sa vie, quoiqu'elle essayât de le digérer en ajoutant : « N'est pas jeune qui veut, mieux vaut toujours que jamais. »

La dame de paroisse ne venait évidemment point pour une œuvre de charité. Les teintes artificielles de son visage se combattant avec ses nuances pivoines naturelles lui donnaient des reflets d'arc-en-ciel, présage de la tempête.

— Jour de Dieu ! fit-elle, je savais bien qu'on me recevrait, moi !

Entre parenthèses, ceci s'adressait à la gouvernante, et elle ajouta un peu moins impétueusement, en faisant une révérence :

— Mesdames, je suis votre servante..... Excusez-moi, il fallait absolument que je vous parlasse, et vous savez, je suis très vive.

Alice se contenta de se lever et madame Dampier fit au devant d'elle un pas, mais avec tant de gravité et de dignité, qu'elle se trouva quelque peu gênée.

— Veuillez vous asseoir, madame, dit la septuagénaire, et m'expliquer ce qui nous vaut l'avantage de votre visite ?

La conseillère se refroidissait à mesure que l'aïeule parlait. Ce ton la calmait comme un boule-dogue furibond qui reçoit une douche à la glace.

— Je vais avoir l'honneur de vous le dire, madame, répondit-elle d'un air pincé, mais en roulant autour d'elle des regards flambants.

Madame Dampier fit signe de la main qu'elle attendait.

La conseillère éprouva un moment évident d'embarras ; mais son œil étant tombé sur les deux cartes restées sur le guéridon près duquel justement le hasard l'avait fait asseoir, cette vue ranima la bourrasque amortie :

— Je viens pour ceci ! dit-elle en posant le doigt dessus.

Les deux dames se regardèrent et la regardèrent elle-même avec un étonnement dont elle ne voulut point admettre la sincérité.

Elle poursuivit impétueusement :

— Il serait inutile de me donner le change, je sais pourquoi ces cartes sont ici et ce qu'elles signifient.

— Dans ce cas, madame, dit la septuagénaire avec une pointe d'ironie qui n'ôtait rien à sa dignité, vous êtes plus avancée que nous.

— Bon ! Bon ! à d'autres ; n'espérez point m'en imposer, répliqua la visiteuse, je suis au courant de tout.... Ah ! la comédie est bien jouée, mesdames, et quoique m'en doutant depuis longtemps, je ne croyais pas le dénouement si proche.

Sans comprendre davantage ce qu'elle voulait dire, il y avait dans ce ton une intention si blessante que mademoiselle Dampier devint toute rouge et que sa grand'mère crut devoir se lever et dire à la conseillère :

— Je ne permets, madame, à personne de douter de ma parole. Mais je ne crois pas non plus vous devoir aucun compte... Gardez pour vous vos énigmes et souffrez que je vous laisse la place.

Alice imita sa grand'mère ; elles firent un mouvement pour se retirer.

— Quoi ! s'écria la visiteuse exaspérée, vous prétendez ignorer que le président a promis la main de mademoiselle à monsieur Agénor !...

Cette fois, elle fut obligée de reconnaître à la stupeur causée par son exclamation, que ses interlocutrices ne soupçonnaient pas le premier mot de cet engagement.

— Eh bien, recommença-t-elle en présence de cet étonnement muet, vous ne dites rien ?... J'admets que ce soit moi qui vous aie appris la nouvelle, — quoique ce soit bien invraisemblable. — Du moins, direz-vous ce que vous comptez faire ?

Ici Alice intervint, allant au devant de ce qu'allait dire son aïeule :

— Si quelqu'un a le droit de m'interroger, madame, et si j'ai le devoir de répondre à quelqu'un, il ne me semble pas que ce soit votre affaire.

— Vraiment, il ne vous semble pas, ma belle demoiselle ! Eh bien, il me semble à moi, et voulez-vous savoir pourquoi ?

C'est que M. Agénor n'est pas libre de disposer de lui ; il a des engagements de cœur qui obligent un galant homme !

C'est que ce projet de mariage est une spéculation inavouable à tous les titres ! D'abord, parce que, en comparant les deux fortunes, c'est évidemment un marché...

— Madame ! madame, vous outragez ma fille ! s'écria madame Dampier, superbe d'indignation.

— Non, grand'mère, fit Alice retenant ses larmes au bord de ses longs cils, de tels propos ne m'atteignent pas ; et je ne mets pas en balance ma réputation avec les titres réclamés de madame.

— Bégueule ! glapit la conseillère, oubliant tout décorum.

Sur cette grossièreté, les deux dames achevèrent de remonter au fond du salon, et elles disparurent derrière la draperie de la porte, en même temps que la visiteuse, qui tenait à ne pas épargner une injure, achevait cette seconde partie de son argument :

— Et puis, parce que c'est un moyen de payer à mon mari l'argent qu'il a prêté à votre père pour cacher les hauts faits de votre libertin de frère !

La harpie, aiguillonnée par le démon de la jalousie, avait surpris ce secret en écoutant aux portes.

La conseillère emportée par la jalousie, calomniait M. Dampier en le taxant d'une vilenie insigne.

Le président était un homme rigide et dur, mais nul n'avait le droit de l'accuser de bassesse et de sordidité. Le magistrat était intègre, et l'on ne pouvait reprocher au père de famille que d'exagérer le sentiment de la dignité et de la droiture jusqu'au rôle de Brutus.

S'il y avait dans les profondeurs de son existence un point ténébreux, une seule personne au monde l'avait pressenti jusqu'alors, et c'était celle dont la discrétion offrait le plus de garanties : c'était sa mère.

Pris au dépourvu par l'escroquerie à laquelle il lui avait paru urgent de faire face, il avait eu recours à son ami le conseiller, pour parfaire la somme et, de même que celui-ci lui avait confié ses soucis, il lui avait communiqué les siens. Mais c'était un emprunt loyal, tel que le conseiller aurait pu le contracter à sa place : aucune arrière-pensée cupide ne l'avait poussé à cette démarche.

L'accusation lancée par madame Mortaigne était le fait d'une dragonne en fureur, pas autre chose ; il importe d'être fixé là-dessus.

Cependant ce projet de mariage dont elle parlait était exact.

Mademoiselle Dampier, jeune et charmante, n'était pas sans avoir été depuis longtemps remarquée et recherchée. Mais la magistrature, chez qui souvent la fortune ne répond pas à l'importance des positions, constitue une classe essentiellement distincte, particulièrement dans les grands centres de province. Il est beaucoup moins aisé d'être invité chez un président de cour, que chez le préfet ou le général.

La fille d'un haut magistrat, naturellement convoitée par les jeunes célibataires du barreau et de la magistrature debout, est une conquête si difficile que peu de champions se hasardent à la tenter.

Mais ce n'était pas le cas d'Alice; si elle n'était pas mariée depuis un an, il n'avait tenu qu'à elle.

Un jeune membre du parquet de première instance, procureur du roi dans un chef-lieu de cour royale, à un âge où d'autres débutent encore en sous-ordre, s'était enhardi à tenter des ouvertures.

M. Henri Vergnier devait sa position à un mérite qui lui présageait, de l'accord unanime, un grand avenir. Il n'avait pas atteint la trentaine; il était d'extérieur et de manières irréprochables, et à tous ces avantages il joignait une honorable aisance

Pourquoi n'avait-il pas réussi ?

Cela n'avait point dépendu de M. Dampier, qui l'avait accueilli avec plaisir, mais absolument d'Alice, qui s'était excusée d'une façon nette, où se révélait l'énergie latente de son caractère.

Il avait transpiré à cette occasion, — tout transpire en province et même autre part, — que mademoiselle Dampier avait donné pour raison qu'elle n'épouserait jamais un magistrat.

Cette indiscrétion était exacte; la fille du président, jugeant d'après les modèles qu'elle avait sous les yeux et dont son père était le type par excellence, s'était promis de renoncer au mariage, plutôt que de devenir la femme d'un de ces personnages méthodiques et plus solennels que nature, qui ne déposaient pas leur leur morgue avec leur toge au vestiaire du palais et la rapportaient au foyer.

Les jeunes filles se déterminent souvent ainsi d'après leurs impressions plutôt que d'après leur raison, et notre héroïne, nous sommes obligé de l'avouer, n'aurait

pas eu un argument sérieux à invoquer à l'appui de son refus.

Cet incident, en écartant d'un seul coup tous les robins, ouvrit des perspectives à l'élément bourgeois, et quoique l'hôtel du président fut peu accessible, on cita plusieurs tentatives.

Ce fut notamment alors qu'on prononça le nom d'Agénor Dupuis, projet qui s'expliquait par la position du père de ce jeune homme, M. François Dupuis, président du tribunal de commerce.

M. Dupuis était un grand industriel, et malgré la supériorité de sa fortune il aurait consenti volontiers à cette alliance sans la résistance qui, cette fois, vint de prime abord du jeune homme.

IX

Tempêtes intestines.

Dans tout ceci, on ne s'était pas avancé jusqu'à consulter mademoiselle Dampier qui était censé tout ignorer et l'affaire n'avait pas eu de suites.

Qu'était-ce que M. Agénor et d'où venait son dédain pour l'une des plus adorables jeunes filles qu'il pût jamais se flatter de rencontrer?

M. Agénor était le lion de X*** et son existence, son souci, sa profession se bornaient à être beau et oisif.

Dire qu'il fût au faire et au prendre si joli que cela, ce serait exagérer. Il ne serait même pas devenu plus bête que tant d'autres, n'eût été son état de pose et son adoration perpétuelle de sa personne.

C'était un grand garçon aux traits réguliers et fadasses, d'un blond tirant sur le roux, assez bien bâti, mais d'une fatuité, d'une suffisance et d'une ignorance à donner des haut-de-cœur.

Tel qu'il était, il faisait la pluie et le beau temps dans le monde bourgeois; il était l'oracle de son cercle et le tyran des acteurs et des actrices qui débutaient. Ne sachant rien; parlant de tout et tranchait tout.

Coqueluche des femmes mariées et visé en tapinois par les yeux baissés des ingénues.

Le père Dupuis, homme d'un extrême bon sens, ayant fait sa fortune lui-même, ne se dissimulait point le côté creux de cet Apollôn, dont il n'avait jamais pu seulement faire un chef de service dans ses comptoirs.

C'est pour cela qu'il aurait volontiers passé par dessus les considérations d'argent, pour l'introduire dans une famille dont le chef aurait peut-être réussi à le rendre sérieux et bon à quelque chose. Il n'y avait renoncé qu'à regret.

Ce qui tenait le bel Agénor, c'était l'amour, c'était sa dernière conquête, sa folle maîtresse madame Agathe Mortaigne.

Un trait suffira pour faire apprécier ce gandin de province que nous n'avons nullement inventé.

Le père Dupuis, qui avait eu du mal à gagner son million n'était pas avare, mais il n'aimait pas l'argent gaspillé. Il ne servait à monsieur son fils qu'une pension très modeste pour ses dépenses personnelles.

Or, que faisait Agénor pour maintenir on éclat ?

D'abord, il avait des maîtresses d'un âge mûr qui ne lui coûtaient rien ; en second lieu, il faisait *travailler* sa pension ; en d'autres termes, il prêtait à ses amis et connaissances, moyennant de bons billets, de bonnes sûretés et de bons intérêts.

Mon Dieu oui, ce lion plaçait à la petite semaine ; mais au lieu de lui nuire auprès de ceux qui le savaient, cette industrie le rehaussait dans les villes de trafic, on tondrait sur un œuf, et l'on concluait que sous des apparences frivoles, M. Agénor était un jeune homme entendu.

C'était un crasseux, voilà tout.

Certainement, le conseiller Mortaigne avait mis toute la bonne volonté imaginable à ne pas voir ce que signifiaient ses assiduités auprès de la conseillère ; mais tout philosophe épicurien qu'il fût, devant le cas de flagrant délit, et rentrant chez lui dans une mauvaise disposition d'esprit, sa philosophis n'y avait plus tenu.

Il ne demandait pas la mort du pécheur, il voulait simplement être débarrassé de lui.

Voilà comment l'idée lui vint de remettre sur le tapis ce projet de mariage, que le bel Agénor, menacé d'un procès en adultère, n'osa plus décliner.

Cette fois, M. Dampier, qui s'était montré si bon père en n'insistant pas pour contraindre Alice à épouser le procureur du roi, ne fut plus le même homme. Les événements l'avaient changé ; il s'accusait de n'avoir pas été plus absolu

et plus entier dans la direction de sa famille, et prétendait faire de sa volonté une loi suprême, sans discussion ni appel.

Il savait que les messieurs Dupuis devaient remettre leurs cartes à l'hôtel, et s'était préparé pour expliquer à sa mère et à sa fille la portée de cette démarche.

Il ne prévoyait pas que la conseillère viendrait se jeter en travers de cette combinaison et ne s'expliqua pas tout d'abord le trouble où il trouva les deux dames.

— Vous êtes surprises peut-être, commença-t-il, d'avoir reçu ces cartes ?

— Nous avons été étonnées, c'est vrai, répondit l'aïeule, mais quelqu'un sort d'ici qui nous a fourni des explications...

— Quelqu'un !... interrompit le président, et il s'arrêta à son tour, frappé de plus en plus de l'austérité des traits de sa mère et de l'attitude de sa fille, pâle et glacée comme le marbre.

— Oui, Mme Mortaigne..., dit l'aïeule.

Il fronça le sourcil, s'assit en face des deux dames comme un juge qui va s'adresser à deux prévenus condamnés dans sa pensée, et dit à son tour :

— Alors, vous savez ce que j'ai résolu.

— Quoi ! ce que cette méchante femme a prétendu, ce marché serait vrai ?

— Il ne s'agit point d'un marché, ma mère, mais d'une alliance réunissant toutes les conditions désirables.

— J'ai promis la main de ma fille à M. Dupuis, pour son fils et j'entends qu'aucune criaillerie, aucune résistance n'y mette obstacle.

— Sans consulter ni Alice, ni moi !

— Ma mère, le respect auquel je suis tenu envers vous ne m'y obligeait plus cette fois, en présence du désordre et de l'esprit de révolte qui règnent ici, et qui, j'ai regret de le dire, viennent en partie de l'appui que vous y prêtez vous-même.

Ne m'interrompez pas, je vous supplie ; j'ai droit de parler.

J'ai été un père juste et bienveillant ; je ne veux pas devenir un père faible. Lorsque ma fille a refusé, l'an passé, un parti que j'avais encouragé, je m'y suis résigné, j'ai laissé toute liberté à ses idées... à ses préventions.

J'en ai été mal récompensé. On a conclu de là que ma volonté était sans poids et tout a marché au rebours de la raison, jusqu'aux plus fatals résultats.

Il n'en sera plus ainsi.

Je viens donc vous annoncer, ma mère

et vous ma fille, que j'ai arrêté les bases de ce mariage, et que j'entends qu'il ait lieu dans les délais les plus courts. Si vous trouvez une seule objection juste et valable, parlez.

— En vérité, monsieur, dit madame Dampier, ceci est presque sans exemple, et je suis confondue...

— Permettez, ce sont là des paroles et non des raisons. Vous, Alice, que dites-vous ?

Alice était restée jusque-là anéantie et comme étrangère à ce qui se passait. Ainsi interpellée elle se redressa lentement :

— Je dis, mon père, qu'il me semble rêver, et j'attends qu'on me réveille. Moi, ainsi traitée ? livrée à ce fat ridicule, qu'une femme sans pudeur ose venir réclamer ici comme son bien et sa propriété.

Ah ! mon père, vous parlez de votre caractère et de votre dignité..., quelle idée avez-vous donc de la mienne ?..., Vous vous êtes trompé, je ne suis pas si pressée de me marier que j'aie besoin de disputer à madame Mortaigne son amant !

Vous m'excuserez donc, mais je ne saurais faire honneur à une parole donnée en dehors de moi et malgré moi.

— Ah ! c'est ainsi ! s'écria le président, la révolte est complète. Je vous dis, moi, que vous épouserez M. Agénor, parce que cela est sage et que je le veux.

— Je vous en supplie, mon père, n'insistez pas, dit la jeune fille avec beaucoup de respect, mais avec une sensible énergie; vous m'obligeriez à vous désobéir et j'en serais éternellement désespérée.

— Vous ne me connaissez pas encore; et s'il faut vous traîner devant le magistrat et devant le prêtre, je vous y traînerai.

— Il n'en sera pas besoin; je marcherai jusqu'à eux; mais retenez bien cette cette parole : aucune puissance humaine ne m'obligera à prononcer le consentement sacramentel, et nous verrons si quelqu'un me déclarera mariée quand devant la loi et devant Dieu j'aurai déclaré que je n'entends pas l'être.

— Vous oseriez ?...

Mais, lisant dans son attitude et dans son regard son invincible décision :

— Vous vous abusez sur vos droits, dit il, et, pour châtier tant d'audace, la loi en accorde aussi de formels aux pères de famille.

Demain, mademoiselle, vous entrerez au couvent des Carmélites.

Alice s'inclina et répondit avec une grande douceur :

— Comme il vous plaira, mon père.

Madame Dampier se rapprocha d'elle, l'embrassa avec tendresse et lui dit :

— Tu n'iras pas seule, mon enfant.

— Que signifie ?... demanda le président.

— Je n'ai plus rien à faire chez vous, monsieur, du moment que ma petite-fille en est bannie.

Ah ! j'ai compris votre pensée : vous voulez régner ici ; eh bien, régnez à votre gré. Demeurez-y seul avec votre conscience, en présence de vous-même.

— Ma mère !... ma mère !... s'écria-t-il sourdement.

Elle vint lentement jusqu'à son oreille et ajouta de manière à n'être entendu que de lui seul, mais d'un accent qui le fit pâlir.

— Oui, j'étais devenue votre inquiétude, votre remords vivant; reprenez votre tranquillité, je ne vous gênerai plus.

— Grand'mère, dit à son tour Alice émue, à l'oreille de l'aïeule, et mon frère ?...

— Oh ! celui-là, s'écria M. Dampier saisissant ce mot, il a été la source de ce désordre, il en portera la peine.

X

Un ami méconnu

La nouvelle de l'entrée de Mlle Dampier aux Carmélites, éclata bruyamment dans la société de X..., avant même qu'Alice eût quitté l'hôtel de son père.

Mais l'explication arriva toute seule, le bruit ayant circulé non moins rapidement du refus essuyé par Agénor Dupuis. Mademoiselle Dampier, en conclut-on, n'avait de goût que pour la retraite; elle cédait à une vocation arrêtée.

Alice était assez jeune pour avoir encore le cœur entièrement libre, mais elle possédait un caractère et une dose d'intelligence qui l'élevaient au dessus des considérations mesquines et lui faisaient entrevoir un avenir plus large que les murs d'un couvent.

Son père la consignait aux Carmélites, mais elle entendait n'y pas demeurer à d'autre titre que celui de pensionnaire.

Le jour où M. Dampier aurait prétendu imposer à sa fille l'état monastique, il se serait trouvé en face de la même résistance que pour un mariage contraire à ses inclinations.

D'autres tourments s'ajoutaient à ceux-là. Ni sa grand'mère, ni elle n'avaient trouvé moyen de se renseigner sur le sort de son filleul. Elles n'y pensaient qu'en frémissant et avec les pressentiments les plus sombres.

Enfin, elle redoutait l'antagonisme de son père et de son frère, du moment qu'une intervention bienveillante ne serait plus là pour l'amortir.

Le reflet de ses épreuves et de son anxiété se lisait sur son visage pâli, et dans ses grands yeux pensifs, au milieu des préparatifs de son départ. Mais elle avait tant de jeunesse et de beauté, que ce léger désordre même l'embellissait encore.

Vêtue d'une simple et longue robe noire, dont l'encolure échancrée de cette mode qu'on appelle à la Vierge, les cheveux à moitié dénoués, la blancheur transparente de son teint lui donnait des aspects séraphiques.

Elle eut besoin de traverser le salon, pour chercher quelque objet, mais elle s'arrêta soudain, en poussant un petit cri tant sa surprise était vive.

Il y avait là quelqu'un, qui attendait pour une affaire le président attardé à l'audience.

C'était M. Henri Vergnier, ce jeune procureur du roi, dont elle avait naguère décliné la demande d'une façon si nette.

Nous l'avons dit, rien ne justifiait ce refus; la prévention de la fille du président contre ce qui tenait à la magistrature en était la seule explication.

Or, il y avait un an de cela; durant ce temps, l'esprit de Mlle Dampier s'était fortifié et avait grandi avec sa personne. Il en était de même du mérite et de la réputation du jeune magistrat. Alice ne pouvait l'ignorer, et sans que sa pensée s'y fût jamais arrêtée, elle savait aussi que, malgré sa position, sa fortune et ses relations, il n'avait renouvelé auprès d'aucune jeune fille la démarche qui avait échoué auprès d'elle.

Aussi, sa légère émotion en se trouvant devant lui, provenait simplement de la surprise et de la gêne, ne se doutant pas que le négligé de sa toilette la rendait cent fois plus jolie.

— Excusez-moi, monsieur, balbutia-t-elle, je ne savais pas qu'il y eût quelqu'un....

Elle salua et fit un pas en arrière.

Mais lui s'étant levé vivement, et plus troublé qu'elle-même, retrouva une certaine hardiesse au moment de la voir disparaître, et s'avançant dans une attitude respectueuse et avec cette timidité empreinte d'admiration que les femmes savent si bien apprécier.

— Mademoiselle, dit-il, un mot seulement, je vous supplie.

Elle s'arrêta, gagnée par l'émotion de cette voix, par ses propres impressions douloureuses et attristées, elle le regarda, et l'on peut dire que c'était la première fois qu'elle le voyait. Jusque-là, dans leurs rares rencontres, c'est à peine si ses yeux avaient glissé sur lui.

Quel fut l'effet, nous ne saurions le définir, mais cet examen qui ne dura pas le quart d'une seconde, la rendit plus timide que son interlocuteur, elle baissa les yeux et se replia sur elle-même.

Il crut voir là un sentiment d'anxiété et se hâta d'ajouter :

— Ne craignez rien, je n'abuserai pas de cette rencontre inespérée pour plaider une cause bien déplorable puisque vous l'avez condamnée.

— Monsieur !... fit-elle avec un faible mouvement pour se retirer de nouveau.

D'un geste suppliant il la retint pour la seconde fois.

— Non, Mademoiselle, dit-il, ce n'est point de moi ni pour moi que je veux vous parler... c'est de vous et pour vous.

— Que voulez-vous dire, Monsieur ?

— Que cette minute qui nous est accordée et que je n'eusse osé espérer, est peut-être un bienfait manifeste de la Providence.

Il s'arrêta une seconde, hésita, et pressé, enhardi évidemment par l'urgence de la situation, il ajouta :

— Ne voyez point, je vous conjure, dans mes paroles autre chose que la preuve d'un inaltérable respect et d'un dévouement désintéressé.

Ma position m'impose la discrétion d'un confesseur, en même temps qu'elle m'oblige à m'initier à bien des secrets.

Je respecte aussi comme je le dois les

volontés de monsieur votre père, qui est de beaucoup mon supérieur hiérarchique. Mais souvenez-vous que ce respect ne prévaudrait point contre mes devoirs, s'il venait à être mis en balance avec eux.

Le monde apprécie à sa manière la résolution qui vous éloigne de la maison paternelle. J'ai quelques motifs, moi, de l'apprécier autrement. M. Dampier use du droit du père de famille suivant la stricte application de la loi. S'il tentait d'aller plus loin, si la séparation qu'on exige de vous excédait les limites, s'il s'agissait, tranchons le mot, de vous séquestrer ou de violenter votre vocation, en toute occasion, enfin, car il en peut surgir que je ne saurais prévoir, faites un signe, la justice se lèvera et répondra à votre appel.

J'y serai brisé peut-être, mais jamais je vous jure, un devoir accompli n'aura apporté plus de joie à son auteur.

Mademoiselle Dampier était faite pour comprendre et apprécier ce langage.

— Merci, monsieur, dit-elle ; oui, du fond du cœur, merci !

Le front du jeune homme eut un rayonnement :

— Vous me promettez, reprit-il, de vous rappeler cet entretien, et d'avoir confiance en mon dévouement ?

— Je vous le promets, répondit-elle sans hésiter ; je veux faire plus, je veux y recourir tout de suite.

— Il se pourrait !.. Parlez, mettez-moi à l'épreuve.

— C'est un service que je vous demande.

— Tant mieux.

— C'est aussi un secret, un secret que ma grand'mère et moi nous n'avons osé confier à personne.

— Il s'agit de votre frère, peut-être ?

— C'est vrai. Comment le devinez-vous ?

— Parce qu'on n'a pas pu pratiquer sans mon consentement des recherches afin de saisir l'acte qu'il a eu l'imprudence de signer. C'est cet acte sans doute qui vous inquiète aussi ?

— Non, monsieur ; cet engagement deviendra ce qu'il pourra ; il a dû être racheté, d'ailleurs ; du moins, il en était question. Ce que je voudrais sauver, ce que je voudrais enlever à ces misérables, c'est quelque chose de plus précieux, c'est le petit enfant dont je suis la marraine et la tante.

M. Vergnier redevint soudain triste et perplexe.

— Je suis vraiment bien malheureux, mademoiselle, dit-il. La première satisfaction que vous demandez, je ne puis vous la donner.

— Eh quoi cet enfant ?

— Cet enfant a disparu. Personne même ne pensait à lui, lorsqu'on a été mis en éveil par certains mots échappés à la mère, dans le délire de la fièvre qui a suivi son transport à l'hôpital. Ces paroles éloignaient d'ailleurs toute idée criminelle de la part de cette malheureuse, qui réclamait son fils avec des sanglots.

Comme le nom de Martin Baruelle, son père, revenait au milieu de ses accès, nous avons soupçonné cet homme, mais aucune charge n'a pu être relevée contre lui non plus. Il a expliqué que s'étant absenté pour aller chez le médecin et le pharmacien, laissant la mère et le fils endormis, il n'avait plus retrouvé ce dernier à son retour.

Une minutieuse enquête n'a rien amené, ni charges contre lui, ni renseignements d'aucune espèce.

— Et vous ne supposez pas, monsieur, qu'il puisse y avoir là un crime ?

— A vous dire vrai, nous le craignons ; mais, je vous le répète, mademoiselle, rien absolument ne l'indique et comme dans toutes ces affaires, nous demandons où serait et pour qui serait l'intérêt ?

— Mais ce bandit de qui vous parlez ?

— Précisément ; loin de trouver avantage à la mort de cet enfant, il en a, ainsi que sa fille, un très grand à ce qu'il vive. C'est pour eux un élément de rançon inépuisable auprès de vous et d'intimidation auprès de votre frère. Avec cet instrument, ils disposent en quelque façon de l'avenir de ce jeune homme.

— Cependant, il a disparu ?... Avez-vous abandonné toutes recherches ?

— Je vous promets de les reprendre.

— Et moi, monsieur, je vous réitère mes remerciements, et, grâce à vous, j'espère ! Vous avez, quoiqu'il arrive, des titres à ma reconnaissance.

En même temps, et comme gage de sa sincérité, elle lui tendit sa main.

Il la saisit et la porta à ses lèvres.

— Que faites-vous !... dit-elle avec une **vive** rougeur.

— Moi aussi je vous remercie, répondit-il ; mais hélas ! pourquoi ne puis-je de même espérer !...

Cette fois elle ne répondit rien et s'échappa sans se retourner.

Quel était le plus ému des deux, nous ne saurions le décider.

XI

Le Tentateur

Cet entretien rapide, agité, furtif en quelque sorte, où des éléments si divers se trouvaient en jeu, laissa un grand trouble dans l'esprit de mademoiselle Dampier, et le point sur lequel elle arrêta le moins d'abord son attention fut précisément celui qui avait servi d'ouverture à M. Henri Vergnier.

Ce jeune homme se présentant à elle pour lui assurer la garantie de sa protection de magistrat, alors qu'elle ne se sentait menacée d'aucun danger, en butte à aucune inimitié et n'avait qu'à subir la sévérité de son père, lui paraissait presque effrayant.

Hélas ! la pauvre enfant ne tarda pas à apprécier aussi, ce qu'il y avait de profond et de généreux dans ces pressentiments et dans ces offres.

Ce fut M. Dampier qui conduisit sa fille à la retraite qu'il lui avait assignée.

On les introduisit dans le parloir, dont le seul aspect causa à Alice une impression de froid. Les murs nus avaient pour unique ornement un grand crucifix peint, où les plaies et le sang étaient sinistrement exagérés. Des chaises de paille, pareilles à celles des églises, attendaient les visiteurs.

Le rideau daigna s'entr'ouvrir, et, dans le compartiment voisin, apparurent deux nonnes ; l'une, sœur assistante, agenouillée dans un coin et en apparence absorbée par la méditation ; l'autre, la supérieure, dont il était impossible de distinguer les traits sous le voile imposé par la règle, quand une carmélite paraît devant un homme.

Immobile, assise sur un fauteuil de bois les mains croisées dans ses larges manches, elle rappelait exactement les statues des anciens tombeaux.

Alice sentit son appréhension redoubler à l'aspect de cette femme qui ne montrait point son visage et parlait sans jamais tourner la tête vers vous ; elle se prépara à un malheur.

— Ma sœur, dit le président, voici la jeune personne dont je vous ai parlé. Je tiens à vous répéter en sa présence, afin qu'elle le sache bien, que je vous transmets mes droits sur elle. Vous la traiterez donc comme une des vôtres, et si j'ai choisi votre maison, c'est que je sais avec quelle ponctualité la discipline est maintenue.

Ma fille ne doit pas être mise au régime des dames séculières, elle sera pensionnaire dans le cloître comme vos novices, et vous vous ferez un devoir de conscience de ne la laisser communiquer par parole ou par lettre avec quelque personne que ce puisse être, sans une autorisation expresse de ma main.

Cette recommandation est absolue, et je tiens à tout prévoir. Si, par exemple, mademoiselle venait à être malade, veuillez vous rappeler, ma sœur, que je suis médecin, ayant mon brevet de docteur, et ne faire mander personne autre que moi pour la soigner.

Alice comprit la double et cruelle portée de cet ordre.

Sa chère grand'mère avait espéré en s'enfermant dans les mêmes murs, s'assurer la joie de vivre auprès d'elle et avec elle, et on leur interdisait même de se voir devant témoins.

Si ce n'était pas encore la séquestration que M. Henri Vergnier avait redoutée pour elle, c'en était l'acheminement. Il n'y avait pas à se faire illusion, le moindre prétexte suffirait pour la rendre complète et irrémédiable ; cette maison noire, murée comme une tombe, ne laissant parvenir aucun cri de détresse.

— Mademoiselle, psalmodia alors la voix traînante et cassée de la statue vivante, dont pas un mouvement ne dérangea les plis, vous venez d'entendre les volontés de votre père.

Si vous êtes prête, faites vos adieux.

Alice quitta sa chaise et s'inclinant devant le président, dont pas un éclair de regret ou d'affection n'anima les traits sombres et durs :

— Adieu, mon père, dit-elle, et puisque c'est à Dieu que vous en appelez, qu'il juge entre nous. Vous avez douté de mon respect, votre fille tient autant que vous à l'honneur de son nom ; ce n'est pas par elle qu'il y sera jamais porté atteinte.

Ces paroles rappelèrent à Pierre Dampier que sa fille l'avait surpris les deux poings levés sur sa mère. Il l'enveloppa d'un regard noir, et dit à la supérieure :

— Quand vous voudrez, ma sœur.

A ce mot, la sœur assistante quitta son prie-Dieu, remua un énorme trousseau de clefs pendu à son côté et ouvrit une petite porte dissimulée dans les grillages.

Alice, pâle comme une morte, mais trop fière pour se plaindre, obéit. Il lui semblait franchir le pas de la tombe.

Le guichet se referma, et, en même temps, la tenture retomba sur la grille.

On entendit résonner de l'autre côté, sur les carreaux, le pas du président qui se retirait.

A ce bruit cruel, Alice porta la main à son cœur ; l'assistante crut qu'elle allait défaillir ; peu s'en fallut, en effet.

Le contact de cette femme, en qui elle voyait une geôlière, lui rendit pourtant l'énergie.

Enfin, la supérieure renonça à sa pose plastique, elle se leva lentement, écarta son voile, et montrant son visage parcheminé où chaque ride réflétait une des austérités du cloître :

— Soyez la bienvenue, ma fille, dit-elle d'une voix grave qu'elle cherchait à rendre bienveillante, et permettez-moi de vous donner le baiser de paix.

Alice sentit ses deux lèvres flétries effleurer son front.

— On va vous initier aux usages de la communauté, reprit la supérieure, vous serez, suivant ce qui est convenu, traitée comme une des nôtres et nous prierons toutes pour que le ciel vous accorde la grâce de vous plaire parmi nous.

La pauvre enfant laissa tomber sa tête sur sa poitrine, poussa un long soupir et murmura :

— Oui, j'ai besoin que Dieu me vienne en aide !

Elle ne se piquait point hélas ! d'avoir le tempérament d'une héroïne ; son courage réussit seulement à ne pas trahir autrement l'amertume de ses angoisses, devant témoin ; mais quand on la laissa seule dans la cellule qui lui était préparée elle s'assit sur son lit, prit sa tête dans ses deux mains et pleura à chaudes larmes.

Madame Dampier en retenant une chambre dans les bâtiments consacrés aux dames du monde, ne soupçonnait pas la distance infranchissable qui allait la séparer de sa petite fille.

La vénérable dame ne voulut pas quitter l'hôtel, devenu pour elle un cruel séjour, avant d'avoir assisté au retour et à la rentrée d'Emmanuel.

M. Dampier lui permit d'aller le recevoir à la descente de la diligence, mais dès qu'il mit le pied dans la maison, il l'appela à son cabinet et ordonna qu'on les laissât seuls.

Emmanuel connaissait son père et préparé par les avis et les renseignements de sa grand'mère, il était décidé à jouer un rôle passif, résigné et respectueux.

Il se laissa accabler par la colère froide du président, acceptant les reproches, se soumettant aux menaces, ne se révoltant contre rien.

— Oui, mon père dit-il, courbant la tête, j'ai été coupable, je mérite vos blâmes et j'en subirai les conséquences. Je ne vous demanderai qu'une grâce... celle de mon enfant.

— Votre enfant ?... s'écria le président en croyant à peine ses oreilles ; l'enfant de cette créature ?... Ah ! cette grangrène vous a gagné ; vous tenez décidément à en faire pénétrer la honte dans ma maison.

— Je m'explique mal, sans doute. Je ne demande point à réaliser une adoption ostensible, je me résignerai même à ne pas voir le pauvre être entré dans le monde sous de si fâcheux auspices pour lui et pour moi. Ce que j'implore de votre compassion, de votre droiture si renommée, c'est qu'il soit préservé du milieu où il est né, c'est qu'il soit placé dans une institution protectrice, afin que s'il vient à bien, je puisse un jour l'entretenir dans cette voie et le préserver des fautes où je suis tombé.

Pierre Dampier considéra son fils des pieds à la tête avec un indicible dédain et dit :

— Vous êtes fou !

—Mon père, je travaillerai, je gagnerai s'il le faut l'argent nécessaire, et ne pourrais-je en abandonnant ma part de ce qui doit me revenir de ma mère....

—C'en est trop ! la révolte est à son comble ? Vous voulez escompter votre patrimoine, à présent !... Allez, il n'est que trop entamé déjà par votre fait ; je saurai l'établir à votre majorité, car je vois qu'avec vous il faut prendre ses dispositions.

— O mon père. . vous m'accusez d'une indignité !

— Oui, monsieur, il m'a fallu racheter votre avenir compromis, des mains infâmes à la merci de qui vous l'avez livré.

N'attendez de moi, désormais, que la sévérité que vous avez méritée....

Travailler ?... Oui certes, j'entends que cela soit et j'y ai pourvu. Sans interrompre vos études, vous entrez demain en qualité de second élève, chez maître Levert, avoué à la cour, vous y serez logé et nourri.

— Tout ce qu'il vous plaira, mon père...

— Laissez-moi finir. Cet enfant qui vous inspire de si beaux sentiments, je m'en suis enquis aussi, moi.

— Ah!... fit Emmanuel suspendu entre l'espoir et la crainte.

— Vous ferez bien de l'oublier et d'y renoncer, car il a disparu.

— Il a disparu ?... répéta le jeune homme, scandant chaque syllabe, et enveloppant à son tour son père d'un coup d'œil si pénétrant et si profond que l'homme impassible en ressentit un malaise.

— Mon père, poursuivit alors Emmanuel s'animant et se montrant, ainsi qu'il arrive à ces natures latentes et refoulées chez qui le feu couve sous la cendre, vous venez de prononcer une parole grave.

Plaise à Dieu que je ne découvre jamais que mon appréhension était fondée, et qu'une main que je veux respecter même quand elle m'accable, n'a point accablé aussi l'innocent.

Ah! vous avez cru sauvegarder mon avenir et effacer toute trace d'une erreur... Eh bien, vous vous êtes trompé et vous avez pris le mauvais moyen.

Le magistrat avait vite surmonté son trouble imperceptible, il laissa couler ce torrent de paroles le mépris au front et le sarcasme aux lèvres.

— Mon père, continua Emmanuel passant brusquement de la menace à la prière, et de l'énergie à l'abattement : mon père, il ne vous a rien fait le pauvre et chétif petit être; si vous connaissez son sort, rassurez-moi... Mon père, je vous en prie, ne me poussez pas au désespoir!

— Assez. Vous avez tout dit, je suppose, et je ne me sens pas la patience d'en entendre davantage.

S'il vous faut des renseignements, allez les demander aux misérables auxquels appartient ce fruit de vos œuvres; choisissez enfin, entre cette famille de forçats et de prostituées et la vôtre.

— Mon père, mon père, s'écria Emmanuel, joignant avec désespoir ses mains frémissantes, je sens que la fatalité et la malédiction planent sur nous.

— Oui, la malédiction, la mienne..., car, fils révolté, je te...

Emmanuel était tombé accablé sur ses genoux, écrasé déjà sous l'anathème. Mais le dernier mot s'arrêta sur la bouche du président.

La porte du cabinet s'ouvrit et l'aïeule apparut, les traits austères aussi, le regard imposant.

— N'achevez pas ! dit-elle; moi seule aurais le droit de maudire ici, et cependant je n'attends que le repentir des coupables pour pardonner.

— Ma mère !... encore vous !... exclama Pierre Dampier, les dents serrées.

— Oui, encore moi... Prenez patience, je ne vous importunerai plus, je venais vous faire mes adieux.

— Adieu donc, dit-il; mais souvenez-vous que vous êtes sortie librement de cette maison, qu'elle reste la vôtre, et que vous y serez toujours reçue avec déférence.

Et s'adressant à son fils.

— Vous, monsieur, on vous attend chez maître Levert, votre patron.

Le soir même, madame Dampier coucha dans sa chambre des Carmélites et Emmanuel dans sa mansarde, chez l'avoué à la Cour.

Le troisième jour, il fut demandé à la porte de l'étude par un gamin de répugnante mine, qui lui tendit un papier, cligna de l'œil d'un air narquois, et lui dit :

— On attend la réponse.

Le papier était une lettre qui n'avait pas meilleure façon que le messager.

Il la tourna plusieurs fois dans ses doigts sans reconnaître cette écriture grossière et incorrecte et se décida à l'ouvrir. Il lut:

« Venez demain, impasse Malouet, au logement que vous connaissez. On vous attendra jusqu'à midi et vous pourrez apprendre des choses intéressantes. »

Suffisamment renseigné par sa grand'mère sur le guet-à-pens dont elle avait été victime, et d'autre part certain, par les paroles de son père, de la disparution de son enfant, Emmanuel n'avait pas même eu la pensée de se hasarder vers ce quartier fatal depuis sa rapide rentrée à X...

Il réfléchit donc avant de prendre un parti; puis, faisant un retour sur sa misérable condition, n'ayant plus rien à perdre ni rien à craindre, il dit au messager appuyé nonchalamment contre la borne, les mains dans sa blouse :

— J'irai.

Le lendemain, le jeune Dampier se dirigea vers le rendez-vous dont il devinait bien que l'auteur ne pouvait être que Martin Baruelle ou Adèle, sinon l'un et l'autre.

Sa liaison avec cette dernière n'offrait, nous l'avouons au risque de froisser les illusions de quelque charmante lectrice, aucun caractère romanesque. Ç'avait été un coup de feu de jeunesse, une fusée, une griserie. La petite était gentille, piquante, elle avait accueilli ce joli garçon timide et ardent. Elle était trop jeune pour être entièrement blasée ni foncièrement corrompue.

Ils s'étaient monté la tête tous deux et pendant des mois, ce qui en amour équivaut à une éternité, ils avaient été les plus heureux tourtereaux du paradis, — puisqu'ils croyaient l'être.

Mais Martin Baruelle était là. Le coquin entrevit de plus fructueuses perspectives, et un beau jour il se révéla à l'amant de sa fille, qui ne le connaissait pas, par un de ces coups de chantage dont la *Gazette des Tribunaux* contient le répertoire complet.

Adèle y avait assisté, à peu près comme à la scène préparée par le même procédé, contre madame Dampier. Par un sentiment de honte et d'instinct féminin, elle avait probablement protesté et pleuré, dans la mesure de ses moyens et de sa sensibilité, mais de cet instant un déchirement éclaira Emmanuel, et si les sens restèrent attirés vers elle, le cœur n'y fut plus absolument pour rien.

En mettant le pied dans l'impasse, Emmanuel ressentit une vive émotion de crainte et d'amertume ; il lui semblait que toutes ces maisons borgnes le regardaient.

Il franchit les trois étages du numéro 6, et s'arrêta sur le palier pour reprendre haleine ; il suffoquait.

La clef, cette clef qu'il touchait naguère avec des frémissements de volupté était sur la porte, et aucun bruit ne venait de l'intérieur.

Il se décida et ouvrit.

Ah ! qu'elle était changée cette chambrette au luxe modeste de laquelle il avait présidé ; et qu'il avait fallu peu de temps pour y faire succéder ce désordre !

Son cœur en éprouva un nouveau choc.

Baruelle était seul, assis devant la table chargée de bouteilles et de mangeailles entamées ; il fumait si activement que le jeune homme eut de la peine à le distinguer dans ce nuage opaque.

L'ancien forçat, relâché par la police faute de prétextes pour le garder sous les verrous, menait depuis l'aventure à nous connue une vie de Sardanapale, et ses orgies n'étaient pas souvent aussi solitaires.

— Entrez, entrez donc, mon jeune ami, fit-il de son ton cynique et familier, en remarquant l'hésitation d'Emmanuel cloué sur le seuil. Ne craignez rien, j'ai congédié la compagnie pour causer tranquillement avec vous.

Le jeune homme avait trop fait pour reculer.

— Et Adèle ?... demanda-t-il en repoussant la porte.

— La petite ?... dame, elle est toujours là-bas.

— Là-bas ?

— Eh bien oui, à l'hôpital... Ah ! je saisis, monsieur votre père ne s'est pas vanté de ce détail. C'est encore une de ses attentions en notre faveur... Mais tranquillisez-vous ; elle ne va pas si mal qu'il le souhaiterait probablement, ce digne monsieur ; il faudra bien qu'elle en sorte une fois guérie, et nous la reverrons.

Asseyez-vous donc, vous serez mieux, et moi aussi ; je n'aime pas parler aux gens debout, ça me rappelle le procureur du roi.

— C'est vous qui m'avez écrit ? demanda Emmanuel, abrégeant ce flux de paroles.

— Bon ! bon ! je comprends, fit le bandit, vous me gardez toujours rancune, pour l'affaire de la promesse de mariage !... Diable m'emporte, si j'y tiens pour un sou ; c'était d'ailleurs dans votre intérêt ; Voyons, le cœur sur la main, vous ne pouvez pas être enchanté de la conduite de votre père à votre égard et à celui de votre sœur. C'est donc joli de la part d'un homme qui pose pour le prix de vertu ? Il se débarrasse d'un coup de toute sa famille, et il vous traite, pour une pécadille, comme il traiterait un bandit de mon espèce.

Il me fait aussi toutes sortes de misères à moi ; le violon, les perquisitions, ma surveillance aggravée, Adèle aux filles soumises ; le tremblement, quoi !...

Eh bien, si vous voulez, j'en sais assez

long, vous m'aidant, pour lui rendre la monnaie de sa pièce et le mener par un chemin où il déliera les cordons de sa bourse, je vous en réponds.

Vous n'aurez qu'à parler et vous le verrez vous bourrer les poches de papier Joseph. Alors, dame, vous comprenez, la petite rentrée ici, vous filerez le parfait amour votre content, du matin au soir, vous me donnerez des petits-enfants que personne ne viendra plus m'acheter et je vous apprendrai des choses diablement curieuses.

Emmanuel ressentit un mouvement d'horreur. Lui, devenir le complice, l'associé de ce misérable..., et contre son père encore !

Il se leva et, faisant un pas vers la porte :

— Dans ces conditions-là, dit-il résolument, j'aime mieux ne rien savoir.

— A votre aise, répondit Martin Baruelle, secouant avec une indifférence narquoise, la cendre de sa pipe sur le coin de la table, — tous les goûts sont dans la nature.

Le mien est de bien vivre à ne rien faire, le vôtre de crever de faim en vous esquintant, — esquintez-vous !

Mais dans ce cas, diable m'emporte si vous apprenez par moi un mot de ce qui vous intéresse ; et puis, regardez bien cette porte, pour n'y plus revenir. Ma fille a besoin de sa santé, de sa beauté et de gens qui ne soient pas ruinés. Voilà, mon petit ami, mon ultimatum. Serviteur !

Le pauvre garçon froissé dans toutes ses fibres, descendit en trébuchant comme un homme ivre l'escalier de ce repaire.

XII

Histoires de voleurs

M. Dampier avait prétendu être maître chez lui ; il l'était ; mais il régnait sur la solitude et l'abandon, n'ayant plus pour animer son vaste hôtel que son valet de chambre Germain et sa servante Marianne. Julienne avait suivi Mme Dampier.

Ce n'était pas le calme, c'était le deuil ; et chacun sachant que le président se plaisait dans cet isolement s'était éloigné peu à peu, regrettant l'absence de ce qu'il y avait eu de meilleur et de charmant dans ce logis, sur lequel semblait peser une mauvaise influence.

Les serviteurs s'en ressentaient, et le fidèle Germain en était devenu plus taciturne que jamais.

Un matin, en déjeunant, Marianne, frappée de sa préoccupation et du décousu de sa conversation, le pressa tellement qu'il finit par lui dire :

— Avez-vous bien dormi cette nuit, vous ?

— Comme à l'ordinaire ; je n'ai fait qu'un somme.

— Ah !...

Il s'arrêta, baissa le nez sur son assiette et avala un si gros morceau qu'il faillit étrangler.

— Voyons, Germain, qu'est-ce que vous avez, enfin, vous êtes tout drôle ? insista la cuisinière.

— Ainsi, reprit-il en tâtonnant, vous n'avez rien entendu ?

— Rien... et vous ?... Ah ! mais, est-ce qu'il s'est passé quelque chose ?... Tâchez de ne pas me tourner le sang, et parlez clairement une fois si c'est possible !

— Il faut croire que je me serai trompé... quelquefois, quand on ne dort pas, les oreilles vous tintent.

— Mais quoi ? mais quoi ? pour l'amour du bon Dieu ?

— Eh bien, moi, voilà deux nuits que mon rhumatisme me cause des élancements atroces. Dans la nuit d'hier, m'étant levé pour me frictionner avec l'onguent que monsieur le président m'a ordonné, j'ai cru entendre un bruit de portes qu'on aurait ouvertes et refermées du côté des celliers.

Il y a tant de mauvaise engeance dans la ville, qu'on ne parle que de méchants coups et de gens suspects rôdant à travers les nuits. L'idée m'en est venue aussitôt ; j'ai sauté sur le vieux sabre qui est à la tête de mon lit, j'ai pris de la lumière et je suis descendu.

Tout était clos, tranquille et en ordre.

Bon ! je me suis dit, c'est le chat noir qui aura passé par là et causé mon alerte.

Mais, cette dernière nuit, étant éveillé à la même heure, car ces rhumatismes c'est réglé comme une horloge, j'entends le même bruit du même côté. Ça ne pouvait pas être toujours le chat noir que, d'ailleurs, pour sûreté, j'avais enfermé dans la lingerie.

Je n'en fais ni une ni deux, sans perdre

de temps comme la veille à passer mes hauts de chausse, je reprends mon sabre, j'oublie mes douleurs et je descends dare-dare au rez-de chaussée.

— Et qu'est-ce que vous voyez ? fit Marianne qui suivait ce récit avec une attention haletante.

— Je vois... que je ne vois rien du tout.

— Vous aviez encore rêvé ?

— Non ! murmura Germain dont le front se plissa, je n'avais pas rêvé.

— Eh bien ! qu'est-ce qu'il y avait alors ? Il faut vous arracher les mots !

— C'est que ce sont des choses auxquelles je ne comprends plus.

Je commence cette fois ma ronde par la cuisine ; rien !

Je passe dans l'office, rien !

Je descends les marches du bûcher et du cellier ; je regarde derrière les fagots, les caisses, les sacs, les débarras, toujours rien !

Bon ! je me dis, je ne serai pas descendu sans tout inspecter. Je passe dans le grand corridor, que j'avais négligé la veille. Il était désert à l'unisson du reste.

N'importe ! je vais jusqu'au bout, pour en avoir le cœur net.

J'arrive à la porte, la serrure était bien fermée.

— Vous voyez que vous avez rêvé vos bruits et vos paniques !

Germain hocha la tête et répondit :

— En me retournant pour revenir sur mes pas, j'aperçois quelque chose de brillant pendu au mur et sur quoi portait ma lumière.

— Qu'est-ce que c'était, mon Dieu ! fit la servante en se signant.

— C'était une façon de petite lanterne, toute ronde, avec un couvercle pour boucher la clarté à volonté. Je n'ai jamais vu cette lanterne dans la maison, et elle ne peut appartenir à personne d'ici. Je connais assez le mobilier depuis vingt ans qu'il me passe dans les mains pièce par pièce.

— Vous l'avez prise, cette lanterne ?

— Non ; je l'ai laissée.

— Par exemple ! il fallait la prendre, pour la montrer à monsieur, car vous allez, je pense bien, lui raconter tout cela ?

Germain secoua de nouveau la tête d'un air très soucieux et très indécis.

— Voilà justement ce qui me gêne. On ne parle pas si aisément à monsieur le président...

— Mais si on vient pour le voler ?

— Jusqu'à présent, il n'y a pas trace de voleurs. On n'a pas détourné un fétu dans l'hôtel.

M. le président m'enverra promener et dira que j'ai eu la berlue. C'est un homme qui veut autre chose que des paroles, monsieur le président, il faut voir ça quand il demande des preuves auv témoins, et comme il vous les tourne et retourne !

— Eh bien, cette lanterne qui n'est pas à nous, elle n'est probablement pas venue s'accrocher toute seule à la muraille !

Germain se gratta désespérément l'oreille et finit par dire d'un ton caverneux :

— C'est là le plus stupéfiant ! Tantôt, aussitôt après m'être levé, j'ai voulu me rendre compte des choses au grand jour. J'ai couru au corridor ; je l'ai examiné par le menu, — la lanterne n'était plus au clou !

— Sainte bonne Vierge ! qui est-ce qui a bien pu l'ôter ?

— Ceux qui l'avaient mise, c'est évident !

— Sainte-Vierge, est-ce qu'il y aurait de la sorcellerie chez nous !

— Vous comprenez maintenant que je peux de moins en moins en causer à monsieur le président. J'aurai beau lui répéter que j'ai vu de mes yeux vu, il me traitera de lunatique, d'autant plus que vous n'avez rien entendu du tout, vous, et que depuis vingt ans que j'ai l'honneur d'être à son service, jamais, au grand jamais il n'y a eu l'apparence d'une alerte dans l'hôtel.

— Il faudrait pourtant aviser à quelque moyen.

Puisque c'est arrivé deux fois, il n'y a pas de raison pour que ça n'arrive pas trois.

— C'est justement mon idée aussi, et, la prochaine nuit, je m'arrangerai encore mieux.

— Moi, de mon côté, je ne me couche pas, et s'il faut appeler du secours, je suis là pour crier, ah ! mais, j'ai des poumons !...

Cela ainsi arrêté ; les deux serviteurs reprirent leur train habituel ; leur maître, qui ne s'abaissait guère à ces détails, ne remarqua point s'il y avait dans leurs allures quelque chose de particulier. Il se souvint seulement, en passant, qu'il avait prescrit à son valet de chambre des médicaments pour ses douleurs et s'informa comment il se trouvait.

Sur la réponse hésitante de Germain, le président réfléchit le quart d'une seconde, et lui demanda encore comment il passait les nuits et si, comme il arrive presque toujours, les accès ne redoublaient pas alors?

Germain, qui ne savait pas mentir, ayant répondu franchement qu'en effet ses maudits lancinements le réveillaient souvent, M. Pierre Dampier ajouta en fixant sur lui son œil profond et froid :

— Et que fais-tu alors?

— Dame, monsieur le président, quand je souffre trop, je me frotte de votre onguent.

Pour la troisième fois, M. Dampier, ayant réfléchi, mais un peu plus longtemps, prit une feuille de papier et écrivit une nouvelle formule.

— Demande ceci chez le pharmacien, dit-il, et ne manque pas d'en boire deux cuillerées en te mettant au lit, ce soir.

Germain s'en alla tout droit chercher la potion. Elle exigeait une certaine manipulation, et tout en pilant ses poudres pour les mettre ensuite dissoudre, l'élève chargé de ce soin, lui dit en manière d'acquit :

— Sapristi, mon brave, vous avez donc bien de la peine à dormir?

— Mais oui, monsieur, ce chien de rhumatisme me tenaille.

— Oh bien, soyez tranquille, avec ce que je vous arrange-là, on endormirait un bœuf.

— Ça ne m'étonne pas, fit avec sa naïve bonhomie le valet de chambre, monsieur est si consciencieux, il m'aura ordonné ce qu'il y a de plus fort... et vous le mettrez sur son compte, c'est lui qui paie tout ce qui s'emploie dans la maison.

Là-dessus, le brave homme rentra ; mais, pénétré de reconnaissance pour son maître, il considéra en son âme que ce ne serait pas le fait d'un loyal serviteur de sacrifier les intérêts de ce maître généreux à sa propre satisfaction.

En conséquence, lorsque l'heure vint et qu'il fut monté à sa mansarde, il décida de ne boire la potion soporifique et de ne se coucher qu'après avoir, de point en point, accompli ses devoirs de chien de garde.

Ayant attendu les environs de l'heure où le bruit mystérieux s'était produit les nuits précédentes, Germain descendit à pas de loup, gagna les communs du rez-de-chaussée, et par les portes qui mettaient les diverses pièces en communication avec le grand corridor, il se posta en observation dans le cellier, l'oreille au guet, prêt à apparaître avec son fameux sabre, et à lancer le cri d'alarme auquel Marianne devait répondre.

Il était là depuis une grande heure : rien ne bougeait. Les idées ne poussaient pas tout de suite dans cet honnête mais étroit cerveau. Il lui vint enfin celle de mener ses investigations jusqu'au bout du corridor et, s'il n'apercevait rien de suspect, de remettre son guet au lendemain.

A son indicible étonnement, la petite lanterne pendait à son clou.

Donc, il s'était déjà passé quelque chose ; et comme il n'était pas douteux que la main qui avait mis cet objet, viendrait, ainsi que la veille, le reprendre, Germain rentra dans sa cachette noire, non sans une forte émotion.

Il s'écoula encore près de trois quarts d'heure, la nuit s'avançait ; mais il tenait ferme derrière la porte faiblement tirée.

Une clarté passa tout à coup par l'entrebâillement.

Ébloui d'abord, il affermit son regard, le plongea jusqu'au bout de ce couloir diabolique, et reconnut que la porte de la venelle était close.

Il n'eut pas le temps ni la présence d'esprit de se demander si l'on n'avait pas pu l'ouvrir et la refermer assez adroitement pour ne pas causer de bruit.

Le chuchotement de plusieurs voix, auxquelles la galerie servait de conduit en les grossissant mais d'une manière confuse arriva à son oreille, et la lumière se rapprocha.

Si résolument qu'il eût guetté ce moment critique, le fidèle valet de chambre éprouva un tranissement et la sueur coula le long de ses tempes.

Il se raffermit, c'est un hommage à rendre à son dévouement, et étreignant son arme dans sa main droite, il se cramponna de l'autre au battant de la porte pour l'ouvrir au moment où les visiteurs suspects allaient arriver à sa proximité.

Pour un bonhomme tel que lui, ce n'était point mal combiné et cela lui laissait en outre la ressource de rentrer dans le cellier où il était assez familier pour se cacher à tâtons.

La lumière continua d'avancer lentement et les voix de se rapprocher sans qu'il pût les distinguer.

La lanterne était tenue par l'un de deux hommes enveloppés de manteaux, coiffés de larges chapeaux ; tout ce que Germain vit de leur visage opposé à cette clarté, ce fut leur barbe épaisse. Leurs ombres démesurément grossies s'en allaient en arrière, emplissant la galerie et se mouvant lentement, ainsi que des apparitions fantasmagoriques.

Il y avait dix fois de quoi affoler de peur un pauvre diable.

Germain, tint bon pourtant, pensant avec une certaine sagacité que ces malfaiteurs étaient venus les deux nuits précédentes en reconnaissance, et que probablement ils se disposaient cette fois à faire leur coup.

Il releva peu à peu sa lame forte et lourde, et suivant ses dispositions solidement arrêtées, à l'instant où les deux compagnons furent à sa portée, il tomba sur eux en frappant et en appelant à l'aide.

Au premier mouvement, la lumière disparut, soit qu'elle se fût éteinte, soit que la lentille du foyer se fût refermée.

Un cri, mais sourd et contenu, un seul répondit à cette rude et brusque attaque, et comme si les visiteurs eussent été des fantômes, après avoir senti deux fois son sabre les toucher, Germain s'aperçut, au troisième, qu'il ne frappait plus que dans le vide. Sa lame ayant même rencontré la pierre de la galerie, il en jaillit des étincelles qui ne servirent qu'à constater la disparition subite de l'ennemi.

Exaspéré, enfiévré, le brave serviteur n'en redoubla pas moins ses coups et ses moulinets, à tort et à travers, poussant des appels gutturaux pour attirer l'attention de la servante.

Celle-ci, moins vigilante, et plus commodément installée dans sa chambre que son camarade dans le cellier, s'était à la longue endormie sur sa chaise. Elle finit pourtant par entendre, et, réveillée en sursaut, prise de panique, ne se sentant pas la force de bouger, elle fit ce qu'elle avait promis, elle cria, mais d'une voix paralysée par la peur :

— Monsieur... Monsieur !... au voleur ! au voleur !...

Alors, sur le palier du premier étage, où était son appartement, on entendit M. Pierre Dampier demandant :

— Eh bien, qu'y a-t-il ?... Germain ?... Marianne ?...

Cette voix grave, que n'agitait aucune émotion, produisit sur les deux serviteurs l'effet d'un réactif. L'un monta, l'autre descendit l'escalier, effarés encore.

Le président tenait un flambeau d'une main, un pistolet de l'autre.

Il était en bras de chemise et sans cravate, mais sauf cela complètement vêtu, et Germain par un instinct naturel chez un valet de chambre, remarqua qu'il n'était pas en sandales, mais chaussé de ses bottines. Ce fut un nouveau sujet d'admiration en l'honneur du maître, qui, menacé d'un danger, avait eu la présence d'esprit de se mettre en état de fuir. Ayant été soldat, Germain savait ce que vaut un homme bien chaussé.

— Eh bien ! dit M. Dampier, est-ce que le feu est à la maison ?

— Non, non, monsieur, répondit le serviteur, toujours armé de son sabre, et auquel l'émotion coupait la parole ; mais il y a... il y a des voleurs...

— Des voleurs ?... En êtes-vous bien sûrs tous deux ?

— Je... les... ai... vus...

— Il les a vus ! répéta Marianne.

— Oh ! oh ! où cela ?

— Dans le corridor du cellier. J'en ai même pour sûr blessé un, car il a poussé un cri, et j'ai senti porter le coup.

— Tu n'as pas rêvé ? fit M. Dampier un peu ironiquement.

— Oh ! mais non, par exemple !

— Combien sont-ils à ton avis ?

— Je n'en ai vu que deux ?

— Et tu les crois encore en bas ?

— A moins qu'ils ne se soient échappés par où ils sont venus.

— Avec le bruit que vous avez fait, Marianne et toi ce serait très possible. N'importe, tu as ton sabre, j'ai ce pistolet, il faut tout visiter. Mais doucement, avec précaution ; vous n'avez déjà causé que trop d'esclandre.

Là-dessus, ils descendirent, M. Dampier le premier, Germain ensuite, et en troisième Marianne, qui, en arrivant, dans sa cuisine, par où commença la perquisition, s'arma d'une broche de six pieds.

On ne négligea pas un coin des diverses pièces des communs; à chaque insuccès, le président disait :

— Vous voyez bien qu'il n'y a rien.

A chacune alors, Germain poussait un énorme soupir, secouait la tête et murmurait :

— Pourtant je les ai vus ! Voilà où j'étais pour les attendre au passage, dit-il en montrant la porte du cellier.

Bon !... fit-il tout d'un coup en buttant contre quelque chose, qu'est-ce que je sens sous mon pied?

C'était la lanterne sourde, que le porteur avait lâchée, probablement en recevant l'un des rudes coups par lesquels le valet de chambre avait débuté.

—Voyez, monsieur le président, voyez.., c'est la fameuse lanterne...

M. Dampier ne remarqua pas l'épithète, son premier mouvement fut de se saisir de l'objet, mais à peine l'eut-il touché que, le rendant à Germain :

— Garde cela, dit-il de son ton le plus posé, c'est une preuve à conviction.

Ici, un souffle d'air, venant du bout du corridor, faillit éteindre le flambeau qui éclairait cette scène.

La porte de la ruelle est ouverte, s'écria Germain avec désespoir; vous avez raison, monsieur le président, les brigands se sont sauvés par là !...

— Quel guignon! ajouta Marianne brandissant son arme culinaire, je ne pourrai donc pas en embrocher un !

— Oui, fit le président avançant jusqu'à la porte dont il sembla examiner avec attention la serrure, c'est un grand malheur... Ces gens se seront servis de fausses clefs... Tu feras venir dès ce matin le serrurier pour qu'il change les gardes.

— Quel guignon ! quel guignon ! répétait la désespérée servante. Est-ce qu'on ne les prendra pas ces gueux là !

— Chut ! fit M. Dampier d'un ton péremptoire; pas de bruit.

Le meilleur moyen est de ne pas donner l'alerte à ces misérables. Mes amis, vous avez montré un dévouement dont je vous sais gré. Maintenant il s'agit d'être discrets. Pas d'agitation. Pas de cancans. Germain ira faire tantôt sa déposition à la police, et puis laissez-la agir.

— C'est vrai, pourtant, monsieur le président parle comme Salomon, fit le valet de chambre. Si nos brigands se doutent qu'on est sur leur piste, ils lèveront

le pied et alors plus de chance de les joindre !

— Je deviens muette; conclut Marianne en soupirant.

La chose ainsi entendue, chacun gagna ou regagna son lit.

Ce ne fut pas pour longtemps. Dès les sept heures, la servante de M. Daniel Mortaigne sonnait à l'hôtel. Elle venait supplier M. Dampier de passer chez son maître.

Le conseiller avait été pris de mal pendant la nuit, était tombé de son lit et s'était, paraît-il, gravement blessé. Connaissant le talent chirurgical de son ami, il ne voulait pas d'autres soins que les siens.

XIII

Un crime impunissable

Naturellement, on approuva au parquet le plan indiqué par le président. C'était le meilleur pour ne pas donner l'éveil aux auteurs de la tentative audacieuse commise dans son hôtel. Il fut démontré par la police et admis par tout le monde que ces scélérats avaient espéré profiter de la diminution du personnel tant en maîtres qu'en serviteurs, pour opérer leur coup.

La précieuse lanterne, seul gage matériel de l'événement, fut consignée au greffe. On fit aux dépositions de Germain et même de Marianne l'honneur du papier timbré et d'un dossier spécial. M. Pascal, chef de la police secrète, homme habile et éprouvé, lança tout son monde et ne se ménagea pas lui-même.

Ce train dura une huitaine, puis se relâcha, le président lui-même proclama sans hésiter la difficulté des recherches, en l'absence d'aucun jalon.

Le résultat le plus net fut une nouvelle descente au numéro 6 de l'impasse Malouet et un supplément de vexations contre Martin Baruelle, qui ajouta ce grief aux autres, mais en se justifiant par un alibi irrécusable. Il avait toute cette même nuit célébré dans une orgie le retour de sa fille au bouge paternel.

On finit par conclure que les coupables avaient quitté la ville, et plusieurs individus en surveillance étant venus à disparaître vers cette époque, chose fréquente comme on sait, on leur mit à tout hasard l'affaire sur le corps. Si cela ne leur faisait pas de bien, c'étaient des gaillards à qui cela ne pouvait guère faire de mal.

Madame Dampier, dans sa retraite, n'en eut pas même connaissance. Ce fut ce qu'on appelle une affaire étouffée.

La vénérable femme en aurait peut-être été plus troublée que personne, et seule elle aurait pu éclairer la justice. Il est vrai qu'elle serait morte auparavant!

Elle ne s'occupait de son fils que dans ses prières, consacrant sa sollicitude active à ses petits enfants.

Le silence implacable du cloître régnait entre la grand'mère et la petite-fille; et Mme Dampier en proie à de cruels pressentiments se désespérait en se demandant si ce n'était pas l'heure d'aller frapper à la porte de M. Vergnier et de lui rappeler ses offres de service.

Emmanuel ne menait guère une existence plus heureuse que sa sœur. A force de puritanisme, M. Pierre Dampier en était venu à faire aux siens une vie de désespoir et de révolte.

Il s'indignait de quelques écarts, ne se doutant pas de la lutte de son fils contre des tentations auxquelles, dans la condition où il le réduisait, bien d'autres eussent cédé.

Martin Baruelle n'abandonnait pas la partie. Il épiait l'heure favorable et multipliait les pièges et les tentations.

Ayant cette ressource puissante en main, c'était par le fils du président qu'il prétendait se venger du président. Martin n'était point du reste un conspirateur platonique et spéculatif. C'était un bandit positiviste. Il tenait à cette satisfaction parce qu'il en attendait de gros profits.

Il n'essaya pas de ramener Emmanuel à son logis, mais il s'arrangea pour le rencontrer un peu partout, et par hasard ou par calcul dans les circonstances les plus désagréables. Par exemple, lorsqu'il allait au banc des huissiers audienciers porter ou chercher les significations; lorsqu'il arrivait au palais chargé des sacs de toile grise contenant les dossiers de son patron; quand il recevait, dans la salle des Pas-Perdus, les rebuffades d'un robin grincheux ou les semonces d'un conseiller taxateur, auquel son patron l'envoyait soumettre des mémoires exagérés ou véreux.

On est très rogue au palais et les parvenus du bonnet carré traitent volontiers du haut de leur morgue leurs futurs successeurs.

Un jour, au bas des marches du palais, Emmanuel, chargé de dossiers moisis, se trouva ainsi nez à nez avec le tentateur, qui prenant un air de compassion narquoise lui souffla:

— Pauvre jeune homme, il vous suffirait pourtant d'écouter un bon conseil pour planter dans le ruisseau ces paperasses infectes, cesser ce métier de portefaix et mener la vie de fils de famille.

Une autre fois, Baruelle, l'accostant dans un couloir désert des salles d'audience, lui glissa:

— Allons, mon jeune ami, du caractère, soyez homme; croyez-vous que votre père vous tiendra compte de votre résignation... Diable m'emporte! il ne sait même pas le sacrifice que vous lui faites! Redressez-vous et réclamez votre place au soleil!

Emmanuel secouait la tête, regardait l'ancien forçat avec une inflexible froideur et passait.

Peu de jours après cette dernière rencontre, sortant un soir d'un estaminet de seconde catégorie où l'avaient emmené des collègues, il s'orientait la tête alourdie, quand il sentit un bras se glisser sous le sien.

A la clarté du gaz, il reconnut Adèle.

Elle était bien changée, et quoique couverte de falbalas, et ayant usé de raffinements pour venir à cette rencontre préméditée, les sillons creusés sur son visage, le cercle noir au fond duquel luisaient ses yeux encore beaux, dénonçaient les désordres de sa vie.

Sa présence rappela à Emmanuel ses chagrins et son existence déjà perdue. Il l'enveloppa d'un tel regard que la malheureuse eut honte d'elle-même.

Elle ne tenta pas de se défendre contre cette répulsion, mais elle était venue dans l'intention arrêtée de lui parler, et le retenant par le bras:

— Je n'ai qu'un mot à te dire, fit-elle, et il faut que tu l'entendes.

Tu as refusé les confidences de Martin Baruelle, tu as eu tort. Il garde à sa discrétion des choses intéressantes à connaître pour toi... et pour ton père.

— Je ne voulais savoir qu'une chose et il me l'a refusée; oseras-tu me répondre, toi: qu'as-tu fait de ton enfant?

— Sur ma tête, répondit-elle, on me l'a

volé, et comme on se méfie de moi parce que je tenais à lui, moi aussi, ni mes prières, ni mes larmes n'ont pu arracher ce secret.

Mais, écoute; mon père n'est pas seul à le connaître. Un garçon de notre voisinage y a trempé. Ce qu'il refuse de me confier, il te l'apprendrait certainement pour quelque argent.

Il se nomme Bamboche, et te connaît; c'est lui qui t'a remis la lettre de mon père. Veux-tu que je te l'envoie?

— Et il me dira ce qu'est devenu l'innocent et à quelles mains Baruelle l'a livré?

— Lui seul peut te le dire.

— Eh bien... qu'il vienne!... je le paierai, fit le jeune homme en s'éloignant d'un pas fébrile.

Adèle le suivit des yeux et s'étant assurée qu'il était bien parti, elle gagna l'angle d'une rue prochaine, où l'attendait Martin Baruelle, à qui elle rendit compte de l'entretien.

C'était un coup monté par lui.

— Tout va bien, dit-il. Ça marche! Qu'est-ce que je veux, moi; que les vitres soient cassées, et que ce ne soit pas moi qui les casse, je me contente de ramasser les morceaux.

Le bandit renonçant à vaincre la répulsion que tout contact avec lui inspirait à Emmanuel, avait imaginé ce biais, convaincu que la gravité des révélations le ramènerait forcément dans ses eaux. Il ne lâchait pas aisément sa proie, ce misérable, et ces affaires bourbeuses lui donnaient presque du génie.

Emmanuel, abandonné à lui-même, faible de caractère, accablé par son père, séparé de sa famille, était dans une voie fatale.

Autour de lui bourdonnait un essaim de jeunes basochiens clercs et étudiants, dont la façon de vivre était faite pour exciter l'envie. Amateurs à l'étude et aux cours, ils n'y paraissaient qu'à leurs moments perdus. Entre eux, c'étaient des parties de plaisir continuelles; ils n'avaient point de moyens d'existence connus, la plupart appartenaient à des familles sans fortune, et ne recevaient pas d'appointements de leurs patrons, qui les gardaient par complaisance, ou par égard pour les recommandations qu'ils avaient la chance de posséder.

C'était pour le jeune Dampier un sujet constant d'étonnement et d'admiration de les voir pimpants, soignés comme des dandys, et faisant même entrevoir dans leurs goussets des pièces d'or; luxe fort grand à cette époque, où la Californie n'était pas exploitée.

Soit parce qu'ils affectaient ce genre aristocratique, soit que les autres basochiens les jalousassent, ils se mêlaient peu à eux; les envieux les regardaient de travers, et quelquefois on chuchottait ironiquement en les voyant pimpants.

De temps en temps, leur cercle s'augmentait cependant d'un membre, il était aisé de voir qu'ils auraient été ravis d'y compter Emmanuel, charmant garçon, poli, distingué et autrement sociable que le commun des clercs encore chaussés des souliers ferrés de leur village.

Des invitations à prendre le café acceptées sans conséquence furent suivies d'offres d'argent.

Emmanuel, n'ayant plus de maîtresse et recevant des subsides de sa grand'mère, avait toujours refusé, lorsqu'arriva sa rencontre avec Adèle.

Cette fois, il lui fallait une somme proportionnée au secret qu'il voulait savoir. Son ami Agénor, à qui pourtant il rendait de discrets services auprès de la conseillère, ne lui aurait pas avancé vingt francs. Il se contentait de lui rappeler de temps en temps qu'il était le plus patient des créanciers.

Or, coûte que coûte, Emmanuel voulait acheter le secret de Bamboche.

Pour son malheur, l'étudiant frappa à la bourse d'un des collègues qui s'étaient montrés des plus chauds dans leurs offres.

Ce dandy de la basoche était frisé comme un bichon, il avait des chaînes, des breloques et portait une bague! Il soupait tous les soirs au restaurant, et gagnait au vu et su de tout un chacun vingt-cinq francs par mois chez un avoué.

Du premier mot, il en prêta cinquante à Emmanuel, en le plaignant fort de la dureté de son père et en le plaisantant amicalement et non sans finesse de la vie de privation et d'ostracisme à laquelle il se résignait. C'était sous une autre forme la répétition des arguments de Martin Baruelle.

— Voyez, mon cher, est-ce que moi, est-ce que Jules, Adolphe, Victor, Georges, nous nous échignons comme ça!

— Mais comment vous y prenez-vous alors, demanda tout naturellement Emmanuel.

— Ah ! voilà l'affaire ! fit le dandy avec un clignement d'œil plein de reticences et de mystères. Quand vous prendrez une bonne résolution, que vous serez fermement résolu à en finir avec ces duperies et ces privations qui frisent la misère, je vous initierai à notre secret, et j'espère que ce sera bientôt.

— Cependant, cet argent.... balbutia Emmanuel prêt à le rendre, à l'idée que la source en était suspecte.

L'autre partit d'un éclat de rire :

— Soyez tranquille, s'écria-t-il gaîment, je ne l'ai pas volé ; il est bien à moi, et quand vous voudrez, vous puiserez à la même bourse, sans vous brûler les doigts.

Il n'existait vraiment aucune raison de douter de sa parole, et notre étudiant se mit à la recherche du bohême dont il attendait les révélations.

Chemin faisant, il croisa dans un couloir du palais M. Henri Vernier, qui ne le rencontrait jamais sans lui serrer la main et lui adresser une parole amicale.

Cette fois, le jeune magistrat l'aborda plus gravement et lui dit bas à l'oreille comme un frère qui gronde son frère :

— Mon cher Emmanuel, si vous me croyez quelque amitié pour vous, acceptez un bon conseil. Rompez avec ces jeunes gens désœuvrés et dépensiers qui vous sollicitent depuis quelque temps. Vous avez soupé avec eux il y a trois jours, et vous en êtes sorti dans un état où certainement vous n'auriez pas été flatté que je vous rencontrasse.

— C'est vrai, répondit Emmanuel rougissant comme une fille. Mais je suis si malheureux... je cherche à me distraire, à oublier... Ah ! si j'avais encore ma grand'mère et ma pauvre sœur !...

Henri Vergnier eut peine à retenir lui-même un soupir. Il serra de nouveau la main du jeune homme.

— Nous vous les rendrons, dit-il, je vous le promets. En attendant, venez causer avec moi à vos moments de peine et d'ennui et si vous avez besoin des services d'un ami, faites-moi le plaisir de réclamer les miens.

Cette offre cordiale causa à l'étudiant une confusion pareille à un remords. Il sentit qu'il auait fait fausse route, et que c'était à cette porte qu'il fallait s'adresser.

Mais la faute était commise. Il se contenta de remercier et s'éloigna lentement, songeur, la tête baissée.

M. Vergnier le suivit assez longtemps des yeux, pénétré lui-même d'un vague pressentiment et touché par son apparence douloureuse.

Le soir de ce même jour, au moment où le président Dampier rentrait de l'audience pour se mettre à la table où, depuis plusieurs mois, figurait son seul couvert, Germain très troublé lui annonça que quelqu'un souhaitait l'entretenir,

— Une visite, à cette heure, répondit-il de mauvaise humeur, tu sais bien que c'est impossible et que je ne reçois pas.

— Monsieur le président, c'est que... ce n'est pas une personne ordinaire.

— Encore un ennui !... voyons, parle, est-ce si difficile à dire ?

— C'est que la personne qui est là... c'est monsieur Emmanuel.

— Emmanuel ! répéta M. Dampier dont la bouche s'ouvrit pour un refus.

Le brave Germain le devina, et allant vivement au-devant :

— Il insiste particulièrement ; il paraît que c'est une affaire urgente.

Le président comprit qu'un refus était impossible et serait scandaleux aux yeux de son serviteur. Il s'assit dans son fauteuil de bureau, vraie chaise curule, prit son front assombri de Brutus, et dit de faire entrer.

Emmanuel s'avança.

Il était blanc comme un linge, mais il ne tremblait pas.

Il salua gravement son père et se tint debout en face de lui.

— Que souhaitez-vous, monsieur ? demanda celui-ci.

— Je vais vous le dire, mon père ; je vous prie seulement de me laisser parler jusqu'au bout. La colère et les interruptions ne pourraient qu'empirer une situation déjà fatale et me pousser à des actes desespérés que je sens imminents et que je vous conjure de m'épargner.

— C'est toujours la menace, n'est-ce pas ?

— Non, mon père, c'est la prière, mais la prière suprême.

— Je sais suffisamment de quoi vous êtes capable, et je ne suis pas facile à attendrir ni à intimider, ne l'oubliez pas.

Eh bien, je vous écoute, allez !

— C'est une histoire douloureuse et sinistre, mon père ; je n'ai point l'intention que vous me prêtez ; je prie seulement le ciel de vous émouvoir, et de ne pas vous laisser de glace à mes paroles.

Il s'agit de mon enfant...

— Ah ! encore !... fit le président, se soulevant pour quitter la place et couper court à l'entretien.

Mais Emmanuel, par un geste étrange, sembla le dominer à son tour pour la première fois,

— Sur Dieu, mon père, dit-il d'une voix éclatante, écoutez-moi ; il faut que je parle. Il y a un secret qui m'étouffe, vous l'entendrez.

— Vous êtes fou, sans doute.

Sans relever cette interruption, l'étudiant poursuivit :

— Il y a quelques mois, peu de jours avant mon retour du midi, un soir, un homme s'est présenté à la porte d'une maison boiteuse de l'impasse Malouet, et là, il a acheté et payé à un bandit un enfant nouvellement né.

— Invention, mensonge !

Emmanuel continua d'une voix que les interruptions ne faisaient qu'affermir :

— L'homme qui avait acheté n'eut pas plutôt l'objet de son marché dans les bras, qu'il s'enfuit si rapidement qu'il ne s'aperçut pas que celui qui avait vendu le faisait suivre.

Un frémissement passa sur les lèvres du président ; ses doigts nerveux s'enfoncèrent dans le cuir de son fauteuil.

Pas un souffle pourtant ne sortit de sa poitrine, et son regard soutint celui d'Emmanuel, qui continua :

— Il avait un limier infatigable à sa piste. Les circuits, les détours, les feintes ne pouvaient l'égarer. C'était un jeune bandit ayant l'habitude du métier, rompu à échapper à la police et qui aurait marché les yeux fermés dans les dédales les plus compliqués. Ceux où on l'entraînait étaient d'ailleurs de son domaine, étant les plus mal hantés, les plus abandonnés et les plus noirs.

Cette poursuite le stimulait, il y mettait de l'amour-propre, tenant absolument à savoir pourquoi l'homme déguisé emportait si loin ce petit être si frêle, et ce qu'il en voulait faire.

A plusieurs reprises, l'innocent eut envie de crier ; chaque fois, son bourreau comprima sa plainte au risque de l'étouffer, et s'arrêta pour plonger autour de lui

son regard inquiet et s'assurer qu'on ne l'observait pas.

Cependant, son espion invisible ne perdait pas un de ses mouvements.

Il arriva ainsi jusqu'à la sortie de la ville et se dirigea vers la chapelle isolée que les matelots ont en vénération.

L'endroit était absolument désert.

L'homme se glissa jusqu'au portail, se baissa, déposa la pauvre créature sur la dalle glacée, puis se relevant vivement, il reprit sa marche plus rapide, comme un vulgaire malfaiteur, fuyant le théâtre de son crime.

N'ayant pas le courage d'achever sa victime, il la condamnait à une mort pire qu'un prompt assassinat, car il savait bien que pas une âme ne hante ce lieu écarté, une fois la nuit tombée. Le sacristain en venant au matin sonner l'angélus devait infailliblement trouver la dépouille inanimée.

Un enfant si petit et si frêle cela n'a qu'un souffle, et cela meurt si facilement et si vite !...

L'étudiant s'arrêta pour respirer, il sentait son émotion l'emporter au-delà des bornes qu'il s'était fixées. M. Dampier était devenu muet et l'écoutait sans qu'une des fibres de sa physionomie trahît ses impressions.

Emmanuel reprit après une minute :

— L'enfant était donc condamné ; seulement, au crime de l'avoir exposé et abandonné, son ravisseur ajoutait le raffinement de le laisser expirer à bout de privations, de souffrances et de froid.

A l'heure qu'il est, il doit le croire mort, ayant si bien pris ses dispositions pour cela.

Eh bien, il se trompe, la providence n'a pas voulu que ce forfait s'accomplît jusqu'au bout. Le jeune bandit, le bohème faisant métier d'espion, a été moins féroce. Ce misérable suppôt du ruisseau et de l'opprobre a eu un sentiment humain que n'avait pas l'homme civilisé. Il s'est approché de la victime, l'a relevée à son tour, non pour la sacrifier, mais pour la sauver.

XIV

Le Pavillon Vert.

Emmanuel s'arrêta une demi-seconde, respira avec effort, et continua :

— Ce bandit n'a pas hésité. Il a pris le chemin de l'hospice des Enfants-Trouvés.

Il a sonné à la grille, et n'étant point arrêté par des raisons de fausse dignité et de fausse pudeur, il a raconté simplement qu'il venait de trouver cet enfant abandonné, et il a répondu aux questions réglementaires en donnant son nom et son adresse.

Voilà, mon père, comment cet enfant, qui est le mien, a été soustrait à un sort auquel on ne songe qu'avec horreur.

Maintenant, comprenez-vous ce que je viens vous demander?

— Quelque chose d'aussi extravagant sans doute que cette histoire?

— Quelque chose de simple, d'honnête, et qui sauvegardera les convenances et les apparences et qui rachètera le crime, car c'est un crime vous le savez mieux que moi, vous représentant de la loi.

Les règlements qui régissent les hospices sont précis, ils ne permettent qu'à de très dures et très couteuses conditions la recherche de l'origine des enfants assistés, et de minutieuses précautions sont prises pour en faire perdre la trace. Mais une intention bienveillante et humaine rend facile l'adoption de ces infortunés, par des personnes charitables.

Eh bien, mon père, voici ce que je vous demande à genoux; à présent que ce pauvre petit n'a plus d'état civil, qu'il n'appartient plus à des parents, à une famille, qu'il est l'enfant de l'hôpital, présentez-vous pour l'adopter; nombre d'âmes généreuses font cela tous les jours. On adopte un enfant comme on fonde un lit.

Cela ne vous compromettra pas; cela vous honorera au contraire aux yeux du monde, vous arracherez ainsi au triste et mortifère régime de l'hôpital une créature de Dieu, — et votre conscience sera allégée d'un fardeau.

Emmanuel articula à peine cette conclusion; mais le président ne la saisit que trop.

— On ne pousse pas l'aberration plus loin, dit-il inflexiblement. Si vous avez espéré m'émouvoir par vos contes et vos visions, vous vous êtes abusé. Vos autorités sont dignes de foi, vraiment, — l'écume des bandits! Qu'ils osent donc porter leur témoignage à la police et aux magistrats, on verra quels comptes il convient de leur demander à eux!

Quant à vous, monsieur, j'excuse encore un moment d'hallucination, mais ce n'est pas sérieusement que vous me proposez

de recueillir les fruits de la débauche et du vice.

Oh! je ne m'abuse pas sur votre démarche; je sais bien que si vous étiez majeur, vous ne me solliciteriez pas. Vous vous passeriez de prendre mon avis pour accomplir cet acte de magnanimité, tout comme vous vous en seriez passé pour donner mon nom à la fille prostituée d'un rebut du bagne.

Dieu merci, vous êtes sous mon autorité encore, et je ne m'en départirai qu'à la dernière heure. Que ceci soit dit une fois pour toutes.

— C'est donc vrai, murmura douloureusement Emmanuel, il existe des crimes impunissables!... Il suffit pour cela de la faiblesse de la victime et de l'habileté du coupable.

M. Dampier se leva:

— Monsieur, dit-il, j'ai usé avec vous ma longanimité; vous n'avez plus rien à m'apprendre, et je désire vous épargner des récriminations et des outrages sans portée.

— Je me retire, mon père... Quelque chose me serre la poitrine et me présage un malheur... Adieu, mon père... Adieu!

Le président, étonné de ressentir en cette circonstance un trouble au-dessus duquel il était d'ordinaire, suivit d'un regard pensif son fils qui s'éloignait. Mais écartant ce nuage importun:

— Allons, murmura-t-il, pas de faiblesse!

Il passa dans la salle à manger, dont la solitude faisait ressortir la grandeur, et se mit à table.

A l'issue de cette dernière explication avec son père, Emmanuel, rentré dans sa mansarde sous le poids d'impressions sombres, prit le parti d'écrire à Alice pour lui confier ce qui concernait le dépôt de l'enfant, sans entrer dans d'autres détails et pour le lui recommander.

Ce billet ressemblait à un testament.

Ne sachant à qui le confier, il l'envoya sous enveloppe à M. Henri Vergnier, en se recommandant de ses offres de service.

L'ayant déposé à la porte du jeune magistrat, il se mit en quête de Gabriel Lautour, ce camarade serviable qui, la veille, lui avait prêté de l'argent et fait des ouvertures si tentantes.

On était encore aux beaux jours de l'automne, Gabriel, en compagnie de ses intimes les plus élégants, fumait son cigare sur le cours favori de la ville.

En apercevant Emmanuel, et avant même de savoir que c'était eux qu'il cherchait, tous s'avancèrent à sa rencontre avec l'empressement qu'on témoigne à un ami désiré. Mais aussitôt l'enjouement fit place à la commisération en remarquant combien était pénible l'effort de l'étudiant pour dissimuler sa tristesse.

Gabriel, l'un des coryphées de la bande, adressa aux autres un signe discret, ils s'écartèrent sans affectation, et alors passant son bras sous celui du jeune Dampier, le dandy resta en arrière avec lui.

— Tu as encore des papillons noirs, lui dit-il discrètement. Ce que je t'ai donné hier ne te suffit-il pas ?... Voyons, parle; nous sommes tous ici de bons enfants, faits pour nous entr'aider. Si tu frayais plus intimement avec nous, tu n'en douterais plus !

— Merci, répondit Emmanuel; c'est vrai, je suis triste; j'ai l'âme noire.... quant à de l'argent, je n'en ai plus besoin.

— Morbleu! C'est le moment de te distraire; sois avec nous, je te jure qu'on n'y engendre pas mélancolie. Tiens, justement, nous avons ce soir un punch au café de la Comédie, après quoi une petite fête dont j'entends que tu prennes ta part... hein, c'est convenu?

— Mais qui paie? hasarda l'étudiant.

— Ma providence m'a regarni tout exprès le gousset ce matin, et n'étant pas égoïste, j'entends que tu entres en connaissance avec elle, répondit le muscadin en frappant sur la poche de son gilet, qui rendit un son délié.

Emmanuel émerveillé objecta encore pour la forme.

— Il faut pourtant m'expliquer...

— Des explications, cher ami, on t'en donnera à la grosse, quand nous serons au dessert, entre la poire et le fromage. Va ! ce qu'on te demande c'est de bien boire, de bien manger, d'être de bonne humeur et de te laisser faire!

Cependant, sa droiture lui répétait que ce n'était point là une aventure ordinaire, que les jouissances et le luxe ne se prodiguent pas si gratuitement.

Il y avait évidemment un revers à cette médaille, et il allait insister pour connaître ce mot, quand Gabriel, qui tenait à lui ôter la parole et à lui enlever le temps de la réflexion, rappela les camarades.

— Mes enfants, leur dit-il en renouvelant son clignement d'œil, Emmanuel est des nôtres, vite, allons faire flamber le punch et après, en route pour le souper.

De cette minute, l'étudiant se vit tellement entouré, accueilli, choyé, que le punch aidant, il finit sans s'en rendre conscience par se mettre au diapason et passa d'un extrême à l'autre. Une fois le premier verre bu, il fut pris de ce vertige qui pousse tant de cerveaux faibles à chercher la consolation dans leur verre.

Les camarades plus habitués supportaient mieux les rasades, et d'ailleurs il y avait un mot d'ordre tacite de doubler les siennes.

Il était endiablé et à moitié gris quand Gabriel constata à sa montre qu'il était temps de quitter le café.

Il était temps, en effet, on allait fermer.

On se répandit comme un tourbillon bruyant dans la rue paisible, au scandale des rares passants et des bourgeois dont on troublait le repos.

Emmanuel, le timide et délicat adolescent, élevé avec tant de savoir-vivre et de comme-il-faut, était le plus enragé. Le grand air, au débouché de la tabagie, exerçait infailliblement sur son système nerveux une influence quelconque. Cette fois, il lui communiqua ce léger délire fréquent en pareil cas : il se mit à chanter à gorge déployée.

La bande joyeuse salua cette fantaisie par un redoublement de clameurs; une voix proposa de porter le néophyte en triomphe.

Gabriel Lautour, qui possédait une certaine influence sur la bande, mit une sourdine à leurs turbulents ébats, les engageant à se réserver pour l'instant où ils pourraient rire et crier sans s'exposer aux susceptibilités des patrouilles ou des sergents de ville.

Emmanuel était si bien lancé qu'il fut le plus malaisé à faire taire.

On ne marcha pas pour cela dans un ordre parfait; on fit un peu moins de tapage seulement pendant une quarantaine de pas. Mais au détour d'une rue, les deux ou trois drôles qui tenaient la tête ayant avisé une fille attardée sur le trottoir, l'entourèrent en la lutinant et en échangeant des propos cavaliers qui tournèrent vite à l'injure.

Elle se défendait mal, n'étant pas encore vieillie dans la honte, ni si grossière malgré son triste métier.

Au plus chaud du débat, arriva l'arrière-garde composée de Gabriel et d'Emmanuel, qui fendirent le groupe pour faire leur partie.

Mais soudain, le jeune Dampier, dont le cerveau échauffé n'avait cependant point perdu toute lucidité, s'exclama :

— Adèle !... c'est Adèle !... Ah ! l'aventure est bonne !

C'était hélas, comme il le disait, la fille du forçat libéré.

La bande fit chorus et forma autour de la triste héroïne une ronde dont elle finit par rompre la chaîne en s'attachant aux vêtements de son ancien amant.

Le chœur vociféra de plus fort pour l'assourdir de ses quolibets.

— Jusqu'à toi, dit-elle à Emmanuel, ah ! c'est le comble !

— Fi ! répondit le malheureux égaré, des reproches après la condition où tu te vautres !

A cette injure aggravée par la bouche qui la lançait, Adèle Baruelle se redressa, se haussa sur la pointe des pieds et d'un ton, dans une attitude dramatique :

— Tu oses m'accuser, dit-elle, mais le métier que j'exerce est moins vil que le tien... que le vôtre à tous !

Et profitant de l'effet produit, elle s'échappa, sans qu'aucun tentât de la retenir.

— Hé bien, qu'a-t-elle dit ? demanda Emmanuel dont ces incidents, ces propos, ce tohu-bohu épaississaient à chaque instant les idées.

Les élégants coureurs de nuit ne répondirent qu'en lançant après Adèle une bordée de nouvelles épithètes et de sifflets et en entraînant leur recrue vers une des sorties de la ville.

Contrairement au faubourg où croupissait l'impasse Malouet, ce quartier suburbain s'épanouit dans la situation la plus saine et la plus riante. Les espaces y sont grands et les habitations qui s'y élèvent sont suffisamment distantes les unes des autres, pour jouir d'une complète indépendance.

Ce sont des bastides, des villas, des belvédères ; certaines affectent des airs de châteaux et l'architecture y donne carrière à mille fantaisies élégantes.

Tout en marchant, les idées d'Emmanuel avaient changé d'objectif ; il ne songeait plus à chanter, il revenait avec la ténacité inconsciente de l'homme ivre sur les paroles d'Adèle Baruelle :

— Qu'est-ce qu'elle a donc dit sur son métier ?... Pourquoi vaut-il mieux que. le nôtre ?

On ne lui répondait qu'en haussant les épaules, ou bien on lui soufflait amicalement à l'oreille :

— Tu as ta pointe, mon cher, décidément tu as ta pointe !

Il riait d'un rire inintelligent et se laissait entraîner.

Il lui arriva aussi de demander à plusieurs reprises :

— Ah ça, où diable allons-nous donc, est-ce au bout du monde ?

A quoi on lui répondait :

— Aie pas peur, nous allons au Pavillon Vert.

Chacune des villas qui émaillaient les parages que l'on venait d'atteindre portait ainsi un nom fantaisiste, celui-là n'avait rien que d'élégant et de riant et se justifiait par la couleur des persiennes et des grilles.

La réponse entrait par une oreille et sortait par l'autre, elle était cependant exacte.

A l'une des meilleures places de ces espaces qui n'étaient plus la ville et n'étaient pas encore la campagne, entre de grands murs percés sur l'arrière par une petite porte de service et sur l'avant d'une grande grille, se dressait au milieu d'un beau jardin, un pavillon de plaisance.

La façade principale regardait la grille, mais par une précaution commune, celle-ci opposait aux regards des passants de grands volets qui la remplissaient dans toute sa largeur.

C'était évidemment une retraite discrète et paisible cherchant à ne pas se faire remarquer.

En arrivant dans la voie large et déserte qui y conduisait, Gabriel dit à l'étudiant, en lui montrant les persiennes du premier et unique étage, à travers lesquelles filtrait dans la nuit une vague lueur :

— C'est là.

— Cela me paraît très bien, fit Emmanuel, et revenant à son tic :

— Mais pourquoi la petite a-t-elle dit que son métier...

Un hurrah moqueur lui coupa la parole, et en même temps, au lieu de continuer à remonter la rue, le groupe enfila brusquement une ruelle entre deux murs, qui les mena après un second détour, à la porte la moins en évidence.

Elle s'ouvrait par un ressort dont chacun des initiés possédait le secret.

Au moment où la phalange s'élança sous les charmilles qui ombrageaient ce coin du petit domaine, une symphonie douce et contenue et exécutée sur le piano dans le pavillon sembla saluer leur arrivée.

Dans la pénombre du ciel étoilé, ce séjour prenait des aspects féeriques ; les statues blanches disséminées aux meilleures places, ressortaient sur les massifs épais de la verdure; un sable frais, indice d'un entretien assidu craquait sous le pied, des corbeilles fleuries emplissaient l'air de leurs parfums.

Emmanuel sentait une morbidesse pleine de charmes succéder à l'étourdissement où le punch, le tabac et la fièvre avaient plongé son cerveau et ses sens.

— Eh bien, est-ce joli, ici ? lui demanda son guide.

— Charmant !

— Tu n'as pourtant encore rien vu !

En cet instant, la porte du perron s'ouvrit et l'antichambre apparut éclairée d'un faisceau de lumières qui, jaillissant au dehors, éblouirent nos promeneurs.

Le piano jouait toujours et sa mélodie, comme la lumière, arriva vibrante quand la porte s'ouvrit.

Alors aussi, Emmanuel s'aperçut que la lueur qu'on lui avait signalée de loin régnait à chacune des persiennes et que cette villa enchantée était à la fois pleine de feux et d'harmonies.

— Venez donc, retardataires ! cria une voix.

L'avant-garde de la phalange s'élança, franchissant d'une enjambée les quatre degrés du perron.

La voix était celle d'une vieille femme, gardienne et gouvernante de céans.

Un signalement étrange ! le front bas, l'œil rond, le nez recourbé et les lèvres minces.

Son organe à l'avenant, criard, résonnant faux, causa à l'étudiant d'une nature délicate et impressionnable un tressaillement désagréable.

Cependant, les premiers entrés, de tempérament moins raffiné ou émoussé par l'habitude, n'éprouvèrent rien de pareil, et la saluèrent au contraire d'un chaleureux :

— Bonsoir, madame Ursule !

— Bonsoir, bonsoir, mes gentils garçons, fit-elle en leur riant de toutes ses forces, ce qui accentua le caractère vul-turnien de sa physionomie et le son discordant de sa voix.

Et le *nouveau*, ajouta-t-elle avec curiosité, n'amenez-vous pas un nouveau ?... Voyons un peu son physique...

Cette hilarité, ces familiarités faillirent produire sur Emmanuel l'effet d'un réactif. Si étourdi, si égaré qu'il fût, il sentait instinctivement que la porte qui avait pour gardienne cette créature sans nom, était moins celle d'un lieu de plaisir que d'un antre de débauche.

Mais chauffé et lancé comme il l'était, il se jetait dans ce courant comme il se serait jeté dans celui de la rivière tête baissée.

A l'interpellation de la vieille, Gabriel Lautour qui ne le lâchait pas, remplissant dans ce drame le rôle d'un Méphistophélès de basse catégorie, le poussa devant lui, et le présentant avec fierté :

— Le nouveau, fit-il, le voilà... Allons, mon cher, salue madame Ursule, notre aimable hôtesse.

La lumière n'eut pas plutôt mis en relief les traits du jeune homme, que la matrone cessa de rire.

— Hein !... s'exclama-t-elle en écarquillant ses yeux de chouette; lui, c'est lui, le nouveau ?...

La bande partit d'un fou rire.

— Qui voulez-vous donc que ce soit, fit l'un, et qu'est-ce qui vous prend, madame Ursule ?

Mais elle, n'en croyant pas ses yeux, toisait l'étudiant de la tête aux pieds, se faisant un garde-vue de sa main, pour n'être pas dupe d'une ressemblance.

— Jésus-Dieu ! répétait-elle par saccades, non c'est trop fort, ce n'est pas possible !

Emmanuel riait gauchement à l'instar des autres, pour se donner une contenance.

— Sarpejeu, madame Ursule, quel moustique vous pique, est-ce de cette façon que vous accueillez notre ami ? demanda encore un autre.

Elle prit vivement le bras de Gabriel et l'attirant à l'écart :

— Ah ça, vous n'y songez pas, dit-elle; c'est vous qui perdez la tête; le petit Dampier ici, car je le reconnais bien, c'est le petit Dampier !

Ces mots frappèrent le basochien comme une révélation.

— Par la mordiable ! fit il en se cognant

le front, le fait est que l'aventure est violente, et, le plus drôle, c'est que pas un de nous n'y a songé !

Et, sans partager l'ahurissement de la duègne, il partit du plus grand éclat de rire dont le pavillon eût retenti.

— Comment, vous avez le cœur de rire ? grommela la vieille.

— Il n'y a pas de quoi, peut-être !... Allons, chère dame Ursule, du sang-froid, laissez cet air ébaubi. Tout est illuminé, le service et les salons sont prêts, n'est-ce pas ?

— Depuis une heure ; la compagnie est arrivée et s'impatiente.

— Il suffit, mon jeune ami et moi nous souperons à part avec les personnes que vous nous enverrez, dans le cabinet bleu.

— Au fait, c'est aisé, ah ! c'est affaire à vous de trouver des accommodements, monsieur Gabriel !

XV

Le souper de Balthazar.

Sur l'indication de Gabriel, le gros de la bande disparut dans une pièce voisine, vaste salle de festin d'où s'exhalèrent par la porte entr'ouverte le fumet des mêts et le bouquet des vins débouchés.

— Laissons-les se goberger là-dedans, dit Lautour à l'étudiant ; on va nous servir à part, et d'une façon plus raffinée. Viens, voici l'escalier.

— Je te suis, dit le pauvre garçon, en qui luttait un amalgame de regrets, d'amertumes et de colères ; je veux me griser, pour oublier !...

La musique allait toujours, l'effluve des fleurs montait du jardin, des arômes de festins remplissaient le pavillon ; les bouchons de champagne détonnaient au milieu de clameurs bruyantes.

Cependant ce n'était pas là l'atmosphère et les éclats de la vraie joie et de la jeunesse. Cette mise en scène laissait à l'âme une sensation de froid et de malaise. Quelque chose de ténébreux traînait au sein de ces lumières.

L'hôtesse de ce caravansérail bizarre ne tenait point en place ; possédée du démon de la méfiance, lancinée par d'incessantes anxiétés, pendant qu'on faisait orgie chez elle, elle montait la garde autour du pavillon, observant les alentours, redoutant les indiscrets, les curieux et les profanes.

Tout à coup, une clameur retentit, dominant la voix des buveurs.

C'est comme un signal lancé par un mauvais génie. La musique s'arrête ; les portes se heurtent avec fracas, les chaises tombent renversées par les convives qui se lèvent affolés, entraînant les cristaux, et la vaisselle qui se brisent.

Ce n'est point la surveillante pourtant qui a donné l'alarme. Tout est paisible, inoffensif au dehors. Elle-même accourt à ce bruit, qu'elle ne comprend pas.

Un événement terrible, foudroyant s'est produit dans l'un des repaires capitonnés de damas où pétille l'orgie.

Gabriel Lautour, défait, livide, hagard, s'est précipité dans la salle du rez-de-chaussée ; l'épouvante le tient à la gorge, à peine peut-il articuler trois syllabes :

— Du secours !... du secours !... du secours !...

La foudre vengeresse tombait-elle enfin sur cette maison ?... Où était la catastrophe ?... d'où venait le malheur ?

Quel mystère, quel drame était là ?

Il nous serait impossible encore de porter la clarté dans cet abîme ; la justice humaine elle-même devait renoncer à en sonder la profondeur ; heureux si, plus renseignés qu'elle, nous parvenons à la faire jaillir.

Les feux s'éteignirent à toutes les croisées, la maison se vida peu à peu, des chuchotements effrayés succédèrent aux chansons, et ceux qui s'en allaient se glissèrent un à un par la porte dérobée, plongeant, avant de franchir le seuil, des regards inquiets dans la profondeur du chemin.

A trois heures du matin, un cortège bien différent de celui que nous avons vu entrer, sortit par la même petite porte.

Deux hommes coiffés de larges chapeaux, le visage dérobé sous des barbes postiches, cherchant le long des murailles l'obscurité la plus opaque, apparurent silencieux et mornes, noirs dans la nuit.

Ils portaient avec effort un long ballot de couleur sombre comme leurs vêtements.

Choisissant les parages où les habitations étaient le plus rares, ils posaient avec précaution leurs pieds appesantis par leur fardeau, et semblaient avoir hâte d'être en pleine campagne.

Arrivés à un carrefour sauvage, formé

par des murs en pierres sèches et des haies poudreuses, ils s'arrêtèrent pour reprendre haleine et se consulter, car jusque-là ils avaient évidemment marché sans d'autre but que de s'éloigner des endroits habités, où le hasard pourrait leur attirer quelque rencontre.

Mais par un jeu de la fatalité, qui se plaît à tourner contre les plus sages les plus sûres précautions, derrière le petit mur au ras duquel ils venaient de poser leur charge, se produisit un mouvement, un bruit.

C'était une voix qui toussait et le grondement d'un homme qu'on réveille.

Par un même instinct, les deux hommes sombres se baissèrent pour reprendre leur fardeau et s'éloigner de ce poste suspect.

Il n'était plus temps déjà.

A l'une des échancrures du mur en ruines se dressa la tête, puis le buste de l'individu que leur voisinage, malgré leur discrétion, venait de tirer de son sommeil.

A en juger sur l'apparence, c'était un de ces rôdeurs de banlieue, si nombreux autour des grandes villes. Ivre ou fatigué, il s'était couché à la belle étoile dans le champ d'à-côté, hors de la vue des passants et surtout des gendarmes, si la malechance en dirigeait dans ces parages.

Ce particulier rompu aux rencontres et aux aventures les moins ordinaires ne manifesta aucune surprise.

Il ouvrit tout grand ses yeux habitués à voir clair dans l'obscurité, les promena tranquillement des deux hommes au ballot, et saluant de sa voix enrouée :

— Bonsoir, la compagnie, dit-il.

Cet organe rauque, exhalant l'eau-de-vie, frappa surtout désagréablement le plus grand des deux inconnus. Toutefois, puisant du sang-froid dans le péril de la situation, il répondit en sombrant sa voix pour la déguiser :

— Qu'est-ce que tu nous veux ?

— Diable m'emporte, rien de mal, mon bourgeois, au contraire; vous me faites l'effet d'avoir besoin d'un coup de main pour ce fagot qui est bien gros pour vous deux seuls ; me voilà.

Il sauta lestement, en homme habitué aux escalades, par la brèche qui s'agrandit à l'éboulement de nouvelles pierres, et se plaçant entre les deux compagnons :

— Quand vous voudrez, dit-il.

— Soit ! fut-il répondu, et tout de suite.

Tous trois se baissèrent alors avec ensemble et chargèrent l'objet d'apparence suspecte sur leurs épaules ; mais le vagabond, de beaucoup plus robuste, avait pris le haut bout ; les deux tiers du poids portaient sur lui.

— Où alliez-vous ? demanda-t-il; et voyant à leur hésitation qu'ils n'avaient pas de but déterminé, il ajouta avec la même insouciance :

— Que ça ne vous gêne pas, je connais là-bas une place excellente pour déposer un colis gênant comme celui-ci. Laissez-moi faire et venez avec moi.

Marchant le premier, il prit un sentier descendant vers une oseraie dont les infiltrations de la rivière voisine entretenaient la fraîcheur.

Le chemin était rocailleux, inégal, rapide, il fallait plus d'effort à des hommes chargés pour se retenir que pour avancer. Souvent des cailloux roulant sous le pied faisaient trébucher les deux compagnons. Quant à leur auxiliaire improvisé, il ne bronchait jamais, ces parages houleux étaient son élément.

Comme ils arrivaient au bas de la pente, la première lueur de l'aube vint à poindre ; le brouillard du matin remplissait la vallée, les osiers aux formes noueuses et tourmentées apparaissaient dans cette vapeur comme autant de fantômes.

— Voici l'endroit, dit le bandit, on le croirait fait exprès.

Une route avoisinait la lisière, mais on s'enfonça, non sans que les bottes plongeassent dans le sol spongieux, au milieu des osiers, et là, dans les hautes herbes dont chaque tige ruisselait de rosée, on déposa le ballot.

— Ouf! fit le bohème qui avait porté le plus lourd, ce n'est pas dommage! Quittons-nous la chose telle quelle ?

— Non pas! dit vivement l'un des hommes aux fausses barbes. Il ne doit rien rester... que le contenu.

— Hum ! fit le bandit, on voit que vous êtes des gens entendus. C'est mon système aussi, jamais de traces... Ni vu ni connu ! Eh bien ! déballons.

Ce ton d'indifférence et de bonne humeur sauvage était complet, il ne laissait percer ni la curiosité ni l'ironie.

Secondant les inconnus, le bohème déroula avec eux le manteau qui servait de première enveloppe, car il y en avait une seconde, et le manteau n'avait été employé que pour dissimuler celle-ci, beaucoup trop voyante.

C'était un grand linge carré et long.

Sous ses plis serrés se dessina une forme sinistre ; — une forme humaine.

Des taches de vin diapraient ce suaire, mêlées à des taches de sang.

C'était d'un aspect horrible ; on avait enlevé cette nappe d'une table d'orgie, pour y rouler ce cadavre.

Il y eut une seconde d'arrêt ; les trois hommes considéraient ce spectacle.

— Allons, dit l'un, en montrant le linge, il faut prendre cela aussi.

L'un des trois ne se mêla pas à ce dernier dépouillement ; debout, l'œil invinciblement fixe, il remettait machinalement sur ses épaules le manteau qui venait de quitter celles du mort.

Les deux autres, c'est-à-dire l'obligeant bandit et celui qui venait de parler, courbés en deux, développaient le linceul, d'où s'échappa pesamment, au dernier tour, un corps inerte, entièrement nu, qui resta la face enfouie dans les jonçailles.

— Hum ! murmura le bandit, admirant ces précautions en connaisseur, c'est bien travaillé !... Pas un lambeau sur le corps, les meilleurs limiers auront du fil à retordre !

On l'a joliment saigné aussi, il est blanc comme un poulet ! Diable m'emporte, c'est de l'ouvrage bien *faite*.

XVI

Le cadavre de l'Oseraie

Le bohème seul usait de la parole ; les deux inconnus prononçaient à peine les monosyllabes indispensables. Mais comme il faisait mine de s'approcher de la tête de la victime, dont on ne voyait à travers l'herbe que la chevelure épaisse et noire, celui qui tenait encore la nappe l'arrêta du geste et de la voix, devinant son intention.

— Laissez-le ainsi, dit-il.

— Mais... commença à objecter le maraudeur qui, manifestant pour la première fois une velléité de curiosité, avait voulu retourner cette pauvre dépouille pour en voir les traits.

— Laisse-le, répéta l'homme, il est bien comme cela.

Le vagabond fit un mouvement qui signifiait : à votre aise, après tout, je n'y tiens pas ! et tout haut il ajouta :

— Je crois que ces messieurs n'ont plus besoin de moi?

— Non, fut-il brièvement répondu.

L'homme au manteau lui mit dans la main droite une poignée d'argent ; l'homme à la nappe lui en mit une autre dans la main gauche.

— Grand merci, bourgeois, dit-il en enfouissant la double aubaine dans ses poches. Soyez tranquilles, c'est une affaire réglée... Je vous laisse..., et si mes services vous étaient utiles un jour ou l'autre, on me trouve habituellement impasse Malouet, n° 6.

Sur cela, sans se détourner une seule fois, il reprit le direction de la ville, sifflottant entre ses dents et allumant un brûle-gueule qu'il tira de sa vareuse.

L'homme au manteau, le plus morne des deux, reçut de l'autre le linceul qu'il cacha sous son bras, et quand ils eurent perdu de vue sur le ruban poudreux du chemin leur répugnant auxiliaire, ils se décidèrent à leur tour à quitter la place, mais non sans diriger vers le lit verdoyant où gisait la victime un regard d'une profondeur inexprimable.

Le jour qui maintenant arrivait avec rapidité stimulait leur marche.

Cinq heures allaient sonner quand ils s'approchèrent de la barrière de l'octroi.

Ils se séparèrent, après l'échange de paroles rapides, afin de passer isolément et de moins attirer l'attention des commis.

Personne en effet ne prit garde à eux, et sans s'être rejoints ils s'enfoncèrent à travers les rues encore désertes, pour rentrer chez eux paisibles et inaperçus.

A peu d'heures de là, par une éblouissante matinée, un jeune homme de mise et de façons élégantes, fredonnant un refrain retenu du spectacle de la veille, se montra dans le chemin de l'oseraie.

Il allait nonchalamment, au gré de sa fantaisie, caressant et taquinant du bout de sa cravache deux chiens qui prenaient leurs ébats autour de lui.

C'était Agénor Dupuis qui promenait sa meute.

La plus importante de ses occupations, comme on sait.

Il était d'humeur légère, n'ayant point fait depuis plusieurs jours la rencontre de son insupportable rival, le conseiller

Mortaigne, et n'ayant point entendu répéter à son oreille son sarcastique refrain :

— Pas encore marié, monsieur Agénor, à quoi songez-vous donc !

Ses traits respiraient ce matin-là cet air conquérant d'un homme à bonnes fortunes, qui a passé une agréable nuit.

Mais comme il ne tenait pas, et pour cause, à abuser de ses succès, s'il avait pour le moment un souci, c'était d'envoyer dans une couple d'heures son ami Emmanuel auprès de sa belle.

Au milieu d'un trop doux entretien, dans un instant où il n'avait rien à lui refuser, il avait accepté de la conseillère un nouveau rendez-vous. Cette femme ultra-sensible devait l'attendre sur le soir, dans un flacre à stores verts, couleur de l'espérance et des myrthes.

Il craignait de lasser la fortune, qui l'ayant favorisé hier, le trahirait peut-être aujourd'hui.

Il n'était guère qu'à cinquante pas de l'oseraie. quand Marengo se mit à humer le vent, se campa sur ses quatre pattes et raidit ses moustaches.

En même temps, Ramonaud tomba en arrêt, d'une façon bizarre, pointant le nez, tour à tour sur le sable du chemin et dans la direction du bouquet des osiers.

Les deux limiers poussaient, en opérant ce manège, des grognements sourds, n'appartenant à aucune des gammes de la langue cynégétique.

— Ah ! elle est de calibre celle-là !... fit Agénor. Ici Ramonaud, ici Marengo ? se mit-il à crier en cinglant l'air de sa houssine ; ici, sottes bêtes !...

Cependant, il connaissait cette allure, car il acheva en riant et en se parlant à lui-même,

— Quelle diable de bête puante est bien passée par là ! Ce serait cet odieux conseiller que les bélîtres ne se comporteraient pas autrement ! C'est vraiment leur façon de le flairer ; oh ! mais, tout à fait !

Le lecteur saura, pour bien comprendre la portée de ce monologue, que ce facétieux Agénor avait ingénieusement dressé ses chiens à éventer la piste du conseiller Daniel Mortaigne, ce qui lui évitait souvent l'ennui de se trouver nez-à-nez avec cet homme agaçant.

De même, et toujours plein d'imagination, mons Agénor, quand il craignait par trop la surveillance de son jaloux, employait son ami Emmanuel pour décommander les rendez-vous que lui donnait plus fréquemment que de raison la trop tendre Agathe.

Les chiens, impérieusement rappelés, finirent par se coucher aux pieds de leur maître, et ils en furent quittes pour deux ou trois caresses cinglantes de la cravache.

Mais à peine relevés et en marche, à trente pas du fond de l'oseraie, ils recommencèrent leur incartade, lancèrent un aboiement aigu, prirent impétueusement leur course et disparurent dans le bosquet marécageux.

Leur maître, étonné, les rappela inutilement de son sifflet le plus impératif; ils continuaient de hurler, mais n'obéissaient pas.

— Quelle piste ont-ils donc éventée? se répéta-t-il avec curiosité, en hâtant le pas.

Tout d'un coup, ils reparurent, revenant vers lui aussi vite qu'ils étaient partis, mais agités, impatients, trempés par les herbes qu'ils avaient traversées comme s'ils sortaient de la rivière.

— Eh bien ! Marengo, eh bien ! Ramonaud, fit-il, qu'est-ce que c'est?...

On aurait jugé qu'ils le comprenaient ils répondirent en le tirant par ses habits avec des cris plaintifs, pour l'entraîner vers l'oseraie.

— Décidément, il y a là quelque chose, pensa-t-il, et il se laissa guider.

Ils n'avaient dans leur élan laissé aucune trace de leur trouée, et la fraîcheur du matin, en redressant les tiges avait effacé dans les hautes herbes celles du cortége de la nuit.

Dès qu'Agénor eut mis le pied dans cette verdure, ses chiens bondissant en avant tombèrent en arrêt.

De plus en plus intrigué, il se fraya passage à travers les arbustes, et n'aperçut l'épouvantable spectacle qu'au moment d'enjamber pardessus le cadavre, auquel les plantes formaient un linceul.

Au premier moment il recula d'effroi et rappela ses chiens qui, tour à tour, flairaient le corps inanimé, lui léchaient tristement les mains, commes celles d'un ami, et s'interrompaient pour tourner vers leur maître des yeux intelligents en le sollicitant d'approcher.

Surmontant enfin sa répugnance, Agénor se pencha vers le mort, dont la blancheur, déjà remarquée par le bandit nocturne, le frappa à son tour.

Pas une tache, pas une gouttelette de

sang, pas une éraflure n'apparaissait sous sa chevelure; une des statues qui décoraient le pavillon mystérieux d'où il était sorti, n'aurait pas été plus blanche.

— C'est un crime, un assassinat!... murmura le jeune homme entre ses dents contractées par l'horreur et l'émotion.

Dans sa vie de dandy et de coureur de ruelles, il n'avait pas eu souvent l'occasion de se trouver vis-à-vis d'un cadavre, et celui-ci lui inspirait en outre des appréhensions stupéfiantes. Il fit un nouvel effort, le prit par les épaules et commença à le retourner pour regarder le visage.

La tête suivit mollement l'inflexion, et s'inclina de son côté.

Un cri terrible s'exhala de la poitrine d'Agénor, ses mains laissèrent la victime moins glacée qu'elles retombé dans le sillon qu'elle s'était tracé, et pendant plusieurs minutes, il demeura affaissé sur ses genoux, la prunelle hagarde, immobile près de cette pâle dépouille.

— Emmanuel! c'est Emmanuel! Emmanuel!... cria-t-il à trois reprises, la voix étranglée par la douleur et l'épouvante.

Marengo et Ramonaud répondirent, mêlant leur plainte à son gémissement. Puis, assis sur le train d'arrière, la tête levée, ils hurlèrent en chœur sans répit.

Le mort était retombé le visage moins à plat, son profil émergeait de la verdure.

C'était une douce silhouette, qu'on aurait prise volontiers pour celle d'une jeune fille dont elle présentait la délicatesse, n'eût été le duvet qui commençait à ombrer ses lèvres. La bouche entr'ouverte semblait prête à sourire et Agénor se recula machinalement, en remarquant les paupières à moitié levées dont les yeux fixes et encore clairs, apparaissaient imperceptiblement.

Agénor Dupuis, comme on sait, était un voluptueux et un sybarite. Pareille émotion n'avait pas jusque-là troublé son existence de plaisirs faciles et de réjouissances continues; la secousse se comprend.

Il se rejeta en arrière, se releva en s'aidant de ses mains et prit sa course vers la ville, la tête perdue.

FIN DE LA PREMIÈRE PARTIE

DEUXIÈME PARTIE

UN DRAME JUDICIAIRE

I

La première nouvelle.

Presque au même moment où Agénor Dupuis pénétrant dans l'oseraie, se trouvait face à face avec la victime du Pavillon-Vert, M. le président Pierre Dampier, correctement rasé et cravaté, le teint bistré et les yeux injectés de quelques filets sanguins, comme il lui arrivait de se montrer, à la suite des veilles nécessitées par ses travaux, monta à son siége, entouré de ses conseillers.

M. Daniel Mortaigne était du nombre ; on allait leur soumettre une cause grave, aride, et le Falstaff du palais, évidemment préoccupé par cette affaire, avait une physionomie sérieuse, peu habituelle.

C'était un mot accrédité au palais que le président Dampier réglait le soleil. En effet, à la minute où il prenait place, dix heures sonnèrent et, sur son invitation, l'huissier audiencier appela la cause.

A midi et demi, le ministère public ayant pris ses conclusions, l'avocat d'une des parties déclara avoir à répondre, et la cour éprouvant le besoin d'un repos après cette séance laborieuse, le président annonça que l'audience était suspendue pendant une heure.

Tandis que ses assesseurs se retiraient par la petite porte située derrière le bureau, pour se répandre dans les annexes ou dans la salle des délibérations, il se dirigea vers son cabinet en compagnie de M. Daniel Mortaigne, dont il avait pris le bras.

Un huissier de service, dont les traits et les allures indiquaient un trouble singulier, les joignit avant qu'ils ouvrissent le cabinet, et, sans oser lever les yeux sur M. Dampier, lui dit :

— Monsieur le procureur du roi est là, avec un jeune homme, attendant monsieur le président, pour une affaire très importante. J'ai cru devoir les faire entrer.

A ces mots, M. Dampier et le conseiller échangèrent un regard inquiet, gagnés par l'émotion de cet homme.

— Mon Dieu, monsieur Lambert, dit le président, de quel air vous me dites cela... Vous me faites peur.

— Mais, en vérité, à moi aussi, dit le conseiller. Qu'y a-t-il donc ? Vous êtes tout troublé.

— Messieurs, balbutia l'huissier, je ne peux.... je n'ai.... Ah ! croyez que je prends bien part....

— C'est donc un malheur ?....

— Affreux....

— Ah ! Voyons, voyons, dit le conseiller, sans attendre que Lambert ouvrît, et pénénétrant avec son ami dans la petite pièce.

— Ah ! oui, c'est un malheur ! exclama l'huissier en les voyant entrer, et j'aime mieux que ce soit M. Vergnier que moi qui le leur apprenne !

En homme qui possède une nouvelle à grande sensation, il se livra alors à une pantomime désespérée et entraînant avec lui les membres de la cour qui se promenaient dans les couloirs, et que ses façons et ses exclamations intriguaient, il s'enferma avec eux dans la salle où plusieurs déjà étaient réunis.

Le président et le conseiller en pénétrant dans la petite pièce où on les attendait, aperçurent Agénor Dupuis, affaissé dans un fauteuil, comme un homme qui n'a plus conscience de lui, les deux coudes appuyés sur la table et la tête inclinée dans ses mains.

Il ne bougea pas, ne leva pas les yeux, n'articula pas un mot à l'arrivée de M.

Dampier, et ne s'aperçut même pas qu'il était accompagné de son ennemi le plus redouté.

M. Henri Vergnier alla au devant d'eux, et quoiqu'il se dominât de toutes ses forces, il était pâle et sa voix tremblait.

Il prit, dans les deux siennes la main du président, avec une effusion spontanée, et lui dit :

— Monsieur le président, il va vous falloir du courage.

En même temps, il fit cette remarque que la main de M. Dampier était glacée et qu'il était plus pâle que lui-même, mais la première parole de celui-ci lui expliqua cette particularité :

— Mon cher procureur du roi, lui dit le président, vous allez donc nous éclairer ; la manière dont Lambert nous a annoncé que vous m'attendiez pour une communication urgente, nous a, M. le conseiller et moi, presque bouleversés. Cet homme n'a pas la tête à lui, ou bien, il s'agit de quelque chose de terrible ?

— De terrible, prononça le jeune magistrat.

— Pour moi, pour ma famille !... oui, n'est-ce pas ? Autrement, pour un événement ordinaire, simplement de votre ressort, vous ne m'aborderiez pas avec cette émotion....

— C'est un malheur affreux, Monsieur le président, je vous le répète, appelez à vous toute votre énergie.

— Mon Dieu, intervint le conseiller Mortaigne, parlez, Monsieur, nous sommes des hommes, et ces préliminaires ont quelque chose de cruel.

Au son de la voix du conseiller, Agénor perdit un peu de sa stupeur ; cet organe désagréable le fit instinctement tressaillir, mais il ne quitta point son attitude neutre. Même en ce moment où le hasard lui donnait un rôle capital dans un drame horrible, le pauvre dandy se sentait à la gêne et redoutait la rencontre de l'œil de basilic de l'époux d'Agathe.

De son côté, le conseiller, qui, depuis l'aventure à nous connue, abusait de cette influence terrifiante, pour tourmenter ce lion sans griffes, remarqua sa présence et son attitude, et se demanda ce qu'il faisait là, dans une circonstance pareille.

En tout autre moment, il lui eût brusquement adressé la question à lui-même, mais ce qui se passait exigeait toute sa gravité et sa jovialité paraissait loin.

Le président, appuyant ses dernières paroles, invita à son tour Henri Vergnier à s'expliquer.

— Quel que soit le malheur que vous ayez à m'annoncer, dit-il, le coup ne sera pas plus pénible que cette incertitude.

Le jeune magistrat le savait bien, mais dans sa délicatesse il cherchait les moyens d'atténuer la révélation.

— Un crime a été commis... dit-il.

— Un crime !... répétèrent ensemble le président et le conseiller.

— Il y a quelques heures, en se promenant dans la campagne, Monsieur, — il désigna Agénor, qui se décida à lever la tête, Monsieur a découvert la victime.

— Monsieur ?... fit le conseiller dardant sur le dandy son œil perçant, dont l'expression étrange lui causa l'effet d'une piqûre.

Cette fois pourtant il se raidit contre cette influence. Il se redressa à moité et portant bravement son regard du conseiller au président :

— Oui, Messieurs, moi, fit-il.

— Parlez alors, dit le conseiller ; prenez-vous donc plaisir à nous mettre à la torture ?

Pierre Dampier, plongé dans le grand fauteuil de son bureau, appuyait sa tête au dossier, son teint avait la nuance de l'ivoire jauni, ses yeux injectés de sang luisaient du feu de la fièvre :

— Cette victime ?... demanda-t-il sourdement, comme si chaque syllabe pesait sur sa poitrine : Son nom ? C'est ?...

— Emmanuel !.. répondit en frissonnant Agénor.

Le président se couvrit le visage de ses mains et murmura :

— O mon Dieu !

Le conseiller et Henri Vergnier s'approchèrent chacun d'un côté de son fauteuil, pour le soutenir et lui témoigner leur sympathie.

Il y eut un silence de plusieurs minutes, on entendait battre les poitrines.

La pendule se mit à sonner.

Le président, comme si ce bruit le rappelait à lui, quitta son attitude voilée, ses yeux étaient toujours rouges mais secs ; cet homme de bronze pouvait avoir la fièvre, il ne pouvait pas trouver une larme.

— Mon cher conseiller, dit-il, faites prévenir que la cour ne reprendra pas l'audience, et que l'affaire Dubarré contre Lecoq est remise à huitaine.

M. Mortaigne alla aussitôt communiquer

cet ordre au greffier, au lieu de sonner l'huissier, ayant assez de présence d'esprit pour n'introduire aucun étranger au milieu de cette scène.

De son côté, Henri Vergnier, étonné peut-être, ne put s'empêcher d'admirer le caractère de ce Caton, se rappelant ses devoirs au milieu des plus poignantes angoisses.

De même, le président attendit le retour de son ami, ce qui d'ailleurs fut l'affaire de trois minutes à peine, pour quitter de nouveau sa pose atterrée et faire d'autres questions.

— Allons, monsieur, dit-il à Agénor, achevez, j'espère avoir la force, maintenant, de tout entendre.

Le conseiller, pour mieux suivre le récit, s'assit juste en face du témoin, dont l'œil rencontra forcément le sien et ressentit, mais à un degré qu'il n'avait pas encore connu, l'influence dominatrice.

Cet homme positivement le magnétisait.

Il tourna à moitié sa chaise, de manière à ne voir que M. Dampier et le procureur du roi ; mais il sentait cet œil sardonique attaché sur lui ; — la gêne qu'il en ressentait rendait sa parole souvent confuse et lui faisait négliger ou oublier des particularités qui auraient eu leur importance.

Ce fut même le conseiller qui, à plusieurs reprises, l'interrompit pour lui faire préciser certains points ou éclairer certains détails.

Agénor raconta en somme ce que le lecteur connaît de sa promenade du matin et de la manière dont il avait été attiré par ses chiens vers l'oseraie et dans cette oseraie jusqu'au cadavre de son ami.

II

L'autopsie

Il y eut pour la seconde fois un court et pénible silence.

— Ainsi, dit enfin Mortaigne, usurpant, sans s'en apercevoir probablement, sur les attributions du procureur du roi, ce malheureux était absolument nu, sans un fil, sans un lambeau ?

— Sans un fil.

— Autour de lui, vous n'avez pas remarqué une trace quelconque, une empreinte, un objet si mince fût-il, abandonné, oublié, perdu par les..... par les assassins ?

— Absolument rien, il y avait longtemps sans doute qu'on l'avait déposé là ; et les jonçailles très-humides s'étaient relevées, et les pas n'avaient laissé aucune marque dans cette végétation épaisse.

— C'est probablement très fâcheux ! murmura le conseiller en communiquant du regard cette observation à M. Vergnier, qui s'y associa,

Mais du moins, reprit-il, sur la route, aux abords de cette affreuse oseraie, n'existait-il point quelque chose ; n'avez-vous pas eu l'idée de regarder ?... Ce chemin, si j'ai bonne mémoire, est généralement poudreux ; les malfaiteurs ont pu laisser l'empreinte de leur chaussure sur cette poussière...

— Oh ! dans mon trouble et dans le chagrin que j'ai éprouvé, je n'ai pas eu tant de présence d'esprit ! Je me suis échappé la tête égarée, j'ai frappé à la première maison que j'ai rencontrée, un bouchon situé au bord du chemin, et j'ai réclamé de l'aide.

— C'est fâcheux, c'est fâcheux.... Il était encore matin ; peu de monde avait passé ; ces traces nous auraient indiqué d'où étaient venus les criminels et par où ils étaient partis.... C'est bien fâcheux.... généralement vous manquez de sang-froid, jeune homme.... Je sais bien qu'il est des circonstances tellement critiques....

Au surplus, c'est à monsieur le procureur du roi à vous adresser ces questions, ces observations et d'autres... s'il y a lieu.

— J'ai déjà dressé procès-verbal, dit M. Vergnier et je me suis rencontré sur ces divers points avec monsieur le conseiller.

Il nous reste une cruelle opération, à laquelle je n'ai pas voulu qu'il fût procédé sans consulter monsieur le président, et savoir s'il se sent la fermeté d'y assister... c'est l'autopsie du corps de notre malheureux ami.

— Ah !... fit M. Dampier avec un signe d'horreur.

— Je n'insiste pas, dit le magistrat avec une douleur qui n'était nullement affectée ; j'ai fait prévenir les docteurs Dumaine et Rebours ; j'ai laissé mon greffier et mon secrétaire auprès du corps, dans l'auberge où on l'a transporté ; je vais m'y rendre avec ces messieurs.

— Je vous accompagnerai, dit M. Mortaigne; et vous, mon jeune ami, vous que la Providence a mis le premier sur la voie du crime, et qui avez un rôle devant la justice, ne viendrez-vous pas ? La victime était votre ami le plus intime, vous vous entrerendiez fréquemment des services,— si je suis bien renseigné, — ce n'est pas le moment de manquer au triste rendez-vous où il nous attend. Vous venez, n'est-ce pas ?

Agénor s'affermit sur ses jambes et répondit du ton d'une victime qui n'a rien à refuser à son tyran :

— J'irai.

Alors, Mortaigne se rapprocha du président.

— Je ne veux pas, lui dit-il, exiger de vous, mon ami, plus que la nature n'accorde au courage humain. Cependant, je vous en conjure, faites un effort, et quelque dure que soit cette épreuve, résignez-vous à la subir.

Vos lumières peuvent être nécessaires ici ; il ne vous est pas permis de les refuser à la justice, à qui vous les avez toujours prêtées, parce que vous vous trouvez à la fois père et magistrat. Votre devoir n'en est que plus impérieux... Pierre Dampier, je fais appel à votre courage !

A cette mise en demeure, le président se leva à son tour et répondit :

— Je vous suis, messieurs.

Le conseiller lui pressa fortement la main, lui adressa un regard profond et lui dit d'un accent qui donnait à un mono syllabe la valeur d'un discours ;

— Bien.

Deux voitures attendaient dans la cour du palais.

Les docteurs Dumaine et Rebours étaient déjà dans l'une. Agénor voulut monter avec eux, mais M. Mortaigne lui fit signe qu'il désirait l'avoir avec lui dans celle du président.

— Vous êtes presque de la famille, lui dit-il à l'oreille, et vous vous devez à l'homme qui vous a accepté pour gendre, et puis j'espère que votre mémoire saura retrouver des détails qu'il est intéressant pour la justice dé posséder, et que ce malheureux père et moi recueillerons avec plus de fruit que personne.

En cela, le conseiller se trompait à coup sûr, si la mémoire et la présence d'esprit eussent pu revenir à Agénor Dupuis, c'eût plutôt été dans l'autre compagnie ; il suffisait qu'il fût avec lui pour lui faire

perdre la tramontane et oublier où brouiller ce qu'il savait.

M. Henri Vergnier qui n'était pas le moins sincèrement affecté prit place avec les docteurs, et le cortége se dirigea ainsi vers le chemin de l'oseraie, trois personnes dans chaque voiture.

Malgré la discrétion rigoureusement recommandée par M. Vergnier, la nouvelle déjà répandue faisait son chemin.

Il était impossible qu'il en fût autrement, la rentrée en ville d'Agénor affolé, sa course pour joindre le procureur du roi, le départ de celui-ci et du secrétaire du greffier, la réquisition d'individus pour enlever le corps et le transporter dans le bouchon avaient donné l'éveil et rien ne se propage plus vite que l'éclat des catastrophes.

Le président, s'il n'eût pas été plongé dans une morne immobilité au fond de la voiture, aurait été frappé de la quantité de monde qui couvrait la route, se dirigeant vers l'auberge et vers le lieu où le corps avait été découvert.

On aurait dit une lugubre procession, car cette foule paraissait consternée d'un si grand crime, et quoique pas une des circonstances n'en fût connue, même de ceux qui y avaient le plus d'intérêt, quantité de gens donnaient des détails et des commentaires dont ils avaient l'air de se porter garants ; nul n'était en mesure de les contredire.

Agénor Dupuis regarda cette presse et pour la première fois depuis le matin eut une idée, c'est qu'il allait jouer le rôle d'un personnage dans une affaire retentissante.

A part le regret que lui causait la mort cruelle de son camarade, nous sommes obligé d'avouer qu'étant connu son caractère, l'importance de cette perspective fut un dérivatif à sa douleur.

Il entrevit le moment prochain à partir duquel, devenu une célébrité, on ne le désignerait plus que comme : « le monsieur qui a découvert le cadavre de l'oseraie. »

A Paris, cette gloire resterait inaperçue, mais en province cela vous pose fièrement un homme.

Le conseiller Daniel Mortaigne, dont l'affliction si sincère qu'elle fût, ne pouvait pas être au niveau de celle du père de la victime, ne manqua pas non plus d'être frappé de ce mouvement de population, et il en parut contrarié, comme d'une chose préjudiciable aux démarches de la justice.

— Tout cela est pourtant votre fait, dit-il à Agénor, assis en face de lui. Vous avez semé l'alarme et voilà la ville sur pied; les coupables savent déjà qu'on les recherche, allez! ils vont prendre leurs mesures et Dieu sait si nous les attraperons à présent !

Le jeune homme répondit par un geste qui signifiait :

— J'aurais voulu vous voir à ma place!... Que pouvais-je faire :

Au bout d'un silence prolongé, le conseiller reprit :

— Vous savez, mon jeune ami, que vous allez être premier et peut-être unique témoin dans cette cause.

— Je le sais, répondit Agénor d'un ton où perçait déjà son importance.

— Il va falloir montrer plus de netteté et de lucidité que vous n'en avez manifesté jusqu'ici.

Vous n'avez pas encore comparu en justice?

— Non, jamais.

— Laissez-moi alors vous donner quelques conseils.

Le juge d'instruction base ses rapports non-seulement sur les témoignages mais sur l'honorabilité des témoins. Il est obligé, pour peu qu'il remplisse son devoir, de scruter leur vie à eux-mêmes, et s'il vient à y découvrir une fissure, vous comprenez qu'il est influencé en conséquence.

Il n'est pas rare que ces sagaces recherches amènent des poursuites contre des individus qui, du banc des témoins passent sur celui des accusés, soit pour la cause dont il s'agit, soit pour un autre crime ou délit à la répression duquel ils s'étaient soustraits jusque-là.

Ah ! si vous étiez marié, monsieur Agénor, évidemment votre position aurait plus de consistance, et vous échapperiez à ces risques. Mais vous vous obstinez à rester célibataire.

Ainsi, vous seriez marié, votre femme serait là pour attester que vous avez passé la nuit au domicile conjugal.

Au lieu de cela, quand le juge va vous demander où vous étiez la nuit dernière, vous allez peut-être vous trouver embarrassé?

L'œil vairon du mari d'Agathe pénétra à la façon d'une vrille dans celui d'Agénor.

Le pauvre lion sans crinière se tortilla sur son coussin comme si on l'eût remué avec une aiguille électrique.

Le conseiller, sans le vouloir évidemment, achevait de démoraliser cet unique témoin.

— Mais... mais... mais..., bégaya celui-ci, commençant à craindre que son grand rôle n'éprouvât des accrocs.

— Voyez où cela mène, poursuivit son implacable interlocuteur.

Vous êtes consterné de la mort de votre ami ; cela se comprend ; indépendamment de votre affection, ce jeune homme était très-complaisant pour vous, et cependant il est permis au magistrat de s'étonner que ce soit vous qui ayez, à la première heure du jour, découvert son corps, à la suite d'une nuit dont vous refuserez peut-être d'indiquer l'emploi.

— Eh ! monsieur, fit le dandy se ranimant sous cet aiguillon, va-t-on point m'accuser de l'avoir tué ! Ce serait un peu fort !

— Dieu ! ai-je dit rien de pareil !... Je tiens uniquement à vous mettre le doigt sur la bizarrerie et les inconvénients graves de certaines positions fausses. Tout cela par votre faute et votre entêtement. Enfin, je vous ai mis sur vos gardes, ma conscience est tranquille. C'est à vous à mûrir vos réponses afin que la justice soit satisfaite.

Agénor tomba, en effet, dans des réflexions qui le rendirent fort taciturne. Il ne desserra pas les dents jusqu'au moment où une secousse indiqua l'arrêt de la voiture.

On avait été obligé de clore les volets extérieurs de la guinguette et d'en consigner strictement l'entrée, pour couper court à l'avide indiscrétion des groupes qui se pressaient aux abords.

Il est même sûr que sans la présence des officiers ministériels laissés par M. Henri Vergnier, le cabaretier ne se serait pas gêné pour exploiter le spectacle des dépouilles confiées à sa garde.

Il se rattrapait en vendant à boire sur des tables improvisées le long du chemin, tout autour de sa bicoque.

Il y a toujours dans les foules des gens qui ont soif, et les enterrements populaires se terminent invariablement par des stations au cabaret.

A l'arrivée des voitures, la foule agglomérée devant la maison s'écarta d'abord, mais non sans difficulté, et un silence anxieux succéda aux bourdonnements.

Tout au plus, quelques voix chuchotterent à mesure que les personnages mettaient pied à terre.

—C'est la justice... Tiens, voilà les médecins et le procureur du roi....

— Oh! regarde donc, voilà un jeune homme de la ville... est-ce que c'est l'assassin!

— Hé non, bêta! tu ne reconnais pas le fils Dupuis, dont le père est au tribunal de commerce.

— Ah! qu'est-ce qu'il vient faire là?

— Taisez-vous donc; c'est lui qui a trouvé le corps, il a même eu beaucoup de mal à empêcher ses chiens de le dévorer.

— Pouah! moi je déteste les chiens!

— Chut!... Voilà un juge qui descend.. je le reconnais, c'est lui qui tenait les dernières assises...

— Et celui-là... Dieu de Dieu, est-il pâle....

Ici le silence devint une minute complet. C'était M. Dampier qui, descendant le dernier, s'appuyait sur le bras du conseiller.

Ce qui ajoutait à l'effet de leur apparition, c'est que tous deux ayant été pris au milieu de leurs fonctions, entre deux audiences, étaient revêtus de leur imposant costume de président et de conseiller.

La porte du cabaret se referma sur eux; les cochers poussèrent leurs chevaux un peu plus loin, dans l'ombre de grands arbres bordant le chemin; les groupes se rapprochèrent aussitôt; il y eut des gens qui collèrent l'oreille aux volets et mirent l'œil à la serrure, mais ils n'entendirent et ne virent rien, les précautions étaient prises.

Les commentaires, les conjectures et les inventions reprirent de plus belle, au milieu de témoignages de sympathie pour ce magistrat si estimé, ce père si malheureux.

La séance se prolongeait sans qu'aucun élément nouveau alimentât les groupes obstinés dont pas un individu n'aurait voulu s'éloigner sans avoir vu ressortir les personnages du cortège; un malencontreux chien de chasse s'avisa de passer.

Un imbécile l'ayant désigné pour un de ceux qui avaient mangé du cadavre, la foule se rua sur lui à coups de pieds, à coups de bâton, à coups de pierres.

L'intérieur de la maison ressemblait à une chapelle funéraire, et son aspect sombre et morne contrastait avec l'affluence et l'agitation du dehors.

Le cabaretier laissant le soin de servir ses pratiques à sa femme et à son garçon, était rentré avec le cortège, pour prêter ses services, et pas fâché de voir les choses.

On s'arrêta d'abord dans la salle d'entrée, sur la table principale de laquelle le greffier avait étalé ses papiers, ses ustensiles et ses cachets.

M. Dampier s'assit sur la chaise de paille qu'on lui présenta, mais cette station ne dura qu'une minute, les assistants échangèrent à son adresse un regard significatif, M. Vergnier se rapprocha et lui dit:

— Monsieur le président, c'est un calvaire que vous avez à gravir; hélas! aucun des degrés ne saurait vous être épargné, mais permettez-moi de faire violence à vos angoisses, et puisqu'il faut subir cette épreuve, d'en abréger la durée.

— Je vous comprends, répondit Pierre Dampier; allons, où faut-il aller, me voici prêt; n'appréhendez point de défaillance de ma part. j'ai le cœur brisé, mais l'âme forte.

Le cabaretier poussa une petite porte au fond de la salle et dit:

— Il est là.

C'était sa chambre; on avait déposé le cadavre sur le lit.

La pièce était obscure; les volets de l'unique croisée étant hermétiquement clos, deux chandelles allumées sur une petite table, de chaque côté d'un crucifix, jetaient une clarté jaunâtre sur les rideaux, soigneusement tirés autour de la couchette.

Un rameau de buis trempait dans un bol où était de l'eau bénite, dont le corps avait reçu l'aspersion.

M. Vergnier écarta les rideaux et invita le président à approcher pour constater l'identité du corps.

Les braves gens qui l'avaient recueilli l'avaient respectueusement recouvert d'un drap, qui lui venait jusqu'au col.

La tête que l'on aurait crue en cire, ne se détachait de ce linceul de chanvre jaune que par sa blancheur.

— Allons, mon ami, dit M. Mortaigne attirant et soutenant le président, avancez.

Il s'approcha tout contre le lit et ses yeux que brûlait la fièvre, s'arrêtèrent sur ce froid visage.

Il ne bougea pas autrement, restant droit comme une statue dans sa grande robe sans articuler ni un mot, ni une plainte.

Cette douleur immobile répondait bien

au cáractère connu de cet homme, qui n'avait jamais laissé snrprendre une faiblesse ni une passion pareille aux faiblesses et aux passions vulgaires.

—Messieurs, dit le procureur du reï aux docteurs, je vous prie de procéder à l'examen du corps, car quoique le crime soit flagrant, ni ces messieurs, — il désignait son secrétaire et son greffier, — ni moi, n'avons aperçu trace de coups ni de blessures.

Les médecins passèrent dans la ruelle, demandèrent un supplément d'éclairage, — on leur apporta un troisième chandelier, que le greffier avança au-dessus du suaire, où se moulait en relief le cadavre.

Le docteur Dumaine releva la paupière à moitié close sur les yeux, déjà bien plus vitreux que quand Agénor Dupuis les avait vus. Le globe était d'une blancheur lactée, sans la plus petite infiltration sanguine. On rabaissa complètement les paupières, et contrairement à ce qui arrive souvent, elles se maintinrent closes, le corps était encore souple et la mort ne remontait pas assez loin pour offrir la roideur cadavérique.

Les médecins apportant à ces opérations, par respect pour le père de la victime, des égards et une décence qui ne leur sont pas familiers, commencèrent par découvrir le corps jusqu'au bas de la poitrine seulement.

Cet aspect de blancheur mate, qui avait déjà saisi tous ceux qui l'avaient vu, les frappa également.

— Il ne lui est pas resté une goutte de sang dans les veines, prononça le docteur Rebours.

— Pas une goutte, c'est évident ! appuya le docteur Dumaine, en examinant les lèvres et l'intérieur de la bouche dont les dents ressemblaient à des perles.

Son collègue prit le flambeau de la main du greffier, afin de mieux porter la lumière sur les points essentiels, et procéda lentement à l'entier enlèvement du drap.

— Pauvre enfant !... murmura Henri Vergnier, au spectacle navrant de cette dépouille, gisant ainsi dans le calme de la mort.

— A quels scélérats raffinés et consommés a-t-il pu avoir affaire, reprit l'un des médecins : ils lui ont tiré tout son sang et n'en ont pas laissé une tache sur son corps qui devrait en être marbré !

— Mais enfin, comment a-t-il été frappé ? demanda M. Vergnier, car je n'aperçois aucune marque, aucune blessure.

. — Cher confrère, dit le docteur Dumaine à son collègue, aidez-moi à retourner ce malheureux, évidemment nous allons trouver des traces.

En même temps, il prit le corps par les épaules et commença à le soulever ce qui fit doucement incliner la tête vers le président.

Ce mouvement aurait été prémédité qu'il n'eût pas plus vivement impressionné les témoins.

Mais M. Pierre Dampier avait promis d'être de marbre, il le fut ; seulement, avançant son grand bras drapé dans la manche de sa toge aux plis noirs et rouges, il alla poser le doigt au défaut de la gorge.

III

Monsieur Pascal.

Chacun suivit avidement le geste du président ; le docteur Rebours approcha la chandelle, et son collègue et lui distinguèrent une imperceptible blessure, dont les lèvres s'étaient rapprochées, et que les ablutions auxquelles le cadavre avait été soumis, faisaient disparaître dans la blancheur générale.

— Oui, c'est là qu'il a été atteint, dirent ensemble les médecins ; monsieur le président, cette fois encore le pénible honneur de cettte constatation vous est dû.

M. Dampier, évidemment indifférent à ce compliment chirurgical, s'était écarté, pour s'asseoir au fond de la petite chambre, dans l'unique fauteuil qui s'y trouvait.

La cause de la mort étant connue, il pensait n'être plus obligé de subir ce spectacle atroce.

Sa présence, jusque là, avait au fond imposé une véritable gêne aux médecins.

Ils examinèrent alors le corps plus à leur aise, l'auscultant, soulevant les membres, le tournant, le retournant ; mais quoi qu'ils fissent, il ne portait aucune trace de contusion indiquant une lutte, une attaque, une résistance quelconque.

Cette incision à la gorge était unique, et à cause de cela même elle plongeait les hommes les plus experts du groupe dans un abîme d'obscurités.

Ils en revinrent donc à l'examiner de nouveau, de plus près, et le procureur du roi leur ayant demandé comment et à l'aide de quel instrument, à leur avis, le crime avait été commis.

— En notre âme et conscience, répondit le docteur Dumaine, après avoir échangé un mot avec son confrère, nous déclarons que cette incision ne peut provenir que d'une lancette, et nous inclinons à croire également, par sa netteté et la précision de la place où elle se trouve, qu'elle a été faite par une main exercée.

Au moment où le docteur Dumaine formulait cette grave conclusion, on frappa à la porte du cabaret plusieurs coups secs et métalliques.

La consigne qui interdisait l'entrée de la maison était trop précise pour qu'aucun profane tentât de la violer. Un simple particulier d'ailleurs, ne se serait pas annoncé de cette façon singulière.

Le cabaretier qui remplissait le rôle d'officieux, consulta le procureur du roi :

— Entendez-vous, monsieur?... Dois-je ouvrir ?

Pendant ce court sursis, les mêmes coups avec la même sonorité se répétèrent.

— Non, dit M. Henri Vergnier ; pas vous... mais, vous monsieur Girard, ajouta-t-il en désignant le greffier.

Celui-ci obéit et revint presque aussitôt dans la pièce du fond.

— C'est, dit-il le brigadier qui m'annonce qu'il est arrivé avec le piquet de gendarmerie, réclamé par Monsieur le procureur du roi, en sortant du palais.

Il demande s'il y a des ordres pour lui ?

— Messieurs, dit alors le jeune magistrat aux assistants, il nous reste encore de pénibles démarches ; notre tâche ne se borne pas à la constatation que nous venons de terminer. Une descente sur le lieu où notre infortuné ami a été trouvé est indispensable.

Monsieur Girard, dites au brigadier de faire évacuer le pré de l'Oseraie et d'en interdire l'accès.

— C'est une disposition qui aurait dû être prise ce matin, fit observer M. Mortaigne.

— C'est vrai, mais j'avoue que dans mon trouble et dans l'émotion que j'éprouvais d'être obligé d'apprendre la cruelle nouvelle à notre honorable président, je l'ai négligée ou plutôt oubliée.

Que l'on tienne aussi la foule à distance de cette maison ; j'ai entendu plusieurs fois des groupes poussés par le flot, se heurter contre les volets de cette chambre. L'avidité de ces curieux ne respecte rien.

Pendant que le greffier transmettait ces instructions, M. Vergnier dit au cabaretier :

— Vous, mon ami, pouvez-vous nous procurer une voiture décente et abritée, pour l'enlèvement du corps.

— J'ai dans la cour un char à bancs qui ferait très-bien l'affaire, en ôtant les banquettes et en la recouvrant d'une bâche.

— Allez le préparer et disposez aussi le cheval.

N'est-ce pas votre avis, M. le président? dit-il en s'approchant de M. Dampier, ne nous pouvons laisser ici ce pieux dépôt, et il convient de lui donner un asile moins profane ?

Le président lui serra la main et lui répondit, sortant de son silence assombri :

— Tout ce que vous faites est sage ; la place de cet infortuné est sous le toît qu'il eut le tort d'abandonner trop tôt.

M. Henri Vergnier lui dit avec la déférence due à une si grande infortune :

— Je ne mettrai pas maintenant votre courage à une terrible et d'ailleurs inutile épreuve ; j'emmène seulement les officiers ministériels et les témoins indispensables, et je vous engage à attendre notre retour avec les docteurs et M. le conseiller.

Agénor Dupuis, sur la poitrine duquel tout ce drame pesait comme un cauchemar, poussa un soupir de soulagement relatif.

Mais le conseiller, ayant dardé sur lui son œil diabolique, répondit :

— A moins que vous n'y voyiez d'inconvénient, mon cher procureur du roi, ou que mon pauvre ami ne désire que je reste, je souhaite assister à cette opération; qui sait, les assassins ont pris tant de précautions qu'un observateur de plus peut avoir son utilité.

— Oui, mon ami, allez, dit le président, et ne perdez de vue aucun détail. Moi je vous attendrai ici en veillant.

On fit quelques instances pour qu'au lieu de se tenir dans cette chambre funéraire, il passât dans la salle voisine, mais il refusa et demeura dans son rustique fauteuil, en tête-à-tête avec la dépouille de son fils, pendant que les médecins rédigeaient leur procès-verbal dans l'autre pièce.

Son œil sec et brûlant dans ses paupières rougies, ne quittait pas le lit sur lequel gisait le corps recouvert entièrement, et auquel le linceul prêtait un aspect plus sinistre que la nudité.

Le greffier Girard fit avancer les voitures, et les gendarmes de planton devant le cabaret eurent beaucoup de peine à maintenir la foule qui, voyant la porte s'ouvrir, se précipita, par un mouvement de houle, pour examiner les personnes qui allaient sortir.

Depuis deux heures que le cortège était arrivé, l'affluence avait quintuplé ; c'était la ville entière qui voulait voir et savoir.

En mettant le pied sur le montoir, M. Mortaigne fut désagréablement saisi par une épaisse bouffée d'un tabac âcre qui l'atteignit presque au visage.

Il proféra un mot de reproche à l'adresse de l'incivil fumeur, et tournant à moitié la tête dans sa direction, il vit une façon de bohème, tenant entre ses dents un ignoble culot de pipe, et se maintenant au premier rang des curieux par l'impudence et la brutalité de son attitude, qui imposait aux autres.

C'était Martin Baruelle, suppôt obligé de toutes les agglomérations populaires et de tous les drames de la rue.

Ce qui aurait été surprenant, c'est qu'il ne fût pas là.

Sa vue et cette espèce de contact produisirent un nouvel effet répulsif sur le conseiller, mais ce ne fut que l'affaire d'une seconde ; il était déjà dans la voiture, où, sur son désir, prirent également place Agénor et M. Henri Vergnier.

Celui-ci, sentant ce précieux témoin sous le coup d'un malaise qu'il attribuait sans arrière-pensée à l'événement, essaya alors, en dehors des formes abstraites de la justice, de le faire causer et d'obtenir un récit plus clair que celui du matin, sur la manière dont il avait été attiré par ses deux chiens sur le lieu du crime.

Agénor essaya de le satisfaire. La bonne volonté ne lui manquait pas ; mais, malgré l'intervention du conseiller pour l'aider, il fut impossible d'en tirer rien de plus précis.

M. Vergnier eut l'idée de mettre pied à terre un peu avant l'oseraie, afin de suivre exactement la piste qu'avait prise Agénor sur l'indication de ses chiens, guidés peut-être eux-mêmes autant par les effluves des assassins que par celles de la victime.

M. Mortaigne trouva ce raisonnement très ingénieux ; les voitures s'arrêtèrent et nos trois premiers personnages s'avancèrent alors avec le greffier et le secrétoire sur le sable du chemin. Il y était venu tant de monde, et tant de monde encore se bousculait aux alentours, malaisément retenu par les gendarmes, que l'on marchait dans un tourbillon de poussière.

Pareillement, dans le pré marécageux de l'oseraie, toute la végétation avait été pilée, écrasée, les arbustes ébranchés.

Toutefois, un vague respect, un instinct de décence et de commisération avait épargné la couche verdoyante où avait reposé le cadavre. La nature spongieuse de l'endroit l'y avait en quelque sorte moulé.

Agénor Dupuis expliqua le moins mal qu'il put comment ses chiens s'étaient d'abord précipités dans l'oseraie en donnant de la voix sur une gamme inusitée ; comment ils étaient revenus à lui agités et affolés et avaient fini par le guider, en décrivant des zigzags, jusqu'à la place fatale.

Evidemment, eu égard à sa bonne volonté et à ses efforts, il fallait renoncer à en attendre rien de plus.

— Allons, dit le procureur du roi très-déçu et très-perplexe, nous ne tenons décidément pas la trace et ce n'est pas ici que nous la trouverons.

Le conseiller Mortaigne très assombri répétait :

— Quel drame !... quel mystère !

M. Vergnier murmura à son tour au milieu des réflexions qui se reflétaient sur son front soucieux :

— Ah ! messieurs, je crains que nous n'ayons à faire à des scélérats bien habiles... L'instruction sera dure à mener..., n'importe, j'y userai mon courage plutôt que de l'abandonner... il ne sera pas dit que nous aurons laissé ajouter un chapitre à l'histoire des crimes impunis, sans avoir tout épuisé.

— Bien, mon cher, procureur du roi, dit le conseiller en lui serrant les deux mains avec chaleur, voilà qui vous honore.... Je n'en suis point étonné, et si mon concours vous est utile, je veux m'employer tout entier à vous seconder... Ce pauvre enfant assassiné... Ah ! c'est horrible !...

Ici, en franchissant le talus de l'oseraie, on fut joint par un personnage devant qui la consigne s'était écartée : M. Pascal, chef de la police de sûreté.

Nous avons noté plus haut le nom et la perspicacité de ce fonctionnaire.

M. Vergnier, qui avait en lui une confiance justifiée par les services qu'il rendait journellement à la justice, lui expliqua en peu de mots l'insuccès de ce qui avait eu lieu jusque là.

M. Pascal venait de son côté donner des détails succints sur les mesures qu'il était en train de prendre et sur les recherches auxquelles se livraient ses limiers dans toutes les directions, en ville et autour de la ville.

On regagna les voitures, et à peine M. Mortaigne fut-il assis dans la sienne que la même sensation désagréable éprouvée au départ le saisit encore; c'était une épaisse bouffée de tabac commun, entrant par la portière.

Elle provenait du même individu. Après avoir été au premier rang de la foule de l'autre côté, Martin Baruelle avait trouvé moyen d'en percer les rangs opaques et de se trouver maintenant de ce côté-ci.

Il regardait tout cela avec une parfaite insouciance, et n'arrêta pas ses yeux plus particulièrement sur le conseiller que sur ses compagnons.

D'ailleurs, il n'était plus seul, il avait été rejoint par de la compagnie; à côté de lui se trouvait sa fille au bras d'un voyou de même acabit.

C'était Bamboche qui, voyant monter de si grands personnages et fidèle à ses habitudes professionnelles, quitta Adèle une seconde, pour venir fermer la portière et tendre sa main, dans laquelle on mit des sous qu'il empocha sans broncher.

— Pouah ! murmura le conseiller, c'est atroce, quels visages !...

M. Pascal passa la tête à la portière et répondit avec une grimace :

— C'est en vérité, la bande de l'impasse Malouet ! Ces misérables là n'ont aucune pudeur... on aura l'œil sur eux.

M. Pascal se trouvait cette fois en quatrième dans la première voiture.

On roula pendant cinq à six minutes silencieusement; chacun s'absorbant dans ses réflexions.

Celles du chef de la police reposaient sur Agénor Dupuis, près duquel il était assis.

L'affaissement où était ce jeune homme, ses tressaillements à certaines interpellations adressées par M. Mortaigne, avaient frappé le terrible investigateur.

Il se pencha vers lui, sans affectation, comprenant l'inconvénient de troubler davantage ce cerveau évidemment déjà frappé, et lui dit avec déférence et à demi-voix :

— Monsieur Dupuis, je vous demanderai la permission, demain, après-demain, lorsque cela ne vous gênera pas, de causer avec vous.

Le conseiller entendit, il porta son regard sur le jeune homme, l'ombre d'un sourire moqueur effleura ses traits :

— Je crains que vous n'en soyez pour vos frais, monsieur Pascal, dit-il ; nous n'avons cessé, M. Vergnier et moi de tourner notre jeune ami dans tous les sens, je lui ai expliqué, et il comprend l'importance de sa position, et nous avons acquis la certitude qu'il ne peut, hélas ! nous fournir aucun indice à conviction.

— Oh ! cela ne fait rien, je ne suis pas un juge, moi, nous causerons tout de même, n'est-ce pas. M. Dupuis ? dit avec bonhomie M. Pascal.

— Oui, certainement. je ne demande pas mieux, je voudrais savoir et je ne sais pas..., balbutia inconsciemment l'infortuné dandy.

Soit que le chemin fût inégal, soit que l'encombrement eût obligé le cocher à s'arrêter brusquement, on éprouva une certaine secousse. Agénor regarda par la portière et poussa d'une façon singulière cette exclamation bien simple :

— Ah !...

M. Pascal regarda à son tour, il n'y avait rien sur la route ; mais tout en regardant au dehors, son œil exercé s'aperçut que son voisin de banquette avait tressailli, qu'un spasme fugace avait traversé sa physionomie, et que ses yeux avaient regardé le conseiller avec une sorte d'effroi.

La place où l'on se trouvait était celle où Marengo et Ramonaud avaient donné, quelques heures auparavant, les premiers signes d'agitation.

Ce fut évidemment ce souvenir qui causa l'impression du jeune homme. M. Pascal ne la releva pas, du reste, et ne revint point sur ce sujet.

Tout cela se passant dans un espace de deux petits kilomètres, on arriva presque aussitôt au bouchon.

Le char-à-bancs, disposé suivant les conventions, stationnait, attelé, devant la porte

Le corps du jeune Dampier fut enveloppé le drap chanvre qui le recouvrait déjà; on eut l'attention d'étendre un matelas au fond de la voiture; et le cabaretier, aidé de deux personnes, l'enleva et le transporta jusqu'au véhicule.

Lorsque ce long suaire apparut, émergeant de la porte de la masure, on eût juré qu'un signal venait d'être donné, la foule entière tomba à genoux, et l'on vit des femmes et des jeunes filles fondre en larmes.

Cette fois, le cortége au milieu duquel marchait le char funèbre improvisé, regagna la ville escorté par le peloton de gendarmerie et suivi de la population en proie à la stupeur.

Pas un cri, pas une voix ne rompit ce silence, les passants saluaient et les femmes faisaient le signe de la croix.

C'était un deuil public.

Le convoi pénétra dans la cour de l'hôtel Dampier, dont la porte cochère mit enfin une limite à cet empressement pénible, malgré son caractère sympathique.

Le corps fut déposé dans une salle basse, transformée en chapelle ardente.

On eut beaucoup de peine à décider le président à rentrer dans ses appartements; il ne céda qu'aux instances de M. Mortaigne et de M. Vergnier, qui l'y conduisirent et lui tinrent compagnie jusqu'à ce qu'il les eût priés de le laisser seul avec sa douleur.

Depuis un instant déjà, Agénor avait repris le chemin de sa demeure, et M. Pascal, en le voyant partir, lui avait répété avec une extrême déférence :

— Adieu, monsieur Dupuis; remettez-vous et à bientôt; je crois que vous pouvez nous être très utile.

La consternation des deux serviteurs de l'hôtel fut poignante. Germain était partagé entre son désespoir et une admiration douloureuse pour son maître, dont le grand caractère ne se démentait pas, et qui trouvait la force de ne pas verser une larme.

— Monsieur le président est un héros, dit-il. Il ne pleure pas, lui; il a ses raisons; il réserve son courage contre les assassins.

La brave Marianne eut un mot navrant, qui peignait également sa façon d'envisager les choses.

Quand le corps fut déposé dans la chapelle ardente, ce fut elle qui songea la première à lui jeter l'eau bénite, et en voyant inanimés ces traits qui lui avaient si souvent souri depuis leur enfance :

— Pauvre M. Manuel, dit-elle, qui est-ce qui aurait dit que ce serait comme ça qu'il rentrerait ici !...

Je savais bien moi, ajouta-t-elle plus bas, que quand nos dames sont parties, c'était le bonheur de la maison qui s'en allait !...

Tout ce que vous voudrez, Germain, mais monsieur a été bien dur.

Le vieux valet de chambre regarda autour d'eux avec effroi, et lui imposant silence :

— Je vous répète moi, que c'est un homme qui a ses raisons.

Il n'y avait rien à répondre à ce *quos ego* de Germain,.

Marianne se contenta pour toute protestation de lever en soupirant les yeux au ciel, et sans attendre les ordres du président, qui était enfermé même pour ses serviteurs, elle alla chercher une sœur de la Miséricorde, afin de veiller le défunt et de prier auprès de lui.

Le jeune procureur du roi rentra chez lui écrasé par la lassitude et les émotions.

Sa tâche commençait à peine pourtant.

Il trouva dans son cabinet M. Fontaine, juge d'instruction, qui venait savoir où en étaient les choses et s'entendre avec lui.

Il lui fallut répéter dans leurs détails tous les incidents de la journée, et reconnaître que jusqu'alors leur tâche était terriblement simple, puisqu'un seul témoin existait, témoin posthume, si le mot peut se dire, incapable de fournir aucun renseignement sur l'accomplissement ni sur les auteurs du crime.

IV

L'Aïeule

Après une pénible conférence, les deux magistrats ne se sentaient que plus embarrassés.

— Votre conclusion, mon cher collègue? demanda M. Fontaine.

— La voici : Pascal a mis son escouade en campagne, il n'y a rien à faire avant d'avoir ses tous rapports.

— Attendons! dit le juge d'instruction avec une contrariété évidente, partagée par M. Vergnier. Attendons! mais si vous possédez quelque moyen de presser vos policiers, usez-en, notre président vient de me recommander lui-même l'affaire et vous sentez comme moi ses raisons.

Les raisons que ces deux messieurs comprenaient sans avoir besoin de se les expliquer, c'était la ligne de froide démarcation existant à cette époque entre les membres du tribunal de première instance de X... et ceux de la cour d'appel.

Cette situation se présente fréquemment et à peu près sans inconvénient, dans la plupart des grandes villes où siége cette double juridiction. Ce qui lui donnait en cette circonstance une importance particulière, c'est que le crime atteignait l'un des dignitaires de la cour, et que le tribunal de remière instance ne devait pas être taxé d'incapacité ou d'indifférence dans la recherche des coupables.

En présence du mystère qui jusqu'ici entourait la catastrophe et de l'échec absolu de leurs premières démarches, la situation de M. Vergnier et de M. Fontaine, légalement chefs des poursuites, était certainement pénible et plus difficile qu'en aucune autre circonstance.

On convint de se réunir dans quelques heures et d'appeler M. Pascal à la conférence avec ou sans les rapports de ses agents.

Le jeune procureur du roi avait fait ses preuves dans des affaires extrêmement compliquées, mais jusqu'à présent celle ci les dépassait en tous points. Accablé physiquement, la tête en feu, il était plongé dans son fauteuil, et ses facultés concentrées en lui-même, le rendaient étranger aux objets extérieurs.

Depuis vingt minutes, il tenait son regard fixe sur les papiers qui couvraient en désordre son bureau, et il n'en distinguait pas un.

Cette absorption devait avoir un terme, et ce terme fut hâté par une réminiscence.

M. Vergnier eut le tressaillement d'un homme qui se réveille d'un lourd sommeil; il s'agita, et témoignant de son émoi par la violence de sa respiration, il allongea la main et saisit fébrilement un des plis nombreux étalés devant lui.

C'était une large enveloppe qu'il avait déjà ouverte dès la veille.

Elle contenait deux lettres, l'une sans cachet, l'autre soigneusement scellée au moyen d'un chaton de bague portant pour initiale un E.

C'était le paquet que le jeune Dampier lui avait fait remettre, à la suite de sa scène violente avec son père.

Dans le tourbillon des événements qui l'avaient envahi depuis le matin, M. Vergnier l'avait totalement oublié.

— Le mot est peut-être là ! dit-il.

Il relut en pesant chaque syllabe le billet adressé à lui-même :

« Cher monsieur Vergnier, vous m'avez « offert votre aide et votre amitié. J'ai eu « le tort de ne pas les invoquer plus tôt; « cependant j'y ai recours aujourd'hui. « Dans sa sévérité, mon père m'ôte tout « moyen non-seulement de voir ma sœur, « mais d'échanger une correspondance « avec elle. Vous êtes plus puissant que « moi, vous possédez des facilités qui me « manquent. Voici une lettre qui renferme « un de mes plus pénibles secrets; je la « confie à votre amitié et à votre dé- « licatesse. Ma reconnaissance ne s'é- « teindra qu'avec moi-même. »

Ces lignes où le jeune magistrat n'avait vu d'abord que l'exaltation d'une cervelle de vingt ans, aigrie et tourmentée, prirent à cette lecture plus posée un caractère nouveau. Celui qui les écrivait se sentait sous le coup d'un malheur, on y découvrait une vague aspiration à la mort, une amertume qui faisait penser au suicide.

Henri Vergnier pesa cette hypothèse, mais il ne tarda pas à la rejeter ; les circonstances dans lesquelles on avait trouvé le corps de la victime témoignaient d'un attentat consommé par des mains exercées et par des gens familiers avec le crime et d'une effrayante habileté pour se mettre à l'abri.

Renonçant à obtenir rien de plus du premier billet, il prit le second, le tourna à plusieurs reprises entre ses doigts, mais quoique sa position l'y autorisât, il recula devant une indiscrétion; le nom d'Alice inscrit sur cette enveloppe en assurait le respect.

Il fallait sur le champ voir cette jeune personne et la prier d'ouvrir cette lettre devant lui.

Mais Alice était dans une maison au seuil infranchissable ! — Ce n'était que par autorité, en se servant de sa qualité de mandataire de la loi qu'il pouvait surmonter l'obstacle et arriver jusqu'aux deux dames Dampier.

Les dames Dampier !... A leur pensée tout son sang figea.

Mûrées dans le cloître, elles ignoraient tout, et c'était lui... lui Henri Vergnier, le fervent et discret adorateur d'Alice qui allait leur porter ce coup !

Il se consulta et se demanda s'il ne convenait pas avant de tenter cette démarche d'en référer au président.

A chaque pas, on devait se heurter dans cette ténébreuse affaire à un obstacle, à un inconvénient qui ralentissaient l'instruction.

Une quatrième fois, M. Vergnier relut le billet d'envoi d'Emmanuel et reconnut que ce serait manquer au dernier vœu du pauvre enfant que de chercher un intermédiaire pour la mission qu'il lui avait dévolue en termes si touchants.

Ce qui ajoutait une certaine complication à cette démarche, c'est qu'un mois auparavant, Henri Vergnier avait eu déjà à intervenir en faveur de l'aïeule et de la petite fille.

Madame Dampier était parvenue à apprendre, par une confidence de l'aumônier, excellent prêtre dont les fonctions n'avaient pas éteint l'humanité, qu'Alice en proie à une maladie noire, isolée dans sa cellule, parce qu'elle montrait aussi peu de docilité aux invites des carmélites qu'aux ordres de son père, ne voulant ni épouser M. Dupuis, fils, ni prendre le voile, était consumée par une anémie, arrivée à un degré inquiétant.

La pauvre aïeule avait couru chez Henri Vergnier, invoquant sa parole et sa promesse, et réclamant la grâce d'être admise auprès de la mourante.

Henri Vergnier ne faillit point à ses engagements. Mais, avant d'en appeler à la loi, il eut l'inspiration de mener la vénérable dame à l'évêque, qui, envisageant sainement les choses, envoya au monastère l'ordre de donner madame Dampier pour garde-malade à sa petite-fille.

Le président ne l'ignora pas, mais il sut se contenir et ne laissa percer aucune animosité vis-à-vis du jeune procureur du roi.

Depuis ce jour, Alice, remise à sa grand'mère, avait assez rapidement recouvré une partie de ses forces, et, volontiers, elle s'entretenait de cet ami qui s'était trouvé si fidèle au jour du malheur et du danger.

Comme procureur du roi, Henri Vergnier savait à quel obstacle il allait se heurter. Il se prémunit en conséquence.

Sa seule réquisition personnelle n'aurait pas suffi pour lui ouvrir les grilles des Carmélites. Il se pourvut d'un ordre régulier de délégation, et se présenta au guichet de la première entrée, gardé par une sœur converse inflexible.

Il fit prier par celle-ci, la supérieure de lui donner une audience.

On l'introduisit au parloir où l'austère religieuse invoqua de prime-abord une fin de non-recevoir péremptoire à la réquisition, réclamant en dernier ressort un délai pour envoyer prévenir Monseigneur.

— Ma sœur, dit le jeune magistrat opposant un grand calme à la raideur de la supérieure, la mission qui m'amène n'admet pas de retard ; elle ne présente d'ailleurs rien d'offensant ni de fâcheux pour votre maison. Une affaire urgente et des plus critiques exige que j'entretienne sur l'heure Mlle Alice Dampier sans autre témoin que sa grand'mère.

Vous me réduiriez au désespoir en me contraignant à employer les moyens que la loi met à ma disposition, mais je n'hésiterais pas. Je me présente seul et j'entrerai seul, si vous y mettez de la bonne grâce ; mais je ne vous cache pas que j'ai laissé dans la cour des gens de justice et une escorte de gendarmerie, qui me prêteront main-forte, si vous nous y réduisez.

Cet argument provoqua un flux de plaintes et d'anathèmes ; on n'ignorait pas au couvent la part prépondérante du jeune magistrat dans la précédente affaire. Il finit par y couper court, et dit d'un ton qui n'admettait plus d'atermoiements :

— Ma sœur, j'ai l'honneur de vous le répéter, il faut que je voie mesdames Dampier sur l'heure et sans témoins, oui ou non, votre porte s'ouvre-t-elle ?

— Vous oseriez ?... s'écria-t-elle.

— Tout pour faire respecter la loi... et puisque vous m'y contraignez...

V

La lettre du mort

M. Vergnier fit un pas vers la sortie, pour requérir ses assesseurs.

— Arrêtez ! s'écria la supérieure : mais que la responsabilité du sacrilége retombe sur vous.

Elle adressa un signe à l'assistante, qui, les larmes au yeux, prit son trousseau de clés, ouvrit le guichet et s'écarta comme si ce fût satan qui s'introduisait dans le bercail.

— Ma sœur, dit alors le jeune magistrat, observant l'attitude du respect, je puis vous confier qu'il s'agit, en même temps que d'une démarche judiciaire, d'un grand malheur à annoncer à vos deux intéressantes pensionnaires.

En votre âme et conscience, croyez-vous que mademoiselle Alice Dampier soit en état de supporter cette secousse ?

— Je pense, monsieur, que vous pouvez la tuer du coup, et que vous remplissez ici un rôle aussi perfide qu'inqualifiable, car si cette catastrophe arrive, on ne manquera pas de l'attribuer, non à votre influence, mais au régime où cette personne avait été soumise parmi nous... Les jugements des hommes sont ainsi ; heureusement, nous avons pour nous ceux du seigneur !

— Mademoiselle Dampier est donc bien mal ?

— Au contraire, monsieur, son dépérissement, dont son père lui-même a constaté les causes entièrement morales, disparaît chaque jour ; mais il est clair qu'une épreuve telle que celle que vous semblez lui ménager déterminera une crise dont je me lave les mains.

Henri Vergnier savait sur quel terrain épineux il marchait, mais un seul sentiment éleva la voix en lui, ce fut la nécessité de concilier son devoir avec ses affections, et ce sentiment l'inspira.

— Ma sœur, dit-il, veuillez faire prévenir madame Dampier en particulier de ma présence et de la nécessité où je me trouve de lui parler en secret.

J'espère ainsi adoucir la nouvelle dont je suis le porteur bien involontaire, et je fais pour cela appel à votre charité évangélique.

— Vous entendez, ma chère sœur, dit l'abesse à l'assistante, après avoir violé les lois religieuses, on les invoque... nous devons l'exemple de la charité ; nous n'y faillirons pas... Faites ce que monsieur exige.

La carmélite vint bientôt dire que la vieille dame attendait le magistrat dans sa chambre, située à côté de la cellule de sa petite-fille.

La seule annonce de cette visite extraordinaire troubla la respectable femme, quoique le porteur de nouvelles lui fût sympathique et que la certitude de recevoir un ami atténuât son appréhension.

Véritable mère de douleurs, elle aborda tout de suite la question :

— Ainsi, cher monsieur, dit-elle, vous venez m'apprendre un malheur ?

Il comprit que, de son côté, il convenait d'aller au but et répondit :

— Oui, madame... un très-grand malheur ; il va vous falloir toute votre piété et tout votre courage, car vos épreuves commencent, et c'est à vous à donner l'exemple de la résignation à ceux que vous aimez.

— O mon Dieu, prenez-moi en pitié ! murmura-t-elle en joignant ses mains vénérables vers le Christ de son prie dieu, et elle ajouta en saccadant chaque syllabe : s'agit-il de mon fils ?

Il secoua la tête négativement.

— Alors, il s'agit d'Emmanuel ?

— Oui.

— Monsieur, que lui est-il arrivé, oh ! dites tout de suite, je suis forte, allez, et ces angoisses me mettent à la torture.

— Je vous en supplie, Madame, du courage...

— Mon Dieu ! O mon Dieu, est-ce qu'il est... est-ce qu'il est mort ?

Elle demanda cela sans y croire, pour être ramenée, comme on demande le plus pour savoir le moins.

— Ne vous troublez point, je vous en conjure... veuillez m'entendre...

— Mais il est donc mort ?...

— Hier, dans la matinée, un commissionnaire...

— Non ! interrompit-elle pour la troisième fois, je n'écouterai rien tant que vous ne m'aurez pas répondu : il est mort !

— Ah ! vous me désespérez !

— Qui donc l'a tué, mon Dieu !.. car un enfant si jeune, venu à bien comme lui, cela ne meurt pas tout seul et tout d'un coup !...

Elle s'affaissa une seconde sur son

siége, des larmes coulèrent le long de ses joues ridées, puis elle mit ses mains sur sa bouche et sembla suffoquer.

— Je ne peux même pas pleurer, fit-elle, ma petite-fille est-là, et il ne faut pas qu'elle soupçonne rien.... Allons, vous l'avez dit, j'aurai du courage pour tous.... mon désespoir me viendra en aide.

Mon pauvre enfant !... Dieu est cruel... C'est moi qu'il devait prendre.... Heureusement, cela ne tardera pas !

— Et qui donc alors protégera celle qui vous reste ?... prononça de sa voix pénétrante Henri Vergnier.

Nous avons montré que Mme Dampier était une grande nature, son fils le président ne tenait son caractère vigoureux que d'elle, seulement, elle n'avait pu lui transmettre aussi son cœur. Ce dernier mot du procureur du roi acheva de l'affermir, autant du moins que c'était possible en ce terrible moment.

Elle exigea de connaître les détails de l'événement, sa tendresse y puisait une poignante satisfaction; cependant, son interlocuteur en amoindrit ingénieusement l'horreur.

— Notre pauvre ami, dit-il, était depuis un certain temps sous l'influence d'idées noires... Savez-vous au juste où cela remonte ?

— Oui. Cela remonte au jour où son père l'a chassé du toit paternel.

M. Vergnier évita d'insister sur cette blessure, et l'aïeule, l'interrogeant à son tour en fixant sur lui son œil pénétrant, revint à la vraie question :

— Vous m'apprenez que mon enfant a été tué... mais vous ne me parlez pas des assassins ?

Le jeune magistrat rappelé ainsi au point critique de la situation, saisit la transition et dit à la septuagénaire :

— C'est ici, madame, que je sollicite votre attention et le concours de votre mémoire et de vos lumières ; c'est pour arriver à la découverte des coupables que j'ai forcé l'entrée de cet asile, et que je crains d'être dans la nécessité de questionner aussi mademoiselle Alice... N'appréhendez rien, je ne le ferai qu'à l'extrémité et avec les ménagements que mon dévouement me suggérera.

Voici qui va probablement nous fournir des lumières.

Il lui tendit la lettre adressée à Alice.

Madame Dampier baisa l'écriture et y laissa tomber une larme, puis, ayant ouvert la lettre de son petit-fils, ses doigts tremblants rompirent le cachet.

Elle voulut lire, mais ses larmes devinrent trop abondantes, elle tendit le papier ouvert à M. Vergnier, qui lut tout haut :

« Ma chère Alice, je me sens si triste et si malheureux, que je ne résiste plus au besoin qui me poursuit depuis plusieurs jours de t'écrire. Cependant, recevras-tu cette lettre! Je la remets au seul et dernier ami en qui j'ai confiance; mais lui-même que pourra-t-il ?

» J'ai l'âme brisée comme si un abîme était sous mes pas; c'est là un pressentiment, j'en suis sûr, quelque chose de terrible plane sur moi. J'ai vu mon père, il y a une heure, et comme notre ange gardien n'était plus entre nous deux, cette fois j'emporte sa malédiction. Je ne l'ai point méritée pourtant, je te le jure. La preuve c'est que ce que j'implorais de lui, je l'attends à présent de toi et de notre chère grand'mère.

« Il s'agit de mon enfant. Un misérable l'a vendu à un homme qui voulait sa mort. Un miracle l'a sauvé. Une main moins cruelle l'a déposé à l'hospice des enfants trouvés le.... entre neuf et dix heures du soir. Avec ce renseignement, il est possible, en acquittant les droits de rigueur, de retrouver exactement sa trace et l'adoption que mon état de minorité m'interdit, grand'mère peut la réaliser.

» Voilà mon vœu, mes bien-aimées. Je vous le lègue comme un naufragé qui se sent couler. Séparé de vous, maudit par mon père, le gouffre m'appelle; à coup sûr j'y perdrais ma raison, mieux vaut qu'il m'engloutisse tout entier.

» Adieu, sœur, adieu, grand'mère, on m'attend et je me laisse entraîner sans même savoir où.

Votre EMMANUEL. »

M. Vergnier espérait trouver dans cette lettre au moins un jalon, et elle ajoutait au contraire au faisceau d'obscurités contre lesquelles il se débattait.

« Je me laisse entraîner, sans même savoir où, » écrivait la victime. Que signifiaient ces mots, était-ce un rendez-vous, un guet-apens; ce dernier paraissait évident, le crime l'indiquait.

Mais quels misérables avaient exercé cette pression? A qui cet enfant doux, mélancolique et timide, portait-il ombrage ?...

Qui pouvait avoir intérêt à commettre sans qu'aucun but fût visible un forfait si grand ?

Ce n'était pas la cupidité, il n'avait rien ; — la jalousie ? Il était patent que, depuis son retour de Tarbes, il n'avait pas revu Adèle Baruelle et n'avait eu aucune autre maîtresse ; — une haine ? Une rancune ? il aurait fallu qu'elle partît d'un motif bien terrible ; et jamais il n'avait eu une querelle.

Toutefois, ce testament était précieux ; au milieu de l'obscurité où il laissait la catastrophe de l'oseraie, il donnait une révélation d'une haute valeur pour des magistrats intelligents, tels que Henri Vergnier et M. Fontaine.

Le sort de l'enfant disparu, Emmanuel l'avait enfin découvert.

Là aussi se dessinait un drame ; mais comment, par qui le jeune Dampier l'avait-il pénétré et pouvait-il en préciser si exactement les points essentiels ?

Ce problème frappa le procureur du roi en même temps que le reste, et il y vit matière à d'importantes investigations. Ce qu'Emmanuel était parvenu à pénétrer il était impossible, lui semblait-il, que la justice, avec ses moyens d'action, ne l'éclairât pas à son tour.

Ce travail se fit rapidement et logiquement dans son esprit, pendant que Mme Dampier, atterrée, se plongeait dans sa douleur, silencieuse comme toutes les grandes et vives douleurs.

Mais dans cette nature élevée, le magistrat n'absorbait pas l'homme, la toge n'étouffait pas le cœur. Sa tâche était multiple, il fallait se consacrer à la vindicte de la loi et consoler cette désolation dont il était l'involontaire auteur.

Là tout près, séparée par une mince cloison, était Alice, Alice dont la main dans un moment décisif avait pressé la sienne ; Alice qu'il aimait uniquement, fidèlement, depuis un temps si long ! Le malheur qui s'abattait sur elle la lui rendait plus chère ; que n'eût-il pas sacrifié pour être frappé et malheureux à sa place !

Ce fut donc vers Alice que se porta sa sollicitude, et il consulta en tremblant l'aïeule sur ce qu'elle allait faire et sur les moyens de le seconder, car, de cacher longtemps à la pauvre enfant un événement de cette gravité, il n'y fallait pas songer.

— Vous me demandez ce que je pense ; ce que je décide ! s'écria la septuagénaire, hélas ! que Dieu nous inspire... moi je n'en sais rien ! Ma présence et mes soins avaient ressuscité ma petite-fille, un pareil événement va me la tuer, voilà tout ce que je vois et peux dire.

— En doutez-vous, vous qui l'aimez... et qu'elle aime ! ajouta-t-elle en baissant la voix.

Il se crut à son tour en proie au vertige.

— Elle... m'aime..., avez-vous dit ?

— Oui, depuis cette dernière entrevue, où vous vous révélâtes à elle sous un jour qu'elle ne connaissait pas, et depuis que je lui ai dit, moi, ce que vous aviez fait en risquant votre position, votre avenir, pour nous réunir.

En tout autre instant, cette révélation inespérée eût provoqué de la part du généreux jeune homme une explosion de bonheur, mais cette fois il pensa moins à sa joie qu'au désespoir de celle qu'il adorait si pieusement.

— Mon Dieu, mon Dieu, s'écria-t-il, que résoudre ? Non, je ne lui porterai jamais ce coup !

En ce moment, et lorsqu'ils y songeaient le moins, une main légère tourna la clé, et Alice entra.

Henri crut voir une apparition.

En vérité, c'en était une. Drapée dans ses blancs vêtements de convalescente, ses cheveux noirs relevés avec abandon, elle n'avait jamais été si belle et si touchante.

A la vue du jeune homme, un imperceptible incarnat monta à son visage que la souffrance avait amaigri sans lui enlever son charme, et elle porta du visiteur à son aïeule ses yeux bruns agrandis, et qui brillaient sous leurs longs cils.

Le mystère avec lequel on était venu chercher Mme Dampier, alors auprès d'elle, le bourdonnement des voix à travers la cloison, la prolongation de cet entretien singulier, plus que tout cela l'inflexion douloureuse qui à plusieurs reprises donnait à la voix de sa grand'mère l'apparence d'un sanglot avaient vaincu ses hésitations.

Elle aussi, elle l'avait prouvé, — elle avait du sang de sa race dans les veines, et reproduisant les vertus de son aïeule elle en avait le cœur et le courage. De son premier regard elle eut un pressentiment.

— Vous nous apportez des nouvelles? dit-elle en montrant la lettre que le jeune homme tenait toujours et qu'à ces mots il tenta vainement de dissimuler.

Et comme ni lui ni madame Dampier, saisis de sa présence, ne répondaient pas :

— De mauvaises nouvelles?... ajouta-t-elle, et elle reprit vivement :

—Quelles sont-elles donc, que vous n'ayez pas osé les donner devant moi, qu'elles exigent ce mystère, que vous soyez si émus, et que toi, grand'mère, tu aies les yeux rouges?

— Moi, mon enfant, par exemple!... voulut dire madame Dampier.

— Mademoiselle, fit M. Vergnier, je vous en supplie, excusez-moi et ne mettez pas en doute.....

—Oh! interrompit-elle avec une ineffable inflexion de douceur et d'anxiété, je connais votre délicatesse et je l'apprécie... grand'mère pourrait vous le dire...

— Elle me l'a dit, mademoiselle, dit-il involontairement, laissant sa bouche devancer la réflexion avec un regard qui complétait ce peu de mots.

— Ah! grand'mère, qu'as-tu fait! s'écria Alice d'un ton de reproche et de confusion exquis, en couvrant son visage de ses mains.

C'était une scène étrange et peut-être sans précédent que ces aveux au milieu de ce deuil, ce rayon de soleil dans cette tempête, rayon fugitif soudain obscurci, car la convalescente reprit :

— Votre présence en ces lieux interdits est à elle seule un événement, Monsieur Henri, — pour la première fois elle le désignait par son petit nom, — et puisqu'il s'agit d'un malheur, je vous remercie d'avoir eu la générosité de venir; c'est dans les épreuves qu'on reconnaît les vrais amis.

Son émotion l'arrêta un instant, et sa sollicitude se portant sur le même objet que sa grand'mère, elle dit en lisant au fond des yeux du visiteur.

— Vous allez me parler d'Emmanuel, n'est-ce pas?... Dieu! cette lettre... n'essayez pas de la cacher... je reconnais son écriture! C'est à moi qu'il écrit?... Ah! donnez... donnez.

Elle s'en empara, la lut d'un trait et arrivée à la dernière ligne, elle s'écria :

— Mon frère est mort !

Sa tête s'en alla en arrière, le papier lui échappa, elle était évanouie,

Un spasme étreignit la poitrine de l'aïeule et du jeune homme; ils la crurent morte aussi.

Cependant, leurs secours intelligents la ranimèrent assez vite. Elle retrouva en même temps sa lucidité, se jeta au cou de sa grand'mère et la tint enlacée dans ses bras, incapable d'articuler une parole.

M. Vergnier suivait cette crise en palpitant, il la sentait décisive, et elle ne fut pas fatale. Les bras d'Alice se détachèrent peu à peu de leur étreinte, elle essuya ses yeux trempés, et s'adressant au jeune homme elle lui dit en détachant chaque mot pour en accentuer la portée :

—M. Henri, mon frère vous avait choisi comme son plus sûr, son unique ami ; nous avons tous deux la même tâche.... n'ayant pu le sauver, vengeons-le.

Je vous ai refusé ma main autrefois... je ne vous connaissais pas, et je vous en demande à présent pardon...

Je vous connais aujourd'hui, et je vous dis : le jour où vous aurez trouvé l'assassin, devant Dieu, venez réclamer cette main, elle est à vous.

L'aïeule pleurait silencieusement; hélas! toutes les vengeances ne lui rendraient pas son enfant.

— Ou je serai le plus malheureux des hommes, ou je vous apporterai le nom de l'infâme, répondit avec exaltation le jeune magistrat, mon amitié, mon amour, mon devoir, tout est là... je sens en moi la certitude du succès.

Il serra précieusement la lettre de la victime, afin d'en conférer avec le juge d'instruction, s'inclina devant l'aïeule, qui ne trouva pas la force de lui dire adieu de la voix, mais qui lui adressa un regard éloquent; il porta à ses lèvres la main qui devenait pour lui le prix de la réussite, et il se retira partagé entre la douleur et l'espérance.

Durant ces divers incidents, la chapelle ardente où reposait, la figure découverte sur sa dernière couche, le corps d'Emmanuel, était devenue le but d'un pèlerinage. Les parents, les amis de la famille Dampier, les collègues du président, chacun voulait lui rendre ce témoignage de sympathie.

Germain, en grand noir, se tenait à la porte de la cour entr'ouverte, recevait dans un plat d'argent les cartes de visite et indiquait la salle basse où était la victime.

On y entrait avec recueillement, on jetait de l'eau bénite, beaucoup de personnes s'agenouillaient et faisaient une prière, et l'on se retirait avec le même respect, après avoir adressé un regard d'adieu à ce jeune et aimable visage, qui paraissait sourire dans le calme de l'éternité.

Le clergé tout entier, l'évêque l'un des premiers, voulut lui donner une bénédiction; les femmes ne furent pas les moins nombreuses et pas une ne s'éloigna sans avoir versé une larme.

Quant au président, on le savait enfermé au fond de son appartement et l'on respectait ce deuil solitaire.

L'absence même de madame et de mademoiselle Dampier ajoutait à cette impression douloureuse; on savait la grand'mère retenue auprès de sa petite-fille malade, et l'on plaignait ce père infortuné, privé de sa mère et de son dernier enfant dans une épreuve si cruelle, et obligé de pleurer et de veiller seul sur la dépouille de son fils égorgé !

VI

Débuts de l'instruction.

Parmi les visiteurs les plus empressés, on remarqua, et l'on eût été étonné du contraire, M. et Mme Mortaigne.

Ils arrivèrent à l'hôtel se donnant le bras, ce qui ne s'était pas vu depuis longtemps, le mari et la femme ne passant pas pour professer une adoration mutuelle bien ardente. Mais les catastrophes amènent de ces rapprochements et celle-ci, en raison de leurs relations intimes avec les Dampier, les atteignait personnellement.

Suivant l'exemple général, ils déposèrent leur carte, et sur l'indication du valet de chambre traversèrent la cour et arrivèrent au vestibule.

D'un côté, quelques marches descendaient à la salle funéraire et de l'autre, s'élevait le grand escalier de l'hôtel.

La maison leur était familière, mieux que personne ils savaient s'y diriger, aussi arrivés là, le conseiller lâcha le bras de sa femme, et lui montrant les degrés d'en bas :

— Allez sans moi, lui dit-il ; je ne me sens vraiment plus le courage de re-

garder ce pauvre enfant, que je n'ai que trop vu déjà, pendant cette atroce scène de l'autopsie. Je vais serrer la main de mon malheureux ami.

Sa physionomie ne démentait pas ses paroles; cet événement l'avait ravagé; et il était naturel que cet homme qui se piquait de philosophie épicurienne, ne se souciât pas d'aller au devant d'une secousse nouvelle.

La conseillère le comprit bien ainsi, mais elle lui rappela que le président était rigoureusement consigné pour tout le monde.

— Oh! je ne suis pas le monde moi ! répondit-il, et comme à sa place je serais soulagé par la présence d'un ami, je veux lui procurer cet allégement, fut-ce malgré lui.

Le couple se partagea donc, la femme pénétra dans la chapelle ardente et le mari, qui n'avait pas besoin de l'aide des domestiques, monta vers le président et se dirigea sans hésiter jusqu'à sa chambre.

Pierre Dampier était assis, tournant le dos à la porte. Au bruit d'une personne entrant au mépris de ses ordres, il eut un mouvement brusque et un murmure de mauvaise humeur aussitôt calmés, il est vrai, par la voix de son intime.

— C'est moi, Pierre, ne vous dérangez pas, j'ai voulu vous voir et vous parler; cela ne vous contrarie point?

Sans attendre la réponse, le conseiller s'assit en face de son ami. Celui-ci n'y mit, de son côté, aucune formalité superflue entre eux :

— Que se passe-t-il? Que dit-on? lui demanda-t-il.

— Il n'y a qu'une voix pour vous plaindre; sans la consigne maintenue militairement par Germain, la ville entière aurait envahi votre hôtel.

— Curiosité !

— Non, en vérité, douleur et intérêt. Cette catastrophe ressemble à un deuil public, il n'y a qu'une voix pour vous plaindre et crier vengeance !

— Vengeance !... répéta le président d'un ton âpre.

— Que fait le parquet, la police? demanda-t-il après une pause pénible.

— Tous sont à l'œuvre. Tantôt, le procureur du roi s'est fait remettre par le président une délégation pour pénétrer aux Carmélites.

— Quel rapport ?... Dans quel but ?

— J'allais vous demander moi-même si vous ne le soupçonniez pas ?

— En conscience, non. C'est pour voir ma fille, ma mère... mais ce ne saurait être dans l'unique intention de leur apprendre l'atroce nouvelle... Je connais ce jeune homme, il est ardent à son devoir, mais il évite les démarches inutiles et celle-ci serait en même temps pénible, car vous n'ignorez pas qu'il aime Alice ?

— Oui... et qu'elle l'a refusé, répondit le conseiller très préoccupé.

— A quoi songez-vous ? dit M. Dampier laissant, comme son ami, un intervalle entre chaque question et chaque réponse.

— A beaucoup de choses et à des choses graves.

— Ainsi toutes ces recherches n'ont rien produit jusqu'ici ?

— Et ne produiront rien.

A cette réplique péremptoire, les deux hommes échangèrent un regard profond comme l'abime qui cachait le drame de la nuit.

Pierre Dampier murmura, poursuivant sans doute le courant d'une pensée intime:

— Qu'est-ce que ce jeune homme espère de cette visite aux Carmélites?

— Je l'ignore comme vous ; peut-être se flatte-t-il d'obtenir de vos dames des renseignements concernant les habitudes, les fréquentations de votre fils, et de trouver un jalon qui le guide dans une affaire où règne une obscurité qui la rend encore plus sinistre.

— Si je le priais de passer jusqu'ici ?

— C'est un désir trop plausible pour qu'il n'y satisfasse pas sur le champ. Cependant, il y a une chose plus pressée encore.

— Laquelle ?

— C'est de rappeler auprès de vous votre mère et votre fille, et si mademoiselle Alice est en état de venir, soyez sûr qu'elle ne balancera pas non plus. Le monde s'étonne déjà et s'inquiète par égard pour vous, de votre isolement.

— Oui, le désastre qui nous frappe efface tout dissentiment intestin. Ah! vous ne dites que trop vrai, cette solitude me pèse comme un poids implacable.

Il traça sur un feuillet quelques lignes, et le tendant au conseiller :

— Chargez-vous de porter cette lettre à la supérieure, et ramenez-moi l'aïeule et la petite fille.

— Bien, j'espère avec des précaution vous les rendre sans préjudice pour leu santé. Il est trop tard aujourd'hui, fit 1 conseiller en consultant la pendule, mai demain, dès le matin, et cela ne vaudr que mieux, la nuit leur aura donné 1 temps de se remettre un peu.

Après un nouvel arrêt, étant sur 1 point de partir et tenant déjà le bouton d la porte, il se retourna vers le présiden et lui dit en espaçant et en soulignant se mots :

— Le procureur du roi est l'homme im portant dans la situation. Je lui croi ainsi que vous une aptitude et des lumiè res supérieures. Certes, vous pourriez lu reprocher de ne pas vous avoir commu niqué une démarche aussi grave que cett invasion d'un cloître par autorité de jus tice, pour entretenir des personnes qu vous tiennent de si près... Je vous con seille pourtant de ne lui témoigner aucu mécontentement.

Je vais beaucoup plus loin : traitez-l avec bienveillance, et pour peu que 1 tour de la conférence y prête, ce que vou amènerez aisément, laissez lui entendr que si sa demande d'autrefois ne vous dé plut pas, vous serez plus disposé que ja mais à l'appuyer aujourd'hui, en recon naissance de la part qu'il prend à votr malheur.

On voit que Daniel Mortaigne, malgr son chagrin, conservait la pleine posses sion de ses idées, et qu'il suppléait a trouble momentané apporté dans l'espri d'ordinaire si large et si lucide de so ami.

On voit aussi que par une coïncidenc étrange, mais dont la marche des événe ments démontrera la logique, à la mêm heure où le besoin de venger son frèr cimentait les fiançailles d'Alice avec Henr Vergnier, le calcul et le raisonnemen poussaient M. Dampier et son ingénieu confident dans la même voie.

— Vous êtes plus profond que vous n'e avez la réputation, mon cher Daniel, ré partit le président dont l'énergie et la pré sence d'esprit reparaissaient; vous saisis sez toujours les questions par le côté l plus large et le plus pratique.

Il ne tiendra pas à moi d'unir la sœu de la victime au magistrat le plus inté ressé à découvrir et à poursuivre les cou pables. Ce sera d'un grand exemple e aussi d'un salutaire effet.

— Vous voyez, conclut le conseiller en laissant apparaître l'ombre de son sourire sarcastique, que je sacrifie l'un de mes moyens de satisfaction contre le bel Agénor, mais il n'est pas pour cela débarrassé de moi, et je ne le perds pas de vue, car je me défie encore plus de sa sottise que de sa vanité.

A peu près vers la fin de cette conférence bizarre mais conforme au caractère et à la position de ses auteurs, il s'en ouvrait une autre dans le cabinet du procureur du roi, entre lui, le juge d'instruction et le chef de la police de sûreté.

En attendant les rapports des agents, qui ne pouvaient pas arriver avant neuf heures du soir, même en y mettant de l'activité, M. Vergnier donna lecture de la lettre d'Emmanuel.

M. Fontaine voulut la relire, et après réflexion formula ainsi son avis :

— Ceci est un document d'une haute importance. Il fait surgir, il est vrai, un nouvel incident, mais en jetant cette complication dans la cause, il ouvre la voie à une éclaircie qui nous conduira peut-être à la lumière complète.

Il en résulte, en effet, que le jeune Dampier était enveloppé dès longtemps dans une intrigue : cet enfant disparu et dont la trace n'a pu jusqu'ici être retrouvée, malgré les recherches de l'autorité, le voici retrouvé, ou peu s'en faut, et c'est une voix qui s'élève de la tombe pour nous donner ce renseignement.

Comment le jeune Dampier est-il parvenu à l'obtenir? Il serait certainement intéressant de le savoir, mais nous y arriverons. Pour l'instant, l'urgence à mon sens est d'utiliser le peu que nous tenons, en envoyant sur-le-champ à l'hospice, et avoir communication du registre des admissions à la date indiquée.

Cet avis fut immédiatement mis à exécution; un employé fut chargé de réclamer du directeur de l'asile le document en question, et il rapporta une feuille constatant que l'individu qui avait déposé un enfant du sexe masculin, dans la soirée du....., avait déclaré se nommer Jean Poudelac, être âgé de dix-huit ans, et exercer la profession de commissionnaire, non médaillé.

Un instant, Henri Vergnier et M. Fontaine craignirent de ne pas tirer le parti espéré de ce renseignement, ce commissionnaire interlope étant évidemment de la race flottante des vagabonds.

Mais M. Pascal, doué d'une prodigieuse mémoire, s'étant recueilli cinq secondes, leur dit :

— Je tiens notre homme; ce nom m'est connu pour figurer chaque fois qu'il y a une bagarre parmi ceux des individus mis au violon. Ce Jean Poudelac est un drôle que ses pareils appellent Bamboche. Il demeure précisément dans cette fameuse impasse Malouet, que nous connaissons de reste. C'est le plus fin et le plus effronté limier des coquins du quartier.

Je l'ai vu ce matin, il était avec la fille de Martin Baruelle sur le chemin de l'oseraie.

Cette fille a été la maîtresse du jeune Dampier, c'est elle qui a eu cet enfant, et vous vous rappelez, messieurs, que dans son délire à l'hôpital elle le réclamait en disant qu'on le lui avait pris ?...

— Tout cela est exact et doit s'enchaîner, fit le juge d'instruction admirant l'ordre avec lequel M. Pascal classait les choses. Les deux affaires, celle de la disparition de l'enfant et l'assassinat de cette nuit se tiennent et les auteurs doivent être les mêmes. N'est-ce pas votre sentiment, messieurs.

Mais ses interlocuteurs ne se hâtèrent pas d'abonder dans son sens.

— A en juger par les apparences, par le peu que nous savons jusqu'ici, dit M. Vergnier, vous seriez dans le vrai, et les misérables acharnés contre la victime auraient poussé les choses à l'extrémité.

Cependant, j'hésite à adopter cette conclusion absolue. Martin Baruelle n'est pas homme à reculer devant un assassinat, mais c'est un scélérat très-subtil et qui ne fait rien sans raison et sans profit. Il a mis la famille Dampier en exploitation en abusant de l'inexpérience du fils, puis de la délicatesse du père; car M. Dampier tient si strictement à l'honneur de son nom, que la divulgation des entraînements d'Emmanuel le préoccupait à l'excès.

Or, à supposer que Baruelle vît avec déplaisir cette exploitation lui échapper, quel avantage aurait-il eu à un assassinat qui ne doit lui rapporter que des périls ?

— Un acte de vengeance, de colère sauvage; n'ayant plus rien à tirer de sa dupe il aura mis le comble à ses scélératesses en s'en débarrassant, peut-être

pour se mettre lui-même à l'abri de sa revanche et de ses révélations.

— Non, intervint M. Pascal sobre de
paroles, Martin Baruelle n'est pas homme
à se livrer à une telle violence sans une
raison bien déterminée, uniquement pour
satisfaire une vendetta.

— Quel motif de vengeance d'ailleurs?
reprit M. Vergnier. Il a rançonné ce jeune
homme et celui-ci ne s'est jamais plaint.
Il est certain en outre qu'il conserve l'acte
qu'il lui avait extorqué et qui, plus ou
moins chèrement, aurait été racheté un
jour quelconque par ce jeune homme.
Quant à craindre quelque chose de lui, je
ne vois que de faibles suppositions et j'a-
voue que j'hésite à adopter, pour le présent du moins, votre avis, mon cher collègue.

— Et moi, dit M. Pascal, je partage les
réserves de M. le procureur du roi.

— Quoi, messieurs, méconnaissez-vous
donc la connexion du premier incident
concernant l'enfant et du second concernant le père? La même main n'est-elle
pas visible dans tout cela?

— J'en ai peur... prononça M. Pascal
d'une voix profonde, mais je vois à la fois
des points de coïncidence et des points de
division.

— Expliquez-vous alors.

— Cela me serait absolument impossible en ce moment. Je ne me comprends
pas moi-même. Je cherche dans les ténèbres... et j'ai peur de trouver ! ajouta
plus bas le chef de la police.

Un huissier suspendit la conférence en
déposant sur le tapis vert de la table autour de laquelle elle avait lieu, une douzaine de paquets, tous de même aspect et
cachetés uniformément de cire brune.

C'étaient les rapports des agents.

Au moment où l'huissier entr'ouvrit la
porte pour se retirer, il se produisit dans
la pièce voisine un certain bruit auquel
se mêla une voix de femme.

M. Henri Vergnier rappela l'huissier :

— Voyez donc ce qui se passe là.

Presque aussitôt cet employé reparut
pour expliquer que, suivant l'ordre de
M. Pascal, un certain nombre d'agents de
la sûreté venaient d'arriver dans la pièce
d'attente, et que deux d'entre eux s'étaient
fait accompagner d'une fille de mauvaise
vie, rencontrée par eux sur la voie publique.

M. Pascal alla donner un coup d'œil par

l'entrebâillement de la porte. Il revi
prendre sa place en disant :

— C'est Grégoire et Bouscat qui am
nent Adèle Baruelle. Ce sont deux malin
ils ont à coup sûr leurs raisons.

— Etes-vous d'avis d'interroger tout
suite cette femme? demanda M. Vergnie

— Non. Il ne peut y avoir aucun inco
vénient à ce qu'elle attende, elle fera
ailleurs plus mauvais emploi de son temp
et puis elle est en compagnie de gaillar
qui confesseraient le diable en personn
si on les mettait une demi-heure en têt
à-tête avec lui.

— Alors, messieurs, procédons à l'ex
men de tous ces rapports.

Le juge d'instruction se chargea de l
ouvrir et de les lire; M. Vergnier pren
des notes; M. Pascal se bornait à écout
mais chaque détail entrait dans son esp
et s'y incrustait.

Ce chef de service était un homme d'u
capacité hors ligne et doué tout exp
pour cette spécialité. Les instructions n
tes et sommaires données à ses subalt
nes le prouvaient, et ceux-ci, quoiq
bien inférieurs sous tous les points
vue, mais choisis par lui avec tact,
vaient faire d'utile besogne.

Ces instructions se bornaient textu
lement à ces deux points :

1° Préciser l'emploi de la soirée pa
jeune Dampier;

2° Les rencontres faites par lui et sui
ses traces aussi avant que possible.

D'autres renseignements également p
cieux allaient arriver plus tard. C'étai
ceux des alliés occultes de la police,
mouchards, pour user du mot consa
faisant eux-mêmes partie des repris
justice et des hommes dangereux. Ces
dividus devaient fournir des notes
agissements de leurs camarades pend
la nuit du crime.

On comprend que ce travail exig
des recherches scabreuses, et ceux qu
livraient jouant leur peau; les notes
question ne pouvaient parvenir à la
lice qu'avec des précautions et des
cuits.

Sur le premier point, les rapports éta
d'accord et n'avaient pas été très-
aisés. Nous savons qu'Emmanuel a
passé sa soirée *coram populo*, d'au
plus aisément entraîné par l'orgie,
n'en avait pas l'habitude.

Les renseignements parlaient de

entourage de jeunes viveurs ; plusieurs citaient des noms divers, mais celui de Gabriel Lautour y revenait jusqu'à trois fois

A cette constatation, M. Vergnier écrivit sur une des fiches où il mettait ses notes : « Appeler le sieur Gabriel Lautour à mon cabinet. »

Un des agents, précisément Bouscat, l'un de ceux qui venait d'arrêter Adèle, remontant jusqu'à l'emploi de la journée, affirmait, étant de service aux alentours du Palais-de-Justice, avoir vu M. Dampier fils en colloque avec un jeune voyou, dont lui, Bouscat, ne s'était pas trouvé à portée de remarquer les traits.

M. Vergnier écrivit sur une seconde fiche : « Exiger l'emploi du temps du nommé Jean Poudelac, dit Bamboche, la veille du crime. »

Les rapports continuaient, unanimes sur les faits essentiels : le tapage des jeunes gens au sortir du punch du café de la Comédie, leurs chants incohérents qui permettaient de suivre leur itinéraire par les rues Saint-Sylvain, Duroc, Bas-Bourg et Chauvelin, jusqu'au carrefour de celle-ci avec les rues Beauregard, Valvert et Chauguigny.

Jusque-là, la plupart des renseignements étaient très concordants, mais à partir de cet endroit, ils déviaient ou devenaient contradictoires, les tapageurs ayant mis alors des sourdines à leurs sarabandes.

Seuls et sans entente préalable, Bouscat et Grégoire parlaient de la rencontre par la bande d'une femme de mœurs suspectes, et d'un échange de mauvais procédés et de mauvais propos entre eux et elle.

C'était la découverte de ce détail qui avait induit ces deux agents à se réunir pour amener Adèle Baruelle au parquet, quoiqu'elle se débattît énergiquement et niât sans sourciller la rencontre.

La malheureuse créature, déjà habituée à trembler au seul nom de police, appréhendait d'être à tout le moins punie pour participation à un tapage nocturne sur la voie publique, et pis, que cela, tracassée, quoique à coup sûr bien innocente, à l'occasion de la mort affreuse de son ancien amant.

VII

Trois juges ; trois avis.

M. Pascal fit entrer les deux agents et ayant échangé avec eux un de ces regards d'intelligence qui dans ce monde remplacent les discours et les noms propres :

— Vous avez bien fait de l'amener, dit-il ; où en êtes-vous ?

— Elle nie tout comme un beau diable.

— Vous êtes sûrs que c'était elle ?

— Comme nous le sommes de vous parler ici en ce moment.

— Alors, votre sentiment ?

— Son père doit être dans l'affaire à cause de ses anciennes accointances avec M. Dampier fils, et il lui a fait la leçon.

— Eh bien, messieurs, je ne le leur fais pas dire ! qu'en pensez-vous ? dit M. Fontaine qui, sans y mettre de passion, n'était cependant pas fâché de ce témoignage conforme à sa propre opinion.

— C'est vrai, dit avec déférence quoique sans se prononcer M. Vergnier, il y a là une coïncidence à noter.

M. Pascal ne souffla mot.

Le procureur du roi écrivit sur une fiche :

« Arrêter le nommé Martin Baruelle et » le mettre au secret ; le traiter avec dou- » ceur. » Il avança cette note sous les yeux du juge d'instruction, qui opina avec empressement de la tête, et il la passa au chef de la sûreté, qui répondit :

— Le plus tôt sera le mieux, ne serait-ce que pour éclaircir l'affaire de l'enfant.

M. Vergnier remplit les blancs d'un des mandats d'arrêt préparés à toute éventualité devant lui, sonna, et le remit à l'huissier en lui disant :

— Cet ordre, à l'instant, au brigadier de service.

Il était près de minuit, le procureur du roi consulta ses collègues.

— Vous êtes très fatigué, cependant n'êtes vous pas d'avis de voir cette fille Baruelle avant de nous séparer ?

— Assurément ; je suis comme vous, mon cher collègue, le devoir me prête des forces ; quant à M. Pascal...

— Oh ! moi, messieurs, je vais toujours, ne vous occupez pas de cela !

On appela Adèle ; il fallut la réveiller, elle était endormie sur sa banquette.

La malheureuse arrivée au comble de la dégradation apparut flétrie, effarée. Sous la crainte constante de la police où elle et ses pareilles sont placées, elle tremblait quoique innocente.

— Fille Adèle Baruelle, lui dit le juge

d'instruction, racontez-nous les détails précis de votre soirée d'hier.

— Mais, messieurs, fit-elle, je ne suis pas coupable !... Dieu du ciel, est-ce que c'est moi qu'on va accuser à présent !... Je n'ai rien fait, messieurs, je le jure, rien fait !

— On ne vous accuse pas, reprit M. Fontaine, sentant le besoin de la rassurer pour lui rendre la netteté de ses souvenirs; vous n'êtes ici que pour porter témoignage et éclairer la justice.

— Témoignage ?... je ne sais rien... Je n'ai rien fait !

Il fallut l'arrêter, elle tournait dans un flot de dénégations et de protestations.

— Voulez-vous me permettre de lui parler, demanda M. Pascal; et sur l'autorisation du juge, il lui dit, en homme qui a l'habitude de son monde :

— Ton père t'a dit, en te quittant, de toujours nier.

— Mais, Monsieur..., balbutia-t-elle.

— C'est un imbécile, et toi aussi. Ces messieurs savent bien que ce n'est pas toi qui as tué le jeune homme.,.

—Dieu du ciel ! moi qui l'ai tant aimé !... oh ! je l'aurais sauvé plutôt.

— Eh bien alors, réponds net : tu étais à onze heures du soir au coin de la rue et du carrefour Chauvelin ; tu as été accostée par un groupe de jeunes gens, et tu as eu avec eux des propos ?

Tu vois que nous savons les choses aussi bien que toi ; si nous te les demandons, c'est par bonté de notre part.

— C'est vrai, j'y étais.

— Quels étaient ces jeunes gens ?

— Je les ai reconnus pour des viveurs que je rencontre souvent à ces heures-là très gais et même un peu ivres, mais je ne pourrais pas les désigner autrement; le seul dont je connusse le nom était Emmanuel.

— Rappelle-toi les propos que vous avez échangés.

— Dame ! je n'oserais pas les répéter.:. Vous savez, quand on s'attrape, on se dit des mots salés... Seulement, ces muscadins ayant très vilaine réputation, j'ai dû dire à Emmanuel qu'il devrait avoir honte de les fréquenter.

Et puis là-dessus, est arrivée une bousculade, nous nous sommes tiraillés, je me suis sauvée, et nous avons tiré chacun séparément.

— A ton idée, par où ont-ils pris ? Fais attention à ne pas mentir ?

— Je jure que je n'en sais pas plus long; j'avais trop peur qu'ils me rejoignent pour revenir de leur côté; c'était au carrefour, il y a cinq ou six rues qui se croisent; peut-être se sont-ils dispersés.

— Est-ce bien là ton opinion ? fit le chef de la sûreté en la questionnant jusqu'au blanc des yeux.

— Dame ! je ne peux pas savoir, moi; peut-être, étant lancés comme cela, sont-ils allés achever leur nuit dans un mauvais endroit.

M. Pascal pensa sans doute aussi n'en pas tirer davantage là-dessus, et le juge d'instruction reprit son interrogatoire.

— Qu'êtes vous devenue alors ?

— Je suis rentrée chez moi, impasse Malouet.

— Avez-vous trouvé quelqu'un ?

— Oui, Monsieur, mon amant.

— C'est-à-dire Bamboche, fit entre parenthèses M. Pascal avec une intention que M. Fontaine saisit.

Et c'était vrai, la malheureuse qui avait eu l'attachement printanier d'Emmanuel en était arrivée aussi vite à prendre pour compagnon de sa vie crapuleuse, le jeune bandit, dressé à l'école de Martin Baruelle.

On va vite et bas quand on roule dans la fange.

— Dans quel but, dit M. Fontaine, suivant ce jalon inattendu, avant de revenir à un autre point habilement entrevu tout à l'heure, — dans quel but, ce garçon, ce Bamboche a-t-il eu dans la matinée d'hier une conversation avec M. Emmanuel Dampier ?

Un embarras mal déguisé sous un étonnement factice, frappa l'attention des interrogateurs.

Adèle répondit, revenant au système recommandé par son père :

— Je ne sais pas... il ne m'en a pas parlé ; je ne comprends pas.

— Bamboche ne serait-il pas allé de votre part trouver ce jeune homme? dit le juge la poursuivant sans s'inquiéter de ses réticences.

— Pourquoi faire, Monsieur ?

Une inspiration vint à M. Fontaine, fermement convaincu de la culpabilité de l'ancien forçat.

— Hé mais, par exemple, pour lui donner un rendez-vous, pour l'attirer dans le guet-apens où il est tombé ?

— Oh! non, monsieur, non, je jure que

ce n'était pas cela! s'écria-t-elle emportée par l'effroi d'une pareille accusation.

— Alors, c'était pour autre chose... et vous allez nous dire pourquoi?

— Je ne sais pas... je vous jure... la langue m'a fourché...

— Voyons, ma fille, parle donc, intervint M. Pascal; tu vois bien que ces messieurs ne te veulent pas de mal; mais dame! si tu essaies de mentir, gare à toi!

— Eh bien, répondit-elle, en baissant les yeux, c'était pour lui demander de l'argent.

— Bon? il n'y a pas de mal à ça, ma fille! Ça arrive tous les jours, on a eu un jeune homme riche, on lui tire une méchante carotte de temps en temps, ce n'est pas le diable. Mais pour lui tirer celle-là, comment t'y es-tu prise, car enfin tu n'es pas une bête!

La pauvre fille enlacée dans ce labyrinthe spécieux, perdait la force de son attitude négative qu'elle avait laissé entamer et s'en allait à la dérive.

— J'ai dit à Bamboche de lui parler de notre enfant.

Le visage des trois interrogateurs demeura impassible, mais ce mot, le plus important qui eût été prononcé, révélait comment le secret du dépôt à l'hospice était parvenu à Emmanuel, et prouvait que Bamboche en relevant l'enfant sous le porche de la chapelle des marins connaissait le trafic dont il avait été l'objet.

C'était une affaire importante à régler avec le jeune bohème et avec Baruelle.

M. Fontaine évita d'appuyer, ménageant adroitement ces filons; il revint à l'objet volontairement écarté au début :

— Alors, fit-il *ex-abrupto*, quand vous êtes rentrée chez vous, votre père était absent?

— Mais... mais... dit-elle interloquée.

— Vous venez de nous expliquer que vous n'avez trouvé que votre amant?

— C'est vrai, j'ai trouvé Bamboche, mais je n'ai pas dit... mon père y était aussi.

— Prends garde, ma fille, intervint de nouveau le chef de la sûreté; si tu te mets à mentir, tu n'en sortiras pas.

Ton père n'était pas chez toi et n'est rentré qu'au matin, voilà le fait.

Ici encore, M. Fontaine la laissa balbutier des dénégations tardives et reprit :

— Comment avez-vous su l'assassinat?

— Comme tout le monde, par le bruit de la ville.

— Votre père le connaissait-il en rentrant?

Elle sentit le piége cette fois et dit avec assez d'assurance :

— Puisqu'il a couché dans son cabinet, comment l'aurait-il su?

M. Fontaine continua en la pressant :

— Expliquez-moi votre présence au bras de votre amant actuel sur la route de l'oseraie, au moment de la descente de la justice?

— Comme tout le monde, ayant appris l'événement, j'ai souhaité visiter l'endroit.

— Au risque de vous croiser avec les restes de la victime?

— J'étais très affligée et il y avait bien plus de chagrin que de curiosité dans ma démarche... Ce pauvre Emmanuel! ajouta-t-elle tout bas en soupirant.

Cette malheureuse créature offrait un amalgame de bons et de mauvais instincts, dans lesquels elle ne se reconnaissait pas elle-même.

— Et votre père, était-ce aussi par tendresse pour la victime qu'il était aux premiers rangs?

— C'était du moins à coup sûr par curiosité, et il n'est pas plus coupable pour cela que toute la ville qui a fait de même.

— Allons, je vois que votre mémoire n'est pas encore bien sûre; on va vous loger dans un endroit tranquille où vous réfléchirez, et tantôt vous saurez nous dire au juste à quelle heure votre père est rentré après avoir passé la nuit dehors.

— Vous allez me mettre en prison?

— Non, on va se gêner, ma biche, fit ironiquement le chef de la sûreté.

— Mais vous voyez bien que je suis innocente, que je n'ai rien vu, que je ne sais rien.... O mon Dieu! mon Dieu!...

— Puisqu'on te dit que c'est uniquement histoire de réfléchir. Allons, pas de giries, ma fille, il fera jour tantôt, çà éclaircira tes idées.

M. Pascal appela, les deux agents qui avaient amené Adèle la reprirent et on la consigna dans une cellule isolée de la Conciergerie, attenante, comme il a été dit, au palais.

Nos trois personnages allaient enfin lever la séance, quand le cabinet s'entr'ouvrit avec précaution, une tête moustachue se montra, c'était celle du brigadier auquel on avait remis le mandat concernant Baruelle.

— C'est fait, messieurs, dit-il, l'oiseau est en cage.

On l'invita à entrer et à donner des détails. Le brave militaire était heureusement peu prolixe.

— Ça s'est absolument passé en douceur, continua-t-il. Un agneau! Il était tout habillé sur son lit.

— Bonsoir, messieurs, nous a-t-il dit, en manière de goguenarder; vous voyez, je vous attendais.

— Dans ce cas, vous allez nous suivre tout de suite.

— Comment donc, et même avec plaisir.

— Vous savez ce qu'on vous veut!

— Je le présuppose. On croit que ma fille ayant eu des amitiés avec le petit Dampier, je peux fournir des clartés à ces messieurs de la justice. Malheureusement, j'en suis bien incapable, n'ayant rien vu et n'ayant pas dégrisé depuis quarante-huit heures.

Tout en causant, nous étions descendus, et il marchait au milieu de nous dans la rue.

— Vous avez l'air de prendre ça gaîment, que je lui ai dit; ça pourrait bien ne pas être si drôle que vous le présupposez.

— Satané brigadier, a-t-il riposté, vous me feriez rire si je n'avais pas regret à ce pauvre petit diable.

Nous avons marché un bout sans parler, et il a dit encore, autant comme s'il parlait à lui-même qu'à nous:

— Diable m'emporte, si l'on m'embête, il y en aura de plus attrapés que moi.

Nous en avons conclu qu'il avait des complices, mais, à partir de là, il n'y a plus eu moyen de lui faire desserrer les dents. Il s'est acharné à fumer sa pipe qu'on lui a laissée, rapport à la recommandation de ne pas le brusquer, et nous venons de le faire écrouer sous nos yeux dans une des chambres de sûreté de la geôle.

Les magistrats ne crurent pas nécessaire de procéder sur le champ à l'interrogatoire de ce coquin: rendez-vous fut convenu pour une seconde réunion dans la matinée.

Malgré leur zèle, ils avaient tous besoin de repos, et la journée menaçait de n'être pas moins rude, indépendamment de l'obligation d'assister à l'inhumation du jeune Dampier.

— Vous y serez? demanda le juge d'instruction à M. Pascal.

— D'autant plus, répondit-il, que c'est un fait établi, que, sur dix assassinats ténébreux, il y en a huit dont les auteurs assistent aux obsèques de la victime.

En résumé, après cette instruction laborieuse: M. Fontaine était persuadé de la culpabilité de Martin Baruelle; M. Pascal n'y croyait pas, et M. Henri Vergnier flottait entre les deux.

Ces trois intelligents collaborateurs voués à cette information préliminaire, devaient tenir leur réunion avant la cérémonie funèbre fixée pour onze heures.

Dès sept heures du matin, le valet de chambre de M. Dampier se présenta chez M. Vergnier, déjà levé et occupé à classer ses notes.

Germain lui apportait un billet de son maître.

Le jeune magistrat ne l'ouvrit qu'avec une certaine hésitation.

Bien qu'ayant agi dans la limite et la faculté de ses attributions, il appréhendait que le président ne fût froissé de ce qu'il n'eût pas pris son avis.

Dès la première ligne, il se rassura.

M. Dampier lui exprimait sa reconnaissance pour son activité et son zèle, et l'informait qu'il espérait, avant la fin de la journée, voir Mme Dampier et Mlle Alice réinstallées à l'hôtel.

C'était là, ajoutait-il, que M. Vergnier serait sûr de les rencontrer en toute facilité, non-seulement en qualité de magistrat, mais surtout à titre d'ami.

Le jeune homme touché de ces avances, venant d'un homme tel que M. Dampier, et y voyant avec raison l'aplanissement de la seule difficulté qu'il appréhendait à la réalisation de son vœu le plus cher, répondit par quelques mots chaleureux et pleins de cœur.

Il expliquait la spontanéité de sa démarche de la veille, par l'isolement rigoureux où le président s'était confiné, il lui annonçait qu'il irait, dès son premier instant de liberté, lui présenter ses devoirs.

Alice n'était certes pas revenue à son état normal, quoique la présence et les soins de sa grand'mère, en mettant fin à la séquestration où elle se consumait, lui eussent, bien à temps, rendu la vie.

Le coup dont elle venait d'être atteinte,

ne devait pas contribuer à hâter cette résurrection. Mais, soutenue par le double stimulant d'échapper à sa prison nostalgique et de s'associer à l'action de la justice contre les meurtriers de son frère, elle se trouvait assez solide pour supporter le transport des Carmélites à l'hôtel paternel.

Sans lui communiquer ce détail, on était convenu de ne la ramener qu'après l'enterrement et quand toute trace du lugubre séjour de la victime aurait été effacée.

M. Mortaigne, chargé de la négociation, n'avait pas omis d'insister auprès des deux dames sur le dévouement de M. Henri et sur les bonnes dispositions du président à l'égard de ce dernier.

Cet homme jovial cachait l'étoffe d'un fin diplomate.

Ce n'est pas nuire à notre héroïne dans l'esprit de nos lectrices, de leur confier que cette affirmation concernant l'ami de son frère, augmenta le désir qu'elle éprouvait de fuir les murs de son austère prison, et de rentrer sous le toit paternel, où, du moins, l'attendait une liberté relative.

Avant de procéder à une instruction définitive et officielle, celle où le greffier enregistre les demandes et les réponses, M. Vergnier et M. Fontaine, d'accord avec le chef de leur juridiction, c'est-à-dire le président de première instance, voulaient s'éclairer eux-mêmes et s'entendre sur les arrestations à opérer ou à maintenir, et sur les recherches et perquisitions complémentaires de l'enquête commencée dans le cabaret du chemin de l'Oseraie.

Durant leurs cinq à six heures de répit, ils avaient beaucoup plus réfléchi que reposé, sans avancer l'état de cette inextricable affaire.

Les rapports des *mouches* de M. Pascal sur les agissements des individus déclassés de la ville ne donnèrent pas les résultats espérés. Ils ne contenaient rien qui se rattachât au crime.

Les trois informateurs se trouvant réunis à l'heure précise, on pensa utile de commencer la séance par la comparution de Gabriel Lautour.

On trouva aussitôt ce jeune homme dans les bureaux du greffe, où l'avoué, son patron, l'avait envoyé relever copie de divers actes.

Il parut très surpris de cet appel, n'ayant

malheureusement, affirma-t-il avec infiniment d'assurance, aucun moyen d'aider la justice, lui qui pleurait encore son infortuné camarade.

Il expliqua, en s'excusant humblement, qu'en effet, il avait pris, avec Emmanuel, dans la soirée du 10 octobre, un café un peu prolongé, et que leur raison s'en ressentait en sortant, mais ce moment de gaieté bruyante s'était dissipé au grand air.

Une fois au carrefour Chauvelin, on s'était séparés avec trop de précipitation pour s'inquiéter du chemin que chacun prenait, craignant que les cris de la fille Baruelle n'attirassent les agents de police.

VIII

Où intervient le conseiller Mortaigne

Cette fable mêlée de vérités fut débitée avec une telle apparence de sincérité, et présentait un tel cachet de vraisemblance que tout le monde devait y être pris.

Cependant M. Fontaine lança une question d'apparence bien inoffensive et qui fût venue d'elle-même à tout le monde.

— Ainsi, à partir de ce moment, vous n'avez pas revu Emmanuel Dampier ?

Les traits du témoin se couvrirent d'une émotion douloureuse et il répondit d'un accent où l'on sentait des larmes :

— Non, Monsieur, je ne l'ai revu que mort, dans la chapelle ardente de l'hôtel Dampier.

A tout hasard, machinalement, pour suivre les formules du questionnaire banal, le juge d'instruction poursuivit :

— Quand vous vous êtes séparé d'Emmanuel Dampier, au carrefour, quelle direction avez-vous prise, vous ?

— La rue Saint-Sylvain.

— Cette rue conduit-elle à celle où vous-même demeurez ?

— Oui, monsieur moyennant un léger détour, mais je n'avais pas le choix.

— Alors vous êtes rentré chez vous et vous y avez achevé la nuit ?

L'œil du juge instructeur regarda tout à la fois le témoin et l'un des rapports provenant des agents de la sûreté.

Aucun des trois interrogateurs ne manifesta d'ailleurs la plus légère impression indiquant l'intérêt de cette demande.

Gabriel Lautour répondit de son côté avec une tranquillité parfaite :

— Je suis rentré chez moi, mais je n'y ai pas couché.

Le rapport constatait précisément ce dernier point; le clerc d'avoué s'en était douté et avait sa leçon prête.

Le juge demanda encore du même ton de simplicité :

— Pouvez-vous nous indiquer l'emploi de votre temps ?

— Oh ! parfaitement, monsieur. Je n'ai fait que monter à ma chambre prendre ma serviette d'avocat où se trouvaient des papiers, et je me suis rendu chez M. le conseiller Mortaigne, qui m'attendait pour me dicter un rapport pressé et très étendu.

— Faites attention à ce que vous dites, il nous est aisé d'appeler l'honorable personne que vous mettez en cause.

— Aussi, pour peu que vous ayez des doutes, vous prierai-je de vouloir bien l'interroger, il est impossible que M. le conseiller ne confirme pas ma déposition.

— Ce travail chez M. Mortaigne vous a donc pris toute la nuit ?

— A peine avons-nous pu l'achever. J'étais fort en retard, m'étant oublié comme vous savez, ce rapport était très long ainsi que j'ai eu l'honneur de vous le dire; M. le conseiller Mortaigne était furieux de mon inexactitude ; enfin, nous n'avons terminé qu'au jour.

— Un rapport constate en effet que c'est au jour que vous êtes rentré chez vous. Mais nous allons prier M. Mortaigne de vouloir bien passer jusqu'ici.

— C'est d'autant plus aisé, dit le clerc d'avoué conservant son assurance, que je l'ai vu entrer au greffe il y a une demi-heure et qu'il doit s'y trouver encore.

C'était vrai, et sur un mot respectueux de M. Henri Vergnier, qui s'excusait par la gravité des circonstances de déranger M. le conseiller, M. Mortaigne ne tarda pas à être introduit.

Il se ressentait comme chacun de la situation, — dans une couple d'heures on allait enterrer le fils de son meilleur ami et déjà il était en tenue de deuil.

Néanmoins, il montra aussi bon visage que possible et adressa en particulier un signe affectueux au clerc d'avoué, dont la calligraphie soignée, était en effet recherchée au palais, quoi qu'il se signalât beaucoup moins par son zèle au travail.

— Messieurs, demanda M. Mortaigne aux instructeurs, en quoi puis-je vous servir ?

— Il s'agit d'un simple renseignement, dit le procureur du roi. Pouvez-vous nous indiquer où ce jeune homme a passé la nuit du dix au onze ?

— Certainement et aisément, car il l'a passée chez moi, à écrire sous ma dictée, et Dieu sait si j'étais content de lui; il est arrivé en retard de plus de deux heures, qu'il a employées le diable sait où et à quoi !

Cette déclaration fut articulée couramment, le plus naturellement qu'il se puisse imaginer.

Nous n'avons pas la prétention de la justifier auprès du lecteur qui en éprouvera évidemment quelque surprise, ayant suivi avec nous Emmanuel et son mauvais génie à chacune des étapes de cette nuit néfaste,

Tout ce qu'il nous est permis de supposer, c'est que le conseiller ayant de l'affection pour Gabriel Lautour, et le sentant dans un mauvais cas, voulait l'en tirer, même au prix d'un mensonge complaisant.

Il y réussit; devant un alibi établi par une telle autorité, on remercia le haut magistrat de son concours, et l'on renvoya le clerc d'avoué à ses dossiers.

— Encore un élément qui nous échappe, murmura M. Vergnier.

— C'est décidément une cause ténébreuse ! Qu'en pensez-vous, monsieur Pascal ! demanda le juge d'instruction au chef de la sûreté.

Celui-ci n'avait pas encore prononcé une parole. Il secoua la tête, en homme qui poursuit une combinaison rebelle et murmura :

— Je ne pense rien, messieurs.

— Oh ! vous avez bien un avis ? Que diantre, aidez-nous un peu !

— Mon avis est exactement le même qu'hier soir; c'est que nous faisons fausse route et que nous avons affaire à des coquins qui nous échapperont si nous nous obstinons à nous traîner dans l'ornière des instructions vulgaires.

— Oh ! oh ! fit M. Fontaine, ancré dans son idée fixe, quand nous aurons bien retourné Martin Baruelle, nous ne serons peut-être pas si dévoyés que vous le croyez !

Un huissier apporta en ce moment un bout de papier; c'était l'agent Dumaine, annonçant qu'il venait d'arrêter Jean

Poudelac, dit Bamboche, et de le consigner à la Conciergerie.

On décida de remettre sa comparution et celle de Baruelle à l'après-midi, et M. Pascal se chargea d'opérer lui tout seul, d'ici là, une fouille dans le bouge de l'impasse Malouet, dont tous les hôtes étaient en lieu sûr.

L'enterrement du jeune Dampier prenait, durant toutes ces formalités, le caractère d'une émotion publique. Dès l'aube, les journaux de la ville, s'emparant des détails connus, y ajoutant les rumeurs exagérées de la population, groupaient, en s'abritant sous des réserves timides, les hypothèses les plus énormes. Ils concluaient nécessairement en gourmandant l'autorité et la justice de leur prétendue inaction et de leur impuissance.

Il nous suffirait d'emprunter des passages aux articles qui parurent ce matin-là et les jours suivants, pour montrer la modération du récit que nous faisons à cette place. Mais citer ces textes, autant vaudrait tout de suite écrire en toutes lettres les noms propres que nous avons pris soin de dénaturer. D'ailleurs, rien n'est plus aisé au lecteur que d'en prendre intégralement connaissance dans les journaux mêmes à la bibliothèque nationale.

Afin de ne pas fatiguer la bienveillance de nos lectrices en prolongeant outre mesure les péripéties de l'enquête criminelle, dont l'intérêt exceptionnel justifie toutefois notre insistance, nous allons en finir avec ces interrogatoires préalables.

A la reprise de la conférence, M. Pascal apporta le fameux acte extorqué naguère à Emmanuel, portant promesse d'épouser Adèle Baruelle et reconnaissance de l'enfant à naître d'elle.

Ce papier échappé aux précédentes perquisitions, était caché entre le tain d'une glace et le châssis du fond.

Le chef de la sûreté avait suspecté ce miroir, en le voyant pendu de travers, par suite de la précipitation de Martin Baruelle au moment d'être arrêté.

M. Fontaine se crut assez armé par ce document pour appeler le greffier et procéder à un interrogatoire en règle du coupable présumé.

Il est incontestable que cet acte corroborait l'opinion que Baruelle seul avait des motifs de haine contre ce jeune homme aimé de tout le monde et inoffensif. Emmanuel, éclairé par les leçons de son père, reniait un engagement extorqué le pistolet sous la gorge. Or, la déduction logique était que le bandit qui avait failli l'assassiner pour obtenir cet acte, l'avait réellement tué, dans la rage de le voir en refuser l'exécution.

A cela, certes, il n'y avait pas grand'-chose à objecter.

M. Pascal fut forcé d'en convenir; mais c'était un entêté qui ne se rendait pas aisément.

— Je concède tout cela, dit-il, et vos déductions sont irréprochables; mais ici je vous pose à mon tour une question : — Comment expliquez-vous l'état où le corps a été trouvé? Admettez-vous qu'un homme seul ait suffi aux précautions prodigieuses qui ont été prises, au raffinement du lavage des moindres traces de sang, enfin au transport et au dépôt dans un lieu éloigné de toute habitation, où de sa vie peut-être la victime n'a mis le pied? et tout cela au cœur de la nuit?

— Je reconnais que l'objection a du sérieux, répondait le juge; mais je ne vois pas qu'elle innocente Baruelle, tout au plus démontrerait-elle qu'il a des complices, et c'est en effet ce qu'indiquent les paroles qu'il a laissé échapper quand on l'a arrêté.

— Quant à une complicité, dit M. Vergnier, dès le premier instant, il a été évident pour moi que le crime n'a pas été commis par un individu isolé.

IX

Singulière remarque de M. Pascal.

Il y eut quelques minutes de recueillement employées par chacun à peser les derniers arguments soulevés et l'existence plus qu'établie d'une complicité.

— Nous sommes d'accord là-dessus, reprit le chef de la sûreté; mais poursuivant le système de M. le juge d'instruction inculpant Martin Baruelle, je lui demanderai, d'après l'avis des médecins et ayant vu la blessure nous-mêmes, comment il explique que Baruelle ait pu la faire avec cette dextérité, cette précision, et sans que la victime, qui aurait dû se débattre, lutter d'une façon quelconque, n'offre pas la marque d'une égratignure?

— J'avoue, dit M. Fontaine, que c'est là un des points qui me préoccupent et m'é-

chappent; espérons que l'éclaircissement viendra; quant à la forme et à la
nature de la blessure, Baruelle est un habitué du bagne, et vous savez aussi bien
que moi que ces misérables apprennent là
tous les arts dangereux et y acquièrent
une prodigieuse adresse de main.

M. Vergnier abonda dans ce sens, quoique faisant *in petto* des réserves sur l'ensemble de cet échafaudage.

M. Pascal rentra dans son rôle d'observateur muet, ne voulant pas en définitive
entraver un système auquel il n'avait aucun argument matériel à opposer.

Ce fut alors qu'on introduisit Martin
Baruelle.

Le bandit de l'impasse Malouet ne témoigna aucun trouble en comparaissant
devant la table à tapis vert, où se tenaient
les deux magistrats, le chef de la sûreté,
et au bout de droite le greffier avec ses
ustensiles.

Les deux gendarmes qui l'avaient ex-
trait de sa cellule restèrent debout, contre
la porte, et cet appareil donnait au cabinet du procureur du roi une ressemblance
avec un tribunal; mais Martin Baruelle
l'ex-forçat connaissait tout cela et ne se
démontait pas pour si peu.

Prenant tout de suite les choses par le
vif, M. Fontaine lui dit :

— Il est acquis, par le témoignage de
votre propre fille que vous n'avez pas
couché chez vous la nuit du 10.

— Cette petite bête! fit le coquin en
haussant les épaules, où veut-elle donc
que je l'aie passée, je vous le demande!

— C'est ce que vous allez nous dire.

— Eh bien, mes juges, je ne veux pas
vous faire aller, vous êtes des hommes
respectables, je vous connais; je ne pren-
drai pas la peine de mentir : la nuit du
10?... c'était il y a trois jours?... Diable
m'emporte si je m'en souviens; j'ai déjà
eu l'honneur de dire au brigadier que je
m'étais mis en bordée, je n'ai pas *de-
saoulé* pendant quarante-huit heures.

— Il est fâcheux pour vous que vous ne
puissiez pas préciser, car vous êtes accusé de participation à l'assassinat commis cette même nuit.

— Elle est bonne celle-là!... Comme ça,
c'est moi qui passerais pour avoir tué M.
Manuel?

M. Fontaine l'ayant engagé sévèrement
à plus de convenance dans sa tenue et dans
ses expressions, reprit :

— Si vous êtes innocent, comment expliquez-vous vos paroles quand on vous a
arrêté? Comment avez-vous pu dire que
vous vous attendiez à cette mesure?

— Il ne fallait pas être sorcier pour deviner que le petit Dampier ayant été trouvé mort, et sa famille m'en voulant particulièrement à cause de ce qu'il avait été
avec ma fille, on chercherait à me faire
des misères. En voilà des gens qui nous
ont porté malechance!

— Expliquez-vous aussi facilement ces
autres paroles : « Si l'on me tracasse, il y
en aura de plus attrapés que moi. »

— Peuh! en vérité, mon juge, vous at-
tachez de l'importance à ça?

— Répondez, de qui vouliez-vous parler? Vous aviez donc quelque chose sur la
conscience, vous vous sentiez susceptible
d'encourir une peine, et vous déclariez
clairement par ces mots que vous n'aviez
pas seul trempé dans le crime.

— Minute! vous allez, vous allez!....
Diable m'emporte si je me rappelle un
traître mot de tout ce grimoire. C'est possible pourtant, c'est une chose qui se dit
par manière de parler. Gage que vous
n'avez pas un arrêté sur dix qui y manque? Ça fait bien dans le paysage, et ça
donne du tintoin à la rousse, sauf vot'respect, m'sieu Pascal.

— Ainsi, vous niez absolument toute
participation dans le crime?

— Si je nie, saperlipopette que oui, que
je nie tout et tout! D'ailleurs, pourquoi
lui aurais-je fait de la peine au petit Dampier ?

— C'est justement ce que j'allais vous
demander.

M. Fontaine fouilla, en faisant cette réponse, dans sa serviette, et présenta un
papier au cynique drôle.

— Tiens, fit celui-ci, n'en croyant pas
ses yeux; la déclaration?... Vous avez la
déclaration?... Ah! c'est fort... Bon! se reprit-il, en s'adressant au chef de la sûreté, je devine, c'est vous qui l'avez dé-
terrée! Ah! vous pouvez vous vanter
d'être un malin!

Eh bien, en définitive, qu'est-ce que
cela prouve? Chacun est maître de serrer
ses papiers de famille où il lui plaît.

— N'avez-vous pas voulu vendre ce papier à madame Dampier mère, moyennant
une somme exorbitante? continua l'interrogateur.

— C'est vrai; mais, paraît que l'affaire

ne s'est pas arrangée. Je ne vois pas le rapport avec le malheur du jeune homme?

—Je vais vous le montrer. Lorsque vous attirâtes madame Dampier chez vous, pour lui proposer ce marché, n'ajoutâtes-vous pas certaines menaces?

— Pas le moindre souvenir; la chère dame était très émotionnée, je crois qu'elle n'avait pas toute sa tête, elle se sera fait des imaginations; à ces âges-là, ça arrive. Elle est très vieille cette bonne femme... respectable d'ailleurs !

— Vous lui avez enjoint d'avoir à s'exécuter dans un délai de trois jours au plus tard, en doublant la somme du premier au dernier, faute de quoi il arriverait malheur à son petit fils.

— Voilà des mois de cela, et vous voyez bien qu'il ne lui a été rien fait, sauf la fin finale, qui n'a aucun rapport avec tout ça, je me tue de vous le répéter.

— Vous ajoutâtes, car vous parlez beaucoup quand vous y mettez, — que vous aviez à votre discrétion une bande d'individus, repris de justice et en surveillance comme vous, à qui vous n'auriez qu'un signe à faire pour obtenir tout ce que vous souhaiteriez.

— Tout ça des frimes pour la faire financer, la chère femme.

— Ces individus ne seraient-ils point les complices indiqués par vos premières paroles au brigadier?

— Minute! comme vous arrangez ça... Mais, mon juge, à vous entendre, c'est qu'on croirait que c'est arrivé! Je proteste! Ce n'est pas tout de dire à un homme : c'est vous qui avez tué le petit Dampier. Il faut des preuves. Ah mais! ah mais!...

— Il me semble que la justice n'en manque pas : votre disparition durant la nuit du crime; vos menaces à Mme Dampier; vos aveux au brigadier.

— Vous appelez ça des preuves? C'est rien du tout, et la vraie preuve c'est que ce n'est pas moi qui ai fait le coup, c'est que si je l'avais fait, je ne serais pas aussi tranquille, probablement.

D'abord, je demande un avocat, le même qui m'a défendu dans ma dernière affaire; c'est un homme qui a un crachoir de première classe....

— Assez. Vous allez retourner à la conciergerie, et je vous engage à entrer dans une autre voie, si vous voulez mériter l'indulgence.

Les gendarmes le reprirent et il descendit à la prison, où il se laissa réintégrer sans difficultés, avec une placidité parfaite, marchant entre ses deux gardiens, les mains enfoncées dans sa vareuse, et persévérant dans son attitude ironique.

— Allons, allons, fit-il en clignant de l'œil, ce n'est pas Martin qui aidera aux *curieux* à faire leur métier.

Les magistrats instructeurs avaient évité avec intention d'évoquer dans ce premier interrogatoire l'incident de l'enfant vendu et abandonné.

Mais ayant appelé Bamboche, dont l'alibi et la non participation à l'assassinat étaient acquis, ce fut sur cet incident qu'on le questionna.

Ce drôle était à bonne école, il savait le prix du silence et le pratiquait déjà mieux que son maître.

Il fut impossible de rien en tirer, en dehors de la répétition textuelle de ses déclarations consignées sur le registre de l'hospice, lors du dépôt de l'enfant.

On eut beau lui démontrer que ce système n'était pas soutenable, que le jeune Dampier n'avait pas pu deviner le trafic dont l'enfant avait été l'objet et indiquer sans renseignements d'une manière si précise l'heure de sa remise à la sœur hospitalière de service au guichet.

Il se borna à répondre qu'il ne pouvait rien expliquer, ne sachant rien; — si M. Manuel avait été instruit c'était évidemment par un autre.

On le tourna dans tous les sens; il ne répondit plus que par monosyllabes : Oui, non, je ne sais pas.

Evidemment, il mentait, et pour opérer une pression sur lui on le mit au pain et à l'eau, dans la cellule des condamnés à mort. C'est la façon moderne et humanitaire d'appliquer la question.

On fit comparaître ensuite Adèle, pour la seconde fois, afin de garder note de ses paroles.

On en obtint encore moins que la veille; elle s'était remise de sa première émotion, et s'obstina étroitement dans le silence ou dans des protestations de son innocence et de son ignorance.

D'autre part, les agents n'apportaient aucun élément nouveau; il fallait aviser, sous peine de voir l'enquête avorter faute de preuves et de témoignages.

Les instructeurs, fort en peine, se consultaient sur ce sujet, lorsqu'on apporta une lettre à M. Vergnier.

Elle était, comme celle de la nuit, du président Dampier, à qui le procureur du roi avait rendu dans la matinée une rapide visite de condoléance, dérangée par d'autres magistats venus dans le même but.

M. Dampier lui exprimait le regret de n'avoir pu s'entretenir plus intimement avec lui et le désir de le revoir.

M. Vergnier ordonna de faire entrer le commissionnaire pour lui remettre sa réponse.

C'était justement le fidèle Germain, connu de tous les assistants, et naturellement on fut porté à causer avec lui.

— M. le président est très sombre et très affecté, dit-il. Ah! il y a de quoi! Il y a de quoi!... Il est tracassé surtout de savoir si vous avancez, si vos recherches réussissent, et c'est bien concevable, n'est-ce pas, messieurs; un homme comme M. le président voudrait déjà que la justice eût une éclatante satisfaction!

C'est bien sûr de tout cela qu'il désire vous causer. Dame! on parle en ville d'une quantité d'arrestations, et vous avez peut-être déjà fait des découvertes de conséquence?

— Nous cherchons, mon brave Germain, et jusqu'ici nous ne trouvons pas ce que nous voudrions. Mais, vous-même, ne pouvez-vous nous fournir aucun indice utile? Connaissez-vous des ennemis à la famille de vos maîtres?

— Oh! moi, je l'ai dit tout de suite, et on ne me l'ôtera pas de l'idée, un homme méritant comme M. le président a nécessairement contre lui les gueux qu'il a passé sa vie à condamner, et tout ça doit s'enchaîner avec la tentative d'envahissement de l'hôtel, qui n'a pas pu être tirée au clair.

M. Pascal se redressa sur sa chaise et témoigna d'une attention particulière, à cette ouverture d'une idée si naturelle que ni lui ni personne n'avait eue jusque-là.

Cependant, on se souvient de l'insuccés de l'autorité, qui aurait accusé Germain d'hallucination, n'eût été la pièce à conviction demeurée en son pouvoir, sous forme d'une lanterne sourde.

— Pensez-vous, continua M. Fontaine, que la domestique Marianne soit à même de nous donner des indications.

— Marianne! hélas! la pauvre chère fille ne fait que gémir, se lamenter..., c'est vrai, il y a bien de quoi!

— M. le président n'était-il pas un peu sévère pour son fils?

— C'est exact; mais dame! un homme comme lui, voyez-vous, messieurs, ça a toujours ses raisons, et la preuve, si notre pauvre monsieur Manuel n'eût pas été avec du mauvais monde, nous l'aurions encore!

M. Henri Vergnier écrivit en réponse au président un mot lui annonçant sa visite pour la soirée et congédia Germain.

Au moment où celui-ci se retirait, M. Pascal alla à lui et l'accompagnant jusqu'au bout de l'antichambre:

— Mon cher Germain, lui dit-il, pendant que M. le procureur du roi causera avec M. le président, je voudrais que nous examinions de nouveau ensemble le corridor où vous avez eu cette affaire avec ces fameux voleurs de nuit.

Germain ne demandait pas mieux.

En conséquence, quelques heures plus tard, il introduisit le chef de la sûreté dans les communs de l'hôtel, en lui expliquant minutieusement ce dont il avait eu connaissance. Mais, en pénétrant dans le long corridor, M. Pascal s'aperçut avec déplaisir que les murs avaient été reblanchis complétement au lait de chaux.

Peut-être, avec son flair merveilleux, avait-il espéré retrouver, le long des vieilles parois brunies par le temps et l'humidité, trace de la lutte ou du passage des mystérieux envahisseurs.

Il examina néanmoins l'état des lieux en connaisseur, et quand il arriva au clou voisin de la porte, auquel Germain avait vu deux nuits de suite la petite lanterne accrochée, à la grande admiration du vieux valet de chambre, il tira de sa poche cette lanterne, qu'il avait prise à cet effet au greffe.

Il l'accrocha à son tour des diverses façons dont elle pouvait l'être, et constata que, d'après la plus naturelle, l'arête vive du pied correspondait, sur le plâtre rendu friable par l'humidité, à une auge assez profonde pour que le badigeon ne l'eût pas fait disparaître. Il conjectura que cette particularité ne pouvait provenir que d'un frottement répété, et non du simple dépôt accidentel découvert par le valet de chambre.

Soit, d'ailleurs, que cette observation lui parût trop minime, soit par tout autre motif, il la garda pour lui.

Des événements tels que celui qui frappait la famille Dampier, ont souvent une compensation heureuse en rétablissant l'harmonie et en effaçant les discordes entre les membres qui restent.

C'est aussi ce qui arriva.

Le président, en entendant la voiture qui ramenait sa mère et sa fille, se hâta d'aller au-devant d'elles les recevoir et les embrasser ; empressement qu'il ne leur avait jamais témoigné, et qui sortait de sa rigidité systématique.

Il fit plus et mieux ; il dit à l'oreille de la vénérable femme :

— Que tout soit oublié, ma mère. Je vous remercie d'être revenue et nous ne nous séparerons plus. Nous n'avons plus hélas ! qu'un enfant, ne songeons désormais qu'à assurer son bonheur.

Mme Dampier répondit plus bas encore:

— Oui, son bonheur... et sa vie !

Le président regarda, sous le reflet des lumières qu'on allumait, les traits de sa fille et tressaillit.

L'effort de volonté qui lui avait permis de quitter les Carmélites avait épuisé Alice Le transport, malgré les ménagements employés, l'avait brisée. Elle était étendue dans un fauteuil, pâle comme une mourante.

L'ancien praticien reparaissant alors, il s'approcha d'elle, l'examina avec une attention profonde, l'ausculta, consulta le pouls, la respiration, l'œil, la bouche, et revenant à sa mère :

—Aucun organe essentiel n'est atteint, dit-il, aucun désordre sérieux n'existe ; c'est un dépérissement nostalgique ; avec de l'air, des distractions, et l'assurance de la réalisation de ses désirs, quels qu'ils soient, nous la tirerons de là... j'en ai l'assurance.

— Dieu vous entende, dit l'aïeule, c'est en effet la douleur qui l'a mise ainsi, mais nous en avons tous de cuisantes encore !

— Oui, ma mère, de cruelles ! mais ayons le courage de les cacher et de les surmonter, pour sauver ce qui peut l'être !

Ce n'était décidément plus le même homme, la septuagénaire en fut touchée; il faut si peu au cœur d'une mère pour pardonner et oublier, et cette impression contribua à donner à la digne femme le courage qu'on lui recommandait.

Cependant, au milieu de la satisfaction causée à Alice par ce rapprochement de ses parents, une anxiété entretenait son

accablement. Le président qui ne perdait aucune de ses impressions s'en aperçut et s'en ouvrit secrètement à l'aïeule.

— Dites-lui donc, répéta-t-il avec chaleur, qu'elle rentre ici en enfant gâtée, qu'aucun nuage ne doit subsister, qu'on ne lui demande que de se guérir et d'être heureuse.

— Puis-je ajouter, demanda madame Dampier, en cherchant à lire jusqu'au fond de la pensée de son fils, qu'il ne sera plus question de ce projet d'alliance avec M. Agénor Dupuis?

— Ah ! c'était cela, s'écria-t-il. Je croyais que Daniel avait tranché cette question en allant vous solliciter de revenir.

Rassurez-vous, rassurez-la, ma mère ; j'ai tenu à cette idée tant que je n'en ai vu que les bons côtés ; mais je ne suis ni un tyran, ni un homme absurde que rien n'éclaire. Ce dessein est effacé de mon esprit. Il y a mieux, si notre fille, par un hasard possible, venait à éprouver de la sympathie pour un parti digne d'elle, je vous engage ma parole de n'y point mettre d'obstacle.

Cette assurance transmise à Alice lui rendit, en effet, autant de sérénité que les circonstances le permettaient. Julienne, la gouvernante attentionnée, revenue pour lui prêter ses soins, ajouta à cette satisfaction en lui remettant une carte déposée par M. Henri Vergnier, qui avait annoncé qu'il se présenterait le lendemain pour offrir ses devoirs à ces dames.

Souvent, c'est par un de ces incidents, dont elle seule apprécie la valeur et la portée, qu'une âme meurtrie se relève.

Il ne faudrait pas croire pourtant que cette transformation de M. Pierre Dampier fût générale. Elle s'arrêtait au seuil de son hôtel ; il resta pour tout le monde l'homme froid et correct, le magistrat formaliste que l'on connaît.

Il est vrai aussi qu'ayant adopté le conseil de son confident Mortaigne, il commença, dès la première entrevue, à traiter M. Henri Vergnier, comme un ami qu'on encourage et auquel on veut particulièrement du bien.

Dans cet entretien, il ne fut question que de l'enquête criminelle, mais le président y trouva un thème tracé pour témoigner au jeune magistrat sa reconnaissance et son estime. Il voulut être initié à ce qui allait se faire; Henri Vergnier entra volontiers dans les détails les plus précis, sans dissimuler ses divergences d'opinion avec M. Fontaine ni l'attitude incrédule et réservée de M. Pascal.

— Ce Pascal, dit en passant M. Dampier, est un agent expert et intelligent, je me suis toujours plu à le reconnaître. Cependant, il y aurait des inconvénients à trop se confier à ses visées. Il a le défaut inévitable des gens de son métier. Il rêve complot, complications, il voit des gens suspects partout; à l'occasion, il nous suspecterait vous et moi; dans son zèle, il se dénoncerait lui-même. Il faut, avec lui, en prendre et en laisser ; mais vous savez cela mieux que moi.

X

Le pour et le contre.

Le président profitant de la déférence avec laquelle le procureur du roi suivait ses déductions, jugea à propos de les compléter en ces termes :

— Maintenant, j'ajoute que je partage entièrement votre hésitation à entrer sans réserves dans le système du juge d'instruction. Il n'existe contre Martin Baruelle que des conjectures. Je verrais, je le déclare, de réels inconvénients à pousser l'instruction définitive et surtout à baser une mise en accusation sur un fond aussi vaguement établi.

Le crime dénote un ensemble d'efforts, une complicité, un concours et une entente profonds et raffinés, dont ce misérable me paraît absolument incapable. Le mal qu'il a fait à mon fils ne justifierait pas l'animosité qui me pousserait à le poursuivre pour un acte qu'il n'aurait pas commis, de même qu'il y aurait inconvénient à le traiter comme auteur principal, s'il n'a été qu'agent secondaire ou simple instrument.

En mon âme et conscience, j'appelle votre sollicitude et celle de votre collègue là-dessus. Dans tous les cas, ne brusquons rien ; l'affaire est, hélas! assez grave pour justifier des lenteurs imposées par la sagesse.

Enfin, retenez ce prisonnier au secret, c'est nécessaire, mais je ne verrais pas d'inconvénient à relâcher les deux autres, ce Bamboche et cette misérable fille, cause première de mes maux. Leur innocence est évidente, et si nous avons à en attendre plus tard des renseignements, ils nous

les donneront mieux en les traitant avec douceur qu'en les aigrissant.

Le procureur du roi se rendit à la justesse de ces raisons, et d'accord avec M. Fontaine, il élargit le jour même Adèle et Bamboche.

M. Pascal, dont il demanda l'avis par manière d'acquit, répondit :

— Evidemment, ce ne sont pas ces deux-là qui ont tué le jeune homme, mais des pratiques de ce calibre il vaut toujours mieux les tenir dedans que dehors.

Propos policier qui ne tirait pas à conséquence.

Bientôt, d'après l'assentiment du procureur général, qui avait manifesté un instant l'intention d'évoquer l'affaire devant sa haute juridiction, il ne se fit plus rien pour l'instruction qu'on n'en référât à M. Dampier et qu'on ne le consultât.

Malgré cet éminent auxiliaire, les choses loin d'avancer ne faisaient que s'obscurcir ; la justice usant ses efforts sur des pistes successivement reconnues fausses se sentait désorientée.

L'attention publique ne se tenait déjà plus en haleine que par la persistance des journaux. Ceux-ci ne se fatiguaient pas. Ils firent en cette circonstance preuve d'une énergie dont on ne leur tint pas assez compte.

Plusieurs membres de la cour royale s'émurent de cette ténacité et des insinuations dans lesquelles on tançait la mollesse et l'impuissance de la justice.

Ils firent entendre en haut lieu que ces criailleries ne tendaient pas seulement à déconsidérer l'institution auguste de la magistrature, mais qu'elles encourageaient l'audace des malfaiteurs et que certaines révélations des feuilles publiques mettaient ceux-ci sur leurs gardes.

Des démarches eurent lieu dans ce sens auprès des gérants.

A cette époque, l'attribution des annonces judiciaires était faite par la cour royale dans chaque ressort. Les journaux qui en étaient pourvus cessèrent les premiers leur polémique.

Les autres se relâchèrent successivement, à bout d'informations, et craignant de lasser leurs abonnés. Un seul persista.

Ce fut la feuille légitimiste du chef-lieu. Indépendamment du mérite qu'il y avait à solliciter, envers et contre toutes les difficultés, le châtiment d'un grand crime, elle y trouvait une belle occasion d'exercer sa verve contre un régime politique sous lequel la justice et l'autorité restaient inefficaces ou désarmées.

Mais sans anticiper davantage, reprenons les choses à leur point.

Ce fut le président qui amena et présenta Henri Vergnier à sa mère et à sa fille.

S'il connaissait l'intervention du jeune magistrat dans les affaires intimes qui les concernaient ainsi que lui, il ne savait rien de ce qui s'était passé plus discrètement entre Alice et lui. Mais, aidé des conseils de son clairvoyant ami, Daniel Mortaigne, il supposa que les préventions irraisonnées d'Alice s'étaient amoindries et qu'un rapprochement devenait beaucoup plus aisé qu'autrefois.

La spontanéité avec laquelle lui-même renonçait à donner sa fille à Agénor Dupuis, devait aussi mieux disposer celle-ci à accepter un parti qui se présentait sous les auspices les plus avantageux.

Tout, en effet, y concourait, et rien ne semblait devoir entraver ce dénouement désiré par tous les intéressés.

— Mesdames, dit M. Dampier à sa mère et à sa fille, M. Vergnier est l'un de nos meilleurs et de nos plus chers amis. Vous en avez, comme moi, des témoignages; il s'est voué à une tâche sacrée. Lui seul peut la mener à bien, mais nous devons le seconder de tous nos efforts.

Je désire que notre maison lui soit ouverte, qu'il la considère comme la sienne, et je vous en demande l'autorisation, ma mère.

— Monsieur le président... dit le jeune homme confus de ce langage cordial.

— Mon fils va au-devant de mes vœux, Monsieur, interrompit la septuagénaire. Votre dévouement désintéressé, la loyauté de vos services vous assurent notre éternelle reconnaissance. Oui, nous avons confiance en vous; c'est par vous que nous espérons obtenir la seule satisfaction capable d'atténuer notre deuil, le châtiment des coupables.

— O monsieur, dit à son tour Alice, dont la physionomie s'illuminait à cette idée : vous vengerez mon frère, n'est-ce pas!

— Je vous ai juré d'y consacrer mes forces, répondit Henri, je vous renouvelle cet engagement, et si j'avais besoin d'être encouragé votre accueil suffirait.

De ce moment, les visites du jeune magistrat à l'hôtel Dampier se renouvelèrent deux et trois fois par semaine, soit qu'il eût à entretenir le président des péripéties de l'enquête, soit que le président étant absent, il se bornât à voir la vieille dame et Alice.

Dans le grand deuil de la famille, on ne faisait aucune réception. Mais M. Mortaigne et lui formaient exception, et parfois, par exemple le dimanche, jour fidèlement observé dans les maisons patriarcales de province, on le conviait au couvert, qui devenait moins pénible et moins sombre.

M. Mortaigne était invité moins souvent, parce qu'avec lui il fallait subir sa femme.

Ce n'est pas qu'elle n'eût accablé l'aïeule et la petite-fille de ses excuses pour ses vivacités passées; n'ayant plus à redouter que le cœur d'Agénor s'égarât de ce côté, elle était devenue un ange de douceur et de serviabilité.

Ce cher Agénor était d'ailleurs comme frappé d'ahurissement, depuis le terrible matin du 11 octobre. Ses facultés en semblaient ébranlées, et c'est à peine s'il se réveillait de temps en temps, stimulé par l'importance de son rôle de premier et unique témoin. On n'en avait jamais tiré grand'chose, mais à présent, hors de là, on n'en tirait plus rien.

Si fait, l'instinct des affaires ne s'était pas éteint: Mme Dampier en trouva la preuve dans une lettre dont le texte nous a paru mériter d'être offert à la méditation des jeunes loups-cerviers qui pourront nous lire :

« Madame,

« Je prends la liberté de me rappeler à votre honoré souvenir, ayant été l'un des meilleurs amis de votre petit fils et ayant entretenu avec lui d'excellentes relations jusqu'à la veille de sa mort. Cet événement m'a été, j'ose le dire, plus pénible qu'à personne, par le fait des circonstances qui m'ont conduit ainsi que vous le savez. Veuillez donc ne pas douter de la part que je prends à ce malheur. Mais, si j'osais essayer de vous consoler, je vous rappellerais que nous sommes tous mortels, et que tôt ou tard nous devons tous finir.

« Je profite de cette occasion pour vous toucher un mot d'une petite affaire, dont j'avais promis le secret à notre pauvre Emmanuel, mais que je ne vois plus d'inconvénient à vous confier. Dans un moment où il se trouvait très gêné, je lui ai avancé en plusieurs fois des sommes qui forment un total de deux cent cinquante francs. Je lui avais laissé tout le délai qu'il voudrait, et j'ai la satisfaction de ne l'avoir pas tracassé pour cette petite créance.

» J'ai ses reçus, que je tiens à votre disposition, et je ne vous en aurais pas parlé si je n'avais appris que vous étiez dans l'intention d'éteindre toutes les dettes de mon regrettable ami. J'ai pensé que c'était entrer dans vos désirs que de vous mettre à même de régler celle-ci avec les autres. J'ai toujours été heureux de pouvoir l'obliger, et croyez, madame, que, s'il n'avait fallu que faire le sacrifice de ma créance pour le sauver, je n'aurais pas hésité.

» Mais le ciel en a ordonné autrement, et dans ces circonstances je ne peux que vous renouveler l'expression de mes regrets et celle de la considération respectueuse avec laquelle j'ai l'honneur d'être, Madame, votre très-humble serviteur,

« AGÉNOR DUPUIS. »

Cet ami du cœur se rappelant de cette façon à la famille de son intime, cet amalgame de regrets et d'argent, aurait fait rire la digne dame en d'autres temps.

XI

Un mariage nécessaire.

Mme Dampier se contenta d'une innocente punition, en chargeant M. Mortaigne de remettre au dandy, si ferré sur la rentrée de ses créances, les deux cent cinquante francs dus par Emmanuel.

— Voilà pourtant, dit-elle au conseiller en lui montrant cette lettre, l'homme à qui l'on voulait marier ma petite-fille !

M. Mortaigne qui n'avait pas la conscience nette en cette affaire, sentit le trait et s'en tira en répondant en homme qui en sait plus long qu'on ne lui en dit et qui veut discrètement du bien aux gens :

— Heureusement, qu'il n'est plus question de rien de pareil, et que j'espère bien assister dans un avenir prochain à la conclusion d'une alliance plus digne de mademoiselle Alice.

Madame Dampier se contenta de soupirer. Sa tendresse était moins facile à rassurer que les médecins ; la santé de sa petite-fille ne faisait pas les progrès qu'elle aurait voulus et parler de mariage avant de l'avoir rendue à son premier éclat, avait pour l'aïeule quelque chose de pénible, qui la remplissait d'appréhensions superstitieuses.

L'instruction de la cause subissait un temps d'arrêt dont il était impossible de prévoir le terme.

M. Fontaine et M. Vergnier avaient rappelé plusieurs fois Martin Baruelle à leur cabinet, sans obtenir une parole nouvelle.

A la suite de l'élargissement d'Adèle et de Bamboche, ils le firent venir :

— Voyez, lui dit-on, combien M. le président est bon et juste. Malgré les raisons qu'il aurait d'en vouloir à des êtres qui ont tant contribué à son malheur, c'est lui qui a demandé leur liberté.

— Ah ! il a fait cela, grogna le bandit ; ça ne m'étonne pas ; c'est un fameux homme.... Eh bien, vous verrez qu'il en fera autant pour moi.

— Pour vous, à quel titre ?

— Dame ! puisque je suis aussi innocent que les deux enfants.

— Au lieu de vous obstiner dans ce système, lui dit-on, vous devriez témoigner votre reconnaissance en entrant dans la voie des aveux. C'est par là que vous mériteriez, à coup sûr, la clémence de ce malheureux père.

— Ma reconnaissance pour le président !...

— Oui, nous savons que vous lui gardez rancune depuis votre condamnation aux travaux forcés. Cependant, vous avouez vous-même que vous étiez coupable. Aujourd'hui, il s'agit de mériter l'indulgence....

Ici, l'ancien forçat prit une pose cynique, regardant effrontément les deux magistrats, et leur dit en scélérat consommé qui trouve une satisfaction raffinée aux tribulations de la justice :

— Vous me reprochez de ne pas parler, eh bien, diable m'emporte, vous marchez dans cette affaire-là comme des aveugles qui ont perdu leur bâton ; vous n'en savez pas le premier mot, et moi que vous tenez dans un ignoble cachot, et qui suis innocent de tout, je vous donnerais la chair de poule à tous si je voulais.

Quoique habitués aux forfanteries des misérables de ce genre, les interrogateurs sentirent comme un souffle de vérité dans ce langage.

— Si vous vouliez ?... répéta M. Fontaine, en fixant sur le bandit un regard pénétrant.

— Oui, fit-il, en enfonçant ses mains dans ses poches et, secouant les épaules par un mouvement railleur qui lui était habituel : Si je voulais... mais je ne veux pas !

Le rétablissement d'Alice ne se manifestait donc que par degrés insensibles et lents. Chez ces organisations, où la nature physique est dominée par l'excès de la sensibilité et de l'impressionnabilité, ces épreuves sont d'autant plus critiques, que la cause échappe à l'art matériel. La maladie étant morale, la santé corporelle ne revient qu'avec le parfait rassérénement de l'âme.

Chacun s'y employait, l'aïeule, les serviteurs, le président plus que personne : aucun spécifique n'était négligé, et le plus précieux, le plus efficace ne manquait même pas : Henri Vergnier, hautement encouragé, redoublait ses délicates assiduités.

Confiant dans la parole d'Alice, il se considérait désormais comme son fiancé. Mais ne voulant point contrarier ses intentions, et, se rappelant la condition mise par elle à la sanction définitive de son amour, il se résignait à ne pas outrepasser ses intentions ; domptant son impatience, il évitait de renouveler auprès de M. Dampier une demande que celui-ci semblait attendre pour l'accorder cette fois sans réserves.

Pour toute la haute société de X..., pour le monde judiciaire surtout, cette assiduité, les égards du président vis-à-vis du jeune chef du parquet, certaines indiscrétions sur les démarches de celui-ci au couvent des Carmélites, tout contribuait à faire regarder ce mariage comme chose arrêtée.

Il n'y avait qu'une voix pour y applaudir. On y voyait une preuve de plus de la haute nature du président, qui trouvait ce moyen de récompenser le jeune magistrat de ses efforts et en même temps de l'encourager à persévérer. On ajoutait même, — l'imagination des nouvellistes se rencontrant en partie avec la vérité, — que le mariage devait avoir lieu aussitôt que l'enquête aurait mis tous les coupables sous la main de la loi.

Ce zèle d'un père, d'une sœur, d'une famille pour venger une intéressante victime provoquait de chaleureux dithyrambes, qui tiraient les larmes des yeux des femmes. Madame Agathe Mortaigne, qui tenait de son mari les meilleurs renseignements, s'en était établie la propagatrice et obtenait dans la société un grand succès.

Il manquait néanmoins une chose à la gloire qu'elle en retirait, c'était la faveur jusqu'alors strictement refusée aux plus autorisés, de descendre dans le cachot de Martin Baruelle, et de parler ne fût-ce qu'une demi-minute avec ce fameux criminel.

Le conseiller qui s'était tout à fait radouci à l'égard de sa moitié, comme si le sang du pauvre étudiant devait éteindre toutes les discordes, avait invariablement répondu à chacune de ses sollicitations, que lui-même était impuissant pour obtenir cette dérogation à la consigne.

Qu'on juge donc de la joie de la dame, lorsqu'un jour, juste le lendemain de la comparution où de si étranges propos étaient échappés au bandit, le conseiller revenant du palais lui dit :

— Madame Mortaigne, vous me devez une belle chandelle.

— Qu'est-ce donc que vous m'apportez, mon cher Daniel ?

— Tout simplement ce petit papier que bien des gens couvriraient d'or.

— Oh ! donnez, vous me faites mourir d'impatience !

— Voyez, lisez et appréciez.

— Un permis pour voir Martin Baruelle ! Ah ! que je vous embrasse !

Il se laissa faire, c'était bien la première fois depuis certaine aventure nocturne où la cravache avait joué un rôle piquant et cinglant.

C'était signé du procureur général, qui s'était, dans le cas actuel, réservé seul ce droit, et qui passait par dessus la tête du procureur du roi. Comme il fallait un motif, on avait stipulé la qualité de dame de charité, appartenant à la conseillère.

— Maintenant, reprit M. Mortaigne, prêtez-moi attention, car ce n'est pas seulement une visite de charité et de curiosité que vous allez rendre à ce scélérat. Il s'agit de mieux que cela, vous êtes une femme de tête et d'esprit, quoique ne les ayant pas toujours utilisés à ma satisfaction, — et vous avez là une mission de confiance.

La fine mouche comprit à demi-mot :

— Il faut faire parler ce misérable ?

— Il faudrait du moins savoir la portée de certains mots menaçants et énigmatiques articulés dans son dernier interrogatoire.

Voici la marche que nous vous proposons, M. le procureur général, M. Dampier et moi : Vous ne cacherez pas à Baruelle qui vous êtes, et, sans en convenir absolument, vous lui laisserez entendre qu'indépendamment des douceurs que vous lui remettrez, le président et moi sommes disposés à lui faire du bien, suivant la conduite qu'il observera.

Les paroles en question indiqueraient de sa part le dessein familier aux grands scélérats de tous les temps, qui se sentant perdus, se plaisent à incriminer pour les atteindre par la calomnie les hommes les plus respectés et dignes de respect.

Vous serez une femme diplomate si vous vous assurez des intentions de notre bandit sur ce sujet.

Enfin, exhortez-le à se mettre en devoir de mériter l'indulgence de la justice, à laquelle il est à portée de rendre des services dont il n'aura pas à se repentir.

Le conseiller ne flattait pas sa femme en la traitant comme une forte tête. Si elle avait les passions vives, elle n'avait pas le jugement endormi non plus. Dans cette série de recommandations, elle saisit et détacha le point net :

— Est-ce qu'on craindrait, dit-elle, qu'il n'y ait des gens de conséquence compromis dans cette affreuse affaire ?

Le conseiller, tout fort et habile qu'il fût lui-même, eut une espèce de frayeur d'avoir choisi un auxiliaire si lucide.

— Allons, bon ! fit-il avec un rire contraint, voilà votre imagination qui prend le mors aux dents. Non, chère amie, on ne pressent et n'appréhende rien de pareil ; et l'on veut justement empêcher les rancunes dont ce bandit est bourré, de provoquer quelque scandale nuisible à la marche de la procédure.

— C'est bien, dit la conseillère confirmée dans son idée, il faudra que la lumière se fasse. Comptez sur moi, je vais confesser votre homme.

— Et avant de parler à personne de ce qu'il vous aura dit, venez en conférer avec moi.

— Ah ça ! vous me prenez donc pour la gazette de la ville ?

— Mais non, mais non ! vous confieraisje pareille mission, si je n'appréciais votre discrétion et votre tact ?

Au sortir de cet entretien, M. Mortaigne ss rendit à l'hôtel du président.

Il se croisa dans la cour avec Henri Vergnier qu'il aborda avec un sourire aimable et malin.

— Je ne vous demande pas de vos nouvelles ni de celles de céans, mon cher procureur du roi, lui dit-il, je vois à votre figure que tout va bien, les personnes et les affaires.

— Les affaires ? répéta le jeune homme légèrement froissé.

— Allons, allons, de la susceptibilité, des cachotteries avec moi ! Ingrat, je ne travaille pourtant ici qu'à votre profit, sans en avoir l'air !

— Je vous suis obligé, monsieur le conseiller, dit Henri dont la délicatesse s'accommodait peu de cette intervention, et auquel la gaieté exubérante de ce faux bonhomme n'avait jamais été sympathique.

— Vous me dites cela absolument comme si vous m'en vouliez.

— Ne le prenez pas ainsi, je vous prie. Veuillez seulement admettre qu'il y a souvent loin de la coupe aux lèvres, que je ne viens ici qu'en visiteur respectueux et que c'est une maison d'une extrême respectabilité.

— Vous parlez en gentilhomme. Je n'ai pas voulu vous blesser, mais seulement vous rappeler que s'il vous reste à faire auprès ee mon ami Pierre Dampier une de ces démarches devant quoi hésite parfois le cœur le plus honnête et le plus brave, je serai charmé que vous pensiez à moi.

— Merci, monsieur, merci.

On se toucha la main ; le conseiller monta le perron en se disant à part lui :

— Il n'est pas facile à manier notre jeune procureur ! Décidément, il vaut mieux l'avoir pour soi que contre soi.

De son côté, Henri Vergnier s'en allait tout ennuyé. Il venait en effet de quitter Alice, après un de ces entretiens charmants, où les mots sont pour si peu que le cœur y est pour tout.

L'excellente aïeule, comprenant la pure tendresse de ces deux natures loyales, se trouvait toujours, au milieu de la conversation, avoir oublié un ordre à donner, égaré un objet indispensable à sa tapisserie ; enfin, elle leur ménageait avec une malicieuse bonté, cinq ou six minutes de tête à tête, et elle était si heureuse en rentrant de surprendre l'animation reparue sur les traits de la convalescente, la douce chaleur rendue à ses beaux yeux!

Il suffisait, pour cette résurrection, d'un mot, d'un regard de Henri, qui, lui non plus, n'était pas exigeant.

S'il parvenait à presser la main tremblante d'Alice et à la porter à ses lèvres, il se trouvait heureux et encouragé.

Ce jour-là, il avait été plus loin, et retenant cette main sur sa bouche, il s'était enhardi jusqu'à dire :

— Alice, je vous aime !

C'était la première fois que ces trois mots retentissaient à l'oreille de l'enfant, et cédant à leur irrésistible magie, émue et frissonnante :

— Oh ! taisez-vous !... murmura-t-elle, mais sans retirer sa main, dont l'imperceptible pression répondit : moi aussi, Henri, moi aussi, je vous aime !

Et c'était au moment où il s'en allait, emportant cette joie plein son cœur, que la stupide familiarité de ce gros homme vint se jeter en travers de son rêve. Son bonheur en fut gâté ; il lui sembla qu'il allait lui arriver quelque chose de fâcheux.

Il lui arriva simplement d'apprendre la visite de la dame de charité à son prisonnier. Ce n'était rien d'assez grave pour lui causer autre chose qu'une contrariété passagère.

Cette rondeur de caractère pour laquelle Daniel Mortaigne était réputé, s'était étrangement amortie, il est juste de le confesser, depuis le crime de l'oseraie. Cet événement l'avait remué beaucoup plus profondément qu'on n'aurait supposé. La gaîté mitigée que nous voyons reparaître dans ses allures n'était de bon pas aloi.

Il s'en faisait un point d'honneur, pour sa dignité d'épicurien, mais elle sonnait faux la moitié du temps, à moins qu'elle ne servît à décocher quelques-uns de ces traits piquants, où il excellait, et dont le cher Agénor connaissait les épines.

Il y avait notamment un endroit où le conseiller déposait ce masque de belle humeur. C'était le cabinet de son ami Pierre Dampier.

Dès que son pied touchait le seuil, sa physionomie se transfigurait.

Était-ce la douleur persistante du président qui le gagnait ? Cela n'aurait rien eu d'invraisemblable. Le ravage éprouvé par M. Dampier était plus profond qu'on ne l'aurait cru, à s'en rapporter à la superficie.

C'était même un mal d'un caractère particulier, car il s'empirait avec le temps, au lieu de décroître. Vainement, ce grand esprit cherchait à s'en distraire en se plongeant dans les études de la jurisprudence la plus abstraite ; il s'entourait des travaux métaphysiques de ses devanciers de tous les âges et de tous les pays ; les tomes s'empilaient sur son bureau ; cette science si chère à sa vie, ne le captivait plus.

Le code criminel se retrouvait involontairement sous sa main, il le feuilletait machinalement et relisait dans leur texte les articles qu'il savait par cœur et qu'il avait tant de fois appliqués.

Peut-être dans l'horreur et le désespoir que lui causait l'assassinat de son fils, aimait-il à se repaître de ces détails et se demandait-il jusqu'où irait la sévérité des jurés pour les coupables. Peut-être, voyait-il déjà ceux-ci assis sur la sellette, entre un double rang de gendarmes.

Ses traits prenaient alors une expression poignante, indéfinissable, les veines de son front se tendaient comme des cordelettes, sous un effort mystérieux, sa poitrine haletait, et la sueur coulait le long de ses tempes.

Puis obsédé par un cauchemar éveillé, il passait sa large main agitée par la fièvre sur son front pour en effacer une vision sanglante, sans doute l'image de ce pauvre enfant qu'il avait chassé et maudit, pour le retrouver muet, avec cette horrible blessure à la gorge, cette blessure qu'il avait touchée de son doigt et que le premier il avait montrée à tous.

Nous avons dit que les passions et les entraînements de cet homme ne devaient point ressembler à ceux des autres ; eh bien, il en était de même de ses douleurs ; celle-ci n'avait plus un caractère humain, elle rappelait l'angoisse éternelle et cuisante de l'enfer.

Il n'y avait jamais une larme dans ses yeux, dont l'orbite se creusait chaque nuit, le feu qui les brûlait, les avait desséchés. Et puis de tels tempéraments se tordent sous la souffrance, mais ne pleurent pas.

On comprend, quelles que fussent ses dispositions personnelles, que le conseiller Mortaigne ne l'abordât plus que d'un front sérieux aussi.

Leurs relations étaient devenues plus fréquentes, ils tenaient de longues conférences, dont l'enquête et les interrogatoires du drame de l'oseraie composaient le fond invariable.

Un observateur attentif aurait saisi une nuance accentuée dans leur manière d'être, la sympathie qui les unissait depuis le collége, subissait un relâchement.

Mais le président, en homme qui subordonne les choses de pur sentiment aux lois de la haute raison, continuait de consulter Daniel Mortaigne et de tenir compte de ses conseils, parce qu'il connaissait sa rare subtilité et que, dans la circonstance, il savait qu'il conservait toute sa lucidité et tous ses moyens.

Le conseiller trouva son ami dans un de ces moments noirs, dont nous venons de parler.

Au bruit de la porte, le président tourna à moitié la tête et dit :

— Ah! c'est vous, Daniel, et il reprit son attitude morne.

Le visiteur s'approcha du bureau où s'entassaient les livres et les dossiers, et sans échanger la poignée de main usuelle, — dont ils paraissaient avoir perdu entre eux l'habitude, — il prit le gros volume à tranches bariolées ouvert devant le président.

C'était l'inévitable code criminel, et les articles en vue étaient ceux des pénalités réservées aux meurtriers et aux assassins.

— Encore cela ! murmura d'un ton sévère M. Mortaigne ; cette lecture a donc pour vous bien de l'attrait !

Il ferma violemment le livre et le jeta derrière les autres.

— C'est qu'il n'y a que cela de vrai et de juste, répondit le président.

— Sur Dieu, Pierre, je ne vous comprends plus, s'écria le conseiller dont la fougue fit ressortir encore l'apathie morne de son interlocuteur. Voilà à quoi vous usez votre intelligence et votre énergie, lorsque jamais elles ne vous furent plus nécessaires.

— Que se passe-t-il ?... A-t-on découvert quelque chose de nouveau? demanda Pierre Dampier, tiré soudain de son anéantissement.

— Non... rien... rien d'important du moins. Ce bandit, ce Baruelle a l'air de s'ennuyer dans son cabanon. Il a laissé entendre des mots qui, sans compromettre personne, mettent l'instruction en éveil. Il a parlé de gens de haute volée qu'il ne tiendrait qu'à lui de compromettre.

— C'est tout ?

— Tout.

Il se fit un silence ; ces deux hommes réfléchissaient et évitaient la rencontre de leurs regards.

Ce fut le président qui reprit la parole :

— Avez-vous un avis ? Avez-vous fait quelque chose ?

— Mon avis est que Baruelle veut jouer l'homme important, et, comme c'est un coquin raffiné, exploiter à outrance la situation.

J'ai obtenu du procureur général un permis de visite pour Mme Mortaigne. Elle est présentement en tête à tête avec ce misérable.

— Une femme dans cette affaire? dit le président d'un ton inquiet.

— Ma femme ! répondit le conseiller en appuyant sur le monosyllable. D'ailleurs, je n'avais pas le choix. C'est une personne de tête, méchante comme la grêle, c'est vrai, mais adroite comme un démon. Sa mission se borne à porter des provisions et de bonnes paroles à cette bête sauvage, et à me dire dans quelles dispositions elle l'aura trouvée. Voilà tout. Au point de vue marital, elle me déteste et se fait honneur de me tromper ; mais comme alliée, comme diplomate, elle se ferait hacher pour mon service.

Il y a de ces natures là: nous autres philosophes, nous les prenons comme elles sont, en attendant qu'un plus habile définisse cet animal indéfinissable qui est la femme.

— Vous êtes heureux vous, d'avoir le don de plaisanter en tout temps !

— Sur Dieu ! la plaisanterie n'est qu'au bord des lèvres, mon cher Pierre; je songe autant que vous aux moyens d'en finir avec cette odieuse affaire et de ramener le calme sous votre toit... et sous le mien.

— Ah ! le calme, il faudrait qu'il fût là ! dit M. Dampier en mettant la main à sa poitrine ; et avec un long soupir il murmura tout bas : mon fils !.. C'était mon fils !..

Daniel Mortaigne le regarda d'un air de commisération et, quand il jugea la crise passée, il lui frappa un petit coup sur l'épaule et lui dit en fixant son regard jusqu'au plus avant du sien :

— Mon ami, il y a une affaire importante aussi, dont nous étions tombés d'accord et que vous négligez.

— Je ne sais plus? dit Pierre Dampier,

s'efforçant de consulter sa mémoire. De quoi voulez-vous parler?

—Il faut absolument presser le mariage de votre fille avec le procureur du roi.

—J'y pense. Ne voyez-vous pas que je ne néglige rien pour captiver ce jeune homme; il vient ici presque tous les jours, il voit ces dames presque chaque fois... Mais il ne m'a encore fait aucune ouverture, et quoique certainement il désire ce mariage et qu'Alice le voie avec autrement de de plaisir qu'autrefois, je ne peux décemment pas la lui jeter à la tête.

Et puis notre deuil est encore si frais!...

Enfin, si vous considérez la chose comme pressante, amenez-le à vous prendre pour intermédiaire.

— Justement, c'est ce que j'ai tenté, mais il est ombrageux en diable, et je ne dois pas revenir à la charge. Avisez donc d'une autre façon... Croyez-moi, Pierre; il le faut absolument, absolument.

XII

Les propos de Martin Baruelle

Vers cette date, le président du tribunal civil, qui n'avait fait aucune démarche pour obtenir cette faveur, fut appelé à un poste supérieur dans l'une des premières cours royales.

Son mérite justifiait cette distinction, mais c'était un homme modeste, qui l'accepta sur l'insistance venue d'en haut, sans y rien comprendre et même en s'en défendant.

Son départ fut accueilli avec regret, particulièrement par les magistrats de son ressort qui s'intéressaient au drame de l'Oseraie, parce qu'il les avait puissamment secondés et s'était associé à leurs efforts.

On laissa provisoirement le siége vacant, peut-être comme une façon de récompense promise aux personnes dont on serait satisfait; peut-être par l'embarras de le faire occuper présentement.

Sans nous attacher à cet incident, et pour revenir à la visite de la dame de charité au prisonnier de la Conciergerie, cette démarche ne fit pas avancer l'enquête, mais elle amena un résultat bizarre.

M. Mortaigne guettait avec une curiosité légitime le retour de sa femme. Il trouvait, ce qui était vrai, la conférence longue; l'observation de son ami Pierre, en lui repassant par l'esprit, acquérait des proportions grossissantes, et il en était presque au regret de son idée.

La conseillère rentra enfin!

Il l'avait rarement tant désirée.

Elle avait un air important, serré, qui le frappa tout de suite.

— Eh bien, chère amie? lui demanda-t-il non sans une légère émotion.

— Eh bien, je quitte votre homme.

— Il vous a parlé, et même longuement, si j'en juge par le temps.

Elle s'assura que les portes étaient fermées, que la domestique n'était pas aux écoutes et revint s'asseoir en face et près de son mari.

— Oui, il m'a parlé, assez longuement en effet, mais pour le mettre en train j'ai dû faire des frais; c'est un coquin d'une rare impudence et qui ne se livre pas. Ah! je comprends la tablature qu'il donne au juge d'instruction.

— Enfin, vous en avez tiré quelque chose? Quel a été son accueil?

La conseillère, au lieu de satisfaire à cette question posée d'un ton pressant, dévisagea son mari d'une façon singulière, et, changeant brusquement de sujet, elle lui dit comme quelqu'un de très sûr de soi et à qui l'on n'a droit de rien refuser:

— Mon cher Daniel, où donc avez-vous serré ce papier ridicule, que vous fîtes une nuit signer à M. Agénor Dupuis, dans un accès de folle colère?

Elle débita cela comme la chose la plus simple du monde, à ce point que le conseiller malgré sa prétention à ne jamais perdre sa présence d'esprit et sa facilité de répartie, resta bouche béante.

— Cette déclaration, fit-il, vous ne craignez pas de me la rappeler.

— Allons, ne roulez pas vos gros yeux. Eh bien oui, je vous en parle.... Mieux que cela, je vous la demande, et vous allez me la donner, et de bonne amitié, j'en suis sûre.

Ce ne fut plus de l'émoi, ce fut presque de la terreur.

—En vérité, madame... quel droit croyez-vous donc avoir?....

— Voyons, exécutez-vous, dit-elle tranquillement; je vous répéterai après ce que m'a dit Martin Baruetle.

A coup sûr le conseiller désirait avidement être renseigné, car cette promesse le décida.

Il marcha à reculons jusqu'à son secrétaire et d'un tiroir de sûreté exhiba un papier plié en deux.

Elle avança le bras ; avant de le donner le conseiller dit encore :

— Vous me répéterez mot par mot les propos de ce misérable ?

— C'est archi-convenu ! Que de façons !

Il abaissa la main, elle s'empara du feuillet avec la souplesse d'une chatte. Bien fort et bien malin qui le lui aurait repris.

— C'est donc là, fit-elle en le déchirant en mille et mille parcelles après l'avoir relu d'un air dédaigneux, ce méchant papier avec lequel vous vous amusez à tourmenter un brave jeune homme ! Ah ! tenez, remerciez-moi de l'avoir détruit pour votre dignité et votre repos.

Elle prit un ton sentimental et soupira :

— Daniel, vous fûtes bien cruel à mon égard..... Mon Dieu, qui oserait se vanter d'être impeccable ! Ce pauvre M. Agénor, il sera bien heureux d'apprendre...

Le conseiller s'agita sur son siège, comme s'il fut rembourré d'épines.

— Parlons de Martin Baruelle, dit-il.

— Soit ! ce bandit est un sphynx. Il tient des propos étranges, décousus, incohérents, auxquels il faut être très fin pour comprendre quelque chose.

— Et qui justifieraient son transfert dans un cabanon d'aliénés ? insinua l'homme de justice.

— Gardez-vous en ! s'écria sa femme, avec une sorte d'épouvante. Cet homme est véritablement dangereux.

— Dangereux !... Mais pour qui ?

— Pour tout le monde peut-être... prononça-t-elle en pesant d'un regard singulier sur son mari. Il m'a fait peur. Il a des secrets.

— Un drôle qui exploite sa position. Je gage qu'il vous a répété ses fameux propos sur la complicité de personnages considérables ?

— Ne riez pas, Daniel. Ce misérable ne m'a presque rien dit et il m'a figé le sang.

— Voyons, les mots ne tuent pas, que diable ! jusqu'où va son audace ?

— Il m'a reconnue tout de suite : « Ah ! c'est madame la conseillère, a-t-il dit ; et m'envisageant avec un sourire cynique : Paraît, ma petite dame, que nous nous humanisons. Vous ne m'auriez pas apporté ces friandises là le jour du baptême de mon petit gars.

« Vous venez de la part de Monsieur votre mari, n'est-ce pas ? C'est bien aimable à lui de se rappeler un pauvre diable dans la peine ? »

— Vous avez nié ?

— Naturellement. Je lui ai expliqué que je venais en qualité de dame patronnesse, et que vous ne m'aviez donné un permis qu'à force de vous obséder.

Quoique ce fût à peu près vrai, il n'a pas eu l'air de me croire et m'a dit avec son sourire effronté :

« Comme ça, vous venez tout bonnement par curiosité, comme on va voir une bête féroce, histoire de trembler un peu et d'en faire le récit à ses amis et connaissances ?... Tenez, ma petite dame, convenez que ce n'est guère vraisemblable. »

Le conseiller murmura entre ses dents :

— Ce coquin est un homme à pendre !

Mme Mortaigne n'entendit pas et continuant le récit de son entrevue :

— Mais je vous apporte des secours, ai-je répliqué, à quoi il m'a riposté :

— Connu ! je suis un malin, voyez-vous, et le proverbe l'a dit : il ne faut pas traîner fétu devant vieux chat. Vous venez pour me faire causer. Les trois ou quatre mots que j'ai lâchés dans le cabinet d'instruction ont mis la puce à l'oreille à ces messieurs du parquet et à d'autres aussi, à ce qui paraît.

« C'est tout de même amusant comme il faut peu de chose pour mettre martel en tête aux gens ; et tel que vous me voyez, là, dans ce trou, avec cette paillasse pour mobilier, et l'eau à boire et du pain dont ne veulent pas les rats, mes camarades de chambrée, eh bien, je me fais des bosses de bon sang. »

Là-dessus, il s'est mis à rire en buvant à ma santé à même une bouteille de vin que je venais de déposer à sa portée.

J'ai essayé alors de lui faire de la morale.

« Comment, lui ai-je dit, pouvez-vous parler ainsi quand vous êtes sous le coup d'une accusation capitale ; que tout vous accable et se réunit pour vous condamner ? Ne devriez-vous pas plutôt rentrer en vous-même, et par votre langage, par vos efforts pour seconder la justice mériter sa bienveillance ?...»

Pendant cette exhortation, il dévorait ses provisions : Arrivé au fond du panier : « Tiens, dit-il, vous m'avez apporté du tabac ! Ah ! c'est gentil, et je veux vous en remercier, en vous donnant les bonnes paroles que vous désirez. Vous pourrez les répéter à monsieur votre mari c'est un homme de justice, il comprend les choses à demi mot.

« Vous pensez bien que si je suis si gaillard, d'abord c'est que ça me flatte de voir un autre visage que celui du père Eustache, mon affreux guichetier, mais c'est surtout parce que je sais qu'on ne peut rien me faire du tout, étant pur et immaculé de l'événement de l'oseraie.

« Des preuves contre moi? Allons donc! ils n'en ont pas une. J'ai découché la nuit en question? Ils me font rire. Il semblerait qu'on ne peut pas se mettre une pauvre fois en patrouille sans assassiner père et mère.

» Qui est-ce qui ne découche pas quelquefois? Est-ce que ça n'arrive pas aussi à monsieur votre mari... Eh bien, pourquoi que ce ne serait pas lui qui aurait tué le jeune homme? »

A ces mots, mon sang n'a fait qu'un tour, ce misérable me regardait avec des yeux, o Monsieur, quels yeux!

« — Malheureux! me suis-je écriée, taisez-vous! »

« Quoi! a-t-il répliqué, les paroles vous font peur, à présent. C'est une manière de parler, une supposition. Si votre mari n'a pas tué le jeune homme, pourquoi que je l'aurais tué, moi?... Voyons, faut être sensé pourtant. Dites tout cela à M. le conseiller, s'il vous plaît, ma petite dame, vous verrez qu'il me comprendra, c'est un homme qui a l'habitude des affaires et des codes.

« Les autres font semblant de ne pas m'entendre là-haut, tout bonnement parce qu'ils espèrent, à force de m'ennuyer, m'amener à manger le morceau, Je me fiche d'eux, sachant qu'ils ne peuvent rien contre un pas coupable comme je me sens.

» Pourtant il y a d'autres personnes que je serais bien aise de voir; monsieur votre mari, par exemple; monsieur le président Pierre Dampier aussi...»

Apercevant mon mouvement d'horreur à cette seule idée d'une entrevue entre ce misérable et le père de la victime, il a repris :

» Dame! pourquoi pas? J'ai même l'espoir qu'ils y viendront. »

» Jamais! me suis-je écriée. »

Il a haussé les épaules et a continué imperturbablement :

» Voyez-vous, il ne faut jurer de rien;

et puis étant dans la justice, si je les réclamais un peu fort, c'est leur devoir. A la fin des fins si on me laissait pourrir ici, quoiqu'étant un habitué, ça pourrait me dégoûter; et puis, jusqu'au jour d'aujourd'hui je n'en ai pas dit aussi long à personne ; c'est votre petit vin qui me rend bavard comme une pie borgne. »

« — Ainsi, ai-je repris pour couper court à ces propos décousus, allongés et obscurcis évidemment à plaisir pour me dérouter, vous refusez de donner aucun renseignement, vous préférez vous laisser poursuivre, seul, sans circonstances atténuantes ?

»—Paraît que je m'explique mal, a-t-il dit ; eh bien, pour être clair, je vous répèterai que je ne suis pas si bête que de payer jamais pour des particuliers huppé qui ont bien plus le moyen que moi. Chacun n'a que sa peau, moi je tiens à la mienne comme si c'était celle d'un roublard, c'est un tic que j'ai.

» Secundo, ça ne me plaît pas de raconter mes affaires à des petits juges de rien du tout, parce que je suis assuré que le jour où je causerai délicatement avec des matadors comme votre mari et monsieur le président, ma blancheur les éblouira et je sortirai d'ici avec les égards dus à un pauvre père de famille innocent.

» Voilà ce que je vous prie de dire à ces braves messieurs, en me recommandant à leur générosité, et surtout qu'ils ne tardent pas trop. »

— « Je vous répète qu'ils n'obtempéreront pas à une pareille requête ! »

—«Dites-leur tout de même, et si c'est aussi un effet de votre part, renouvelez-moi l'honneur de votre présence et n'oubliez pas le tabac. »

Voilà le procès-verbal de la conférence, reprit Mme Mortaigne ; qu'est-ce que vous en dites, Daniel :

— Ce bandit est un impudent drôle ! Voilà vingt fois que je le répète, son but est de se venger des gens honorables auxquels il en veut, en essayant de les calomnier ! Heureusement, sa tactique est percée à jour, et l'on sait ce que valent les dires de pareille vermine.

N'est-ce donc pas votre avis, madame ?

— Tenez, je suis franche moi : cet homme est un scélérat, cela ne laisse pas de doute, mais ce n'est pas un sot. Il est trop libre d'esprit, trop sûr de son fait, pour n'être pas dangereux.

— Dangereux ! dangereux pour qui ? Ce sont des mots.

— Une chose m'est restée de son raisonnement, c'est qu'il n'est pas le seul qui ait découché, cette fameuse nuit du 10 octobre.

Un tressaillement rapide traversa les traits du conseiller.

Sa femme surprit cette impression et acheva sans le perdre du regard :

— Vous seriez peut-être bien embarrassé vous-même de justifier votre alibi ?

— Ma chère Agathe !... s'écria-t-il en pâlissant.

— C'est bien, je ne vous le demande pas, reprit-elle ; vous m'y avez habituée ! Seulement, vous voyez les conséquences... c'est bon, je vous tiens compte de votre docilité à propos de cet écrit, fit-elle en remuant du pied les parcelles du papier semées sur le tapis. Mais si j'étais méchante...

— Ma chère Agathe, vous êtes la meilleure des femmes. J'ai eu des torts, je le regrette. Personne que vous n'a eu l'idée de mon escapade, juste dans cette fatale nuit... Il me serait très désagréable d'établir un alibi que mes cheveux grisonnants rendraient ridicule. J'ai rompu à tout jamais, je vous le jure... Pardonnons-nous mutuellement, et gardez le secret.

— Allons, est-ce que vos intérêts ne sont pas les miens ?... Je me tairai ; mais, encore une fois, méfiez-vous de ce bandit !

C'était bien aussi la pensée du fin diplomate et celle qu'il rappelait journellement à son ami le président, devenu de plus en plus sombre.

La révolution morale opérée sur celui-ci offrait chez sa mère un caractère différent, mais n'était pas moins sérieuse.

En acceptant de rentrer dans cette maison où s'était écoulée sa vie honorée comme elle méritait de l'être et où son fils le premier et le seul avait osé lui manquer de respect, elle ne se faisait pas d'illusions. Le prestige dont sa tendresse et son orgueil maternels avaient longtemps abrité l'homme important, considéré par la foule, vanté par l'opinion publique, — ce prestige évanoui ne devait pas renaître dans son cœur.

Elle acceptait ce semblant de conciliation, mais ce n'était ni pour son fils, ni pour le monde, ni pour elle-même. Cette maison d'où son petit-fils était sorti maudit pour y revenir mort, pesait sur elle de tout le poids de ses épaisses murailles de pierre.

Elle avait cédé pour sa petite-fille, à qui l'atmosphère de sa prison bénite était mortelle. Toute son âme, toute sa sollicitude se concentraient sur cette tête précieuse, déjà si cruellement penchée par le malheur, qu'elle tremblait sans cesse, qu'elle ne put se relever complètement.

Si généreusement que la nature l'eût trempée, la vénérable femme se sentait bien vieillie et forcée par la dure expérience de ne compter que sur elle-même, elle n'aurait pas voulu mourir sans savoir son Alice heureuse et affranchie d'une tutelle redoutable.

Cette appréhension la troublait, et sans savoir qu'elle travaillait à un but que son fils ne désirait pas moins, quoique pour des raisons qu'il n'eût probablement pas avouées aussi facilement, elle ne négligeait aucune occasion de cimenter l'amour de sa petite fille et d'Henri Vergnier.

C'était la partie la plus facile de sa tâche ; rien ne manquait à cette affection ; la jeunesse, le mérite personnel, la reconnaissance, l'estime, tout s'y trouvait, jusqu'à l'obstacle qui rend plus vives les aspirations et plus précieux les gages accordés à la dérobée.

XIII

Une conférence orageuse.

L'obstacle, c'était la condition fixée dès le premier jour par la sœur désolée pleurant son frère assassiné. Sur ce point, l'aïeule était tentée de renoncer à ses insistances, tant le motif était respectable et la résolution d'Alice arrêtée.

— Ah ! grand'mère, répondait-elle de sa voix pénétrante, tu me presses, comme si j'avais le droit d'être heureuse, quand mon frère attendait encore sa vengeance ou quand je n'aurais pas épuisé les moyens de le satisfaire ! Songe donc, ce n'était pas un frère comme un autre, et l'on ne s'aime pas comme nous nous aimions ! Notre mère nous avait doués de cette amitié en nous portant ensemble dans son sein, nous n'avons eu jamais d'autres amis intimes que nous, et si tu ne m'avais pas secourue à temps, nous serions probablement morts à peu de jours l'un de l'autre.

La grand'mère s'essuyait les yeux, n'insistait plus, et le temps se passait. Sa vie prenait une activité qui ressemblait à de la fièvre.

Elle n'avait pas perdu de temps pour racheter l'enfant de son petit-fils. Efficacement secondée par M. Vergnier, elle avait rempli sans trop de peine les formalités, acquitté les droits, et confié enfin la frêle créature, si tristement introduite dans la société, à une nourrice de la banlieue dont elle surveillait les soins.

Cela s'était exécuté en dehors du président; l'ignorait-il? Toujours est-il que pas une allusion n'y fut faite.

Les rapports entre la mère et le fils étaient tendus, malgré les efforts de l'une, malgré ceux de l'autre pour dissiper ces nuages à force d'égards et de déférence.

Une trépidation insurmontable agitait Mme Dampier; elle vivait comme une âme en peine; quelquefois son fils la surprenait le regard fixé sur lui, absorbée par une préoccupation opiniâtre.

Lui, alors, mal à l'aise sous cet œil qui fouillait sa conscience, se détournait en tressaillant pour y échapper.

Matériellement le même phénomène se reproduisait. La septuagénaire saisissait les occasions de fureter, de scruter, d'inspecter les moindres recoins de l'hôtel.

Une attraction mystérieuse la ramenait dans la galerie souterraine.

Elle avait fait répéter vingt fois à Germain et à Marianne, l'histoire de l'invasion nocturne.

Un jour, Henri Vergnier, entrant dans les détails de l'enquête, s'en rappela un, omis jusque-là dans leurs conversations; vantant l'adresse de M. Pascal, il raconta la trouvaille de la promesse de mariage dans le châssis d'un miroir.

Mme Dampier prêtait une attention muette; Alice, au contraire, s'écria étourdiment:

— Comment, cet acte était encore au pouvoir de ces gens!

— Sans doute, mademoiselle, puisqu'il nous avait échappé dans nos premières perquisitions.

— Mais... mon père ne l'avait donc pas racheté?

— Évidemment, un homme tel que M. le président ne pouvait pas accepter cette transaction avec des bandits.

Alice allait pousser plus loin ses questions, quand un regard singulier de sa grand'mère l'arrêta, et les choses en restèrent là.

Mais l'aïeule épouvantée venait de comprendre à quoi avait servi l'argent que son fils n'avait pas appliqué à payer cet écrit.

Ses défiances trouvèrent là un aliment nouveau, qui engloba Daniel Mortaigne lui-même; cet homme avait avancé une partie de la somme, et l'on n'aurait pas ôté à la vieille femme la conviction qu'il y avait joint un mauvais conseil.

A partir de ce moment, sa rencontre lui devint odieuse. Elle ne le vit plus qu'avec répugnance s'entretenir avec son fils, dont il lui semblait le mauvais génie.

Par une coïncidence curieuse, l'impression des gens de l'hôtel était la même.

La rentrée de Julienne, leur doyenne, avait rompu la monotonie des tête-à-tête de Germain et de Marianne, à la satisfaction des deux, mais particulièrement de la seconde, qui ne trouvait pas un partenaire suffisant dans le laconique valet de chambre.

La conversation roulait inévitablement sur les maîtres; le dévouement de ces excellents serviteurs les associait à leur deuil, mais les deux femmes, Julienne surtout qui avait été témoin du séjour des dames Dampier aux Carmélites, déploraient la rigueur du président, et ne se défendaient pas de lui attribuer une part, au moins involontaire, dans les événements.

Germain écoutait en silence ce thème rebattu, et quand on le mettait en devoir de donner son avis, il revenait à son cheval de bataille:

— Je ne conteste pas... les apparences y sont, oui; mais je ne connais qu'une chose, c'est que Monsieur le président a toujours ses raisons.

— Vous êtes insupportable, lâcha à la fin Marianne, certainement monsieur est un homme sensé qui ne fait pas les choses à la légère, mais au bout du compte, pourquoi ne se tromperait-il pas comme tout le monde?

Germain eut un soubresaut d'indignation:

— Un président à la cour!... Il ne peut pas se tromper!

— Non, mais vous lui donnez peut-être aussi raison de recevoir à cœur de jour ce monsieur Mortaigne, et de rester des heures enfermé avec lui?

Le valet de chambre répondit sur un ton moins assuré:

— Je suis bien certain que s'il n'avait pas ses raisons il ne le recevrait pas tant, mais, évidemment, ils cherchent ensemble comment retrouver les brigands qui nous ont tué notre pauvre monsieur Manuel.

— Certainement ce doit être cela, dit Marianne, et je comprends que ce ne soit pas fait pour inspirer à monsieur des idées gaies, mais chaque fois que ce monsieur Mortaigne a causé avec lui, je remarque qu'il reste plus assombri, plus absorbé.

— Et moi, fit la femme de chambre, j'ai parfaitement observé que, quand il le voit venir, invariablement une pâleur lui traverse le visage. Je réponds que ces visites-là ne sont guère de son goût.

— Ce qui vous prouve, conclut l'obstiné Germain, que s'il n'avait pas ses raisons il ne le recevrait pas.

— Avec cela qu'elle marche, l'instruction! riposta Marianne.

— Allez-vous point dire aussi que c'est M. le conseiller qui est en cause?

— Bé dame! je suis au moins sûre de l'avoir entendu à plusieurs fois répéter à M. le procureur du roi, qui est lui, un homme zélé et résolu : ne précipitez rien, mon cher monsieur, ne précipitez rien! Avec ce refrain là on arrive où nous voilà, après des mois, un peu moins avancés qu'au premier jour.

Au surplus, moi, j'ai une idée, et je saurai à quoi m'en tenir; quand les gens me paraissent louches il faut que j'en aie le cœur net.

— Que voulez-vous faire?... demanda Julienne intriguée et appréhendant quelque incartade du caractère mal dégrossi de la rustique ménagère.

— Vous le saurez après, si je réussis... Ah! vous avez beau rouler vos yeux blancs, Germain, c'est comme ça ; ce que j'ai dans la tête je ne l'ai pas sous les pieds, vous devez le savoir.

Ici le marteau de la porte de la rue se fit entendre.

— Bon! c'était inévitable; on parlait de lui, il arrive, reprit Marianne, reconnaissant la manière de frapper du conseiller.

La conférence se trouva terminée, le valet de chambre alla ouvrir, la femme de charge remonta vers ses maîtresses, et la cuisinière poursuivie par son idée fixe se glissa mystérieusement à travers les couloirs de service qui circulent dans ces anciens hôtels autour de toutes les pièces.

Il arrivait souvent que le conseiller entrât chez son ami sans nulle façon, tout au plus en frappant un coup et sans attendre qu'on répondit : « Ouvrez ! »

Cette fois, Germain, sous l'influence de ce qu'il venait d'entendre, voulut absolument le mener et l'annoncer. Le digne garçon aurait préféré être chargé de l'éconduire. Il n'eut pas cette satisfaction, mais il constata de nouveau le tressaillement nerveux de son maître, et il remarqua que les deux amis évitaient d'échanger leur poignée de main empressée d'autrefois.

M. Dampier travaillait à la rédaction d'un arrêt important; la visite du conseiller le troubla dans cette diversion à sa contention d'esprit habituelle.

— Eh bien, demanda le visiteur, avez-vous eu le courage de vous occuper de ce mariage? Que diable, quand je vous répète que c'est urgent! C'est donc un sujet bien terrible à aborder? Avez-vous oui ou non abdiqué chez vous?

— Non sans doute, et je vais y aviser dès aujourd'hui... ou demain.

La révolution qui s'était opérée en cet homme si entier, si absolu était telle que dans la gêne où le mettait la présence de sa fille et de sa mère, et pour éviter le regard imposant de celle-ci, il n'avait pas abordé cette question, qui était dans l'air, que tout indiquait, dont chacun parlait, excepté lui.

— Ne remettez pas à demain, insista M. Mortaigne du ton d'autorité qu'il avait pris depuis un certain temps ; je suis certain que vous irez au-devant des désirs de votre fille, et que sans ce qui s'est passé avec cet imbécile d'Agénor, elle aurait déjà pris l'initiative,

C'était précisément sa conduite en cette circonstance qui se dressait devant le président comme un remords, et faisait succéder l'hésitation à son ancien despotisme.

— Pourquoi me pressez-vous si fort? demanda-t-il. Y a-t-il donc péril en la demeure ?

— Oui, répondit péremptoirement Daniel Mortaigne.

Pierre Dampier devint livide.

— Parlez, avez-vous donc à me dire des choses terribles ?

— Rien n'est perdu; rien n'est désespéré; mais il y a ce Pascal qui a l'enfer au corps ! Il ne prend ni repos ni trêve.

Je ne sais où il ne va pas... il finira par être allé partout.

— Eh bien, que trouvera-t-il ?

— Ne soyez pas si tranquille ; est-ce qu'on sait jamais ; et le pis c'est qu'il est en méfiance vis-à-vis de tout le monde ; il devient impossible de lui arracher un mot. On dirait, sur ma foi ! qu'il travaille pour lui seul et par amour de l'art.

— Il faudra aviser, prononça lentement Pierre Dampier. Ah ! quelle vie ! Quelle vie !...

— Autre chose, reprit M. Mortaigne. Notre collègue Dupray, conseiller à la troisième chambre, est mort hier soir.

— Est-ce qu'il faut assister à ses obsèques ?

— Vous ne pouvez pas vous en dispenser, mais si ce n'était que cela.

— Malgré mon deuil ?

— A cause de votre deuil.

— Je ne saisis pas du tout.

— Dupray a fait un testament, une manie qu'il avait, et savez-vous ce que porte une des clauses ? — Elle fonde à perpétuité une messe noire, qui sera dite tous les ans, le 10 octobre, en mémoire d'Emmanuel Dampier ..

— De mon fils ! s'écria le président.

— D'Emmanuel Dampier, son jeune ami, mis à mort dans des circonstances cruelles.

C'est le texte exact. Qu'en dites-vous ?

Mais, au lieu de partager la surprise presque indignée de son confident, Pierre Dampier exhala un long soupir, ferma une seconde les yeux pour se mieux recueillir, et murmura d'une voix concentrée :

— Voilà une pensée que vous n'auriez pas eue, vous, Daniel... Ce Dupray avait du cœur... J'irai à ses obsèques et de plus je parlerai sur sa tombe.

— Quoi, c'est ainsi que vous prenez cela, sans en voir les conséquences ?

— Je ne vois qu'une chose, c'est qu'il est mort avec une bonne pensée et qu'il a eu un regret pour la victime.

— La victime... sans doute... mais à quoi bon cette mention de sa fin malheureuse ?

— Ah ! taisez-vous, taisez-vous ! s'écria le président, se redressant avec la majesté de ses beaux jours. Oui, je voue ma reconnaissance à Guillaume Dupray ! Mais vous, vous... démon, génie fatal qui dès la jeunesse m'avez entraîné dans votre voie,

et gangréné de votre mal, vous ne comprenez donc pas que je vous ai en horreur ! que je vous subis, comme l'un de mes remords !...

La fatalité a rivé la chaîne qui nous lie, mais respectez du moins le souvenir de l'homme qui s'est purifié par son dernier acte, et qui s'est rappelé la victime.

La victime !... c'était mon fils !!! mon fils !...

En exhalant ce cri du fond de ses entrailles, Pierre Dampier retomba accablé, anéanti ; puis ses yeux égarés, où luisait le feu de la fièvre ou de l'hallucination, se mirent à regarder ses deux mains osseuses, amaigries.

On aurait cru, en vérité, qu'il cherchait entre ses doigts s'il n'y avait pas trace du sang de cet enfant sinistrement égorgé.

C'était terrible ; le conseiller Daniel Mortaigne, devenu livide, se demandait à coup sûr si cette intelligence supérieure n'allait pas sombrer, si cette explosion n'allait pas tout foudroyer.

Il se tenait immobile, n'osant bouger ni prononcer un mot, crainte de rallumer la foudre ; il fuyait jusqu'au regard brûlant qu'il sentait fixé sur lui.

Cependant, en homme profondément exercé, il attendit ainsi la réaction inévitable à la suite de tout orgasme.

En effet, l'affaissement succéda par degrés à l'exaltation ; et quand il vit son ami au point où il pouvait tout lui dire sans craindre le réveil de sa colère amortie.

— Vous êtes injuste, fit-il, mais votre situation vous excuse. Ce ne sont pas mes reproches qui répareraient rien. Vous me laissez sur la brèche et vous me traitez encore avec cette dureté. N'importe ; je prétends tenir tête à tout. Mais il y a des cas où je ne suffirais pas seul.

Il faut que vous entendiez et que vous acceptiez la dernière chose que j'ai à vous dire.

Adèle et Bamboche ont été relâchés ; c'est bien ; mais Martin Baruelle s'ennuie, s'impatiente. Il commence à murmurer. Il faut vous décider à le voir : il le faut.

Cela dit, sans laisser le temps de lui répondre ou de chercher des objections qui auraient ravivé la discussion, il prit son chapeau et se retira.

Pierre Dampier le laissa partir sans prononcer un mot ; si Daniel craignait qu'il ne le retînt, il éprouvait, lui, un bien être au départ de Daniel.

Quant à Marianne que ses camarades cherchaient partout, elle se retrouva enfin, mais pâle comme une morte, frissonnante et quasi-folle.

Elle prétendit avoir eu un coup de sang, une syncope soudaine, être tombée sans connaissance au fond du cellier et s'être réveillée seulement tout à l'heure.

Son apparence justifiait ses explications.

La vérité est que, cachée derrière la porte de l'alcôve de son maître, elle avait assisté à cette scène. Sans en pénétrer encore plus que nous l'entière signification, elle comprenait qu'il s'agissait de quelque chose d'horrible.

Marianne, qui était plus curieuse que bête, eut la présence d'esprit de réfléchir avant de parler. L'habitude de vivre avec le laconique Germain, lui avait enseigné le prix du silence, quoiqu'elle ne le pratiquât pas par tempérament.

Cette fois, le raisonnement et la peur la rendirent discrète. Cependant elle n'était pas de force à garder pour elle seule un pareil secret; elle en aurait étouffé, et, comme elle n'y tenait plus, elle chercha à qui s'en ouvrir.

Elle pensa d'abord à son confesseur; en province, où beaucoup de femmes vont à confesse par manière d'habitude et de distraction, il n'y a pas de secrets d'intérieur auxquels le directeur ne soit initié. Dès qu'il survient un événement quelque peu scabreux chez soi ou chez son prochain, on court le porter tout chaud au bon père, sous prétexte que ce scandale vous trouble la conscience, et l'on ne sort de là qu'après avoir confessé toute la ville.

Mais Marianne, qui aimait et respectait ses maîtres, et qui n'avait commis son indiscrétion que par antipathie pour le conseiller Daniel Mortaigne, eut assez de jugement pour comprendre que le mystère auquel il avait fait allusion n'était pas particulier à lui seul, qu'il était scabreux et que le président y était engagé.

Cette scène, au fond, confuse dans son cerveau, se représentait surtout à elle par l'explosion violente de son maître contre Mortaigne. Il lui fallait, pour s'épancher, quelqu'un de plus familier, connaissant plus personnellement les choses de la maison, et avec qui elle pût faire des commentaires et pousser son enquête plus avant.

Elle écarta sans hésiter Germain, — l'honnête garçon l'aurait étranglée s'il avait soupçonné son équipée.

Elle se rabattit sur Julienne, car il fallait qu'elle parlât absolument, absolument!

La gouvernante était une honnête et droite nature, le choix était donc excellent. Mais la révélation était si étrange, et prit en passant par la bouche de la narratrice des proportions si fantastiques, que Julienne, effrayée, ne se rendit qu'avec peine à l'évidence et tomba à son tour dans une perplexité extrême.

Ainsi que Marianne, elle resta convaincue que le conseiller remplissait auprès du président le rôle d'un mauvais inspirateur, et qu'il l'avait entraîné dans une aventure périlleuse. Mais ici les notions devenaient si confuses, les noms prononcés dans l'entretien donnaient lieu à des hypothèses si incohérentes, que les malheureuses perdaient absolument la tête et le sens commun.

La femme de chambre amenée à se méfier de tout ce qui émanait de Mortaigne, se demandait particulièrement dans quel but il poussait au mariage d'Alice, et ce projet appuyé par un tel auxiliaire, lui devenait désormais suspect.

Elle aurait bien voulu toucher un mot de tout cela à ses dames, mais elle sentait le terrain si brûlant et elle se perdait elle-même dans de telles obscurités, qu'elle prit la saine résolution de se taire, pour le moment, en se livrant à de discrètes observations d'accord avec Marianne.

Cet incident, quelles qu'en dussent être les suites, témoigne de la perturbation jetée dans la maison Dampier, des fondations jusqu'au faîte. Il gagna encore en importance par la suite qui ne tarda pas à lui être donnée.

M. Dampier assista, ainsi qu'il l'avait annoncé, aux obsèques du conseiller Guillaume Dupray.

Il tint, en qualité de président à la Cour, un des cordons du poele, et prononça sur la fosse une allocution courte, mais d'une inspiration chaleureuse, dans laquelle il trouva moyen de faire allusion à la pieuse libéralité du défunt pour la mémoire du fils d'un ami.

En arrivant à cette conclusion:

« Dors en paix, homme de bien, magistrat intègre dont la pensée suprême fut d'assurer le repos des autres au sein du Dieu de justice éternelle. »

Sa voix prit de telles vibrations, sa parole s'élança avec tant d'éloquence, qu'une partie des nombreux assistants ne purent retenir leurs larmes, et qu'il se vit entouré par les membres de la famille et complimenté par tous les membres de la Cour.

XIV

L'énigme du testament de Guillaume Dupray.

Le legs du défunt obtint l'approbation générale; dans un certain monde on en fut d'autant plus édifié qu'à cette époque la magistrature se piquait plus volontiers d'admirer Voltaire que les Pères de l'Eglise.

Il y eut cependant un sceptique.

M. Pascal qui, depuis un certain temps, faisait parler de lui le moins possible, quoique Daniel Mortaigne s'inquiétât de ses agissements, — M. Pascal assistait à la cérémonie, et pendant que la foule s'écoulait un peu à la débandade, il profita de cette confusion pour joindre M. Fontaine, avec lequel il descendit le cimetière par une allée écartée.

— Est-ce que vous soupçonniez, fit-il, que M. Dupray fût si lié que cela avec la famille Dampier?

Le juge d'instruction habitué à sa façon de procéder et sachant qu'il perdait peu de paroles, le regarda pour lire dans sa pensée la portée de cette question à brûle-pourpoint.

— C'est vrai, dit-il, je n'ai jamais remarqué d'intimité entre eux.

— Hormis leurs rencontres au palais, ils ne se voyaient pas trois fois par an.

— Mais alors, en effet, ce legs d'une messe, de la part d'un esprit philosophe tel que prétendait l'être le conseiller Dupray, ce legs est bizarre. A quoi seriez-vous tenté de l'attribuer.

— Ecoutez-moi, cher Monsieur, dit le chef de la sûreté, en se rapprochant et après s'être assuré que l'allée était déserte : vous êtes deux hommes au tribunal que j'estime sans restriction : vous et M. Vergnier. Eh bien, depuis tout à l'heure trois mois, vous faites un travail de Pénélope, et moi avec vous !

Oh ! vous pouvez me regarder, je vous dis ma pensée; je ne sais rien, je ne devine rien ; je cherche, et à mesure que je crois trouver un jet de clarté ou avancer d'un pas, il survient un obstacle qui éteint la lumière et me rejette aux antipodes. Je m'agite dans un dédale.

Dix fois j'ai cru tenir le fil ; une influence insaisissable l'a coupé dans ma main.

Mais enfin, ces lueurs, ces jalons, quels sont-ils?... Peut-être en nous entendant bien, en nous unissant avec M. Vergnier, qui s'y consume comme vous et moi, nous arriverions à établir un diagnostic comme disent les médecins.

Aujourd'hui, par exemple, qu'entrevoyez-vous dans le testament de M. Guillaume Dupray ?

— Moi?... je ne sais... mais vous-même?

M. Pascal se pencha davantage encore à l'oreille de son interlocuteur, et lui dit :

— Un remords.

Le juge d'instruction tressaillit, réfléchit l'espace d'une dizaine de pas et conclut en donnant à ses paroles plus d'énergie que n'en avait son accent :

— Vous soupçonneriez une solidarité entre cet acte et le crime dont nous poursuivons le châtiment?... Mais où cela nous mènerait-il, ou plutôt où n'irions-nous pas?... Non, mon cher Pascal, décidément le zèle vous entraîne. La libéralité pieuse du défunt s'explique d'une manière plus simple et plus naturelle. Le conseiller sentant sa fin venir a été pris, comme tant d'autres esprits forts, de scrupules ; ayant donné sa vie au scepticisme, il a voulu se réconcilier en payant son tribut à la foi, par un acte éclatant.

— Je le veux bien, répondit le chef de la sûreté du ton le plus incrédule du monde.

— Vous êtes irritant? Si encore vous m'apportiez des éléments de conviction ! Mais non, nous en sommes réduits à retourner dans tous les sens ce misérable Martin Baruelle, qui ne se livre pas !... Je veux le questionner de nouveau, aujourd'hui même, au point de vue de vos doutes, qui concordent avec ses menaces de mettre à la gêne des gens haut placés.

— N'êtes-vous pas de cet avis?

— Oui, essayez, cela ne coûte pas grand' chose, et surtout tenez-le bien, votre prisonnier. Mais je doute que le drôle vous fournisse des lumières sur ce testament, que je persiste à déclarer bizarre.

M. Fontaine renouvela son geste d'anxiété et de curiosité :

— Comment que je le tienne bien? Voulez-vous dire qu'il va m'échapper !

— Mon Dieu, je ne dis rien... mais tout est possible.

— Oh! gardé comme il est !...

— Hé! hé! ces gaillards-là ont plus d'une corde à leur arc. Ce que je vous en dis, c'est que quoiqu'ayant été relâchés et reconnus blancs comme des agneaux, je ne perds pas de vue sa fille et son gendre de la main gauche, deux pas grand'chose tombés dans la pourriture.

Eh bien, ils ont des allures gaillardes et annoncent, sans beaucoup se gêner, à leurs voisins et complices, qu'ils attendent d'un jour à l'autre le retour de Martin, amnistié comme eux, et largement indemnisé d'une détention imméritée.

Que pensez-vous de cela à votre tour?

— Propos de coquins payant d'impudence. Martin Baruelle n'a pu se flatter devant personne d'une libération qu'il n'attend pas. Il est au secret pour tout le monde.

— Une dame de charité, ce n'est pas quelqu'un à votre avis?

— Madame Mortaigne!... oui, une femme dévote, bavarde!... Notre procureur général n'en fait pas d'autres! Mais est-il vraisemblable que ce bandit lui ait accordé ses confidences plutôt qu'à nous?... En vérité! Vous me mettez la tête à l'envers avec vos insinuations, qui ne reposent sur aucun fait saisissable... Si je touchais de cela un mot au président Dampier?

M. Pascal eut à son tour un mouvement de panique.

— Au président, qui vient de vous faire pleurer sur la mémoire de Guillaume Dupray, et qui a réclamé l'élargissement d'Adèle Baruelle et de Bamboche?... Il est dans une veine d'indulgence et d'attendrissement qui n'avancerait pas votre enquête.

— C'est à perdre la tête! Et rien, rien de nouveau! Nous avons affaire à des coquins bien habiles!

— Ou, comme le dit Baruelle, bien puissants!

— Et dire qu'un homme comme vous, mon cher Pascal, n'arrive à rien!

— Ce n'est pas, répondit son interlocuteur pensif, faute d'avoir cru tenir un moment quelqu'un d'aussi intéressant pour le moins que Martin Baruelle.

Le juge d'instruction ouvrit l'oreille et saisit la balle au bond:

— Qui donc? demanda-t-il.

— Peuh! qui serait-ce, sinon ce joli cœur de Gabriel Lautour.

— Oui, mais son alibi a été établi par le témoignage irrécusable et tout spontané du conseiller Daniel Mortaigne?

— Mortaigne! Mortaigne! décidément ce nom-là porte malheur à notre affaire!

Le juge d'instruction était au fond de cet avis; après une courte réflexion il dit en observant avec attention la physionomie de son interlocuteur:

— J'ai une idée que nous aurions dû avoir plus tôt. Je vais rappeler ce jeune homme; il s'en est tiré, lui, c'est à merveille, mais à tout hasard, je veux savoir le nom des tapageurs qui couraient les rues cette nuit là avec lui et la victime.

— Excellente votre idée! essayez-en, appuya le chef de la sûreté.

Ainsi devisant ils rentrèrent en ville, regagnèrent le palais et communiquèrent ce dessein à M. Vergnier qui l'approuva aussi, et qui ayant eu occasion de rencontrer le président Dampier lui en fit part.

Le président y applaudit sans réserves et laissa entendre que de son côté, il avait un plan dont il espérait un bon résultat.

Or, comme cet esprit éminent savait exécuter en même temps que concevoir, il ne perdait de vue aucun des chapitres de sa conférence avec Daniel Mortaigne.

En conséquence, le soir même, à la fin du dîner, quand il se trouva seul avec sa mère et sa fille, il amena la conversation sur le compte de M. Vergnier, et à sa satisfaction, il trouva, comme le conseiller le lui avait promis, le terrain parfaitement préparé. Il en profita pour abréger les préliminaires et arriver au fait.

— Je vois, dit-il, que nous sommes d'accord sur le compte de ce jeune homme. Il faudrait, d'ailleurs, être aveugle pour le nier; son mérite frappe les yeux, et je ne sache personne qui ne lui rende justice.

Parlons donc à cœur ouvert, ainsi qu'il convient dans une famille unie, où chacun songe à assurer le bonheur des siens. M. Vergnier nous a laissé entendre ses désirs, et à l'accueil qu'il reçoit de vous, je dois croire qu'il n'a pas été trop maltraité.

Pourquoi vous cachez-vous de moi?....

Eh bien, non... je ne vous le demande pas... reprit-il vivement avec un soupir. Ce n'est pas votre réserve que j'accuse; mais la sienne... Allons, je sais ce que vous allez me dire: sa timidité, une retenue exagérée, le sentiment des circonstances où nous nous trouvons?

C'est cela, n'est-ce pas? Je n'y vois rien qui ne soit à sa louange et qui ne confirme l'estime que j'ai toujours eue pour lui.

— C'est vrai, mon fils, répondit Mme Dampier, et je ne saurais vous dire à mon tour combien je suis heureuse que vous abordiez cette question et que vous soyez si juste dans vos appréciations.

Allons, mon enfant, dit-elle à la convalescente en proie à un embarras facile à comprendre, ne t'émotionne pas ainsi... Tu vois que tout va bien; ton père devance tes vœux les plus chers.

— Et j'ai hâte de les combler, ajouta Pierre, car j'entrevois en même temps le retour complet de tes forces et de ta gaîté, ma chère Alice.

— Oui, mon père, prononça celle-ci, surmontant sa timidité vis-à-vis du président, je crois que M. Henri Vergnier est un galant homme et qu'il rendra sa femme heureuse.

— Eh bien, mon enfant, il faut arranger tout cela.

XV

in en pays bohême

Le président continua de l'accent le plus propre à provoquer l'aveu de la sympathie de sa fille pour M. Vergnier :

— Pour commencer, n'as-tu aucun moyen d'enhardir ce jeune homme jusqu'à s'ouvrir à moi de ses intentions ?

— Je crois n'avoir qu'un mot à lui dire, et je vous avoue que si je ne l'eusse retenu jusqu'ici, ce serait fait depuis longtemps.

— Comment cela, c'est toi qui l'as empêché?... Je ne comprends plus..., fit le président, regardant tour à tour sa mère et sa fille.

— Ecoutez-moi, mon père; vous me parlez aujourd'hui avec tant de bonté que je ne veux avoir aucun secret pour vous.

Ayant été écarté une première fois, par ma répugnance à épouser un magistrat, M. Vergnier a voulu d'abord me tenir de moi-même, puis convaincu qu'il avait triomphé de mes préventions injustes, il m'a demandé la permission d'aller vous trouver.

Mais, ainsi que vous venez de le rappeler, nous traversons de cruelles épreuves, et j'ai mis une condition au prix de ma main.

— Une condition?... laquelle, mon enfant?

— Je ne dois devenir la femme de M. Vergnier que le jour où les assassins de mon frère seront punis...

Un nuage envahit les traits de Pierre Dampier, et d'un accent frémissant et sombre il murmura en passant avec un spasme la main sur son front :

— Les assassins d'Emmanuel !...

L'aïeule suivit ce mouvement la poitrine haletante, et ses lèvres pâlies restèrent entr'ouvertes et tremblantes.

— Pardonnez-moi, reprit vivement Alice, d'évoquer en ce moment ce souvenir et ce nom... Il faut bien que vous sachiez la raison des choses et de ma résolution.

— Les assassins d'Emmanuel !... répéta Pierre Dampier, devant lequel ces mots évoquaient l'image de la victime.

Au bout d'un silence, il se secoua pour reprendre possession de ses sens et rentrer dans la réalité, puis, de cet organe dont l'éloquence était si justement appréciée et avait gagné tant de causes :

— Je ne blâme pas ton vœu, ma fille; il est pieux et part d'un cœur généreux. Mais mon devoir est de te dire qu'il est excessif, irréfléchi et qu'à un certain point de vue il est injuste!...

— Injuste! se récria Alice.

— Oui, et ta grand'mère sera de mon avis. Mieux que personne, je connais le dévouement, l'intelligence et le zèle déployés par M. Vergnier; il n'a rien ménagé, il ne s'est pas ménagé lui-même. Hélas! tous nous avons perdu notre peine! Aucune trace, aucun indice n'est resté. Les malheureux qui nous ont plongés dans ce deuil, semblent introuvables.

Eh bien, est-il juste de rendre responsable de cet insuccès l'homme qui s'est prodigué, sacrifié? Toi-même, chère enfant, tu n'as pas le droit de le condamner à ce deuil éternel, qui te mine et qui deviendrait un vrai suicide...

Au nom de la grand'mère, au mien, Alice, je te conjure de ne pas pousser plus loin cette générosité stérile et excessive !

Je t'en conjure aussi au nom de ce loyal jeune homme, et même dans l'intérêt que nous poursuivons en commun. Accorde à notre loyal auxiliaire la récompense qu'il a méritée, et crois-moi, en te rapprochant plus intimement de lui, ton influence et ton prestige gagneront sur son esprit.

N'est-ce pas votre avis, ma mère, je vous prie de le dire avec sincérité.

C'était un véritable plaidoyer, et, de la part de ce chef de famille si rigide, cette attitude, ce langage étaient sans précédent. Jamais Alice ne l'avait entendu prendre, pour lui exprimer ses volontés ou ses désirs, ces accents persuasifs et subordonnés. Il s'adressait en outre à sa fibre la plus sensible, il sollicitait comme une grâce la réalisation de son aspiration la plus ardente.

L'aïeule, dont les dispositions tendaient à cette alliance, et dont l'unique appréhension était de la voir rompue, par quelqu'une des fatalités qui poursuivaient ses enfants, l'aïeule joignit ses instances à celles de M. Dampier.

Alice vaincue jeta les bras au cou de sa grand'mère, et cachant sa rougeur dans son sein :

— Allons, prononça-t-elle tout bas, faites tous deux ce que vous voudrez !

Le président, par un élan qu'il n'avait jamais éprouvé, l'enleva aux caresses de sa grand'mère, la pressa lui-même contre sa poitrine, et l'embrassa chaleureusement en répétant :

— Merci, mon enfant, merci !

Encouragé par le succès de son allocution du cimetière et par son succès auprès de sa fille, le président résolut d'épuiser, pendant qu'il était en verve et en veine, le programme que lui avait tracé Daniel Mortaigne.

Or, le point capital était la visite à rendre à Martin Baruelle.

L'ancien forçat avait reçu plusieurs fois celle de la conseillère, et chaque fois, quoiqu'elle doublât la dose des douceurs et des bonnes paroles, il devenait plus exigeant.

Ce n'est pas qu'il s'exprimât devant la visiteuse dans les termes précis et clairs qu'aurait souhaités la curiosité de la chère dame. Ce coquin, au contraire, mettait du raffinement à ne parler qu'à mots couverts, avec des allusions sinistres, des insinuations perfides et des obscurités qui plongeaient la visiteuse en d'atroces quintes d'impatience et d'inquiétude.

Exploitant l'appât de la révélation définitive après quoi elle aspirait, le prisonnier exigeait d'elle toutes sortes de services, auxquels, il faut bien l'avouer, son mari prêtait les mains, sans doute dans l'espoir d'arracher par la bienveillance les aveux refusés à l'autorité.

Ainsi, il arriva que, par cette filière, le président Dampier, abdiquant sa rigidité catonienne, chargea un jour Germain d'une commission qui plongea l'honnête serviteur dans une entière confusion d'idées.

— Connais-tu, lui demanda-t-il, dans le faubourg de l'Ouest, un cul-de-sac qui a nom l'impasse Malouet ?

— J'en ai une idée, fit le valet de chambre ; c'est un affreux trou où logent de très mauvaises gens.

— Justement, et c'est là qu'il faut que tu ailles.

— Si c'est l'ordre de monsieur le président, j'irai, quoique certainement ce ne soit pas un bon endroit pour des personnes qui se respectent.

— Mon garçon, dans les circonstances où nous sommes, il ne s'agit pas de ce qu'on voudrait, mais de ce qu'on doit faire.

— Oh ! je ne me permettrai pas de demander les raisons de monsieur le président !

— Je le suppose bien ; aussi en te chargeant d'une mission de confiance, je compte sur ta discrétion absolue.

Germain s'engagea par un geste solennel à rester muet. Son maître continua :

— La moindre indiscrétion compromettrait une combinaison importante.

— Pour découvrir les assassins ?

— Oui.

— Merci Dieu ! On me couperait en quatre que je ne lâcherais pas un mot !

— Tu vas donc te rendre à ce terrier ; tu chercheras le numéro 6 et tu demanderas la fille Baruelle.

— C'est le nom du scélérat qui est à la conciergerie ?

— Justement, et cette fille est la sienne. Tu diras que tu veux parler à elle seule, et alors tu lui remettras ce rouleau.

— Je le lui remettrai, fit Germain plongé dans un nuage qui l'abrutissait tout à fait.

— Je le lui remettrai, M. le président. Faudra-t-il prendre un reçu ?

— Non. Mais si elle te demande d'où vient cette libéralité, rappelle-toi bien la réponse qu'il faut lui faire :

« C'est de la part d'une personne qui ne veut pas être connue, à qui votre père a fait parler et qui vous sera bonne si vous vous conduisez sagement. »

Tu te souviendras bien ?

Germain répéta consciencieusement tout bas chaque mot, à mesure qu'il sortait de la bouche de son maître :

— Je n'en oublierai pas une syllabe, dit-il ; et après ?

— C'est tout : tu viendras me rendre compte comment les choses se sont passées. Si cette fille t'interroge, ce qui est peu probable, tu ne répondras, à tout ce qu'elle pourra te demander, qu'une chose : je ne sais pas.

Est-ce clair ? et comprends-tu ?

— Je ne sais pas... pardon, fit le brave garçon en se reprenant, je veux dire que je n'ai pas besoin que ce soit limpide pour exécuter les ordres de monsieur le président, parce que, quant à être ce qu'on appelle transparent...

— Il suffit, du moment que tu te rappelles les mots...

— Certainement, c'est ce que je disais à monsieur le président...

— Eh bien, pour ne pas les oublier, va tout de suite et tout droit.

Le valet de chambre obéit ; mais il éprouvait tant de perturbation dans l'équilibre de ses notions, en voyant son maître envoyer de l'argent à des gens de cette sorte, et déroger jusqu'à recourir, vis-à-vis d'eux, à la douceur et à la persuasion au lieu de les traiter du haut de sa grandeur, qu'il osa, pour la première fois, se demander si les chagrins n'altéraient pas les austères principes de M. le président.

Le pauvre cher homme n'arriva pourtant pas tout droit au clapier de la fille du repris de justice.

Sa tournure honnête, sa mine naïve et jusqu'à la civilité avec laquelle il s'enquit en entrant dans l'impasse du gîte de la fille Baruelle soulevèrent des éclats de rire et des huées, qui mirent toutes les têtes des suppôts de l'argot aux croisées.

Germain suait à grosses gouttes, se croyait tombé en plein sabbat et se demandait avec consternation comment un homme tel que monsieur le président, avait pu l'envoyer dans un lieu si mal hanté.

Il se gendarma finalement en sentant que les sirènes de ce bourbier en l'attirant d'une main cherchaient de l'autre à explorer ses poches.

— Par la mort nom du diable, jura-t-il par réminiscence, je veux voir la fille Baruelle et je la verrai !

A cette exclamation, un gars de méchante mine, la casquette sur l'oreille, s'approcha, et d'un geste accompagné d'épithètes auxquelles, quoiqu'ayant été soldat dans le temps, Germain ne comprit rien, il écarta la meute.

— C'est bien Adèle Baruelle que vous demandez, l'ancien ? fit-il.

— Elle-même, et pas d'autre.

— Eh bien, voilà précisément son escalier, dit le cicérone, qui n'était autre que Bamboche, et qui, avant d'intervenir, avait déjà dévisagé le messager des pieds à la tête. Montez au troisième.

Là-dessus, il lança dans la direction de la croisée un cri particulier qui fut entendu, car on frappa deux coups sur les carreaux en manière de réponse.

Elle était hélas ! tombée au dernier échelon, cette grisette blonde et pimpante dont Emmanuel avait fait sa passion printanière !

Elle se méprit d'abord sur la visite de Germain et se confondit en avances dont elle reconnut bientôt l'inutilité.

— Alors, dites donc ce qui vous amène, fit-elle, et puisqu'on ne peut pas vous offrir autre chose, prenez une chaise.

Il en avait besoin et s'y laissa tomber. Dans l'atmosphère où il vivait depuis tant d'années, l'honnête serviteur, n'avait jamais soupçonné qu'il existât rien de pareil, et de plus en plus, une idée fixe battait opiniâtrement son cerveau :

Quel motif assez grave justifiait sa démarche et le contact indirect, mais palpable, de son maître avec les déclassés de ces parages ?

— Allons, l'ancien, reprit Adèle intriguée de cette visite ? Je vous écoute.

— Je viens de la part d'une personne généreuse, qui vous veut du bien.

— Miracle ! je vous attendais !

— Vous m'attendiez ?...

— Oui, mon cher, m'étant fait faire les cartes hier par la Picaude, elle m'a annoncé la visite d'un homme de campagne m'apportant des nouvelles et de l'argent.

Voyons, est-ce cela ?

— A peu près, répondit l'honnête messager, absolument ahuri.

Il tira lentement du fond de sa poche le rouleau de pièces de cinq francs et répéta encore mot pour mot la phrase dictée par son maître.

La fille du forçat se saisit de l'argent, et partant d'un de ces éclats de rire métalliques et sans gaîté qui sont l'un des cachets de ces créatures :

— Merci, homme généreux, fit-elle, vous direz à votre respectable Monsieur qu'il était temps, attendu que n'ayant plus rien à nous mettre sous la dent, Bamboche et moi nous allions *manger le morceau.*

— Manger le morceau ? répéta le valet de chambre étranger à cet ignoble argot, que nous-même mitigeons par égard pour la délicatesse de nos lectrices.

— Allons, c'est bon, homme mystérieux, ajouta une voix d'homme, faisant écho au rire d'Adèle, tu nous prends donc pour des imbéciles avec tes secrets de polichinelle ?

Germain reconnut le bohême qui lui avait indiqué son chemin.

Bamboche prit aux mains d'Adèle l'argent qu'elle palpait déjà avec délices, et l'enfouissant dans son gilet :

— C'est bien pour un à-compte, mais puisque ton monsieur est si satisfait, il faut qu'il renouvelle l'arrosage, et le plus tôt possible. Je ne te dis que ça.

Et puis, ce n'est pas tout. Nous apportes-tu des nouvelles du patron ?... Eh bien, oui, de Martin Baruelle ?

— Il est toujours en prison, voilà tout ce que je sais.

— Et l'on n'a pas idée de lui donner de l'air ?

— Ah ! par exemple !... se récria involontairement le messager.

— De quoi ?... gronda Bamboche ; faudra pourtant que ça vienne, et vous direz à votre même respectable monsieur, que le plus tôt sera le mieux... dans l'intérêt de tout le monde. Vous entendez ? Puisqu'il nous envoie des charades, c'est la réponse du berger à la bergère.

Germain n'ayant plus conscience que d'une chose, la nécessité de sortir de cet antre, se leva et balbutia :

— Ma commission est remplie ; je ne peux que vous engager à une chose, c'est à mériter la bienveillance des personnes généreuses qui vous veulent du bien, mais qui certainement s'arrêteront si vous ne vous en montrez pas dignes.

— Eh bien, à la bonne heure, dites-leur aux personnes qu'on sera gentil, mais qu'elles aient soin de fournir du foin au râtelier.

Germain levait le bouton de la clanche, lorsqu'Adèle, devenue sérieuse, s'approcha et lui dit :

— Je ne vous demande plus les nouvelles que vous ne voulez pas me donner, mais en aureiz-vous de mon... du petit Emmanuel ?

Ce nom rappelant au vieux serviteur celui de son jeune maître, faillit lui enlever le restant de sa raison.

Il ignorait jusqu'à l'existence de l'enfant acheté, perdu et enfin sauvé de l'engloutissement de l'hôpital par ses maîtresses.

— De qui parlez-vous ? bégaya-t-il.

— De mon enfant, sans doute ; du petit que j'ai eu avec mon pauvre cher Manuel. Ah ! ça, vous êtes donc totalement idiot ?

Une lueur traversa enfin l'opacité de sa cervelle ; il se rappela une série de détails, de propos qu'il n'avait jamais relevés, retenu par le scrupule de se mêler des affaires de ses maîtres, et laissant éclater ses impressions, il s'exclama :

— C'est donc vous qui étiez la connaissance de M. Manuel ?

— Je m'en flatte, vieux patriarche.

— Eh bien, vous êtes une fière coquine ! s'écria l'honnête serviteur cédant à l'indignation.

Bamboche grogna et fit un pas en levant les poings.

Adèle se jeta entre les deux et dit au bohême d'un ton qui lui imposa :

— Ne t'en mêle pas... Ce brave homme a raison parce qu'il me croit pire encore que je ne suis. Ce n'est pas ton affaire.

Le jeune bandit enfonça sa casquette avec colère, s'assit et se contenta de dire en haussant les épaules :

— Malheur !

Adèle, se retournant alors vers Germain, acheva :

— Eh bien ! oui, je suis la mère du petit. Il a dû être retiré de l'hôpital par ses grands parents. Dites-leur que je voudrais le voir, quand ce ne serait qu'une fois, et que, s'ils me le permettent, ils ne s'en repentiront pas.

— Malheur des malheurs !..., mâchonna Bamboche, et dire que c'est moi qui ai sauvé ce méchant gosse, qui nous portera malechance, quand tout allait si bien.

— Tais-toi ! dit la malheureuse, moi je l'aime ce petit, ça ne te regarde pas.

— C'est-à-dire que si nous tombons dans le sentiment, adieu paniers, vendanges sont faites !

— Allez, répéta Adèle en poussant Germain sur le palier, et n'oubliez rien.

Il était absolument hors d'état de répondre, le chaos le plus inextricable exécutait une danse macabre dans son cerveau, et joint à cela l'embarras de rendre compte à monsieur le président !

Il sortit du cul-de-sac de l'allure d'un homme ivre, tout tournait devant lui et ses jambes titubaient. Pour l'achever, s'il eût été possible, les ricanements de la horde qui l'avait accueilli à l'arrivée, le poursuivait au départ.

A une dizaine de pas, dans la rue, il entrevit vaguement une silhouette qui avait un air de connaissance, mais il ne s'arrêta pas, cette impression glissa sur les autres, il revint machinalement, par pur instinct à l'hôtel.

Cette vision était moins fantastique que le reste, pourtant. C'était celle de M. Pascal, dont les excursions dans ces parages devenaient très fréquentes.

Le chef de la sûreté s'arrêta pour considérer le serviteur du président, ne laissa rien percer de sa surprise, et le suivit des yeux, dans sa marche heurtée, se demandant s'il était vraiment ivre.

L'ayant perdu de vue au détour d'une rue, il se dirigea à son tour d'un air réfléchi vers l'impasse Malouet et monta l'escalier du n° 6.

M. Fontaine, pressé d'autres affaires, dut reculer d'un jour ou deux l'appel à son cabinet de Gabriel Lautour, mais n'ayant oublié son entretien du cimetière, il saisit un moment de répit pour mander ce jeune homme.

Deux heures ne s'étaient pas écoulées, qu'il reçut un pli au sceau du premier président, qui le priait en termes courtois de bien vouloir passer immédiatement chez lui.

De pareilles invitations sont des ordres. Le juge d'instruction très intrigué recommanda de faire attendre M. Lautour, s'il se présentait, et se rendit à la hâte auprès du premier magistrat du ressort.

La réception fut aussi affectueuse que le billet et cependant l'œil exercé du juge interrogateur crut lire à travers ce sourire bienveillant une arrière-pensée, qui le tint constamment sur la réserve.

Il avait évidemment tort, à son point de vue personnel au moins, car l'éminent personnage l'appelait pour le complimenter sur son zèle et sur son talent, et comme il se confondait pour décliner ces louanges inattendues, et suivant sa modestie, excessives et inexplicables :

— Ne vous défendez pas, dit le premier président, car je ne vous ai pas demandé uniquement pour ces félicitations, mais aussi pour vous donner la preuve que le mérite, même quand le succès ne répond pas à ses efforts, obtint sa récompense.

XVI

Un nuage à l'horizon.

M. Fontaine comprit enfin en pesant les derniers mots de son chef qu'ils contenaient une allusion à l'affaire de l'Oseraie.

— C'est vrai, M. le premier président, dit-il, nous ne tenons pas encore le mot de cette enquête, mais nous n'en désespérons pas ; depuis quelques jours même, nous entrevoyons de nouvelles éclaircies ..

— Je sais la peine que vous vous y donnez ; et précisément je vais vous en relever.

— M'en relever ?... Ais-je bien entendu ?

— Rassurez-vous, à votre honneur et à votre contentement, sinon tout à fait aux miens. Voici un arrêté, déjà vieux de vingt-quatre heures, qui vous élève au rang de conseiller à la cour de Z....

— Moi ?... est-ce possible ?... balbutia le juge d'instruction confondu d'une promotion si soudaine et si importante.

— Lisez donc, puisque vous doutez.

— C'est vrai..,.. mais j'en crois à peine mes yeux et je ne peux comprendre....

— Vous êtes trop modeste, mon cher conseiller, fit le président, appuyant sur ce titre ; aussi le bonheur que j'éprouve pour vous est-il gâté par un certain regret égoïste de ne pas vous conserver dans mon ressort, au lieu de vous voir partir à cent cinquante lieues.

— Mais, fit M. Fontaine fidèle à ses devoirs, et mon enquête ?

— Eh bien, elle servira à votre successeur à gagner ses éperons ; et puis vous la poursuiviez d'accord avec M. Vergnier, et lui, il nous reste... Ce n'est pas qu'il ne mérite aussi de l'avancement, mais, pour l'instant, c'est le président Dampier qui s'en charge.

Un fin sourire accompagna ces mots.

M. Fontaine n'était pas riche, il était père de famille, il ne pouvait pas hésiter, et n'avait d'ailleurs aucun motif.

Voilà comment après le président du

tribunal, le juge d'instruction se trouva éloigné. Il fut prié en outre de se rendre à bref délai à son poste, tandis que son successeur obtint un sursis pour le remplacer.

Dès lors, tout le poids de l'affaire de l'Oseraie incomba à M. Vergnier.

Sa situation cependant n'était pas ordinaire, et tandis que sa tendresse obtenait le plus encourageant accueil, l'échec successif de ses plans éloignait la réalisation de ses vœux.

Le départ de son collaborateur, juste au moment où ils se croyaient ensemble sur une piste importante, lui causa une grande contrariété. Sous cette impression, il alla rendre aux dames Dampier une de ses visites assidues.

La présence d'Alice avait la double influence de le consoler et de ranimer son énergie par la perspective d'un bonheur qui était devenu le but de son existence.

Cette visite suivait d'assez près l'entretien du président avec sa fille. Le peu de jours qui s'étaient écoulés n'avaient fait, grâce aux bienveillants conseils de l'aïeule que dissiper les derniers scrupules d'Alice. L'assurance de rendre tout le monde heureux autour d'elle, plus encore que la part qui devait lui en revenir, triomphait.

Cette bonne disposition rayonnait dans sa physionomie et lui rendait presque sa brillante apparence d'autrefois. Mais elle n'en saisit pas moins le nuage répandu sur le front de son fiancé, et qui contrastait avec ses propres dispositions.

Mme Dampier, qui sentait la nécessité do les laisser seuls, pour permettre à sa petite-fille d'aborder à son aise la question décisive, trouva un prétexte et sortit.

Aussitôt, Alice, avec cette grâce persuasive qui est le privilége de la jeunesse et de l'amour, dit au visiteur :

— Vous avez quelque chose sur l'esprit, monsieur Henri, une contrariété ? Est-ce donc bien sérieux ?

— J'en ai peur, mademoiselle.

— Oh ! votre peur va me gagner. Est-ce un secret ?

— Hélas ! non, et à vous surtout je puis le confier. On m'enlève mon meilleur collègue, M. Fontaine, sous prétexte de lui donner de l'avancement, et cet avancement, je le crains, va reculer ma difficile entreprise. Je n'ai pas de chance, je ne franchis un degré que pour le sentir crouler sous mon pied. Un mauvais génie tourne contre moi ; on entrave tout ce que j'entreprends. Et cependant, Dieu sait si je néglige rien !

— Je le sais aussi..... et je vous en suis reconnaissante jusqu'au fond de mon cœur.

— Voilà une bonne parole, dont je vous remercie à mon tour, car vous ne me les prodiguez pas, et j'en aurais besoin pourtant !

— Vous ne doutez pas de moi au moins ! dit-elle avec vivacité.

— Non ! je serais trop malheureux, mais ce qui est certain, Alice, c'est que vous ne m'aimez pas autant que je vous aime !

— Ah ! taisez-vous ! taisez-vous !... Je ne vous aime pas, moi ?... c'est mal et cruel ce que vous dites-là. Voyez donc les habits que je porte, songez au chagrin qui me poursuit, et cependant, au milieu de mon deuil, quand je devrais m'ensevelir, m'isoler dans ma douleur, je vous ai accueilli et j'ai entr'ouvert la porte de l'avenir !

Voyons, que pouvais-je faire de plus, et n'était-ce pas déjà trop !

— Eh bien ! non, non, ce n'est pas assez. J'en juge par moi-même, par cette tendresse que je vous ai vouée depuis si longtemps, qui a résisté à toutes les épreuves, à toutes les rigueurs, qui a grandi dans la souffrance. Du premier jour, moi, je n'ai pas marchandé mon cœur, il a été à vous sans conditions... et voilà où mon amour l'emporte sur le vôtre, c'est que je ne vous demande qu'une chose : de me laisser vous aimer.

Il s'était emparé de sa main que tour à tour il pressait et tour à tour il couvrait de baisers. Elle fit un faible effort pour la retirer et dit :

— Vous êtes injuste, et votre amour égoïste ne compâtit pas à ma peine. Que faudrait-il donc pour vous convaincre ?

— Vous le demandez !... Je viens de vous le dire... Il faudrait ne plus mettre cette main charmante à un prix irrévocable, et avoir assez de confiance en moi pour croire que mon bonheur rendrait mon devoir à la fois plus cher et plus impérieux.

Votre grand'mère, je le sens depuis longtemps, est de mon avis, et son appui m'est assuré ; allons, un bon mouvement, levez cette condition qui me désole, et permettez-moi de parler à votre père.

— Mon ami, dit-elle, j'ai toujours été

sincère... eh bien, c'est vrai tout le monde est contre moi... pour vous.

— Ah! s'écria-t-il transporté par un rayon de joie.

— Il faut, je le vois, faire ce que tout le monde veut...

— Vous consentez?... implora-t-il, à deux genoux devant elle.

— Oui... prononça-t-elle tout bas.

— Vous êtes un ange, fit-il en se relevant et en l'embrassant pour la première fois ; non, vous ne saurez jamais à quel point je vous aime !

— Et moi, donc !... dit-elle avec une expression de reproche séraphique, en cherchant à lui dérober son trouble.

— Répétez-le, ce mot charmant, dit-il.

Alors, pressant à son tour ses mains dans les siennes, d'une voix exaltée, et les yeux au ciel pour le prendre à témoin :

— Henri, dit-elle, c'est votre amour qui m'a rendu la vie ; s'il venait à me manquer, ah ! cette fois, je le sens, rien ne me sauverait plus.

— Mon amour, mon âme, ma vie sont à jamais à vous, et je ne veux pas que vous en doutiez une heure !

Ici, la porte s'entrouvrit, et madame Dampier avança sa tête émue et souriante.

Henri Vergnier s'élança au devant d'elle et, la prenant dans ses bras, il l'embrassa comme un fou en répétant :

— Ah ! Madame, que je suis heureux ! que je suis heureux !

Puis il s'échappa dans le même délire pour courir vers le président.

Un léger ennui suivit ce mouvement, M. Dampier était sorti ; on supposait qu'il était au palais.

Le palais n'étant pas précisément l'endroit que l'on choisisse pour s'unir en mariage, le jeune magistrat amoureux remit à regret au lendemain sa démarche. Il lui tardait tant de remplir cette formalité qu'il lui semblait que ces vingt-quatre heures allaient durer l'éternité.

Chemin faisant, comme il marchait sans rien voir, ayant suivant le privilége de tous les cœurs épris, ses facultés en dedans sur un seul objet, il sentit ses jambes entortillées dans des lacets et faillit être culbuté sur le trottoir.

Quelqu'un le rattrapa dans ses bras : c'était Agénor Dupuis, qui promenait en laisse Marengo et Ramonaud.

— Quel bonheur ! fit le dandy.

— Le diable vous emporte, vous, vos chiens et vos ficelles ! riposta Henri Vergnier,

— Sans moi vous étiez par terre !

— Mais sans vous je n'aurais pas trébuché. Il n'y a pas de mal, reprit-il gaiement en tendant la main à Agénor, je vois avec plaisir que vous allez à merveille.

— Mais oui, depuis un mois surtout. Auparavant, j'avais des insomnies, je dormais sans dormir, avec des cauchemars.

— Les suites de votre émotion.

— Évidemment, cela ou autre chose.

Nous autorisons le lecteur à supposer que le cauchemar avait cessé précisément le jour où la tendre Agathe détruisit par un expédient si réussi, certain papier compromettant. En effet, depuis ce moment le lion de la bourgeoisie de X..., avait recouvré tous ses moyens et ne faisait plus aucun détour pour éviter la rencontre du mari de la dame.

Agénor était redevenu superbe, rutilant, à tous crins, et s'il se promenait plutôt dans la ville que dans les champs, c'est qu'il savourait le bonheur de se voir désigner au doigt et d'entendre les passants murmurer à l'oreille des étrangers ces mots glorieux : « C'est le monsieur qui a découvert le cadavre de l'oseraie. »

Il ne manquait plus à son odyssée que le couronnement des assises, pour exposer devant le jury le récit qu'il avait répété à tous les échos des salons, des cercles et des cafés.

Il connaissait le bruit du prochain mariage d'Alice et de M. Vergnier, mais il ne s'en souciait guère; sa gloire n'était plus là et quant à l'amour, il était replongé jusqu'au cou dans les délices de la Circé dont l'expérience rachetait la maturité.

— Sauf ce petit accident, dit-il à M. Vergnier, j'ai grand plaisir à vous rencontrer, cher monsieur. Vous allez me dire si votre enquête aboutit enfin, car tel que vous me voyez, je suis entre le zist et le zest. J'ai à m'absenter et je n'ose craignant que vous n'ayez besoin de moi. Je vis et je ne vis pas!

Le procureur du roi se rappela soudain à ces mots cette recommandation du chef de la sûreté : « Ne perdez pas de vue M. Angénor, j'ai idée qu'il nous servira. »

— Vous avez raison, répondit-il. Il faut que je cause de nouveau avec vous, tranquillement... Tenez, un de ces matins, voulez-vous que nous allions ensemble du côté de ce fatal pré de l'oseraie. Nous déjeûnerons dans une des auberges de la route ?

— Très volontiers et quand il vous plaira. Par exemple, j'emmènerai mes chiens ?

— Sans leurs cordes ! fit en riant M. Vergnier, et l'on reprit chacun sa direction.

En traversant la salle des Pas-Perdus pour monter à son cabinet, le jeune magistrat vit glisser et s'enfoncer sous la voûte d'une galerie communiquant avec la conciergerie, M. Dampier accompagné du procureur général.

Leur silhouette qu'il distingua à peine cependant le frappa.

Le procureur général, homme puissant et sanguin, était pourpre, et paraissait très animé.

Le président, au contraire, marchait raide et droit, et son regard paraissait d'autant plus ardent, que sa physionomie livide conservait une invariable immobilité.

Involontairement, le jeune homme s'arrêta et resta rêveur, les suivant de la pensée.

Quelqu'un s'approcha et fut obligé de le toucher au bras pour appeler son attention.

C'était le chef de la sûreté, qui lui dit :

— Vous avez vu passer ces deux messieurs ?

— En effet, et je me demandais où ils vont ?

— Ils ont évité comme à vous de me le dire et je ne veux pas le deviner. Mais il se manigance ici d'étranges choses. Ce n'est pas pour rien qu'on nous prive de M. Fontaine.

— Vous m'inquiétez... Que supposez-vous donc ?

— Tenez, monsieur Vergnier, dit M. Pascal dont l'accent portait le sceau de la sincérité ; vous étiez avec M. Fontaine les deux hommes de notre magistrature en qui j'avais la plus entière confiance et que je savais dignes d'une estime sans réserves.

Voilà votre collègue parti, vous restez seul. J'ai bien peur de porter aussi ombrage à je ne sais qui, et de vous quitter un de ces jours.

— Vous, monsieur Pascal, l'homme de votre devoir !...

— Eh bien, et notre président de première instance, et M. Fontaine ?

— C'est vrai... murmura M. Vergnier redevenu pensif, mais ils ont eu un avancement mérité.

— Bon ! ils ne le demandaient pas: Croyez-vous qu'on ne trouverait pas aussi un poste supérieur pour moi ? Si je vous en parle, c'est pour que vous ne soyez pas surpris... il y a déjà eu quelque chose dans l'air.

Entre nous, il n'a tenu qu'à moi de partir ; voilà le mot lâché.

— Vous êtes resté cependant ?

— Oui, j'ai la manie d'aimer mon état ; je m'intéresse aux choses ; je m'y incarne ; j'étais né artiste, c'est ma manière de faire de l'art.

— Mais si vous partiez, pourquoi ne m'éloignerait-on pas aussi ?

— Oh ! vous, dit avec une tranquillité pleine de sous-entendus le chef de la sûreté, vous n'êtes pas dangereux.

— Pas dangereux ? répéta le jeune homme en l'enveloppant de son regard loyal et pénétrant.

Sur quelles énigmes marchons-nous donc ?.... Vous venez de m'assurer de votre entière confiance, expliquez-vous.... il le faut.

— Permettez-moi d'attendre encore un peu, afin de ne rien vous dire qui ne soit sûr et certain...

Il s'arrêta, remua les lèvres sans rien articuler, et, surmontant à la fin une hésitation visible :

— Je vous ai fait ma profession de foi sincère, dit-il. Mais vous, avez-vous également confiance en moi ?

— Parlez, dit le jeune homme en lui tendant franchement la main.

M. Pascal la serra d'une façon expressive, et baissant la voix pour ajouter à l'autorité de ses paroles :

— Vous êtes un galant homme et je ne mériterais pas votre intérêt, si je ne vous donnais un bon conseil :

Il est beaucoup question d'une alliance entre vous et Mlle Dampier ?

Quelque chose de glacé comme un fer qui lui aurait traversé le cœur, pénétra Henri Vergnier.

Il devint pâle et son regard exprima la terreur.

Son interlocuteur ne perdit rien de cette angoisse, lui-même n'y parut pas insensible, mais il acheva par un effort.

— Eh bien, ne précipitez pas ce mariage.

Ces mots prononcés : « Ne précipitez rien ; » le chef de la sûreté disparut, ayant hâte de laisser son interlocuteur à ses réflexions, mais tenant plus encore à éviter les questions dont il n'aurait pas manqué de le presser.

Il s'écoula plus de cinq minutes avant que le jeune homme atterré s'aperçût qu'il restait seul dans l'immense salle, que traversaient seulement d'un pas pressé, à cette heure de fermeture des bureaux, des employés du greffe.

Incapable de s'occuper d'aucune affaire, obsédé par une anxiété mortelle, Henri Vergnier quitta le palais, où il était venu d'un pas si léger, le cœur si joyeux. Il retourna s'enfermer chez lui avec ses soucis.

Quel parti allait-il prendre ? Sa parole était engagée avec Mme et Mlle Dampier, et ses aspirations étaient d'accord avec cet engagement. Il avait promis de voir sans délai le président. Le hasard seul avait empêché que ce fût ce jour même.

Cependant M. Pascal était un homme sûr, dont il avait mis cent fois la probité et la moralité à l'épreuve. Il ne se pouvait pas, réservé autant qu'il le connaissait, qu'il eût abordé à la légère un sujet si grave, ni que sans un puissant motif, il est formulé un tel avis.

Que se passait-il donc ? Qu'avait-il découvert ? D'où provenait l'obstacle, car il en existait un ; ce limier au flair délié n'éventait guère de fausses pistes.

Par quelle coïncidence ou quelle fatalité cet empêchement se dressait-il, au moment où notre héros venait de triompher du plus opiniâtre, du seul redouté jusque là, la résolution première d'Alice Dampier ?

Il lui prenait des impatiences, des révoltes. Il avançait le bras pour sonner et envoyer chercher le chef de la sûreté. Mais la réflexion succédait aussitôt. M. Pascal était un sphinx. Il avait certainement dit tout ce qu'il pouvait dire ; ni la persuasion, ni l'autorité n'en auraient obtenu davantage.

Alors, l'imagination enfiévrée du fiancé d'une heure se mettait en campagne : allant jusqu'aux suppositions extravagantes, faute d'un fil auquel se rattacher ; mais toujours tournant dans le cercle des événements qui absorbaient ses soins depuis plusieurs mois, il cherchait par

quelle connexité la question de son mariage pouvait leur être subordonnée.

C'était à devenir fou.

Après une nuit battue par cette insomnie, lorsque le jour, qui venait tard, traversa enfin ses rideaux, il sauta en bas de son lit où il s'était jeté à moitié vêtu, et se demanda s'il suivrait le conseil de M. Pascal ou s'il passerait outre.

Un rayon de soleil d'automne pénétrant jusqu'à lui, lui rappela l'image de sa fiancée pâlie et affaiblie aussi. Il se souvint de ses touchantes paroles : « Si votre amour venait à me manquer, rien ne me sauverait plus... »

— Non, s'écria-t-il, adorable fille, tu ne mourras pas par moi !

Il connaissait les habitudes diligentes et régulières du président, il savait qu'il recevait avant son déjeûner pour les affaires importantes. Or, celle-ci l'emportait sur toutes, il se disposa à la hâte pour aller d'un trait à l'hôtel Dampier, et rendre son bonheur et celui d'Alice irrévocables.

Dans sa hâte, il refusa la tasse de chocolat que sa vieille servante voulait l'obliger à prendre.

Il descendit dans la rue.

Un employé du parquet arrivait sur le pas de sa porte ; ils se croisèrent.

Une vive contrariété s'empara du jeune magistrat ; cet employé était un des secrétaires du procureur général, celui qu'on chargeait des affaires délicates et pressantes.

En effet, le dignitaire priait le procureur du roi de venir s'entretenir avec lui d'une affaire urgente, et, pour plus de sûreté, le messager avait ordre de ne pas reparaître sans l'amener.

XVII

Où la Justice chancelle.

Devant une invitation aussi formelle et aussi pressante que celle de son grand chef, toute affaire cessait, M. Vergnier se résigna et obéit.

Chemin faisant, le secrétaire étant un homme d'une certaine importance, avec qui l'on parlait volontiers, notre héros lui dit :

— Est-ce qu'il arrive ce matin quelque chose de sérieux au palais ?

— C'est probable ; autrement on ne dérangerait pas ainsi monsieur le procureur du roi.

—Que se passe-t-il donc, cher Monsieur?

— A ma connaissance, rien, sinon qu'il régnait hier, autour de M. le procureur général, un mouvement de messieurs les conseillers, et que dans l'après-midi, à la suite d'une conférence entre plusieurs d'entre eux et M. le président Dampier, ce dernier est descendu avec M. le procureur général dans le cachot de Martin Baruelle.

—Ah! ah! toujours ce misérable!...

— Ne m'en parlez pas, je ne sais qui nous en débarrassera, mais il serait temps pour tout le monde que ça finît!

Henri Vergnier se doutait déjà de la démarche en question; malgré lui, il la rapprocha de l'avis de M. Pascal, et en conçut une telle anxiété qu'il n'ouvrit plus la bouche.

Les dignitaires de la cour royale étaient décidément devenus d'une déférence rare pour leurs collègues du tribunal. Les préliminaires, les formes courtoises déployées par le premier président vis-à-vis de M. Fontaine, on les renouvela vis-à-vis de M. Vergnier. Mais, comme le juge d'instruction, il s'en étonna et sentit qu'elles couvraient une combinaison dont on ne lui disait pas le mot.

Il supposa un instant qu'on le couvrait de ces fleurs de rhétorique, pour lui annoncer, comme à M. Fontaine, un avancement ou un déplacement intempestif.

En cela seulement il se trompait, ce n'était pas le but, et quand il s'en aperçut, il se rappela le mot de ce terrible M. Pascal : « Vous, vous n'êtes pas dangereux. »

Son grand chef aborda donc enfin, en avocat adroit, cet objet délicat.

— Mon cher collègue, dit-il, élevant par cette formule flatteuse le jeune magistrat à son niveau, il résulte de tout ce que je sais, et particulièrement des renseignements de M. Fontaine, qui m'a mis, avant son départ, au courant de vos rudes efforts, que la vérité se dérobe opiniâtrément à nous.

— C'est vrai, mais je ne renonce pas à la faire jaillir de nouvelles recherches.

Le procureur général secoua la tête par un mouvement pénible, mais incrédule. Il adressa à son loyal et courageux interlocuteur un regard empreint d'une estime qui n'avait rien de suspect; et lui ayant pris et serré la main avec effusion, il continua :

— Non... et sur mon honneur, je le regrette autant que vous, vous n'arriverez à rien.

— Mais, s'écria le jeune homme refusant de se résigner à cette fin de non recevoir, il y a là un crime si flagrant, si effroyable, que s'il restait impuni la société en serait troublée.

— C'est cette perspective que je déplore comme vous... et cependant que savez-vous si la proclamation de la vérité ne la troublerait pas davantage encore?...

M. Vergnier le considéra avec effroi; son accent avait pris une inflexion profonde et sa physionomie s'était assombrie.

C'était un homme blanchi sous le harnais, d'une immense autorité, dont les conclusions faisaient jurisprudence.

— Que ceci soit entendu une fois pour toutes, dit-il après une seconde de répit, et quelque surprise que l'avenir vous ménage, ne doutez pas plus de ma probité de magistrat que de la vôtre, que j'estime très haut.

Il faut absolument le reconnaître, car c'est fatalement vrai, et c'est un des côtés qui nous rappellent à l'humilité de notre nature, il y a des crimes dont les auteurs se dérobent à la justice humaine... ce sont même souvent les plus grands, et c'est ce qui rend sacrée notre foi dans la justice d'en haut.

Mais j'en reviens à ce drame mystérieux du 10 octobre.

Vous ne possédez qu'un prisonnier, et vous n'avez relevé contre lui, depuis plus de quatre-vingts jours d'information, aucun fait probant. Votre instruction repose sur des conjectures et sur un alibi que ce misérable ne sait ou ne peut établir. Mais ce détail devient très secondaire en l'absence de toute allégation appuyée d'un fait matériel quelconque.

Que Martin Baruelle ait mal employé cette fatale nuit, c'est probable; mais, ainsi qu'il l'objecte lui-même, de là à le taxer d'un assassinat commis dans des circonstances qui démontrent une complicité, peut-être même des complications nombreuses, la conclusion est excessive. La justice ne saurait procéder par de tels moyens.

Je dois aller plus loin, car c'est afin de ne pas prendre sans vous avoir consulté une détermination grave, que je vous ai prié de venir.

J'ai visité le prisonnier avec l'homme le plus intéressé à la vindicte du crime, avec le président Dampier, dont vous connaissez en outre les griefs contre ce Baruelle et les siens.

Nous l'avons questionné à fond; — il restait peu de chose ou plutôt il ne restait rien à faire, après vos propres interrogatoires; — nous sommes sortis convaincus et le président le déclare sur son honneur, que cet homme est étranger au crime.

Le haut magistrat fit une pause, soit pour donner plus d'autorité à sa conclusion, soit pour laisser au procureur du roi la facilité de la réplique.

Celui-ci n'en usa pas, il en comprit l'inutilité et n'essaya pas de contrecarrer une décision évidemment arrêtée. On ne lui faisait l'honneur de lui demander son avis que par pure déférence, afin de ne pas le froisser en prenant complétement en dehors de lui une détermination si délicate.

En son âme et conscience d'ailleurs, il sentait la valeur de l'argument invoqué et s'il répugnait à la libération de l'ancien forçat, ce n'est pas qu'il en attendît précisément des aveux personnels, mais parce qu'il espérait l'amener dans la voie des révélations.

— Eh bien, avez-vous réfléchi? lui demanda enfin le procureur général.

— Oui, répondit-il, nous nous agitons dans un dilemme que mes modestes attributions ne me permettent pas de trancher.

— Je vous comprends: mais aucune loi ne nous donne le droit de retenir indéfiniment et sous une prévention aussi faiblement établie, un citoyen, si peu digne d'intérêt qu'il soit.

Martin Baruelle refuse de nous fournir des renseignements, mais, dans l'espèce, sommes-nous en mesure de l'inquiéter pour refus de témoignage, aucune circonstance n'établissant qu'il ait eu connaissance des faits?

— Je continue à ne rien objecter, dit M. Vergnier; la chambre des mises en accusation n'a pas encore été saisie, par suite de cette absence de preuves au milieu de laquelle je me débats, et je reconnais qu'un simple mandat de mise en liberté suffit pour l'élargissement de Martin Baruelle.

N'est-ce pas là, monsieur le procureur général, ce que vous souhaitez?

— Dites ce à quoi je me résigne, mon cher collègue, — et vous serez dans la vérité.

Le jeune magistrat se leva, laissant lire sur son front le regret avec lequel il allait obtempérer à un ordre qui, pour prendre ces formes polies, n'était pas moins péremptoire.

— Je vais, dit-il, envoyer à la conciergerie l'ordre de lever l'écrou... C'est un triste cadeau que nous allons faire à la société.

— Je partage absolument votre manière de voir, fit son interlocuteur se levant à son tour pour le reconduire jusqu'à l'antichambre de son cabinet, déférence tout exceptionnelle.

Là, il lui prit de nouveau la main, la lui serra avec force et ajouta:

— Je ne resterai plus longtemps dans la carrière, et j'emporterai dans ma retraite le regret de cette mystérieuse affaire. Mais pendant que je suis encore quelque chose, j'aurai un dédommagement, si vous me mettez à même de vous servir.

Henri Vergnier, pénétré de ces assurances cordiales, remercia en termes chaleureux, mais ses perplexités n'en devinrent que plus poignantes.

Avant de laisser partir l'ancien forçat, il le fit comparaître une dernière fois.

— Martin Baruelle, lui dit-il, dans un moment vous serez libre.

— Vous voyez bien, mon procureur, dit le bandit, du ton d'un coquin arrivé à ses fins, qu'il fallait en venir là; quand je me tuais de vous répéter que j'étais innocent!...

Pas moins, convenez que çà vous contrarie, et que vous teniez à moi?

— Prenez garde d'oublier le respect. Mon ordre n'est pas signé, et je pourrais encore....

— Le respect!... eh bien, foi de Martin Baruelle, je n'en ai jamais manqué pour vous, mon procureur, ni pour M. Fontaine. Ce n'est pas faute que vous m'ayez serré de près; mais vous êtes des hommes que j'estime...

Ça vous fait sourire et vous vous dites que vous n'y tenez guère. Eh bien, diable m'emporte, il y a des gens et des gros et des huppés à qui je n'en dirais pas autant.

C'est ainsi ! quoi qu'étant un pas grand chose on a sa manière de voir.

Je vous en parle bien librement, puisque vous me mettez dehors.

XVIII

Agénor révélateur sans le savoir

M. Henri Vergnier, devant l'attitude du cynique bohême sentit bien qu'il lui échappait définitivement, il lui dit par manière d'acquit :

— Ainsi vous refusez toujours de me confier ce que vous savez?

— Franchement, si je savais quelque chose en effet, ce ne serait pas le moment, mais je vous répète que je n'étais pas à l'affaire.

— Qu'allez-vous faire maintenant ?

— Je vais rentrer avec les enfants, Dieu! m'attendent-ils avec impatience!

— Mais de quoi allez-vous vivre ? Avez-vous des moyens d'existence ?

— Toujours les mêmes : le travail sur les quais...

— Où vous ne faites rien.

— Et la générosité des personnes qui s'intéressent à moi et à la petite.

— C'est-à-dire le chantage ?

— Fi ! monsieur le procureur du roi ! c'était bon dans le temps, mais à présent, étant, grâce à mes trois mois de conciergerie, une malheureuse victime d'une erreur judiciaire, j'ai droit à la considération.... et à la libéralité... et puis, on aura beau faire, la petite aura été honorée de la recherche d'un jeune homme bien, et l'enfant est là... Grâce à Dieu et à moi?

— Ainsi vous n'éprouvez aucun regret, aucun repentir?

— Dame? n'ayant rien à me reprocher!

— On va vous emmener signer le registre et lever votre écrou.

— Merci bien, mon procureur du roi.

— Prenez garde qu'on vous ramène jamais ici !

— Oh ! oh ! pas si bête !

— Emmenez-le et remettez ceci au gardien-chef, dit M. Vergnier aux gendarmes réglementaires chargés du prisonnier.

M. Pascal arriva pour assister à ces derniers détails.

Il regarda faire et entendit, sans manifester la moindre surprise, en homme qui a tout prévu.

— Adieu, monsieur Pascal, sans rancune, n'est-ce pas ? lui cria Martin Baruelle en ricanant.

— Au revoir ! répondit le chef de la sûreté.

Puis il rentra dans le cabinet et s'assit en face de M. Vergnier et en tête à tête.

— Ce coquin nous échappe! fit le jeune magistrat exprimant sa contrariété.

— Bon ! pour ce qu'il nous a servi ! répliqua le chef de la sûreté. Mais, vous, ajouta-t-il, vous n'avez pas oublié mon conseil d'hier soir.

— Non ; décidément, vous allez vous expliquer ou je passe outre.

— Faites, si vous tenez absolument à vous ménager peut-être des regrets éternels.

— Ah ! l'on ne désespère pas ainsi un homme dont on se dit l'ami ! Voyons, au nom du ciel, qu'y a-t-il au fond de cette affaire?

— Vous n'avez pu le découvrir tout seul... eh bien, nous allons chercher ensemble.

Pour un esprit investigateur et scrupuleux comme était Henri Vergnier, un problème n'est abandonné que quand on en tient la solution. Décidé à arracher quand même le mot de celui qui maintenant n'intéressait plus seulement son amour-propre de magistrat, mais ses sentiments intimes, il s'appliqua à récapituler les incidents du drame, depuis la levée du cadavre jusqu'à ce jour. Il se rappela les mots prononcés par le chef de la sûreté, dès le début, sur l'importance du témoignage d'Agénor Dupuis, et résolut de ne pas retarder l'entretien projeté.

Il prit donc le dandy de bon matin, et, par un beau soleil, mais par un froid déjà vif, ils s'acheminèrent sur la route de l'oseraie.

Dégagé de l'épée de Damoclès du mari de la belle Agathe, Agénor qui revoyait ce chemin pour la première fois, flatté aussi de l'intérêt avec lequel son compagnon l'écoutait, rappelait les détails préliminaires les plus insignifiants.

Ses chiens qui couraient joyeusement et se jetaient par instant dans ses jambes, contribuaient par là même à la fidélité de ses souvenirs.

Tout à coup il s'interrompit et poussa un éclat de rire. Si M. Pascal eût été là, il aurait constaté que c'était à la même place que l'autre fois, lorsqu'ils revenaient ensemble de la descente sur les lieux.

— Tiens, fit Henri Vergnier s'associant complaisamment à ce rire, qu'avez-vous donc ?

— La chose la plus drôle ! sans être drôle, vous savez.

—Mais encore, pour vous procurer cette hilarité ?

— Imaginez-vous, je peux vous confier cela à vous, entre jeunes gens, n'est-ce pas ?... On a des idées et on n'en a pas... Moi, j'en ai eu une cocasse. Le conseiller Mortaigne m'ennuyait, oh ! mais beaucoup dans ce temps là ! J'avais dressé Ramonaud et Marengo à l'éventer.

— Ah ! j'avoue que c'est drôle ! Et vos cerbères ont-ils continué ?

— Je crois bien ! ils le flairent à deux cents pas et l'annoncent.

— Merveilleux ! Mais je ne vois pas la coïncidence ?

— C'est-à-dire que vous la voyez sans la voir ; vous avez l'œil dessus ! ajouta-t-il en frappant du talon sur le chemin.

Vous ne devinez pas? Je vais vous y mettre.

Le matin de cette découverte qui m'attendait là-bas, en arrivant à cette place, voilà mes chiens qui se mettent à prendre le vent, à s'agiter, à flairer les pas qui se trouvaient sur la poussière et à glapir, absolument comme si le conseiller fût passé par là avant moi.

J'en partis d'un fou rire, et leur administrai une jolie correction, pour leur apprendre à ne pas éventer de fausse piste, surtout en pareille matière, mais je m'expliquai qu'ils avaient pu prendre martre pour renard en découvrant là bas notre pauvre Emmanuel.

— Vous ne m'aviez pas encore parlé de ce détail.

—Pour trois bonnes raisons : la première c'est que quand il me revint à la pensée au retour de notre enquête, j'étais en compagnie du conseiller, et franchement ce n'était pas le moment.

— J'en conviens, dit en riant M. Vergnier ; mais après ?

— Après c'est que cela m'était absolument sorti de l'esprit, au milieu de l'ahurissement général ; et il a fallu cette promenade pour me le rappeler.

Et tertio, ça valait-il la peine de mêler cette causerie à un événement pareil ?

Son interlocuteur évita de dire ce qu'il en pensait, mais par profession il était tenu de ne rien traiter à la légère, et ce fait semi-burlesque rapproché de la recommandation du chef de la sûreté, prit place dans une case de sa mémoire.

On poursuivit la promenade au-delà de l'oreraie, à laquelle on jeta en passant un regard pensif, et l'on atteignit une guinguette fort avenante, où l'on entra déjeûner, ainsi que le jeune magistrat en avait fait la proposition.

Tout en causant de sujets divers, l'incident du chemin lui revenait par l'esprit et il trouva moyen d'amener plusieurs fois dans la conversation le nom du conseiller.

La marche avait aiguisé les appétits, et le jambon un peu salé du traiteur aiguisait la soif. Le vin était excellent, comme dans la plupart de ces buvettes où les citadins vont en partie de campagne ; Agénor buvait volontiers le sien pur, Henri Vergnier, au contraire, mettait de l'eau et subissait de bonne grâce les lazzis de son convive sur cette tempérance de demoiselle.

Le dandy n'était pas gris, mais animé, juste au degré où, à son âge surtout, s'épanchent volontiers les confidences.

— Je n'en reviens pas, fit Henri Vergnier avec un rire flatteur, de votre ruse d'avoir dressé vos chiens à éventer le cher conseiller ! Mais vous avez, tout de même, failli y être pris.

— Oh ! c'était drôle sans l'être, car après tout, si le conseiller n'avait pas passé par là, il n'est pas moins vrai qu'il avait découché.

— Ah bah ! ce joyeux compère n'avait pas couché chez lui ! fit le procureur du roi, saisissant le mot lâché par Agénor.

Celui-ci s'aperçut qu'il venait de faire une sottise.

—Oh ! j'ai dit cela sans le dire, c'est une supposition... Comment voudriez-vous que je le sache ?

Henri Vergnier mit les deux coudes sur la table, s'appuya le menton dans les mains, et ainsi avancé, d'un air de bonhomie parfaite vers Agénor :

— Allons donc ! ne faites pas le mystérieux avec moi, dit-il d'un ton qui caressa la fibre vaniteuse du dandy, est-ce qu'on ne vous connaît pas, monsieur l'homme à bonnes fortunes ; est-ce qu'on ne sait pas que la conseillère se laisse consoler des fugues de son infidèle époux ?

— Tenez, vous m'amusez ! Eh bien oui, elle en tient pour moi, la conseillère ; ce n'est pas vous qui irez le conter à son mari.

— D'autant plus qu'il s'en doute un peu... mais il est si bon homme !

— Si bon homme, si bon homme ! il y a du pour et du contre .. Je ne vous engage pas à trop vous y fier à sa bonté ! Heureusement, s'il est fin, sa femme n'est pas bête non plus.

— J'entends, c'est au plus malin des deux.

— Comme vous dites. Mais il est tannant, allez, quand il s'y met. Dieu de Dieu, m'a-t-il entrepris pour me faire dire où j'avais passé cette fameuse nuit du 10 octobre.

Henri Vergnier, quoique n'en ayant guère envie, partit d'un éclat de rire et poussant son convive dans ses confidences :

— Je comprends, vous avez d'excellentes raisons pour ne pas le lui raconter... Ah ! l'histoire est superbe, pendant que le mari courait le guilledou, vous consoliez la femme !

— C'est vrai, c'est amusant, n'est-ce pas ? mais chut ! vous serez discret !

— Est-ce que ce n'est pas mon métier ! Allons, l'aventure est réussie et ce cher conseiller ne l'a pas volé.

Le jeune magistrat ne continua plus la conversation sur ce sujet que pour complaire à Agénor, qui une fois lancé ne s'arrêtait pas. Du verbiage qui suivit, son compagnon retint surtout la révélation du rôle d'Emmanuel, employé par le galant pour décommander les rendez-vous donnés par sa trop bouillante maîtresse.

Malgré la gravité de ses réflexions et le besoin de se recueillir, M. Vergnier ne brusqua rien, acheva le déjeûner sans omettre le café ni le cigare et regagna la ville du même pas qu'il était venu, sans se presser, sans manifester aucune hâte d'arriver chez lui et de se recueillir.

Agénor enchanté de tout faisait courir ses chiens, ne se doutant pas le moins du monde des aperçus ouverts par lui à l'intelligence de son compagnon.

Celui-ci, cela va sans dire et explique l'entière satisfaction de l'élégant grigou, avait fait tous les frais.

Dès qu'il se trouva seul enfin, il s'occupa de classer, de coordonner les choses, et son impression se traduisit par une sorte d'épouvante.

Il voulut essayer de combattre lui-même le système qu'il venait de dresser, mais il ne réussit qu'à le consoler.

Ce n'était cependant qu'un début, mais comme les circonstances s'enchaînaient !

Cet incident bizarre des chiens signalant le passage récent de Daniel Mortaigne aux abords de l'oseraie, quelques instants après le dépôt du cadavre ;

Daniel Mortaigne n'avait pas couché chez lui, l'alibi était cette fois péremptoirement établi par l'homme qui savait le mieux à quoi s'en tenir, puisqu'il en avait abusé ;

Comme corollaire, témoignant de l'intérêt personnel de Mortaigne dans l'affaire, venaient les visites rendues par sa femme au seul individu suspect tombé aux mains de la police.

Le conseiller tenait beaucoup à ces entrevues, où la conseillère portait de l'argent et des douceurs à ce misérable, car il avait arraché au procureur général ce permis, l'unique qui eût été accordé.

Un fait autrement étrange et accablant se présentait dès lors :

Comment Daniel Mortaigne, n'ayant pas passé la nuit chez lui, avait-il pu se porter garant de Gabriel Lautour, en affirmant que ce jeune homme était, durant cette même nuit, resté à écrire un rapport sous sa dictée ?

Le témoignage qui détruisait l'alibi du conseiller, détruisait du même coup celui du clerc d'avoué, en établissait entre eux deux une effrayante solidarité.

M. Vergnier ne perdait pas de vue que Gabriel Lautour, qui paraissait avoir exercé sur le dérangement des habitudes honnêtes d'Emmanuel une influence funeste, était le chef de la bande des tapageurs signalés par la police et reconnus par la fille Baruelle. Cette fille, en outre, n'avait point expliqué le propos tenu par elle à Emmanuel et avait éludé de dire ce qu'elle paraissait savoir sur les mœurs de ces coureurs de nuit et dudit Gabriel.

Du moment qu'il devenait évident qu'il avait menti en invoquant un alibi reconnu faux, il fallait conclure qu'il ne s'était pas séparé d'Emmanuel, ainsi qu'il le prétendait, et qu'il avait pris une part plus ou moins active à la catastrophe, dont à coup sûr il connaissait le mystère.

On voit avec quelle sûreté de logique, en s'appuyant uniquement sur les faits les plus simples, le jeune magistrat arrivait à reconstituer ce qu'il est permis d'appeler le prologue du crime.

De même, une part de responsabilité, impossible à déterminer encore, mais indéniable, incombait au conseiller Daniel Mortaigne, complice du faux alibi destiné à couvrir en même temps l'emploi suspect de sa nuit, et de celle du clerc d'avoué.

En toute autre circonstance, le procureur du roi aurait éprouvé une vive et puissante satisfaction de tenir enfin ce premier jalon, que son chef hiérarchique venait de lui déclarer insaisissable.

Eh bien, une impression bizarre lui étreignait le cœur à mesure que s'affirmait son œuvre. Il avançait en quelque sorte malgré lui, luttant contre une résistance morale indéfinissable.

Ce n'était pas le scrupule de faire comparaître à sa barre un personnage important, un dignitaire de la justice, non, son esprit large et honnête ne connaissait pas ces défaillances. Mais plus il allait, plus il démêlait un enchaînement trahissant des complicités.

C'est qu'ici, en effet, cet horizon fatal s'élargissait encore. L'esprit du jeune magistrat était contraint de marcher avec l'implacable logique, et il arrivait qu'après avoir déploré de ne trouver aucun coupable, il en trouvait trop !

Une nouvelle série de déductions s'imposait.

En cet instant, l'avis de M. Pascal lui revint à la mémoire, et sans savoir pourquoi, il fut saisi d'épouvante et resta dix minutes en proie à un frisson.

Mortaigne était l'ami du président, celui-ci, quelle que fût sa part dans l'évènement ne manquerait pas de lui porter intérêt, — eh mais ! n'était-ce pas déjà lui qui s'était fait garant de l'innocence de Martin Baruelle !

Évidemment, c'est à cette condescendance pour le conseiller, que M. Pascal avait voulu faire allusion. Mais si M. Dampier soupçonnait son ami d'avoir eu une part quelconque dans l'assassinat de son fils, comment l'expliquer !

Ici, l'esprit de notre héros tomba dans une telle mêlée de conjectures, qu'il s'arrêta de nouveau effrayé lui-même.

L'excès même de ces calculs le remit ; il se rasséréna par cette question élémentaire : à quoi bon cet échafaudage, ces trames effroyables, et pourquoi ce doux et inoffensif enfant aurait-il été l'objet d'un attentat digne de la bande de Ferragus ?

— Allons ! je suis fou ! s'écria-t-il, redescendons à la réalité.

Oui, mais la réalité le replaçait en face du corps exsangue, déposé avec une infernale préméditation dans les jonçailles de l'oseraie.

Fallait-il, après un jet de lumière, retomber dans les ténèbres ?...

Dans l'après-midi, M. Pascal, qui, obligé par état de tout savoir, connaissait son excursion du matin, entra chez lui, et du premier coup d'œil reconnut à la simple vue des traits d'un supérieur si bien apprécié par lui, qu'il se passait du nouveau.

— Est-ce toujours l'élargissement de Baruelle qui vous cause cette agitation ? lui demanda-t-il presque à brûle-pourpoint.

— Non, et je vous dirais ce que c'est, que vous ne le croiriez pas.

— C'est donc votre conversation avec M. Agénor Dupuis ?... Je savais bien que nous finirions par en tirer quelque chose ? Alors c'est important !

— Horrible !

— Ah ! fit le chef de la sûreté avec l'avidité d'un artiste, tel qu'il se glorifiait d'être.

— Vous aviez raison, je crois qu'en cherchant tous deux, nous arriverons..... Je le crois... mais, sur l'honneur, j'en ai plus peur qu'envie.

— Vous vous calomniez ; je sais sous quelle influence de délicatesse vous me dites cela ; chez vous, le devoir primera toujours la personnalité.

Henri Vergnier laissa entendre un soupir, et répartit :

— Il faut absolument, sans retard et sans que la chose s'ébruite, me retrouver et m'amener tous ces drôles avec qui Emmanuel passa sa dernière soirée ; vous m'aiderez à les questionner et à les observer.

M. Pascal eut un sourire méphistophélique et répondit en homme auquel rien n'est étranger et qui enrage de tout voir sans pouvoir rien empêcher :

— M. Fontaine avait eu la même idée.

— Qui l'a empêché de la mettre à exécution ?

— Le jour où il attendait le meneur de la bande, il a eu son changement.

— C'est bizarre !... fit Henri Vergnier tout songeur.

— Oh! ce n'est pas la seule singularité de l'affaire! Quand j'ai fait chercher les gaillards signalés nommément comme étant de la soirée en question, je n'en ai plus trouvé qu'un seul, le beau Gabriel Lautour!

— Que sont devenus les autres ?

— Tous disparus, dispersés, pas un n'est resté dans la ville, et l'on parle de recommandations, de protections qui leur ont procuré des emplois plus avantageux, sans qu'ils se soient vantés de leur nouvelle adresse.

— Décidément, mon cher M. Pascal, nous tenons la piste. Mais, n'effarouchons pas ce Gabriel Lautour, il ferait un plongeon comme les autres !

— Je partage absolument cet avis ; et à présent causons.

L'entretien durait encore deux heures après, quoique ce ne fussent pas des gens à perdre leurs paroles.

Ce jour là fut le deuxième où Henri ne se présenta pas chez sa fiancée.

XIX

Pressentiments

Le résultat le plus clair de la mission de Germain auprès d'Adèle Baruelle fut de plonger le brave garçon dans une idiotie radicale.

Il avait beau se répéter que M. le président n'agissait pas sans avoir ses raisons, — pour la première fois, il cherchait quelles elles pouvaient être et arrivait à des conclusions insensées.

Ce qui acheva de le confondre ce furent la gravité et l'attention de son maître en écoutant le récit incohérent de son aventure. Il lui fallut reconstruire jusqu'aux phrases argotiques d'Adèle et de Bamboche, sans omettre les épithètes colorées dont ils s'étaient servis pour qualifier M. le président et lui.

Le tout formait un amalgame absolument incompréhensible pour le narrateur ; mais où M. Dampier se reconnaissait sans doute, car il rétablissait l'ordre et le sens, quand Germain devenait trop obscur ou trop décousu.

Celui-ci en revenait opiniâtrement à son cheval de bataille : c'est que ces aventuriers avaient pris à cœur de manquer de respect à son maître et à lui.

Le président, envisageant les choses à un autre point de vue, portait son attention sur les dispositions manifestées par le couple bohème, sur les menaces ou les allusions latentes de leurs propos, et sur la question de l'enfant, dont ils connaissaient la condition actuelle, ignorée de lui.

Quand il ne trouva plus rien à tirer de son messager, il lui donna une gratification, afin de l'indemniser des mauvais procédés qu'il avait subis, et lui recommanda la discrétion en le laissant dans la conviction qu'il avait agi dans le but d'amener, par des largesses, ces gens à faire des révélations précieuses.

La femme de charge et la cuisinière étaient trop en éveil pour que cet incident leur échappât complétement ; plus rusées et déjà plus renseignées que Germain sur l'état d'anxiété de leur maître et l'existence d'un secret capital entre lui et le conseiller Mortaigne, elles se liguèrent pour battre en brèche sa réserve ; les bribes échappées à son inconscience servirent, sans les éclairer, à redoubler leur curiosité en même temps que leur antipathie pour le conseiller.

Mais Julienne, fidèle à son attachement pour l'aïeule et la petite-fille, prit sur elle de les engager à se méfier de ce faux bonhomme et finit par leur toucher quelque chose des explications violentes surprises entre les deux magistrats.

C'était d'une bonne servante et sans doute il est des occasions pénibles où il est utile d'être renseigné ; cependant cette demi-confidence, où Julienne ne dissimula pas la pression exercée par M. Mortaigne pour amener le président à activer le mariage d'Alice, causa à ses maîtresses une préoccupation des plus fâcheuses.

Il leur répugnait d'attribuer à l'incitation du conseiller les ouvertures de M. Dampier, colorées de tant de sollicitude, et cette anxiété s'accrut bientôt par suite du silence de M. Vergnier.

Après avoir accueilli avec enthousiasme l'autorisation si vivement sollicitée, il ne s'était pas montré depuis trois jours.

Aurait-il été instruit aussi de l'intervention suspecte de M. Mortaigne et en aurait-il pris ombrage ? Dans les heures de crise on se rattache à tout ; cette supposition finit par prédominer dans les confidences de l'aïeule et d'Alice.

Si elles étaient tourmentées, il faut croire que M. Dampier ne l'était pas moins, car pour un homme d'une force morale si puissante, il le laissa voir en s'informant à nombre de reprises si M. Vergnier ne l'avait pas demandé. Il se fit répéter jusqu'à trois fois par sa mère l'assurance donnée par ce jeune homme de ne pas perdre un instant pour rendre son engagement irrévocable.

On souffrait pourtant aussi ailleurs et pour le moins autant qu'à l'hôtel Dampier.

Dans la soirée du troisième jour, alors qu'on ne l'attendait plus, Henri Vergnier se fit annoncer chez ces dames.

Il sembla amener un rayon de soleil sur la physionomie délicate et impressionnable d'Alice. Eclaircie qu'un nuage nouveau assombrit bientôt.

Henri était pâle, l'insomnie, la fièvre avaient creusé ses yeux ; ces trois jours de tempêtes l'avaient ravagé.

— O, mon Dieu, s'écria Mlle Dampier, vous avez été malade !

— Oui, répondit-il d'une voix à peine intelligible, en portant avec émotion à ses lèvres la main qu'elle lui tendait, oui.

Il se laissa tomber plutôt qu'il ne s'assit sur la chaise que l'aïeule lui offrait.

— Et nous qui vous accusions ! étions-nous injustes, grand'mère, car je veux tout vous dire, je suis si contente de vous revoir !... Oui, Henri... monsieur Henri ! on vous jugeait oublieux, indifférent... ingrat ! là, vous voyez, voilà une confession générale.

— Etes-vous charmante et bonne !... fit-il d'un accent pénétré en la contemplant d'un regard qui ranima un instant son œil voilé par une angoisse cachée.

— Non, pas de compliments ! Excusez-vous à votre tour. Malade? C'est un motif pour ne pas venir, mais ce n'en est pas un pour ne pas donner de ses nouvelles, au contraire.

Savez-vous que je n'ai jamais vu une ligne de votre écriture !

— Alice !... intervint l'aïeule d'un ton doucement grondeur.

— Eh bien, grand'mère, puisque tu lis mes lettres avant moi, le grand mal quand monsieur Henri m'aurait écrit pourquoi il ne venait pas.

— J'ai certainement eu tort, dit-il, et je réclame l'indulgence.

— Cette indisposition, demanda Mme Dampier, a sans doute arrêté aussi vos travaux, et vous ne nous apportez encore rien de nouveau ?

A cette question, le front du jeune homme, momentanément éclairci, redevint soucieux, et son regard s'éteignit.

Alice, qui suivait avec anxiété ses moindres impressions, sentit aussitôt la gêne qu'il éprouvait et l'évolution qui s'opérait dans son for intérieur.

— Il y a des entraves, des contre-temps, n'est-ce pas ? lui dit-elle.

— Oui, prononça-t-il avec effort, en cherchant ses mots, rien ne va comme je voudrais.

— Rien ? répéta Alice dont la pensée alla sans doute au-delà de ce qu'il avait voulu dire.

Il le sentit et au lieu de s'empresser de spécifier son idée, il laissa à ce mot sa signification élastique, et reprit :

— Vous connaissez évidemment, mesdames, la mise en liberté de Martin Baruelle ?

Elles l'ignoraient, le président s'étant abstenu de la leur apprendre.

Ce fut un seul cri d'étonnement et d'indignation.

— Ce bandit libre !.., se peut-il ? Depuis quand ? demandèrent-t-elles ensemble.

— Depuis hier.

— Ah ! dit Alice, se rattachant à cette explication, je comprends votre contrariété, car ce misérable vous paraissait précieux, n'est-ce pas ?

— Qu'est-il donc survenu, dit Mme Dampier ; quel revirement a eu lieu ? Qui donc a pu rendre une pareille décision ?

— Mes chefs hiérarchiques, madame, et je dois m'incliner.

— Mon fils le sait-il ?... Il fallait l'appeler, réclamer son concours, il vous aurait appuyé pour empêcher cette injustifiable indulgence, car ce Baruelle est le dernier des misérables, je le sais, moi, monsieur, ne m'a-t-il pas attirée dans un guet-apens ?

— Il est impossible qu'on ne revienne pas sur cette décision ! dit Alice. Nous allons en parler à mon père.

— Ce serait inutile, je crois, dit Henri Vergnier en secouant la tête.

Les deux dames le regardèrent avec inquiétude.

— M. le président n'y pourrait rien, Mesdames, continua-t-il, s'appliquant à donner à son langage la forme la plus modérée. Il a procédé avec M. le procureur général à un interrogatoire particulier, dans la cellule même de Baruelle, et c'est à la suite de cet entretien, que la mise en liberté a été décidée, avec l'assentiment même de M. le président.

La vieille dame resta muette, un frisson traversa sa physionomie, et des rapprochements sombres s'opérèrent dans sa mémoire.

Alice s'écria hors d'elle :

— Comment, mon père !... et il ne nous a rien dit de tout cela !

— Probablement parce qu'il en éprouvait le même ennui que nous tous.

— Cet homme et les siens se trouvent pourtant mêlés à tout ce qui nous est arrivé de malheureux depuis six mois, et vous avez réuni un faisceau de renseignements qui l'accablaient.

— Je l'ai cru un moment, mais il faut bien l'avouer, mademoiselle, ces échafaudages bâtis sur des déductions s'écroulent souvent au souffle de la discussion. Ma conviction invariable est que ce misérable aurait pu fournir à la justice de précieux renseignements, mais je ne saurais en mon âme et conscience affirmer de même sa participation au crime, et quoique déplorant la décision prise, je ne peux pas en contester la légalité. Nous n'avons pas le droit de retenir les gens indéfiniment sur de simples soupçons.

— Je comprends cette logique, mais dans la circonstance elle me paraît excessive et dangereuse. N'est-ce pas votre avis ?

— Il ne m'est guère permis d'en avoir un devant le fait accompli.

— Mais, que vous reste-t-il à présent, privé du concours que vous attendiez de cet homme ? C'était votre unique ressource ?... Allez-vous abandonner vos recherches ? Faut-il renoncer à ce châtiment d'un tel forfait ?...

Vous ne répondez rien ?

Le tumulte des pensées qui se heurtaient dans son esprit et des émotions qui l'oppressaient semblaient, en effet, lui ôter la parole. Il finit par faire un effort et dit d'un ton où se trahissait sa gêne.

— Je voudrais vous répondre et de manière à vous satisfaire. En vérité, cela m'est impossible.

— Ainsi, vous abandonnez la partie ?... Ah ! monsieur Henri, prenez-y garde, je pourrais supposer que votre zèle n'était soutenu que par la rigueur de votre engagement vis-à-vis de moi, et qu'en étant affranchi par ma condescendance, vous vous croyez quitte avec la mémoire de celui que je pleure et que je ne l'oublie pas, moi !

Une indicible amertume envahit les traits du jeune homme.

— Vous ne pensez pas cela, mademoiselle, dit-il, vous n'êtes point injuste à ce point. Non, votre bonté n'a pas ralenti mon zèle... Je n'ai pas renoncé à assurer la réparation due à la société... quelles que puissent être les apparences, n'accusez jamais ma loyauté ni mon dévouement.

— Pardonnez-moi, monsieur Henri, dit-elle en lui tendant sa main qu'il prit et qu'il retient doucement, comme s'il était empêché de la presser avec sa ferveur habituelle.

Nous vivons au milieu de si cuisantes émotions, que nous ne voyons que chagrins autour de nous, et ne savons même plus maîtriser nos paroles... Vous reviendrez bientôt ?

— Oui, bientôt... dit-il, et il se déroba avec une promptitude inusitée, pour cacher l'altération de ses traits.

Alice resta d'abord immobile les yeux attachés sur la porte qui venait de se refermer, puis, d'un pas automatique elle regagna sa place au coin du canapé, la tête penchée sur sa poitrine.

L'aïeule la considérait anxieusement, se demandant si elle ne devinait pas les pensées qui l'obsédaient elle-même. Ayant surpris une larme qui roulait sur son corsage, elle se précipita vivement vers elle, et la serrant dans ses bras :

— Mon enfant, dit-elle, pourquoi pleures-tu ?

— Pourquoi je pleure, grand'mère ?... Parce que mon bonheur est parti... parce que monsieur Vergnier a franchi pour la dernière fois le seuil de cette porte.

— Malheureuse enfant, tais-toi !... Pourquoi ces idées, ces chimères !... Non, non ! rien ne justifie, rien n'explique ces divagations ; tu prends à cœur de te créer des chagrins ! C'est insensé ! Je te le défends.

La vénérable femme l'embrassa avec un redoublement de tendresse et poursuivit :

— Douter de ce jeune homme après ce qu'il a fait pour nous, ah ! c'est mal !

— Je ne doute pas de lui, mais de la Providence.

— Alice c'est un blasphème !

— Mais, fit la pauvre enfant d'un accent qui poignait le cœur, tu n'as donc rien observé, rien vu, rien compris ?... Est-ce qu'il t'a paru le même qu'il y a trois jours !...

— Malade ?...

— Non, pas malade, triste.

— Que veux-tu donc qui lui soit arrivé ?

— Eh ! le sais-je !... Tiens, sais-tu la pensée qui me poursuit, c'est qu'il y a une fatalité sur notre maison et que nous portons malheur.

— C'est du délire ! Alice, chère enfant, rien, je le répète, rien ne justifie ce désespoir.

— Rien ! répéta-t-elle en souriant péniblement, ah ! c'est le mot qu'il a prononcé aussi tantôt, et ce mot est resté comme un trait enfoncé là.

Pauvre grand'mère, ton amitié pour moi t'illusionne, et c'est toi qui te fais des chimères. Ecoute, on ne se trompe pas à ces choses, tout en lui était changé ; il a eu un élan, un retour, mais il l'a réprimé aussitôt. Sa main était tremblante, ses lèvres froides en touchant ma main. Et s'il le faut enfin une preuve suprême : il est parti sans dire un mot de la demande qu'il devait faire à mon père, et que depuis trois jours il n'a pas faite !

Non, dit-elle en appuyant douloureusement la main sur son cœur, c'est fini... fini !

La grand'mère ne trouva rien à répondre, et s'agenouillant en larmes sur son prie-Dieu, elle murmura :

— Dieu rigoureux, qui châtiez les parents dans leurs enfants, si vous devez me prendre celle-là aussi, prenez-moi du moins avec elle !

Pierre Dampier ne se retrouva avec sa mère et sa fille que le lendemain au déjeûner. Cet homme méthodique aurait craint de trahir ses pensées secrètes en dérogeant d'une minute à ses habitudes. Il entra dans la salle à manger, correct, cravaté de blanc, et s'avança pour donner à sa fille le baiser réglementaire du bonjour.

Il lut tout de suite sur son visage les traces de sa peine.

— Tu as pleuré, lui dit-il.

— J'ai mal dormi, répondit-elle.

Il feignit d'accepter cette explication, se mit à table, essaya de manger, mais personne n'avait faim et chacun tâchait de donner le change aux autres.

Il y avait un sujet brûlant, qui absorbait tout le monde et qu'aucun n'osait aborder. Pierre Dampier lui-même, ce caractère tant cité, éprouvait, depuis un certain temps, d'inconcevables hésitations. Enfin, après avoir attendu, il se décida à commencer :

— Vous avez reçu, dans la soirée, la visite de M. Vergnier ?

— Oui, dit mademoiselle Dampier, une visite courte et un peu embarrassée.

— Et de quoi a-t-il été question ?

— De l'élargissement de Martin Baruelle, dont M. Vergnier paraît fort contrarié, et qui ne nous a pas moins surprises.

— Je comprends, il n'a pas pu vous cacher son mécontentement, et cependant cette mesure était forcée ; ma conviction est que Baruelle n'a pas trempé dans cette funeste affaire.

M. Vergnier serait-il d'un autre avis ?

— Pas précisément, seulement il reste persuadé que ce misérable aurait pu servir la justice.

— Et vous, mon fils, n'est-ce pas aussi votre avis ?

— En bonne conscience, cette opinion est trop vague pour légitimer une détention arbitraire.

— C'est, en effet, ce dont il est convenu.

— Je vois avec plaisir que je me rencontre avec lui ; mais ne sachant pas faire les choses à demi, je vais plus loin. Ces gens ont subi une peine imméritée, et il est juste de leur en tenir compte dans de sages limites.

— Quoi ! Pierre, vous prenez en main le parti de ces scélérats ! s'écria Mme Dampier.

— Fi, ma mère ! que supposez-vous là ! J'obéis à un devoir, en me rangeant du côté du droit, même envers les gens qui m'ont été le plus fatals.

Alice n'avait pas mêlé un mot à ce dialogue sec, heurté, où se réflétaient l'impression et la contrainte des acteurs à présence.

— Allons, ma fille, lui dit Pierre Dampier, rassure-toi ; ne connais-tu pas le tempérament des magistrats ; pour peu que nous ayons le feu sacré, nous nous identifions aux affaires, elles deviennent nôtres, et dès qu'elles offrent de l'importance, elles nous passionnent. M. Vergnier est venu hier sous le coup d'une déception ; il a si énergiquement agi dans cette poursuite que son ennui se conçoit.

En définitive, ce n'est pas pour lui un échec, il se produit plus souvent que le public ne l'imagine de ces fatals problèmes judiciaires insolubles.

Je crains qu'il ne faille ajouter celui-ci à leur liste déjà longue, ajouta le président avec un soupir, — mais l'intelligence et le zèle de notre jeune procureur du roi n'en seront pas moins appréciés.

Laissons se dissiper un nuage où ses affections ne sont pour rien, avant la fin de la semaine, tu le reverras plus empressé, ayant à regagner un temps précieux.

— Puissiez-vous dire vrai, mon père, soupira Alice sur les pressentiments de qui cette rhétorique judiciaire était sans effet.

Le cœur qui juge avec son amour et sa délicatesse raisonne moins mathématiquement, mais les raisonneurs se trompent souvent et le cœur qui aime se trompe peu.

Madame Dampier voulut appuyer ce que disait son fils, elle souhaitait tellement que ce fût vrai ! Alice feignit de se laisser gagner, cette discussion avivait sa peine et tournait contre son but.

— Si tout le monde me donne tort, dit-elle avec un pâle sourire, il faut que je me rende, et, en vérité, je ne demande pas mieux que d'espérer.

Au fond de leur âme ni le père ni l'aïeule n'étaient convaincus. Ils plaidaient pour se persuader eux-mêmes autant que pour consoler leur fille.

Les allées et venues de Germain pour le service gênaient la conversation, tout en promettant aux interlocuteurs de se reprendre, sans trop laisser voir leurs hésitations.

Le président cherchait un joint pour aborder un objet épineux.

— J'ai à me plaindre de vous deux, dit-il enfin à sa mère et à Alice. Vous me jugez plus insensible et plus rancunier que je ne suis, Dieu merci ! Vous avez douté de mes sentiments humains dans une occasion délicate et grave.

XX

Maison suspecte.

Le président voyant l'inquiétude répandue sur le visage de sa mère et de sa fille, se hâta de dire :

— Je m'explique.

Ma mère, vous avez fait droit à l'un des derniers vœux du malheureux enfant que nous pleurons, en retrouvant et en adoptant son fils.

— Quoi, vous savez !... balbutia Mme Dampier, effrayée.

— Oui, et je ne vous en veux que d'une chose, c'est de ne m'avoir pas mis de moitié dans cette œuvre.

— Vous !... s'écria-t-elle, emportée par un lugubre souvenir.

— Sans doute, moi, dit-il imperturbable et avec un ton de reproche bienveillant ; croyez-vous donc que ma douleur n'ait pas suffisamment éteint ma colère, et qu'elle n'ait pas expiré sur cette tombe !

— Mais cet orphelin, perdu, abandonné, sauvé par miracle, vous l'avez enveloppé dans la même réprobation que son père !

— Taisez-vous, de grâce ! Ne r'ouvrez pas ma blessure. Vous ne savez pas comment la sévérité se fond à l'épreuve des chagrins, et dussé-je vous étonner maintenant par mon indulgence, je vous en fournirai les preuves.

Oui, ma mère, oui, ma fille, je suis touché par ce qui souffre et je compatis à tout ce qui se repent. Eh bien, j'ai reçu une requête à laquelle j'ai promis d'être favorable.

— Une requête à propos de mon filleul ? dit Alice.

— Ton filleul a une mère, ma fille, et cette mère implore la grâce de l'embrasser.

Les deux dames poussèrent ensemble un cri de surprise et d'horreur. Le président Dampier venait de recourir à toute cette diplomatie, pour satisfaire la volonté intimée à son valet de chambre par la fille du repris de justice.

Leur indignation eût été de l'épouvante si elles eussent pénétré jusqu'au fond de cette trame.

— Mais ce n'est pas une mère cela ! s'écria la vénérable femme luttant contre cette tentative ; croyez-vous donc que notre Alice pourra encore baiser le front de l'innocent où cette misérable aura posé ses lèvres.

A cet argument, le président devint livide, trahissant malgré sa prodigieuse énergie le combat qui se livrait en lui ; il regarda d'un œil fixe ses deux mains, par un tic qui revenait à chaque secousse morale, et réduit à un paradoxe, il répliqua :

— Le sentiment de la maternité épure tout, ma mère. Qui sait si, par cette fibre, on ne ramènerait pas cette égarée au bien. Il serait digne d'une femme comme vous d'essayer.

— Vous oubliez, dit Mme Dampierque, j'ai essayé en effet, et ce qui s'en est suivi. Que cette fille se purifie d'abord, jusque là elle ne verra pas mon petit-fils.

Elle articula cette résolution d'un ton net, et fixant sur son fils un de ces regards profonds qu'il soutenait difficilement, elle ajouta :

— On croirait, en vérité, si nous ajoutions cette tolérance à ce qui s'est déjà passé, que ces misérables traitent avec nous de puissance à puissance.

— A cet argument, ma mère, dit le président en se levant de table, je n'ai rien a répondre ; il serait trop grave s'il n'était inspiré par l'exagération de votre dignité.

Il resta évident qu'il n'abandonnait pas la partie. Ce fut pour l'aïeule et la petite-fille un nouvel élément d'alarme et de conjectures sinistres.

En ville, l'élargissement de Martin Baruelle causait du bruit. L'opinion assoupie par les lenteurs de l'instruction, mais non éteinte, se réveilla. On se remit à causer, à chercher, à commenter surtout.

Le journal qui avait persisté le plus longtemps à mettre la justice en demeure d'éclairer le public, reprit la parole, et lança avec un grand courage, quoique à mots couverts, des allusions indiquant qu'il aurait pu fournir les jalons qu'on se plaignait au parquet de ne pas saisir.

Il y avait, en effet, en trop de monde dans l'événement pour que, en dépit des motifs de chacun pour garder un silence impénétrable, il ne finît pas par percer quelques lueurs.

M. Vergnier était de trop bonne foi dans ses recherches pour rien négliger, et comme ici tout est vrai dans ce récit, nous inclinons à croire que le chef de la sûreté eçut de lui mission de solliciter le rédaceur de lui communiquer ce qu'il savait u ce qu'il supposait.

Ce qui est incontestable parce qu'on en etrouve la trace dans l'attitude de la presse de la localité, en se référant aux collections de l'époque, c'est que le zèle et les efforts des magistrats du tribunal de première instance ne fit pas un doute.

Nous sommes donc porté également à supposer que ce fut à la suite de la démarche en question, que M. Pascal tint avec le jeune chef du parquet une conférence décisive.

M. Pascal était resté invisible pendant quarante-huit heures, et portait les marques d'une fatigue inusitée, pour qui connaissait son tempérament de fer.

M. Vergnier traversait lui des épreuves qui n'altéraient pas moins ses forces morales et physiques. Il n'avait entrevu les rives du bonheur que pour y faire naufrage ; encore n'eût-ce été rien, si ce désastre n'eût entraîné que lui !

— Avez-vous réussi ? demanda-t-il à M. Pascal.

— Oui, répondit celui-ci ; ou tout au moins je vous apporte des découvertes précieuses, et d'une exactitude garantie, quoique à première vue elles ressemblent à un roman d'Anne Radcliff.

Sur l'honneur, on ne supposerait pas qu'il puisse se produire rien de pareil, en plein dix-neuvième siècle, et dans l'une des villes importantes du royaume !

Laissez-moi épancher ma stupeur, car vous allez la partager.

Quant à ma pénétration, à ma vigilance, à mon flair, je supplie que dorénavant il n'en soit plus question, puisque de pareilles choses ont pu s'accomplir sans que j'en eusse soupçon.

Le jeune magistrat le laissait aller, comprenant que cette expansion exceptionnelle de la part d'un fonctionnaire si sobre de ses paroles révélait déjà l'intérêt de ses recherches.

M. Pascal en fournit bientôt la mesure. Il reprit :

— Depuis que vous ne m'avez vu, j'ai battu, rue par rue, chemin par chemin, les faubourgs suburbains et je suis arrivé à la grille d'une des bastides qui se présentent sous l'aspect le plus inoffensif et le plus honnête.

Je suis bien passé à diverses reprises vingt fois devant elle sans la remarquer, mais aujourd'hui, en raison de mes renseignements et de mes dispositions mefiantes, je me suis arrêté, frappé de son apparence d'abandon.

Les persiennes sont rigoureusement closes, les volets de la grille le sont aussi, l'embouchure de la serrure est rouillée, et l'herbe pousse au milieu du pas d'entrée.

Personne n'est passé par là depuis longtemps.

Impossible du reste d'en constater davantage, les volets paraissent doublés de tôle et n'ont pas une fente.

La propriété forme un carré entouré de murailles. J'ai fait le tour. Par derrière, sur une ruelle déserte, existe une porte de dégagement, elle présente les mêmes apparences que l'autre, n'a pas été ouverte récemment, elle est solide et compacte.

Je suis retourné à la première rue, les maisons sont écartées.

A force de recherches et de questions, je suis parvenu à savoir que la bastide en question est inhabitée depuis plusieur mois; un jardinier que j'ai rencontré brouettant ses outils, m'a dit avoir été diverses fois employé au parterre.

Il n'a jamais eu affaire qu'à une vieille dame qu'on appelait Mme Ursule, et qui en paraissait locataire unique, était peu communicative, très exigeante, mais payait bien et sans marchander.

J'ai fini par découvrir dans une rue voisine un épicier borgne, tenant un peu de tout, ainsi qu'il le faut dans les quartiers excentriques. Il m'a appris que Mme Ursule se fournissait en ville d'approvisionnements importants, et que seulement dans les cas imprévus elle prenait chez lui quelques objets, toujours de première qualité et qu'elle réglait comptant.

Jusque-là rien de notable ni de suspect, autour de toutes les villes il y a des pépinières de bourgeois retirés, qui répondent à ce signalement.

Cependant, ces approvisionnements excessifs pour une vieille femme seule, me taquinaient; évidemment, eût-ce été une ogresse elle ne les aurait pas engloutis à elle seule. L'épicier parlait de pièces de vin, de pains de sucre, de caisses de comestibles, de paniers de viande et de bourriches de gibier.

Décidé à en avoir le cœur net, je suis revenu une troisième fois dans la rue du pavillon, et je me suis adressé à la maison la moins éloignée, où j'ai trouvé deux braves gens, le mari et la femme.

Ils témoignaient beaucoup de répugnance à me renseigner; leur regard se portait dans la direction de la basti de abandonnée, comme s'ils appréhendaient qu'il n'en émanât une influence maligne.

— Est-ce que par hasard, leur ai-je dit entrant dans leur pensée, la masure serait hantée?

Ils ont échangé un regard qui confirmait presque cette opinion, j'ai abondé alors de plus fort dans ce sens, en leur disant que si je souhaitais être renseigné, c'est qu'ayant l'intention de louer une maison de plaisance à portée de la ville, celle-ci m'avait tiré l'œil.

Cette explication m'a gagné leur confiance et une fois lancés, ils m'en auraient débité jusqu'à demain.

— « Nous ne savons pas si l'habitation est à louer, m'ont-ils dit, nous ignorons même le nom du propriétaire, n'ayant connu depuis que nous-mêmes nous sommes fixés ici, par cessation de notre commerce, que la vieille dame Ursule, femme peu communicative et qui ne nous allait pas.

» Nos relations étaient à peu près nulles: bonjour, bonsoir, quand on se rencontrait, n'entrant pas les uns chez les autres; elle ne nous en a jamais priés d'ailleurs et nous nous en soucions médiocrement.

» Ça nous étonnait pourtant, sans être curieux des affaires des autres de voir une femme si alerte, si active, vivre dans cet isolement, personne n'entrant chez elle que pour le travail ou les fournitures. A la fin, ça nous parut louche, et n'ayant rien à faire, — vous savez à la campagne! nous nous mîmes à ouvrir l'œil.

» Mais, du matin au soir, rien: c'était monotone. Il me vint une idée, je dis à ma femme : si nous faisions le guet un peu plus tard.

— Nous l'avons fait.

Ici le vieux rentier s'est arrêté et j'ai craint à son hésitation qu'il ne voulût pas aller plus loin.

Je l'ai tant sollicité qu'il s'est décidé, en protestant que j'étais le premier à qui il osât faire cette confidence et en me faisant jurer la discrétion.

Ces braves gens sont restés sous l'impression d'une terreur superstitieuse, excusable et justifiée, comme vous allez voir.

Une nuit de vendredi, le hasard se plaisant à ajouter cette date à l'aventure, comme le vent leur apportait le tintement des horloges de la ville, sonnant onze heures ou minuit, il leur sembla voir glisser dans l'ombre épaissie des murailles d'abord une, puis deux, puis une série de formes noires, pareilles à des fantômes, et allant s'engloutir les unes après les autres dans l'embrasure de la grille, qui s'entr'ouvrait à leur approche sans bruit et sans qu'elles fissent le geste de frapper, d'appeler ou de sonner.

Combien en virent-ils, ni cette fois, ni les suivantes, ils ne les comptèrent, la peur les tenait, et balancés entre l'appréhension que ce fussent des malfaiteurs ou des sorciers venant à un rendez-vous ou au sabbat, il n'osaient même rester derrière leurs persiennes, appréhendant le mauvais œil ou une attaque à main armée.

Ce n'est pas tout; ces promenades mystérieuses se renouvelaient fréquemment et à période fixe, deux ou trois fois la semaine, et le pavillon de madame Ursule prenait souvent ces nuits-là des aspects de fête, qui intriguaient au plus haut point ses voisins.

Il n'était pas rare que des lueurs apparussent en même temps à travers les lames des persiennes, indiquant un éclairage *da cima al fundo*. Puis aussi, dans le calme général, resonnaient des musiques, le piano mêlant ses sons à ceux d'autres instruments, formait un concert; dans l'été, où la chaleur exigeait l'ouverture des portes ou des croisées, derrière les persiennes, des voix bruyantes, des éclats de rire, parfois des chants arrivaient vagues à cause de la distance, mais très perceptibles encore à l'oreille des observateurs.

Un jour, il se hasardèrent à dire à Mme Ursule :

—Est-ce que vous n'aviez pas du monde cette nuit, voisine? Nous avons entendu une musique qui venait de par chez vous ? »

A quoi elle répondit sans s'émouvoir aucunement :

— « Oui, il me vient quelquefois des parents et des amis qui s'amusent. — Et elle termina d'un ton qui devait ôter l'envie de renouveler les questions : Est-ce que ça gêne quelqu'un? N'est-on plus maître de faire ce qu'on veut chez soi ? Je ne me mêle pas des affaires des autres, mais à charge de revanche. Ceux qui font autrement, soyez-en sûrs, ça ne leur porte pas de chance. »

Les bonnes gens se le sont tenu pour signifié; et s'étant finalement aguerris et remis de leurs premières paniques, ils ont conjecturé que la duègne exerçait un vilain métier, en prenant ses précautions pour ne pas éveiller le scandale. Ce ne fut plus, dans leur opinion, une sorcière, mais une personne complaisante, en un mot une entremetteuse.

N'ayant rien à y voir, et sentant le besoin de ne pas s'exposer aux niches des mauvais sujets ou des farceurs en goguette qui recevaient son hospitalité, ils se sont abstenus, comme ils me l'avaient dit tout d'abord, de relations avec la gouvernante du lieu.

Voilà les choses ramenées à leur explication simple et probable.

— Parfaitement, dit le procureur du roi, et je comprends que dans cès conditions, écartée de la ville et du périmètre des rondes, cette maison n'ait pas attiré l'attention de la police. Vous avez fait là une découverte qui promet, mais les choses prennent des proportions qui m'épouvantent, car, évidemment, c'est dans ce repaire qu'on a égorgé ce pauvre enfant!

XXI

Clartés et ténèbres.

Les faits s'accumulaient et s'enchaînaient avec une telle suite, que le procureur du roi, afin de bien maintenir cette filière, pria M. Pascal de suspendre le récit de ses investigations, pour arrêter ses jalons au vol de la plume.

Ce court répit permit en même temps à l'ingénieux et clairvoyant chef de la sûreté de reprendre haleine et de se recueillir pour compléter son rapport verbal.

Il était venu d'une traite de la rue du faubourg au palais.

A mesure qu'il écrivait, les détails, les rapprochements se présentaient en foule à l'esprit de M. Vergnier, avec une évidence devant laquelle il suspendit pour l'instant son travail, craignant de se laisser emporter à l'exagération dans l'horreur.

— Nous relirons et nous reverrons ceci ensemble, à tête reposée, dit-il. Pour le moment, il vaut mieux que vous acheviez votre récit, il modifiera peut-être les impressions de votre début en les atténuant.

— Ou en les aggravant, dit M. Pascal, qui poursuivit :

Ainsi édifié sur les allures mystérieuses de la villa, revenait la question essentielle de la date et de l'époque de son abandon. Sans préciser le jour, une circonstance banale a permis à mes braves gens de la fixer à la seconde semaine d'octobre, parce que le mari étant occupé à cueillir du raisin tardif dans une treille aperçut par dessus le mur une grande voiture arrêtée devant la grille ; on y mettait des paquets, une malle et Mme Ursule finit par y monter elle-même.

— « Tiens, dit le rentier à sa femme, voilà la voisine qui part en voyage. »

En effet, cela n'avait rien d'un déménagement, mais depuis lors ils n'ont pas connaissance que personne soit revenu et que la grille ait été ouverte. Tout dans l'habitation doit donc se trouver dans l'état où elle a été laissée, et en y opérant une descente discrète et soigneuse, il est impossible qu'on n'y fasse pas d'importantes trouvailles.

— Mais, dit M. Vergnier, sur la nuit du crime, n'avez-vous pu obtenir aucune indication ? Vos braves gens n'ont-ils été frappés de rien d'extraordinaire ? les bruits s'entendent nettement et loin la nuit dans la campagne.

— Je n'ai pas manqué de les questionner là-dessus, quoique la matière fût scabreuse, tenant à ne pas leur donner l'éveil et à ne pas ébruiter le but de ma démarche.

Je leur ai demandé si Mme Ursule n'avait pas célébré ses adieux à ses habitués par une fête exceptionnelle qui aurait troublé leur repos. Ils ne savent rien, n'ont rien remarqué.

— Evidemment, dit le procureur du roi très pensif, il y a là une lacune, quelque chose d'intéressant nous échappe ; quelque chose qui tient essentiellement à la perpétration du crime.

Il est improbable que la victime se soit laissé égorger comme un agneau, sans se débattre, sans crier, sans appeler...

Les deux informateurs réfléchirent plusieurs minutes, cherchant à renouer le fil qui leur manquait. M. Pascal reprit le premier :

— N'attachons pas trop d'importance à ce détail, et ne nous laissons pas attarder pour si peu. Rappelez-vous l'état du corps lors de l'autopsie : il n'avait, hormis le fatal coup de lancette, ni une blessure, ni une contusion. Donc, il n'y a pas eu lutte ; donc, il se peut qu'il n'ait pas crié.

Comment le crime s'est-il accompli, voilà le problème, je ne désespère pas que nous le pénétrions N'oublions pas non plus que la propriété possède sur le derrière une seconde porte, sur laquelle mes deux rentiers n'ont pas vue, et qui doit avoir joué un rôle, tant dans cette circonstance que dans les précédentes.

Il est rare que les maisons honteuses, suspectes n'aient pas comme celle-ci une entrée dérobée. Je crois avoir trouvé l'itinéraire suivi par les assassins pour déposer le corps de la victime, dans l'endroit écarté où il a été retrouvé, sans s'exposer pendant le transport à des rencontres compromettantes.

Je vous expliquerai cela sur le plan où sur les lieux mêmes, et vous verrez que si le trajet est un peu long, il est en revanche étonnamment sûr.

Le chef de la sûreté entra encore sur la manière dont le transport avait pu s'effectuer, dans une série de suppositions et de conjectures où nous ne le suivrons pas, le lecteur étant renseigné là-dessus beaucoup plus positivement que lui. Les témoignages matériels faisant défaut, le procureur du roi ne crut devoir retenir qu'une part de ces hypothèses, jusqu'à ce que l'acte criminel lui-même fût nettement établi.

C'est à quoi les détails fournis récemment par Agénor Dupuis, rapprochés du témoignage de Germain, dans l'affaire de l'invasion nocturne de la maison du président, et les allusions menaçantes échappées à Martin Baruelle, dans ses derniers interrogatoires, paraissaient concorder avec un effrayant ensemble.

La première chose qui se présenta alors à l'esprit de M. Vergnier et de son collaborateur fut la nécessité d'une descente à la villa abandonnée.

Mais, ici se dressa une difficulté sérieuse.

M. Pascal et M. Vergnier se rappelaient trop le mouvement de personnel qui était venu depuis l'ouverture de l'instruction bouleverser, reculer et paralyser les travaux et les recherches. Ils étaient trop intelligents pour ne pas y voir autre chose qu'un effet du hasard.

Le hasard était dirigé par une puissance et une influence qu'ils ne définissaient pas encore, mais contre lesquelles ils devaient se tenir en garde, et que Martin Baruelle avait certainement visée dans ses allusions à des gens d'importance impliqués dans l'affaire.

Ce qu'ils venaient de découvrir, ils l'avaient pénétré eux-mêmes, en n'admettant aucun tiers avec eux.

La sagesse leur conseillait de continuer de même, sous peine d'être dépistés ou contrecarrés. Mais en adoptant ce parti, ils ne se dissimulèrent pas qu'ils jouaient gros jeu, étant obligés d'agir dans une circonstance si considérable, en dehors de leurs chefs hiérarchiques.

Ils ne balancèrent pourtant pas ; Henri Vergnier obéissait à un devoir de conscience, et M. Pascal à la passion qu'il avait pour son art et qui produisait chez lui dans ces affaires palpitantes une véritable fièvre.

Ils fixèrent la perquisition au jour suivant à une heure matinale ; décidèrent d'entrer par la porte détournée, afin d'éviter le regard des habitants de la grande rue, et le chef de la sûreté se réserva de trouver un serrurier qu'il mettait fréquemment en réquisition et dont la discrétion lui était garantie.

Entre temps, on ne perdit pas de vue la question des témoins ; on jugea bon de laisser Gabriel Lautour dans sa fausse sécurité, pour éviter qu'il n'amenât un incident pareil à celui de M. Fontaine, et M. Pascal lança, sous prétexte de répression contre les mœurs, ses meilleurs agents à la quête d'une matrone répondant au nom de Mme Ursule.

Ces soins et ce réglement des choses menèrent Henri Vergnier assez tard, et l'on croira sans peine qu'ils suffirent à l'absorber.

Non, pourtant ! Retiré chez lui, dans le recueillement de son appartement de garçon, son énergie tomba ; il se retrouva en proie à une pensée opiniâtre, poignante. Ce n'était plus le magistrat attaché à la poursuite d'un forfait exécrable, soutenu par le sentiment du devoir, par l'élan de la conscience, travaillant à réhabiliter la dignité de la justice, atteinte dans l'opinion publique par l'impunité d'un tel crime.

C'était ici l'homme jeune, débordant de tendresse, le cœur plein d'une passion délicate, craignant les découvertes recherchées par le magistrat, s'efforçant à effacer les preuves laborieusement amassées par celui-ci ; hésitant, n'osant plus croire ni se fier à rien, et tremblant à l'idée d'une solidarité entre l'homme dont il aspirait à devenir le gendre, et les assassins de son jeune ami.

Car c'était là que l'amenaient désormais ses terribles études !

Quel était ce lien, jusqu'où allait cette complicité ? Il ne le définissait pas ; il s'arrêtait en frémissant avant de pousser plus loin, et malgré lui revenaient dans son esprit ces concordances indéniables.

L'intimité du président et du conseiller Mortaigne ; le passage du conseiller sur la route de l'oseraie, si singulièrement découvert ; l'alibi faussement établi par Daniel Mortaigne au profit de Gabriel Lautour et par suite au sien ; enfin la similitude du signalement des promeneurs nocturnes aperçus par les voisins du pavillon, et des deux personnages mystérieux dénoncés par Germain.

A ces faits s'ajoutait le détail si mince en apparence, mais aujourd'hui grandi, de la marque relevée par M. Pascal, sur la muraille à l'endroit où Germain avait vu la lanterne sourde accrochée.

Il ne ressortait pas heureusement de là que Pierre Dampier eût participé aux faits de la nuit du 10 octobre, et la conscience d'Henri Vergnier repoussait encore avec horreur cette hypothèse. Mais la conduite du conseiller Mortaigne ne se dégageait pas de même, tout concourait, au contraire, à le mettre en cause, jusqu'aux visites rendues par sa femme au prisonnier de la Conciergerie.

M. Dampier apparaissait jusqu'ici comme ayant connaissance des choses et les dérobant à la justice, pour ne pas perdre un ami de toute sa vie ; c'était dans ce sentiment qu'il avait contribué à l'élargissement de Martin Baruelle, et cette faiblesse dans une cause où il s'agissait de l'assassinat de son fils avait, de la part de ce magistrat rigide, un caractère qui plongeait le chercheur dans un abîme d'obscurités.

Mais qu'était-ce encore, auprès de la réalité qui montrait un membre de la plus haute juridiction du ressort, mêlé à cette affaire où suintaient également la honte et le sang ?. .

Était-il possible au jeune procureur du roi de se présenter dans une maison dont le chef encourait la responsabilité d'un déni de justice, par la complicité de son silence ? Pouvait-il enfin s'incliner devant lui et lui dire :

— J'aime votre fille, nous sommes fiancés en présence de Dieu et de son aïeule, je viens vous demander sa main ?

Il sentait soulever sa conscience et craignait au lieu de cette formule respectueuse de lui adresser cette mise en demeure indignée : « Quel rôle jouez-vous ! Tandis que j'use mes forces et mon intelligence à obtenir satisfaction pour les mânes de votre fils, vous pactisez avec les meurtriers et vous les protégez contre moi ! »

Non, jusqu'à ce qne la lumière fût faite, jusqu'à ce que la situation de chacun fût nette, et que l'honneur du père d'Alice fût dégagé de ce drame, son cœur pouvait saigner, mais son devoir lui interdisait l'accès de cette maison.

Voilà à la suite de quel combat contre ses plus chers désirs, il ne retourna pas encore à l'hôtel Dampier, et s'excusa cette fois par un billet où il motivait son absence par un surcroît d'affaires réclamant l'urgence.

Alice s'était plaint de ne pas connaître son écriture ; elle la connut ; mais tristement hélas : ce billet, malgré sa forme empressée et ses expressions puisées dans un sentiment sincère, témoignait d'un fond de chagrin et d'amertume, que la jeune fille ne sut que trop bien interpréter, et puis, à sa grand'mère qui combattait ses déductions, elle répondit par un mot qui les confirmait toutes :

« Il n'aurait pas été plus long de venir que d'écrire ! »

Ici, admirons la justesse et la générosité de son esprit, ce n'était pas là un reproche, mais un regret ; elle avait pour l'homme distingué par elle, une si grande et si complète estime, qu'elle ne mit pas sa délicatesse en doute. Elle comprit qu'il souffrait aussi, et qu'une influence néfaste se mettait en travers de leurs espérances et de leurs projets.

L'aïeule ne perdait aucune des épreuves de ce drame intime. Elles eussent été cruelles pour l'âme la plus saine et la plus affermie ; combien donc lui paraissaient-elles funestes dans l'état de sa petite-fille.

La femme si courageuse contre les secousses matérielles, ne résiste pas à celles qui atteignent sa sensibilité et sa tendresse.

Alice était trop clairvoyante aussi et trop intéressée dans la question pour rien laisser échapper.

Elle ne se dissimulait pas que les relations de son père avec M. Mortaigne et sa tolérance soudaine et inexplicable envers les mauvaises gens de l'impasse Malouet, étaient de nature à froisser un homme tel que M. Vergniar.

Elle communiqua ces appréhensions à sa grand'mère qui ne les partagea que trop.

On montra au président la lettre d'excuses de Henri ; il la lut sans témoigner aucune contrariété, et dit tranquillement :

— Ce jeune homme t'aime sincèrement, ma fille ; laissons passer la crise causée par l'insuccès de ses poursuites. Il finira par oublier cette déception dont il s'exagère la portée, et il nous reviendra.

M. Dampier pensait-il ce qu'il disait ; c'est probable.

M. Pascal, l'homme exact, était chez le procureur du roi à 1 heure marquée. Il apportait les renseignements de ses agents, qui avaient trouvé trois ou quatre matrones portant le nom d'Ursule et dont l'industrie et l'existence étaient plus ou moins louches, sans qu'aucune répondît au signalement voulu. Probablement, la locataire du pavillon du faubourg s'était empressée de changer de nom, et peut-être aussi avait-elle quitté la ville.

XXII

Comment Emmanuel fut égorgé.

De l'accord des agents de la sûreté, la gérante du Pavillon Vert était introuvable au moins pour le moment.

Sans renoncer à la rechercher, il ne fallait donc que très-peu compter sur un résultat, à moins qu'on n'amenât Gabriel Lautour dans la voie des révélations, ce dont il ne fallait pas non plus se flatter d'avance outre-mesure.

Ces détails et ces difficultés n'arrêtèrent pas nos investigateurs ; afin de donner à leur démarche présente un caractère régulier, le chef de la sûreté se pourvut d'un mandat, pour procéder à l'ouverture du pavillon. Le serrurier, pouvant en même temps servir de témoin, fut emmené, sans que lui-même supposât à quelle chose qu'une des opérations dont il avait l'habitude ; et l'on arriva, sans aucun encombre, à la petite porte.

Là, l'homme du métier constata l'existence d'un secret qui permettait aux initiés d'entrer sans clé et sans se faire annoncer. Mais ce secret ne fonctionnait plus, ayant été arrêté à l'intérieur probablement en même temps que l'habitante du pavillon s'éloignait.

Ceci indiquait assez qu'elle ne se souciait pas que ses habitués pénétrassent chez elle en son absence, et indiquait un esprit de retour.

Il fallut recourir aux gros outils pour avoir raison de l'obstacle, consistant en un fort rivet de fer, qui finit par céder.

On entra dans le jardin. Il se ressentait de la saison et d'un abandon de plusieurs mois, et pourtant on reconnut aisément le soin qui présidait naguère à son entretien. Les statues n'avaient rien perdu de leur aspect artistique, et celle d'Adonis continuait de s'élever, comme une enseigne de plaisirs et de voluptés, au milieu de sa pelouse encore verte.

M. Vergnier remit à plus tard l'examen de ce jardin et fit ouvrir cette même porte du pavillon où nous vîmes, un soir, Emmanuel entraîné par ses compagnons.

Ce qui frappa d'abord les visiteurs, ce fut l'ordre parfait régnant dans le vestibule, les banquettes étaient méthodiquement à leur place, et les bougies à moitié consumées du petit lustre de bronze, semblaient attendre qu'on les rallumât.

Dans la salle à manger qui venait après, même soin minutieux.

La grande table du milieu était recouverte d'une toile cirée ; les lampes des suspensions avaient été faites ; les dressoirs étalaient leurs vaisselles de luxe, et dans les buffets qu'on ouvrit, on trouva les cristaux, les porcelaines, le linge de table dans le même ordre.

Tout le service y était, sauf l'argenterie. M Vergnier prit les couteaux l'un après l'autre, mais ils étaient fourbis et la lame ne présentait aucune trace de rouille.

L'office voisine fut ensuite visitée.

Tout y était en place ; il n'y restait aucune trace de la desserte d'un festin ; seulement, sur les rayons, des provisions sèches et des conserves, et dans une corbeille du linge ayant servi à un repas, mais à peine taché, soit que les convives fussent des gens très soigneux, soit que le repas eût été court.

On étala les serviettes au grand jour, et sur une seule on trouva une tache brune de la largeur d'une pièce de dix sous, ayant été faite avec l'index, peut-être par un convive qui s'était coupé ou piqué.

On la mit de côté à tout hasard.

Il devenait évident que si ce pavillon avait été le théâtre du crime, ce dont il n'était guère permis de douter, les assassins avaient mis à en faire disparaître les traces, les mêmes raffinements que dan le transfèrement et dans l'abandon du corps.

Sans perdre courage, et toujours accompagnés de l'homme de confiance muni de ses outils, on gagna l'étage.

Il se composait, comme celui d'un restaurant à la mode du boulevard des Italiens, d'un vaste salon élégamment meublé, sur façade principale et de plusieurs cabinets particuliers sur l'autre côté.

Même soin, même correction dans le salon que dans les pièces visitées jusque-là ; un tapis recouvrait le parquet ; au milieu, un guéridon avec un énorme cabaret, dont les flacons intacts contenaient des liqueurs ; les bougies avaient à peine été allumées ; le piano était couvert de musiques en vogue, empilées à chaque bout.

On les examina feuille par feuille, et sur l'une on reconnut, à l'encornure d'une page, une marque brune, de même apparence que celle de la serviette recueillie en bas ; celle-ci avait été mise par un doigt pressé de tourner ou de fermer le cahier.

On joignit ce feuillet à la serviette.

Les cabinets, au nombre de quatre, avaient chacun une croisée sur le jardin ; chacun aussi possédait pour ameublement un divan, quelques siéges, une table ronde, et dans un placard un lavabo complet.

Les trois premiers n'offrirent aucun élément à l'enquête. Le dernier parut plus intéressant.

D'abord, les petits rideaux manquaient à sa croisée ; on ne l'eût pas remarqué si les autres n'en eussent été pourvus ; mais pourquoi les avait-on enlevés ici de préférence ?

Était-ce l'effet du hasard ? Non, le serrurier, en homme qui connaît le bâtiment, s'aperçut que le parquet bien ciré dans les pièces voisines avait été lavé dans celle-ci.

On interrogea alors les moindres coins ; il y avait d'autres traces de lavage sur les lambris ; on présuma que cette opération, ayant eu lieu de nuit, ses auteurs, malgré leurs précautions, n'avaient pu se rendre suffisamment compte de l'effet, après le séchage.

On examina alors les diverses pièces du

lavabo ; il n'était pas muni comme les autres de sa pile de serviettes pliées ; sauf cela il était au complet. Il semblait n'y avoir rien à redire, quand M. Pascal, ayant tourné sens dessus dessous, la cuvette de porcelaine d'une blancheur irréprochable, constata sur le fond une traînée dont la nature ne pouvait être douteuse, c'était du sang mêlé d'eau qui avait coulé et s'était séché.

Décidément, le sang se retrouvait comme un témoin sinistre et accablant, du haut en bas de cette élégante thébaïde.

La chambre de la gouvernante située au-dessus en mansarde, ne procura rien.

On descendit au sous-sol, prenant jour sur le jardin par des impostes au ras des plates-bandes.

Les ustensiles de cuisine étaient rangés comme s'ils n'eussent jamais servi. Il n'y avait pas un grain de cendre dans le foyer.

Cette particularité trahissait une préoccupation compromettante ; elle laissait supposer que les effets de la victime et les objets se rapportant à l'assassinat ayant été détruits par le feu de cette vaste cheminée, on avait eu des motifs d'en dissimuler les vestiges même après l'incinération.

Où les avait-on enfouis ? c'était une recherche à faire.

Les couteaux et autres ustensiles culinaires également examinés furent reconnus incapables d'avoir occasionné la blessure, et rien ne démentit l'avis des médecins l'attribuant à une lancette.

N'ayant plus chance de rien découvrir de plus dans la maison, et comme on tenait à épuiser les moyens de saisir une preuve à conviction personnelle, on résolut d'explorer le jardin.

Ce n'était pas chose aisée, l'herbe vivace de l'automne avait envahi les allées et la chute des feuilles avait jonché le reste.

Un puits était au bout de la maison, le serrurier y descendit au moyen d'une échelle et ne trouva rien, mais un peu plus loin, dans une allée, ayant vu un objet briller au soleil, il ramassa un des doubles boutons de chemise que l'on portait exclusivement alors, au lieu des boutons de nacre cousus d'aujourd'hui.

Celui-ci était fort élégant ; son émail présentait deux lettres entrelacées, un G et une L.

Il fallut se contenter de ce butin ; les portes refermées avec adresse, on regagna la venelle et le chef de la sûreté proposa de suivre le chemin qui menait à l'oseraie.

M. Vergnier admira une fois de plus la sûreté de coup d'œil de M. Pascal.

Ce ne fut pas tout, à cinq cents pas de la ville deux chiens en gaieté vinrent se jeter dans ses jambes, et il reconnut Marengo et Ramonaund.

Leur maître ne devait pas être loin. En effet, la voix d'Agénor Dupuis salua bientôt le jeune magistrat et pendant l'échange de propos banals, M. Vergnier que ses compagnons avaient discrètement quitté, pour le laisser seul avec le dandy, s'aperçut que celui-ci portait des boutons absolument pareils à celui du jardin, sauf les initiales. Ils provenaient évidemment de la même fabrique et l'ayant complimenté sur leur bon goût, il apprit le nom de l'orfèvre.

Seulement, le modeste Agénor ne se fit pas prier davantage pour confier à son nouvel ami que les siens étaient un cadeau d'une personne éperdument éprise de lui, et si follement jalouse qu'elle exigeait qu'il les mît constamment afin d'avoir un souvenir d'elle sous les yeux.

La conversation continuant sur ce chapitre, où le conquérant se complaisait, Henri Vergnier apprit que le terrible et faux bonhomme Daniel Mortaigne tombait chaque jour en quenouille ; sa vigoureuse épouse prenait le sceptre, et il ne découchait plus : seulement, ajouta Agénor avec une intention pleine d'une grande finesse : on fait plus que jamais lit à part.

M. Vergnier trouva que cet imbécile tenait, surtout quand il ne s'en doutait pas, des propos intéressants, et prit note de ceux-là.

Quoique le chiffre du bouton émaillé eût aussi son éloquence, M. Vergnier ne négligea pas de voir le bijoutier, lequel le reconnut parfaitement et indiqua M. Gabriel Lautour comme devant l'avoir perdu. M. Lautour, ajouta-t-il, est un de mes bons clients, jeune homme de goût et payant tout comptant.

On ne lui en demandait pas tant non plus à celui-là, mais en province on ne perd pas l'occasion de causer, le temps est si long ! Le digne marchand ne s'était point, comme le procureur du roi, posé la question de savoir d'où le sieur Gabriel tirait ses ressources.

Rarement, instruction avait été poursuivie avec plus de persévérance et avait triomphé de difficultés plus nombreuses ; celle-ci n'était pas au bout cependant, et pour empêcher qu'elle ne sombrât une seconde fois, il fallait la pousser, sans désemparer, et surtout sans laisser aux suspects le temps de se reconnaître et de donner l'éveil à leurs alliés et soutiens.

M. Vergnier et le chef de la sûreté prirent un matin Gabriel Lautour dans son gîte, au saut du lit ; il était en train de se pommader ; sa chambre ressemblait à une boutique de parfumeur.

A la vue des deux visiteurs, son teint frais et rosé devint tout d'un coup livide ; ces messieurs, malgré leur attitude pacifique, ne lui inspiraient rien d'agréable ni de rassurant. Un procureur du roi n'a pas l'habitude de se déranger si matin, pour le simple plaisir d'assister au petit-lever d'un clerc d'avoué.

— Messieurs, demanda celui-ci tout ému, qu'y a-t-il pour votre service ?

— Tranquillisez-vous, répondit M. Vergnier, et achevez de vous habiller. Nous venons uniquement vous demander certains renseignements, qui sont à votre connaissance, et pour peu que vous y mettiez de la bonne volonté, vous n'aurez pas à vous en repentir.

— Des renseignements ?... mais j'ignore .. je ne sais pas...

Et trahissant sa préoccupation la plus vive, il s'écria :

— Mon alibi n'a-t-il pas été formellement établi par un magistrat digne de foi ?... Donc, étant chez M. Mortaigne, je n'ai rien vu... rien..., absolument rien.

— Ne vous agitez pas, dit M. Vergnier. Il n'est plus question de cet alibi.

— Ah ! Ah ! fit-il un peu soulagé.

— Non, la chose est éclaircie et connue.

— Comment l'entendez-vous ! demanda-il repris de panique.

— Nous vous rapportons un objet que vous avez perdu.

— Moi ?... Je n'ai rien perdu ..

— Ce bijou ne vous aurait-il point appartenu ?

— Mon bouton !..

— Vous rappelez-vous où vous l'avez laissé ?...

— Non, en vérité ! balbutia le dandy.

— Eh bien, nous sommes plus avancés et nous allons vous y mener, il n'est rien

comme la vue d'un endroit pour rafraîchir la mémoire.

— Messieurs, murmura le malheureux, je suis innocent ! Je vous jure que je suis innocent.

— Il me semble que vous vous défendez avant qu'on vous accuse.

— Sacrédié, fit le chef de la sûreté, remplissant d'une façon impérative les fonctions de valet de chambre, finissez-donc de vous habiller !

— Mais... mais... mais... puisque je jure... Où donc voulez-vous me conduire ?

— On vous le dit, au joli endroit où vous avez oublié ce bijou.

— Messieurs, dit Gabriel Lautour en portant autour de lui ses yeux hagards, cherchant une issue ou un moyen de salut ; j'irai où vous voudrez, laissez-moi seulement avant de partir écrire un mot...

— Impossible, dit M. Vergnier, le temps nous presse, et nous avons en bas une voiture dont les chevaux s'impatientent.

Il voulut se roidir encore, comme font les noyes qui se débattent dans le vide, et la tête à moitié égarée par la panique, il se mit à bramer :

— Messieurs, au nom du ciel, écoutez-moi : ce n'est pas moi qui ai fait la chose... Je vous en prie, ne me mettez pas en accusation... Vous ne trouverez pas de preuve... pas une... pas une !.. O mon Dieu, pourquoi est-ce moi plutôt que les autres... Je ne veux pourtant pas payer pour tout le monde... Qu'est-ce donc qui me sera fait ?...

Le procureur du roi, aguerri contre ces protestations, ne répondit qu'en faisant signe à M. Pascal de presser le départ.

— Ce n'est pas le moment d'expliquer tout cela, dit celui-ci ; allons, une dernière fois, voulez-vous descendre de bonne volonté ?

Le pauvre diable était bien trop démoralisé pour résister, il se laissa pousser, emmener, encaisser dans la voiture, ce qui lui évita le désagrément d'être bousculé par l'escouade d'agents en habit de ville, dispersés savamment le long de la rue.

Le cocher avait ses instructions, la voiture roula au grand trot, emportant nos trois personnages. A l'entrée de l'habitation, on retrouva le serrurier envoyé en avant et accompagné cette fois d'un agent dévoué à M. Pascal, en prévision d'une résistance à vaincre.

Mais le clerc d'avoué avait perdu sa jactance ; les garçons si jolis et si pomponnés sont rarement bien braves ; ayant des raffinements de femmes, ils en ont aussi les défaillances.

Celui-ci tomba à moitié en pâmoison, rien qu'en franchissant le seuil du jardin. C'était à faire pitié, si ce n'eût fait dégoût.

— Écoutez-moi bien, lui dit d'un ton qui imposait l'obéissance, M. Vergnier :

La justice est dès maintenant suffisamment renseignée pour agir d'une façon définitive, vous allez en acquérir la certitude par tout ce qui va se passer. Ce n'est guère qu'à titre de confrontation que nous vous amenons ici. Ne tentez donc ni mensonge, ni subterfuge.

La sincérité et les services que vous rendrez à la cause de la loi, peuvent seuls vous valoir l'indulgence et l'atténuation.

Je vous engage d'y avoir égard, et de régler votre sort en conséquence.

Est-ce bien convenu ?

— Oui.. balbutia Gabriel Lautour ; je vous servirai, je vous dirai les choses... mais..., en vérité, ce n'est pas moi qui l'ai tué...

Il se reprit à quatre fois pour achever ces mots. Le seul aspect de ce domaine naguère étincelant, joyeux, aujourd'hui froid et morne, lui causait le frisson.

En franchissant le perron, le procureur du roi dit :

— C'est vous qui le soir du 10 octobre avez introduit par cette porte Emmanuel Dampier, dont vous aviez troublé la raison dans une orgie au café.

— C'est vrai, fit le coupable, la tête courbée. mais je n'étais pas seul.

— Oh ! soyez tranquille, nous savons le nom des autres, nous les retrouverons quand il le faudra.

— Pourquoi commencer par moi, je n'ai rien fait de plus qu'eux !

— Vous oubliez que vous meniez la bande, et que c'est votre influence qui a entraîné celui dont vous vous prétendiez l'ami.

Sans s'arrêter aux divers lieux visités dans une précédente recherche, on monta tout de suite au salon du premier.

Au moment d'y pénétrer, Gabriel Lautour éprouva comme un spasme épileptique. Son corps se cambra en arrière et l'écume lui vint au coin des lèvres.

— C'est là !... là !... répétait-il, grelottant et l'œil hagard.

Cet orgasme vaincu, il s'assit épuisé sur le sofa ; on l'aurait cru frappé d'idiotisme.

M. Pascal prit dans l'armoire la cuvette accusatrice et lui montrant les vestiges de la traînée séchée dessous :

— Savez-vous ce que c'est que cela ? lui demanda-t-il.

Il répondit par un signe de tête.

— Eh bien maintenant, dit M. Vergnier, racontez ce qui s'est passé. Allons, il le faut, si vous ne voulez pas assumer seul la culpabilité.

Cette menace le décida, mais il ne put, malgré ses efforts, articuler que des phrases hachées, que l'intelligence des assistants était obligée de coordonner et de compléter.

— Oui, dit-il, c'était ici... Nous étions tous ivres...

— Tous, dit le procureur du roi d'un ton froid et péremptoire, je ne crois pas.

— Moi.. du moins, dit Gabriel ; le salon était plein de la fumée des cigares, quoique la fenêtre fût ouverte derrière les persiennes. On riait, on chantait... Tout à coup un cri... oh ! ce cri, je ne l'oublierai jamais !... un cri déchirant domine les bruits, et je vois le conseiller Mortaigne soutenant Emmanuel qui s'affaissait.

Alors, on le prend, et comme il continuait de pousser ce cri pareil à un râle épouvantable, on ferme la fenêtre, et l'on tâche de le calmer ; mais plus on s'y employait, plus il redoublait.

Quelqu'un alors dit avec effroi : — « Mais il est capable de jeter l'alarme dans le quartier ; si on l'entend, nous sommes perdus.. »

Parce qu'il y avait plein la maison de gens recommandables dont il ne fallait pas qu'on soupçonnât la présence.

Il se débattait, il criait, le sang injectait ses yeux, il suffoquait.

Je ne sais plus ce que j'ai fait, et ce qui a suivi m'est resté confus comme un cauchemar ; seulement, on l'a étendu là, sur cette table... Oh ! je le vois toujours, toujours !...

Et puis, une éclusée de sang a jailli jusqu'à moi... Ah !... fit le malheureux avec le geste d'essuyer sa joue, à la place où il lui semblait le sentir encore.

Surmontant un nouveau spasme nerveux, Gabriel Lautour continua :

Alors on a crié ; c'était madame Ursule :

« Des cuvettes, des vases! » Et l'on a pris cette cuvette que voilà; puis le saladier; puis le bol où avait été le punch, et le sang coulait toujours…. je n'aurais pas cru que notre corps en contînt autant.

Il y en avait sur les rideaux, sur le parquet, le long des lambris…. Nous en avions aux mains, à nos chaussures…. horrible! horrible!

Gabriel Lautour se cacha la figure pour échapper à cette évocation; mais il ne pouvait voiler son cerveau où elle était gravée, et lui, à son tour, se débattait sous l'étreinte, comme avait fait la victime.

Les auditeurs épouvantés croyaient assister à ce drame, ainsi reproduit par un de ses acteurs.

On lui laissa un répit pour se calmer. M. Pascal, par un instinct de pitié, lui donna un verre d'eau, et quand il se trouva suffisamment remis, il reprit de lui même, ayant hâte d'en finir et trouvant néanmoins une impulsion dans son récit même:

— J'eus un moment de vertige où je jure que je ne vis, n'entendis, ne distinguai rien, ni les personnes, ni les objets; je voudrais être plus précis, cette lacune de mon intelligence s'y oppose.

Quand ce fut dissipé, j'entendis une voix qui s'écriait avec épouvante: « Mort!.. il est mort!.. et c'est moi… moi qui l'ai tué! »

Cette voix était si terrible, si pénétrante qu'elle vibra longtemps et qu'un long silence suivit; nul n'osait respirer.

Ce fut la gouvernante qui la première éleva la parole:

— « Ce qui est fait est fait, dit-elle. Allons, tout le monde à l'œuvre; il s'agit du salut commun! »

Cette voix aigre, pareille à celle d'une sorcière, nous ramena à l'urgence de la situation. Ursule donna l'exemple, elle s'empara d'un vase plein de sang et descendit; d'autres, stimulés par la crainte, prirent ce qui restait et la suivirent.

— Je n'y ai pas touché, messieurs; non, sur mon âme; je suis descendu aussi, mais instinctivement, par une curiosité matérielle.

— Ce sang, demanda le procureur du roi, qu'en a-t-on fait?

— On a creusé un trou au milieu d'une plate-bande et on l'y a versé; en le recouvrant, la terre trop saturée en laissait remonter des bouillons.

La gouvernante se plaignit qu'on n'eût pas creusé assez avant; on prit des pelletées sèches dans le carré voisin, et l'on égalisa le niveau.

— Ce n'est pas tout, reprit la gouvernante, c'est ce qui est là haut qui m'inquiète.

Ce qui était là haut, c'était le corps.

Quelqu'un proposa de l'enfouir aussi, mais elle n'en voulut pas entendre parler et regimba tellement qu'on décida de l'abandonner dans la campagne.

Afin de dépister les recherches, on prit les précautions que vous connaissez; on ne lui laissa pas un fil sur le corps, on le lava minutieusement, on le roula dans la nappe même sur laquelle il venait de faire son dernier repas, et comme tous se récusaient pour s'en charger, l'un des assistants dit à M. le conseiller Mortaigne:

« Vous êtes le plus criminel, c'est à vous de subir cette tâche, et je vais vous aider… »

Le conseiller était effrayant à voir; du reste, chacun a remarqué qu'il n'a pas repris son équilibre depuis cet événement; on l'attribue à son amitié pour M. le président Dampier, mais je vous dis la vraie cause, moi, c'est la révolution qu'il a éprouvée.

A mesure qu'il avançait, le narrateur reconquérant la mémoire et la présence d'esprit, devenait, comme tout à l'heure, plus clair et plus précis. Il sentait qu'en rejetant sur d'autres le caractère le plus criminel de la catastrophe, il allégeait d'autant sa situation personnelle.

— Si vous souhaitez vous reposer un instant, lui dit M. Vergnier, nous vous l'accordons.

— Non, dit-il, j'arrive à la fin, et j'ai hâte.

Eux partis, il fallut s'ingénier pour faire disparaître toute autre charge, toute autre trace.

On prit donc absolument tous les objets sur lesquels il y avait apparence de sang et on les brûla dans la cheminée de la cuisine.

Ce fut une opération assez difficile et assez longue, les vêtements d'Emmanuel étant en laine et imbibés de ce sang terrible, ne voulaient pas se consumer.

On en vint pourtant à bout, et on cacha à son tour cette cendre compromettante dans une fosse mieux creusée que l'autre.

La maison fut ensuite remise dans l'ordre où vous l'avez trouvée, et l'on s'appliqua à effacer les derniers vestiges de sang ; on lava les vaisselles au puits à pleine eau.

Chacun se lava de même, car il n'y avait pas un de nous que le sang n'eût atteint plus ou moins.

Pour ma part, je voyais rouge ; je me déshabillai et je me trempai dans l'eau, comme si j'avais été teint de ce sang dont la couleur et l'odeur me poursuivaient ; c'est dans ce désordre que je perdis le bouton retrouvé par vous, près du puits.

Nous quittâmes ensuite les uns après les autres, pour n'être pas remarqués, cette demeure sinistre, et sans nous être entendus, par un accord spontané et tacite, pas un mot n'a été depuis échangé entre nous sur l'événement. Chacun de ceux qui ont eu le malheur d'y assister refoule ce drame au rang des impressions malfaisantes produites par un mauvais rêve, et en récuse à ses propres yeux la réalité.

J'ai tout dit, tout ce que mes souvenirs et ma lucidité me permettent de dire. Je me recommande maintenant à la loyauté de votre promesse et à votre miséricorde.

— Vous ne vous en repentirez pas, dit M. Vergnier, comptez sur moi. Il ne nous reste plus que quelques détails. Interrogez encore votre mémoire, il me faut les noms,—tous les noms de ceux qui étaient là... Je vous promets de ne pas dire de qui je les tiens.

Le clerc d'avoué réfléchit, chercha et finit par désigner une douzaine de personnes, que M. Vergnier inscrivit à mesure sur son carnet. Au nombre figurait, et il n'en fut pas surpris, le conseiller Guillaume Dupray. Celui-là, on se le rappelle, avait rendu ses comptes à Dieu.

Guidé par le révélateur, on creusa aux endroits indiqués par lui, et sur lesquels il ne se trompa pas d'une ligne.

A la place où avait été versé le sang, on trouva la terre brunie et l'on en recueillit une forte pincée, que l'on scella dans une enveloppe.

Au pied d'un arbousier, on fouilla de même, et là se retrouvèrent plus palpables les débris du lugubre auto-da-fé : des lambeaux d'étoffe de laine à demi charbonnés et des boutons de métal et d'os attaqués par un feu intense.

Il en fut également pris et scellé une quantité suffisante.

Les assistants, y compris Gabriel Lautour, signèrent un procès-verbal relatant les principaux détails de la perquisition et attestant l'authenticité des pièces à conviction.

Le secret fut recommandé à tous, sous la foi du serment, et l'on rentra en ville, par groupes isolés, en laissant le révélateur, un peu raffermi par cette tolérance, regagner librement son domicile.

Henri Vergnier en savait assez maintenant pour reconstruire, d'un bout à l'autre, les péripéties qui avaient précédé, accompagné et suivi le drame. Les réticences, les lacunes volontaires ou non de la déposition de Gabriel Lautour étaient de médiocre importance.

Un seul point restait obscur, c'était la part revenant à Martin Baruelle. Le révélateur avait prononcé des noms qui devaient lui coûter beaucoup et ne semblait pas avoir même idée de celui de l'ancien forçat.

Quelle était cette ramification ? Il fallait en attendre l'éclaircissement des renseignements que fourniraient bientôt les principaux coupables, lorsque leur interrogatoire viendrait à son tour.

Le jeune chef du parquet admit sans hésiter cet ajournement. Il sentait la nécessité de ne pas s'attarder dans des recherches secondaires. Le poids de ce qu'il possédait d'ores et déjà aurait suffi pour alarmer un esprit moins énergique et moins droit.

Il écrivit à son substitut de pourvoir aux affaires courantes, et, alléguant une indisposition grave, se consigna strictement chez lui, avec l'ordre exprès à sa gouvernante de ne laisser entrer que M. Pascal.

Le procureur général, l'ayant fait demander, il fit répondre qu'il était au lit avec la fièvre.

Le premier président, lui ayant adressé la même invitation, reçut la même excuse.

Seul, M. Pascal ne donnait pas signe de vie, et M. Vergnier commençait à en concevoir de l'inquiétude, quand le troisième matin, la gouvernante l'annonça.

— Enfin, vous voilà ! lui dit-il ; qu'êtes-vous devenu ? Que vous est-il arrivé ?... Rien de mauvais, j'espère ?

— Cela dépend de la façon d'envisager les choses ; beaucoup s'applaudiraient, moi je regrette...

— Quelles charades me posez-vous là ? Parlez clairement.

— Eh bien, je viens vous annoncer que nous avons fait nos dernières opérations ensemble, et vous adresser mes adieux.

XXIII

Le président chez Henri Vergnier.

Henri Vergnier sursauta sur son fauteuil :

— Vous quittez X..., vous donnez votre démission ? Que signifie ?...

— Mon Dieu, vous avez l'étonnement facile, permettez-moi cette locution. Il fallait nous y attendre. Il m'arrive ce qui est arrivé à notre président, à notre juge d'instruction, ce qui vous serait arrivé à vous-même, si l'on ne se flattait de vous de vous absorber par des intérêts personnels.

On me couronne et l'on m'enguirlande d'ailleurs, on me fait, comme on dit, un pont d'or. M. le procureur général m'a appelé et une fois dans son cabinet m'a accordé, pour la première fois, l'honneur de me faire asseoir devant lui.

Puis, dans un colloque substantiel où il ne m'a pas été possible de placer un mot, et sans aucune allusion à nos démarches de ces jours passés, il m'a annoncé qu'il s'était ménagé la satisfaction de m'annoncer lui-même une bonne nouvelle : Un fonctionnaire de mon mérite ne doit pas s'étioler en province; la préfecture de police de Paris a besoin en ce moment d'un chef de service hors ligne; on a jeté les yeux sur moi et je ne dois pas décliner cette faveur.

Là-dessus, sans désemparer, il m'a remis un mandat de gratification de mille fr., et l'arrêté officiel de ma nomination, avec un appel d'urgence à mon nouveau poste.

On m'attend ce soir à Paris.

— Allons, dit M. Vergnier en jetant un regard de découragement sur les feuillets qu'il s'était consumé à remplir depuis sa réclusion volontaire; il y a parti pris, c'est la lutte du pot de terre contre le pot de fer.

Nous sommes vaincus... Je n'ai qu'une compensation, c'est que du moins, dans ce cataclysme où disparaît la justice, votre zèle et votre honnêteté auront été récompensés.

Lorsque son intelligent auxiliaire eut pris congé, le jeune magistrat revint à son fauteuil.

Il demeura longtemps absorbé dans la contemplation de son travail, condamné d'avance à la destruction.

— N'importe, dit-il, répondant à l'amertume de sa pensée, j'irai jusqu'au bout.

Et il reprit la plume pour achever.

Il travailla encore un jour et demi, relut, classa, collationna ses feuillets et les mit sous une enveloppe à l'adresse du ministre de la justice, en joignant, comme preuves à conviction, plusieurs des objets recueillis sur le théâtre du crime.

Ensuite, il traça une demi-douzaine de lignes sur une feuille de papier à lettre ordinaire, signa et mit sous un autre pli avec la suscription : « A Monsieur le procureur général à la cour royale de X... »

Enfin, il attira à lui encore une feuille, qu'il s'apprêta à transformer au troisième message. Il traçait la première ligne, quand sa gouvernante entra timidement, une carte de visite à la main.

Il fit un mouvement de contrariété et commença un reproche, mais jetant le regard sur le nom que la servante lui présentait en balbutiant une excuse, il se retint et dit :

— Faites entrer M. le président.

C'était M. Pierre Dampier.

Nous ne saurions dire lequel des deux était le plus pâle.

Henri Vergnier quittant son fauteuil alla au devant de son important visiteur et ne consentit à se rasseoir qu'après lui; il ne toucha pas d'ailleurs, peut-être parce qu'il ne la vit pas, la main que le président lui avançait avec un peu de contrainte.

— Je vous fais mes excuses dit Pierre Dampier, d'avoir violé votre consigne.

Le jeune homme déclina ces excuses par un geste grave mais poli, et répondit :

— J'ai été et je suis encore très souffrant, monsieur le Président.

Les ravages éprouvés par ses traits durant ces derniers jours, ne justifiaient que trop ses paroles, mais ceux de son visiteur offraient le même phénomène.

La crise qu'ils traversaient ne les épargnait ni l'un ni l'autre.

Le premier regard échangé entre eux le leur fit comprendre.

— Vous savez ce qui m'amène, Monsieur? dit le président.

— Je suppose qu'il s'agit de l'enquête concernant le drame de l'oseraie?

— Non, répondit Pierre Dampier d'un ton morne; et remarquant la surprise de son interlocuteur, il ajouta :

Avant de songer à venger celui de mes enfants qui n'est plus, je dois m'occuper de sauver celle qui me reste.

— Mademoiselle Alice? murmura tremblant d'émotion et de douleur Henri Verguier.

— Ma fille qui se meurt.

— O mon Dieu !... s'écria le jeune homme avec un déchirement et cachant l'angoisse de son visage sous ses deux mains.

— Elle se meurt, monsieur; je m'y connais hélas! elle se meurt, cette fois, irrévocablement condamnée, à moins d'un miracle, car on n'échappe pas deux fois, à son âge, et avec sa nature, à de pareilles épreuves.

C'est pour cela, monsieur, que j'accomplis cette démarche insolite, que le monde ne comprendra pas, mais qui s'adresse à votre honneur, — et que je viens vous prier d'accepter la main de ma fille.

— Mon Dieu! mon Dieu! répéta Henri Vergnier, c'est trop... oui, c'est trop de misères !...

— Monsieur, dit Pierre Dampier, c'est pour vous qu'elle souffre et s'éteint ; c'est votre éloignement, votre indifférence... je ne veux pas dire votre ingratitude qui la consument..

— Mon indifférence !... mon ingratitude! .. murmura après le président l'infortuné jeune homme. Ah! peut-elle le croire !...

— C'était une enfant simple et douce, dont le cœur n'avait jamais parlé ni jamais souffert ! C'est vous qui avez éveillé en elle ce sentiment qui la consume et dont elle ne veut pas se détacher.

Songez-y, revenez sur vous-même : qui lui a parlé d'amour, d'avenir enchanté, de fiançailles?... C'est vous, vous seul !

Ah! si vous deviez faire succéder si vite la froideur à vos serments, pourquoi avez-vous fait cela? pourquoi avez-vous troublé cette jeune âme qui s'ignorait?

En vérité, en vérité, c'est un crime, cela !

— Taisez-vous, par grâce, taisez-vous!

s'écria Henri d'un accent poignant, écho de ses tortures cachées; mais je ne peux... je ne peux !...

— Vous ne pouvez?.. répéta le président, dont les lèvres voulurent ajouter quelques mots, arrêtés par le regard pénétrant et terrible de Henri, fixé sur le sien.

— A mon tour, je vous supplie, n'insistez plus, il est des deuils inéluctables. Ne voyez-vous pas que chacun de vos reproches me met à la torture? La fatalité est là.

— La fatalité !... Vous croyez à ce fétiche, vous? Non. La fatalité n'est qu'un mot; c'est nous qui la créons par nos défaillances et nos préjugés. L'homme vaillant la prend corps à corps et la terrasse.

Encore une fois je vous conjure; j'en appelle à vos serments, à votre honneur. Remplissez des engagements sacrés, sinon ayez la hardiesse de dire pourquoi vous les reniez.

Parlez ! Quelle excuse alléguez-vous?.. Quelle grief invoquez-vous contre ma fille?

— Contre elle, Dieu du ciel, aucun, monsieur, et si quelqu'un osait élever l'ombre d'un soupçon capable de l'atteindre, c'est moi qui le châtierais.

Mais à cette protestation Pierre Dampier changea de couleur.

Il dirigea par une attraction invincible sa vue sur les deux plis scellés, et l'adresse du ministre de la justice inscrite sur le plus volumineux, le frappa. Néanmoins appelant à lui sa force morale encore puissante, sa physionomie recouvra son masque austère.

— Ceci, dit-il en homme qui n'est pas venu à la légère tenter une démarche suprême, — ceci est un entretien décisif. Nous devons en sortir tous deux irrévocablement fixés sur nos résolutions et nos situations.

Vous venez d'articuler une parole qui porte loin.

Vous n'avez pas de griefs contre ma fille : — Eh bien, achevez; nous sommes ici pour tout entendre et pour tout dire : en avez-vous contre moi?

— Vous exigez que je parle? dit lentement le jeune homme, afin de lui laisser le temps de réfléchir et de se désister.

Mais sa résolution était arrêtée, et d'une voix devenue impérative :

— Je le veux, dit-il, oui, Monsieur... je le veux.

— Soit !... après tout, il faut que cette position étrange ait un terme, elle ne dure déjà que depuis trop de temps.

Je vous obéis, monsieur, et, fort de ma conscience, je prendrais votre mère elle-même pour juge entre nous, si ce que vous m'obligez à vous dire, n'était de nature à la frapper au cœur.

— Il ne s'agit point de ma mère ni de précautions oratoires; parlerez-vous enfin !

Henri Vergnier loin de s'offenser de ce ton menaçant, laissa errer sur ses lèvres une expression de pitié et d'amertume.

— Vous me demandez, fit-il, pourquoi je renonce à la main de Mlle Alice, que j'aime et que je vénère ?...

Eh bien, c'est que je ne veux pas donner cet exemple effroyable d'un magistrat épousant la fille d'un homme dont il va demander la tête à la loi.

Pierre Dampier se dressa tout d'une pièce et d'une voix tonnante.

— Cette accusation, s'écria-t-il, vous ne la porterez pas, et ces paroles vous allez les retirer...

— Je le voudrais, répondit froidement M. Vergnier ; — mais les preuves sont là.

— Les preuves ?... fit le président, suivant son doigt posé sur le pli adressé au ministre de la justice.

— Oui, les preuves du forfait le plus exécrable des annales de ce temps. Les témoignages matériels, irréfragables qu'un dignitaire de la magistrature, un père ! a égorgé son fils, de sa propre main dans une maison si infâme qu'un honnête homme rougirait de la qualifier.

Osez-vous nier et me défier encore?

Pierre Dampier retomba sur son siége, par un mouvement automatique ; sa volonté n'avait plus de force sur son être physique.

— Vous aviez raison, tout à l'heure, murmura-t-il accablé; la fatalité existe.

Puis essayant de se roidir :

— Oui, oui, oui, je proteste ! exclama-t-il par saccades.

Sur quels renseignements monstrueux échafaudez-vous votre accusation?

Le procureur du roi répondit en détachant chaque mot:

— On a demandé aux misérables soupçonnés et arrêtés à l'occasion de ce crime où ils avaient passé la nuit du 10 octobre. Si je vous adressais la même question, que répondriez-vous?...

Ah ! ne cherchez ni équivoque, ni mensonge ; — je sais tout.

Pierre Dampier, cette fois ne fit pas un mouvement, ne tenta pas d'élever une nouvelle protestation, l'œil arrêté sur les deux plis fraîchement clos, il écoutait cette voix terrible aux indignations de laquelle se mêlaient des inflexions douloureuses plus pénétrantes et plus sévères pour le coupable qui savait les comprendre.

— Dans cette fatale nuit, disait le jeune magistrat, une maison mystérieuse et écartée, située aux portes de la ville, recevait une réunion nombreuse de gens habitués de cet endroit infâme. C'étaient des hommes que le monde avait coutume d'honorer, de respecter et de craindre; plusieurs exerçaient dans la société un sacerdoce, celui de la loi. Un jeune homme, un adolescent, fut entraîné par des compagnons pour être initié à ces orgies. Le cœur lui manqua; et comme il se révoltait, comme il menaçait les coupables de les flétrir, de les dénoncer, il fut décidé qu'il ne sortirait pas vivant de cet enfer.

Alors, ceux qui l'avaient amené, ceux qu'il voulait fuir, le saisirent, l'étendirent sur la table du banquet et on chercha, parmi les hôtes dispersés dans les appartements, la main la plus habile pour l'égorger.

Cette main s'offrit et l'histoire ne le croira pas ! ce fut celle de son père.

Vous osez récuser les preuves? — Mais elles s'amoncellent et vous écrasent !

Quand le cadavre a été soumis à l'examen légal, quel est le doigt qui le premier s'est arrêté sur la plaie, qui avait échappé à tous les yeux ?

C'est celui qui avait tenu l'instrument homicide, c'est le vôtre.

A cette allégation foudroyante, Pierre Dampier fit un rapide mouvement, pour cacher sa main droite à son propre regard.

— Qu'ont déclaré les docteurs jurés? poursuivit Henri Vergnier. Que cette incision imperceptible, ne pouvait provenir que d'un homme exercé et avoir eu lieu qu'avec une flamme chirurgicale.

Or, avant d'être juge, vous étiez médecin, et à ce titre, nul de vos collègues n'ignore que, jusqu'à cet événement au moins, vous avez conservé l'habitude de porter sur vous votre étui à lancettes.

Est-ce encore vrai cela, ou n'est-ce qu'une invention?

Ah ! les mesures furent merveilleusement prises pour assurer l'impunité : les magistrats chargés de l'enquête en furent effrayés. On sentait dans les moindres détails l'action et le sang-froid de gens qui savent par quelles négligences les assassins inexpérimentés se trahissent et se dénoncent eux-mêmes. Ils ne laissèrent rien subsister ni de leurs traces ni de celles de la victime ; les moyens, mais non la volonté, leur manquèrent seuls pour supprimer la victime elle-même.

Voyant que la justice et la sûreté publique ne renonçaient point malgré cela à leur tâche, ils en dispersèrent les membres et les agents ; ils contrecarrèrent chacune de leurs démarches, ayant d'autant plus beau jeu qu'on se confiait ingénuement à eux.

Enfin, pour terminer par un coup de maître, vous vous êtes dit, vous Pierre Dampier ; je donnerai ma fille au procureur du roi, et vînt-il à tout savoir, engagé par cette solidarité avec moi, ma cause deviendra la sienne, et le souci de son honneur, son amour pour sa femme, lui fermeront les yeux et les lèvres.

Voilà, pour votre malheur, où vous vous êtes trompé. La Providence a de ces traits. La lumière a devancé vos calculs : — le procureur du roi sait tout et n'est pas encore votre gendre.

Pourtant, un nom a été mêlé à ceci ; un nom cher et sacré. . Tenez, c'est l'unique gage de dévouement qu'il me soit permis de lui donner. Dieu qui juge les cœurs et discerne les intentions me pardonnera cette transgression à mon devoir.

Au nom de votre fille, pendant qu'il en est temps encore, fuyez, quittez cette ville, cherchez au loin une retraite, où, sous un autre nom, vous expiez par le repentir le malheur d'avoir souillé le vôtre.

Vous le voyez, j'ai pitié de vous, profitez-en ; mais hâtez-vous !

— Non, dit Pierre Dampier relevant la tête avec cette énergie dont il venait de donner des gages ; non, cela ne doit pas finir ainsi.

Je ne prétends point justifier ce qui a été commis ; mais ceux qui vous ont renseigné ont manqué d'exactitude ; c'est moi qui vais rétablir les faits.

A vous entendre, je serais l'assassin de mon fils ! Non, je n'en suis que le meurtrier.

La distinction mérite que je l'établisse ; c'est bien assez déjà.

— Oh ! ne craignez rien, je n'ai plus de motifs pour chercher des palliatifs et des faux-fuyants. Je ne cède qu'à la voix de la vérité ; avant que je passe par cette porte, dit-il en montrant celle par où il était entré, — vous serez convaincu.

J'étais dans cette déplorable maison, c'est vrai ; mais j'ignorais la présence de mon fils ; — je ne suis pas tombé à un tel excès de dégradation que je l'eusse tolérée.

Cependant cette fête maudite allait son train ; tout à coup un appel sinistre retentit jusqu'à la salle où je soupais. Je n'entends, je ne distingue que ces trois syllabes : « on se meurt ! »

Je cours comme les autres ; je monte ; un jeune homme se débattait dans une crise affreuse ; suffoqué par la chaleur, le bruit, l'ivresse, l'horreur — je le crois avec vous, une congestion le foudroyait.

Je m'approche... c'était mon fils.

Ah ! vous parlez de remords et d'expiation ! Je préférerais des siècles d'enfer à ce que j'ai ressenti dans une seule minute.

Il se mourait ; de faibles spasmes indiquaient seuls une imperceptible attache à la vie.

Un expédient suprême pouvait le sauver, hasardeux, mais unique, unique ! C'était une saignée...

J'avais mes lancettes... ces lancettes qui sont devenues une preuve à conviction, que je ne décline point.

Des piqûres à la cheville, au poignet, au bras n'amenaient déjà plus rien ; les veines de la gorge se gonflaient horriblement ; je frappai-là.

Ah ! ce sang, il m'inonde encore, car c'était celui de mon fils, de mon fils !...

En retrouvant ces mots, qu'il murmurait jusque dans ses rêves, Pierre Dampier porta sur ses mains amaigries son regard fixe, empreint d'horreur.

Son auditeur en ressentit lui-même un frisson et ne trouva pas un mot à dire pour rompre cette sensation sinistre.

— Ce sang, reprit le président, c'est sur ma poitrine qu'il est retombé. Le dernier souffle de la victime s'en alla avec la dernière goutte. Ma main malheureuse ou tardive n'avait pu la sauver.

Mais ce fut un meurtre, vous voyez bien, et non un assassinat ; c'est l'unique distinction que je voulusse établir.

— Sur l'honneur, s'il vous en reste, dit M. Vergnier, pensez-vous qu'elle suffise pour modifier mes résolutions !

— Non, répondit le juge-médecin à cette mise en demeure, mais moi aussi j'ai la mienne, car je ne suis venu ici qu'ayant tout prévu.

A ces mots, il attira à lui un des feuillets de papier blanc épars sur la table, y traça une ligne qu'il signa, et fouillant sous son habit il saisit un pistolet.

En voyant l'arme que son visiteur tenait d'une main où ne se manifestait plus aucun frémissement, sa résolution lui ayant rendu la plénitude de son énergie morale, Henri Vergnier comprit et s'écria d'une voix imposante :

— Non, vous ne ferez pas cela. C'est assez de sang et assez de crimes !

— J'ai tout prévu, je suis venu décidé à tout, je vous le répète. Ma mort terminera cette horrible procédure, l'honneur de mon nom sera sauvé, ou du moins, je n'assisterai point à sa flétrissure.

— Et votre mère ?... et votre fille ?...

— Au point où nous en sommes, tout sera bientôt éteint dans ma maison. Le mariage d'Alice seul nous sauvait ; il est impossible... eh bien nous disparaîtrons tous,

— Non ! Non !.. je ne permettrai pas...

— Avez-vous donc quelque chose de mieux à me proposer ! dit le président dont la voix empruntait déjà la voix du sépulcre.

XXIV

Cloué sur le seuil.

Il faut renoncer à donner une idée exacte de ce drame intime. La plume la plus éloquente et la plus exercée serait impuissante à rendre les impressions et les déchirements par lesquels passaient successivement ses acteurs.

Un combat terrible se disputait l'âme et les résolutions d'Henri Vergnier. Celui des deux qui souffrit le plus durant ces secondes poignantes, ce ne fut pas le coupable.

Mais dans cette perplexité, entre son devoir, son amour, son honneur, Henri Vergnier n'osait se prononcer ; ces voix impérieuses le sollicitaient ensemble, et, malgré lui, l'évidence parlant plus haut que les autres, lui prouvait que Pierre Dampier avait trouvé l'unique moyen de se racheter devant les hommes.

Mais Alice !... Etait-il donc écrit qu'aucun coup ne lui serait épargné ? Son nom à lui, son admirateur, son fiancé, allait se trouver mêlé à ce drame, qui entraînerait cette frêle existence !

Il demeurait plongé dans ce chaos sans issue et sans fond, s'y complaisant à force de souffrir et ne désirant rien autre chose que s'y abîmer avec les ruines de son bonheur perdu.

Le président se méprit peut-être sur la nature de ce combat, car, lui mettant sous les yeux les mots qu'il avait tracés et signés :

— Ne craignez rien, dit-il, votre responsabilité est garantie.

Ces mots étaient ceux-ci : « Incapable de supporter plus longtemps une vie de malheur et de tristesse, je prie Dieu et les hommes de me pardonner, et je meurs de ma main. »

L'œil de notre héros resta longtemps attaché sur cet écrit, quoiqu'il eût cessé de le voir ; son regard, ramené sur lui-même, scrutait sa propre pensée.

— Est-ce bien ainsi, cette déclaration ne suffit-elle pas ? dit le président.

Tiré de sa méditation par cette voix, Henri Vergnier se secoua enfin violemment, reprit possession de lui-même et de sa volonté, et répondit :

— Vous ne vous tuerez pas.

Et il déchira le feuillet.

— Vous vous trompez, dit son interlocuteur en dirigeant le double canon du pistolet vers son front.

Le ressort fit entendre son craquement sinistre.

— Arrêtez et écoutez-moi ! ordonna le jeune homme.

— Quoi !... qu'est-ce encore ?... Pourquoi prolonger ce débat sans issue... sinon celle-ci ? Vous ne pouvez épouser la fille du meurtrier, n'est-ce pas ?

— Non, et c'est là mon deuil éternel, mais je peux lui donner un témoignage suprême de ma tendresse en sauvant le meurtrier.

— Que prétendez-vous donc ? demanda le président abaissant peu à peu son arme et plongeant son regard anxieux sur celui de Henri Vergnier.

— Je vous ai proposé de vous laisser fuir, — vous refusez, vous préférez mourir... Eh bien, restez et vivez.

Voilà deux plis prêts à partir : celui-ci, destiné au ministre de la justice, contient le procès-verbal, avec pièces à l'appui, du crime et de ses circonstances. Il est adressé à ce dignitaire, avec une mise en demeure d'agir, parce que ceux qui le représentent ici ont prouvé qu'ils reculaient devant l'éclat du coup à frapper, confondant l'honneur invulnérable de la justice avec célui de juges sujets à faillir.

Cet acte, c'est votre perte et celle de vos complices.

— Oui... la honte... l'expiation... balbutia le grand criminel écrasé sous l'évidence.

Son interlocuteur dont la physionomie exprimait l'amertume, le mépris et la pitié, continua en désignant l'autre pli :

— Sous cette seconde enveloppe, il n'y a que quelques lignes adressées au procureur général, — c'est ma démission.

Laissez cette arme au repos; elle n'a plus raison de frapper. Tenez :

En prononçant le dernier mot, Henri Vergnier prit le volumineux paquet et le plaça au milieu du foyer, où la flamme en ayant léché les angles, s'y attacha par des feux-follets bleuâtres et bientôt le consuma, ne laissant qu'un tas de cendres noires où se distinguèrent encore pendant plusieurs secondes les lamelles des feuillets, et quand la dernière s'affaissa dans le brasier général, Henri Vergnier dit :

— Vous le voyez... plus rien.

— Ah! s'écria le coupable, vous êtes généreux !

Un sourire douloureux et un mouvement de tête significatif répondirent, en le repoussant, à cet éloge.

Henri sonna; sa gouvernante parut; il lui remit la seconde lettre :

— Envoyez ceci, sur-le-champ, à son adresse.

— Mais pourquoi votre démission !... Oh! vous la reprendrez...

Le jeune homme se contenta de répondre sans forfanterie et sans affectation :

— Non... non... Moi aussi j'ai pesé les choses au creuset de l'honneur et de ma conscience. Vous n'avez pas voulu partir, c'est moi qui pars.

Je vous assure l'impunité; mais moi, de ce moment, devenu un magistrat prévaricateur, je me punis. Je ne me reconnais plus digne d'exercer un ministère auquel j'ai failli. Je n'ai plus le droit d'accuser. Je rentre dans les rangs de ceux qui ont seulement la mission de défendre, je retourne me faire inscrire au barreau de Paris.

Ah! tenez, voici une troisième lettre que j'allais écrire, quand vous êtes venu. Elle s'adressait à l'ange à qui je dois renoncer,

à la victime expiatoire. Le courage me manque pour l'achever. C'est vous, — vous me devez bien cela ! — qui lui porterez mes adieux et mes regrets. Et si elle m'accuse, eh bien, tâchez de trouver un mot pour m'excuser.

Il avait tracé son rapport au ministre et sa démission d'une main ferme, mais les quelques mots de cet adieu à sa fiancée étaient à peine lisibles.

Il couvrit son visage de ses mains, et Pierre Dampier auquel la nature refusait le don des larmes, vit filtrer les siennes à travers ses doigts.

Quand cette crise fut passée, il se leva. Le président comprit qu'il fallait se retirer et renoncer à vaincre une résolution qui lui imposait l'admiration et le respect.

— Je vous remercie de nouveau, dit-il, et je reconnais que vous venez de faire le sacrifice le plus héroïque qu'on pût attendre d'un homme; celui de votre gloire, de votre fortune et de votre bonheur. Le sort qui m'accable ne me permet même pas de prendre une part dans cette renonciation !

— Si fait, monsieur, en accomplissant mon dernier vœu auprès de celle qui fut ma fiancée...

— Oui, je le ferai, dussé-je m'accuser moi-même.

En effet, en rentrant chez lui, la première pensée de Pierre Dampier fut l'exécution de cet engagement.

Il se dirigea vers l'appartement de sa mère et d'Alice.

Toutes deux connaissaient, soit par indiscrétion, soit par divination, sa démarche, et Mme Dampier, qui redoutait pour sa petite-fille les secousses de quelque nature qu'elles fussent, guettait son retour dans le vestibule.

— Qu'avez-vous obtenu? demanda-t-elle.

— Alice peut-elle nous entendre? dit-il à demi-voix.

— Non; elle est dans sa chambre assoupie, et trop faible pour en sortir.

— Alors, nous pouvons parler.

— Vous n'avez rien obtenu! soupira la septuagénaire, lisant sur son visage et dans sa pensée.

— M. Vergnier donne sa démission et part.

— Pauvre jeune homme! fit la sainte et généreuse femme pénétrant avec la clairvoyance du cœur ce qui se passait ; il sait donc tout ?

Pierre Dampier ne répondit pas ; un feu rouge colora les pommettes de ses joues dont la teinte livide s'accentua encore

—Mais, reprit péniblement madame Dampier, s'il sait tout, que va-t-il arriver ?

Le président répondit d'une voix sourde et en détournant ses yeux de ceux de sa mère :

— Rien, puisqu'il n'est plus Procureur du roi et qu'il s'en va.

— Ainsi, il vous sauve ?

Le meurtrier baissa la tête et murmura :

— Oui.

— De sorte, continua lentement l'aïeule, que ce vaillant cœur brise sa carrière, mais que vous et les autres vous conservez la vôtre ; il rentre dans les rangs obscurs, mais vous continuez d'occuper les postes élevés, de recevoir les respects et de prononcer des arrêts.. Vous vivrez dans les honneurs, il souffrira dans la médiocrité, et ma petite fille s'éteindra dans les larmes.

Ah ! mes lèvres n'ont connu jusqu'ici que la prière et j'ai vécu dans l'horreur du blasphème, mais non ! cela n'est pas équitable, cela est odieux, et Dieu est méchant.

— Ma mère, ma mère, c'est vous qui remplissez ici le rôle du Dieu vengeur !

Et comme si c'eût été là une parole prophétique, elle se redressa et d'un air empreint de majesté :

— Allons, dit-elle d'une voix pénétrante, allons, juge-médecin, vous qui avez étudié les lois et la nature, venez voir mourir votre fille, et si vous ne trouvez pas dans votre science de remède pour la sauver, demandez à votre code quel châtiment mérite l'auteur de son martyre.

Elle le prit par la main et il se laissa entraîner à travers les pièces qui précédaient la chambre d'Alice.

Mais là, Julienne, sentinelle vigilante se tenait debout, et le doigt sur les lèvres elle les arrêta par ces quatre mots :

— Mademoiselle est bien mal.

— Entrons ! entrons ! s'écrièrent ensemble le père et l'aïeule.

La gouvernante, joignant les mains devant eux, leur dit :

— Madame, oui ; mais pas monsieur ! Oh ! pas monsieur ! Oh ! non, par grâce pas lui !

Le président fit mine d'écarter ce timide obstacle et de passer outre. La gouvernante tomba à genoux.

— Je vous en prie, balbutia-t-elle, je vous en prie !...

— M'empêcher de voir ma fille ?... Julienne, vous perdez l'esprit... Voyons, laissez-moi...

— Eh bien, non ! s'écria la digne servante, à moins que vous me passiez sur le corps ! Votre vue lui donnerait le dernier coup.. et je ne veux pas !... Je ne veux pas !

Ce débat avait fait trop de bruit ; la porte s'ouvrit ; Alice tirée de son assoupissement, apparut sur le seuil enveloppée de ses blancs vêtements, comme d'un suaire anticipé.

— Ah ! c'est vous, Monsieur, dit-elle à son père, vous venez me voir mourir...

L'aïeule et la gouvernante se précipitèrent de chaque côté pour la soutenir, et doucement en reculant à petits pas la ramenèrent au fauteuil qu'elle avait quitté.

— Alice, ma fille !... s'écria le président, ne parle pas ainsi !... Non, n'est-ce pas, je ne te fais pas peur... tu ne me hais pas...

Il tendait les mains vers elle, sans oser franchir ce seuil que la voix d'une servante dévouée lui avait interdit.

La malade abaissa péniblement ses paupières, pour éviter sa vue, puis avec un effort elle murmura :

— Oui, j'ai peur de vous.

— O mon Dieu, soupira-t-il, c'est là le châtiment !...

Il reprit en élevant la voix d'un ton suppliant :

— Mais, mon enfant, tu ne crois donc pas que je t'aime, et que je veux ton bonheur, que rien ne me coûtera pour l'assurer...

Un sourire déchirant vint errer sur les lèvres de la pauvre enfant :

— Trop tard, murmura-t-elle.

— Tu es cruelle, dit-il en se meurtrissant le front. Voyons, prononce, demande, exige ; tout ce qui dépendra de moi, je le ferai.

— Vous ne pouvez plus rien ! dit-elle en laissant tomber sa tête sur sa poitrine.

Lui, toujours cloué aux limites de ce sanctuaire de douleurs, s'écria :

— Alice, ce n'est pas ton dernier mot ! Tu ne peux pas maudire ainsi ton père qui t'aime !... N'est-ce pas ?... N'est-ce pas, tu permets que j'approche de toi..., que je t'embrasse...

Elle ne répondit plus ; cette lutte achevait de la briser.

Mme Dampier, dont le cœur ressentait chacun de ces coups et ne faisait qu'un avec celui de sa petite-fille, s'approcha de son fils, et lui montrant l'agonisante, d'un geste suppliant elle le conjura de ne pas insister.

Cette fois il se résigna, enveloppa la malade d'un regard navré et se retira sans articuler une syllabe.

L'aïeule referma la porte, et Alice, dont l'oreille suivit les pas à mesure qu'ils s'éloignaient, poussa un soupir de soulagement.

— Mademoiselle, lui dit Julienne, vous le craignez donc bien ?

— Oh ! fit-elle avec un frisson, si ce n'était que de la crainte !...

L'excellente femme n'osa en demander davantage, elle avait compris.

Pierre Dampier non plus ne renouvela pas sa démarche.

Chaque matin il s'informait à sa mère des nouvelles d'Alice, mais sans ajouter un mot sur son ardent besoin de la voir.

Il lui arrivait d'errer comme une âme en peine dans les vastes espaces de son hôtel ; parfois, d'une allure résolue il venait jusqu'à l'appartement des femmes, il avançait même la main sur le bouton de la première porte, mais là, saisi d'une terreur insurmontable il s'arrêtait, revenait sur ses pas et s'enfermait dans son cabinet, dévorant ses angoisses, dévoré par elles.

Alice ne s'éteignit pas sur le champ ; entourée des tendresses de ses deux garde-malades, tenue à l'abri de toute secousse, elle traîna plusieurs semaines, consumée par un mal auquel les médecins appelés auprès d'elle et qu'elle acceptait pour ne pas chagriner sa grand'mère, ne pouvaient trouver de remède.

Il aurait fallu guérir l'âme et la science n'a pas encore trouvé ce secret.

Elle évitait de parler d'Henri, et l'on ne prononçait rien qui le lui rappelât, mais il était aisé de sentir que ce nom absorbait sa pensée.

Un jour, ainsi qu'il arrive aux malades de cette catégorie, elle eut une autre réminiscence et elle éprouva un désir.

— Grand'mère, dit-elle, je voudrais voir mon filleul.

Tant d'événements s'étaient accumulés à la suite de sa rentrée à l'hôtel de son père, et l'état de sa santé avait éprouvé une si courte et si insuffisante amélioration, qu'elle n'avait pu se rendre à la ferme.

Habituées à appréhender les décisions sévères du président, et ayant agi en cette circonstance contrairement à sa volonté, Mme Dampier et Alice avaient longtemps tremblé qu'il ne découvrît leur bonne œuvre.

La sainte femme ne pouvant conserver aucun doute sur l'auteur de la disparition criminelle de l'innocent, lorsqu'il fut abandonné aux chances d'une mort horrible, tremblait que la même haine ne l'atteignît encore.

A peine avait-elle osé à de rares intervalles se glisser jusqu'à son nouveau berceau, pour l'embrasser en pleurant.

L'indulgence manifestée dans les derniers temps par Pierre Dampier, n'était pas de nature à rassurer cette tendresse trop justement défiante. A ce moment, d'ailleurs, le mal qui minait Alice reprenait déjà sa marche mystérieuse et fatale.

C'est ainsi que la pauvre marraine n'avait pu revoir son filleul depuis le jour du baptême.

Mais aujourd'hui, ses désirs étaient sacrés, et rien ne s'opposait à ce qu'on les satisfît.

Julienne partit aussitôt et revînt au bout de quelques heures amenant la nourrice et l'enfant.

Ce fut une joie, quoiqu'il s'y mêlât un sentiment mélancolique. L'enfant venait bien et déjà, l'imagination s'y prêtant un peu, on tomba d'accord que c'était le portrait de son père.

La nourrice laissa échapper un mot indiscret : depuis quelque temps, une jeune femme s'était présentée deux fois à la ferme, sous un prétexte, et avait tendrement embrassé l'innocent.

Madame Dampier et Alice comprirent, le président avait pénétré le mystère de cette retraite et l'avait livré aux gens dont la volonté exerçait une pression si étrange sur la sienne.

L'aïeule allait formuler une défense formelle, mais la jeune fille dont la sensibilité exquise se développait encore à mesure qu'elle se dégageait des attaches terrestres, l'arrêta :

— Non, dit-elle, d'où qu'il vienne, ne repoussons pas un bon sentiment. Mon père avait peut-être raison, et si cette malheureuse doit se réhabiliter, ce sera par l'amour maternel. Le pauvre petit, il n'y aura jamais trop de cœurs pour l'aimer.

Il fut convenu que la nourrice fermerait les yeux et laisserait l'inconnue venir à la ferme et voir Emmanuel. La malheureuse créature, depuis qu'il avait été déposé aux Enfants-Trouvés et racheté par une main étrangère, n'avait plus d'ailleurs le droit de se dire sa mère.

Alice garda l'enfant auprès d'elle jusqu'au soir. Elle le caressait, l'embrassait ; elle trouvait des raffinements ingénieux pour le faire sourire. Elle lui donnait d'anciens jouets de son frère et d'elle-même, relégués au fond des armoires, et ayant lu sur le visage de sa grand'mère quelque surprise de cette accumulation d'attentions et de tendresse, elle lui dit de cette voix qui tirait les larmes :

— Laisse-moi faire, grand'mère, il faut que je l'aime en une fois pour toujours, et puis, j'ai une idée insensée, je voudrais le rendre si heureux, qu'il se souvînt de moi.

Que répondre à cela, et comment combattre un sentiment si délicat et si triste ?

Cette journée dont la malade se montra très heureuse, lui donna en réalité un accès de fièvre qui ne se dissipa qu'en la laissant dans un nouveau degré de faiblesse.

Elle se levait néanmoins tous les matins ou plutôt on la levait, et, enveloppée de son peignoir blanc, elle passait la journée dans une bergère, devant le feu, car on était en plein hiver.

Un jour qu'elle avait failli perdre connaissance au moment où l'on procédait à son installation ordinaire, sa faiblesse devint telle que sa grand'mère voulut la recoucher, mais elle sollicita la grâce de rester dans son fauteuil, et le médecin qui survint n'y trouva pas d'inconvénient.

Le docteur attentif et expert jugeait qu'elle était au degré où l'on ne refuse plus rien aux malades qui s'éteignent de consomption. Le meilleur remède c'est de les contenter.

Sa visite fut un peu plus longue que d'habitude, il répéta ses paroles d'encouragement stéréotypées, mais en s'en allant, il attira discrètement Mme Dampier dans la pièce voisine, dont la porte se referma sur eux.

La conférence dura dix minutes.

Lorsque l'aïeul revint, elle avait les yeux rouges.

Alice la regarda avec douceur, lui prit la main et lui dit :

—Je suis bien mal, n'est-ce pas, grand'-mère ?

Le cœur creva à la pauvre femme, elle partit en sanglots. Cachée derrière les rideaux, au pied du lit, Julienne bourrait son mouchoir dans sa bouche, pour étouffer les siens.

Ce fut la malade qui essaya de les consoler. Depuis longtemps elle aspirait au terme qui pouvait seul finir ses maux. La mort, loin de l'effrayer, lui apparaissait comme un bien désirable.

Hélas ! ses affectueuses paroles avivaient le désespoir de ses gardiennes.

L'aïeule, enfin, se maîtrisa assez pour dire sans se troubler :

— Ce n'est pas que tu sois si mal que cela, mon enfant, mais le docteur est d'avis que la visite de ton directeur...

Alice comprit et lui épargna la douleur d'achever.

— Voilà plusieurs jours que j'y pense, dit-elle ; certainement je le recevrai avec plaisir. Julienne, envoie Germain le prier de venir.

Pendant que la gouvernante obéissait, elle dit à sa grand'mère :

— Donne-moi les ciseaux que j'aperçois sur la table.

— Qu'en veux-tu faire, mon enfant ?

— Tu vas voir, grand'mère.

Les ayant pris, elle attira une mèche de ses longs cheveux soyeux, et la coupa, avant que l'aïeule consternée y comprît rien. Elle la regarda longtemps, la lissa, la roula, l'enveloppa d'un papier et la tendit à madame Dampier :

— Tu *lui* remettras cela, à *lui-même*, à *lui* seul.

Il n'y avait pas besoin de mettre un nom à cette recommandation. *Lui*, c'était l'ami qui occupait seul cette chaste et tendre pensée, l'ami absent, avec qui l'on avait rêvé de vivre et pour lequel on mourait.

C'était la première fois qu'elle osait en parler.

— Quoi ! tu veux...., s'écria l'aïeule, effrayée de cette pénible fantaisie.

— Oui. Il m'aimait tant.... il souffre autant que moi, va ! Dis-lui que je n'ai jamais douté de lui.... Je ne sais pas ce que mon père a fait, mais j'ai compris que c'était à cause de lui.... Ah ! ce doit être horrible !...

A présent, je voudrais sa lettre... la première... la seule... il n'y a que moi qui aie su la lire... parce que je l'ai lue avec mon cœur...

Donne-moi sa lettre, grand'-mère ; elle est là dans ce coffret...

La septuagénaire obéit à ce nouveau désir.

La malade porta le précieux papier à son cœur, le relut lentement des yeux et des lèvres, le replia, le baisa encore et le cacha dans son sein.

— Il faudra me le laisser, dit-elle, et le mettre avec moi.

— Méchante enfant, s'écria l'aïeule en pleurs, as-tu juré de me désespérer !

— Pardonne-moi, fit-elle en l'embrassant, je t'aime bien aussi, toi.

Le prêtre arriva ; on les laissa seuls un moment ; quand on revint, on s'aperçut que lui-même avait pleuré.

Elle voulut être administrée dans son fauteuil ; les gens de la maison étaient à genoux autour d'elle, mais déjà elle soutenait difficilement la lumière, ses paupières retombaient malgré elle ; elle n'articulait plus que des mots entrecoupés.

Dans la pièce voisine, dont la porte était restée ouverte, un homme se tenait debout, le front appuyé contre le mur. Sa main déchirait sa poitrine, ses tempes bourdonnaient, son cerveau menaçait d'éclater, mais sa paupière brûlante ne trouvait pas une larme.

C'était le président Pierre Dampier.

Ceux qui le voyaient, le prêtre, les deux enfants de chœur, les assistants le plaignaient, croyant que son désespoir le clouait là... La vérité est qu'il n'osait pas entrer.

Vers la fin des prières, la tête de la malade s'affaissa sur les oreillers ; ses paupières s'arrêtèrent immobiles, à demi-closes, un souffle imperceptible s'exhala de ses lèvres.

Quand le prêtre eut achevé, madame Dampier se relevant la première, voulut déposer un baiser sur le front de sa petite-fille, elle se recula avec un cri aigu et retomba sur ses genoux : — Alice était morte.

A ce cri, le président, remué jusqu'au fond des entrailles, quitta sa pose de statue, et s'avança par un mouvement mécanique vers le cadavre de son dernier enfant.

Morte et dans sa pâleur immobile, elle rappelait, à un degré saisissant, son frère jumeau sur son lit funèbre.

Le président, en proie à un hoquet spasmodique qui lui secouait la poitrine, approchait toujours.

L'ayant considérée longuement, il voulut se pencher sur elle pour lui donner maintenant ce baiser qu'elle avait refusé vivante.

L'aïeule se redressa, pareille à l'archange vengeur, entre le meurtrier et cette sainte ; elle fit un geste, et Pierre Dampier s'éloigna à reculons, ployé sous cette malédiction implacable.

Et en se reculant l'homme implacable fixait son regard éteint et hagard sur ses mains décharnées.

CONCLUSION

Deux heures après, Mme Dampier laissant la garde de la morte à ses fidèles serviteurs, s'arracha à cette veille pour monter en voiture et se faire conduire à l'adresse d'Henri Vergnier. En femme de grand cœur, elle ne mettait pas de retard à remplir une mission pieuse.

En approchant de la maison du fiancé de sa petite-fille, Mme Dampier s'étonna après tant de douleurs et d'angoisses d'éprouver encore un nouveau battement de cœur. Cette grande âme sympathisait à tous les malheurs, et elle sentit que cet asile en avait aussi caché un qui égalait les siens.

Elle fut étonnée, en arrivant au seuil, d'apercevoir la porte béante ; sans se servir du heurtoir, elle entra et saisie du silence, du bouleversement de toutes choses, elle se décida à appeler.

La maison semblait abandonnée.

Un pas finit pourtant par se faire entendre, c'était celui de la gouvernante désolée, qui lui apprit que son maître avait quitté X..., par la diligence partant à midi.

La vénérable femme crut voir là un avis de la Providence, et revenue à l'hôtel elle prit dans l'asile virginal où elle reposait la lettre du fiancé d'Alice, elle la réunit à la boucle de cheveux et les replaça ensemble, pour qu'ensemble ils suivissent jusqu'à la fin cette dépouille chérie.

—A quoi bon, s'était dit cette âme d'élite, poursuivre plus avant ce dernier vœu, sinon à porter un nouveau coup à un cœur déchiré et fournir un aliment qui empêche sa plaie de se fermer.

Alice Dampier fut couchée dans son cercueil avec ces deux talismans.

L'enterrement rappela celui qu'on avait fait à Emmanuel. Il y eut de pauvres femmes qui voulurent faire toucher des médailles et des fleurs à la bière, comme à la châsse d'une sainte. Mais cette fois, quand le président rentra chez lui, il trouva l'hôtel désert.

Mme Dampier était retournée à sa chambre de la pension des Carmélites. Julienne et Marianne avaient fait leurs malles, ayant horreur de rester sous ce toit fatal.

Seul, Germain, pris d'une immense pitié pour son maître, ne voulut pas le quitter, et ce fut un grand dévouement, car l'honnête serviteur avait entrevu l'épouvantable vérité.

Le président Dampier tenu par le respect humain, la peur de donner jour à la lumière, d'éveiller les soupçons, n'abdiqua pas de plusieurs années son ministère, et sa robe de juge attachée à lui comme la tunique dévorante du centaure, il continua de prononcer des arrêts contre des coupables moins misérables que lui.

Et les autres? — Les autres, puisque ceci est une histoire et finit de tout point comme une histoire : les autres, fiers, impunis, continuèrent jusqu'à l'âge de leur retraite de veiller à la loyale administration de la justice et à l'intérêt des bonnes mœurs.

Pourquoi ne pas le dire encore, puisque c'est imprimé? L'un d'eux même, celui que nous avons appelé Daniel Mortaigne, atteignit dans un certain monde un tel degré de considération et d'importance, qu'on agita au conseil municipal la question de donner son nom à une rue de sa ville : l'une des capitales de France !...

Cette aberration fut épargnée pourtant, grâce à l'énergie de l'opinion et à deux lignes sanglantes du courageux journal resté le dernier sur la brèche, demandant si l'on entrerait dans cette rue par la porte du bagne ?

Ce fut la conclusion de cette histoire, ce sera aussi celle de ce livre.

FIN

Paris. — Imp. de DUBUISSON et Cie, 5, rue Coq-Héron.